东方血脉

Eastern blood line

傅泽刚 著

作家出版社

图书在版编目（CIP）数据

东方血线 / 傅泽刚 著. -- 北京：作家出版社，2016. 10
ISBN 978-7-5063-9218-1

Ⅰ. ①东… Ⅱ. ①傅… Ⅲ. ①长篇小说 – 中国 – 当代
Ⅳ. ①I247.5

中国版本图书馆CIP数据核字（2016）第258197号

东方血线

作　　者：傅泽刚
责任编辑：宋辰辰
装帧设计：意匠文化·丁奔亮
出版发行：作家出版社
社　　址：北京农展馆南里10号　　　　邮　　编：100125
电话传真：86-10-65930756（出版发行部）
　　　　　86-10-65004079（总编室）
　　　　　86-10-65015116（邮购部）
E-mail:zuojia@zuojia.net.cn
http://www.haozuojia.com（作家在线）
印　　刷：北京明月印务有限责任公司
成品尺寸：152×230
字　　数：273千
印　　张：20
版　　次：2016年11月第1版
印　　次：2016年11月第1次印刷
ISBN 978-7-5063-9218-1
定　　价：36.00元

目录

目录

引 子

  一八二五年九月二十七日，斯蒂芬孙发明的第一辆火车，首次在英国斯托克顿的原野上驰骋，所带来的速度和便捷，让人们惊叹。从那时起，西方列强就渴望把铁路延伸到世界的每一个角落，以此掌控世界。早在一八八五年，清政府就被迫和法国签订了《中法和约》，提出在中国云南修建铁路。一八九五年，中国在甲午战争中失败，清政府被迫和日本签订了屈辱的《马关条约》，中国领土被割让、侵占，西方列强看日本获利太多，以此出面干涉，并以"干涉有功"纷纷向中国索取回报。光绪二十四年，即一八九八年，法国驻华公使班吕接到法国政府指示，于三月十三日，向清政府总理衙门递交照会，要求修筑滇越铁路，并警告：如不答应，派舰重办。清政府迫于压力，同意法国修筑滇越铁路，于是，一个传奇在滇南一个北回归线穿过的寨子上演，一段悲壮而屈辱的历史由此拉开了序幕……

[上部]

第 一 章

在中国北方有一条大河叫黄河，在中国中部有一条大江叫长江，而在中国的南方，有一条跨国大河叫红河。自从盘古开天地，黄河和长江，自西向东，而红河却倔强地掉头南下，带着云南红土高原的血性和人类的伤痛，蜿蜒、忧郁而深沉地穿过滇南的崇山峻岭。

这是一九〇〇年春末的一天早上，一艘名叫"远东号"的汽船，从中华大陆最南端的河口边城出发，顺红河逆流而上。当时的西方人，都把中国称为远东，而远东号汽船就像那时的中国大地，千疮百孔，斑驳破败。整个船舶，形同一个呕唠气喘的老人，拖着疲惫的身子，口中突突地喘着粗气，吃力地向上游蠕动，让人担心随时都会断气，它吐出的粗气，又浓又黑，晃晃荡荡，涂黑了滇南的天空。而船身下的红河水，和血液的流淌没有两样，让人联想到伤痛和灾难。

而让人想不到的是，在偏远的东方河流上，竟然有几个年轻的西洋人，站在船头的他们，像一群天外来客，在这条古老的河道上发出年轻而鲜嫩的感叹，让那天的情景变得有些奇异，但任何兴奋的动作和言语，都不可避免地消隐于厚重而大气的山水之中，留下的只是旷世恒久的地老天荒。

岸边突然出现一片蘑菇，竟然房子一般大小，世上哪有这样大的蘑菇，年轻的洋人们以为见到了东方神话，惊叫声在山谷中回荡，CEPE！CEPE！东方的CEPE！来自异域的语言，同样像天外之音，兴奋刺激着东方古老山水的神经。

一个中国女孩告诉他们，那不是蘑菇，是哈尼人居住的蘑菇房。

蘑菇房？一个年轻的洋女子能说一点点中国话，她睁大眼睛问，你是说哈尼人就住在蘑菇房？

中国女孩被洋女子的夸张表情镇住了，怕她听不懂，洋女子用手比画，像个滑稽戏演员，似懂非懂的中国女孩点点头，说，是的，哈尼人就居住在蘑菇里。

哈尼人真有意思，竟然居住在诗意里！洋人们从船头追到船尾，一边感叹一边拍照，像发现了一个美丽的东方童话。

洋老咪们的兴奋劲，感染了中国女孩，让她重新审视看惯了的哈尼族民居。中国女孩名叫童女红，十三岁左右，穿一件水红筒裙，豆芽菜一样嫩，一双黝黑的大眼睛透出灵气和妩媚神韵，眼白浸着海一样的蓝。她是蒙自商人童政员的女儿、蒙自城有名的大小姐，跟着父亲到安南（越南海防）跑货。一袭长衫、戴着瓜皮帽、脑后拖着长辫子的童政员，板着他那副原本就严肃的脸，见几个年轻洋老咪离开船头，他就走到船头，后面跟着他的管家。留着一撮小胡子的管家，扶了一下眼镜，对童政员说，老爷，像这样的速度，到蛮耗就水过三秋田了，商家们还等着分货呢。

童政员没接话，而是一脸沉郁，焦急地看着前方，管家知道他心情不好，没再说话。这时船老大走上来，递给他一个水烟筒，说，童老爷，来一口吧。童政员没接烟筒，而是说，你们不能快一点儿吗，我的货必须在上午十点前赶到蛮耗，商家们等在码头分货呢。

船老大恭敬地说，童老爷，由不得我们啊，我们已经尽力了，船总不能像鸟一样飞起来吧。

童政员说，我加钱还不行吗？

童老爷，您别说钱，你就是把我斩了，我也快不起来。

童政员一脸愠色地离开船头，迎面碰上正在笑的女儿童女红，在沉闷压抑的河道上，童女红的笑声像一只欢唱的百灵。她说，老爸，你不能轻松一点儿吗？童政员说，我能轻松吗，一船的货物压得我喘不过气来。

爸呀，不就是一堆货物吗，说白了，是身外之物，即使能换来大把的钱，仍然是身外之物，如果你心情不好，赚了钱又有什么意义？

所以说，别急呀，看看两岸的风景，放松放松，多美的景色呀！

童女红的话让童政员脸上有了一点笑意，他问，这就是你从先生那里学到的道理？傻丫头。童女红说，就算是吧，老爸，我的道理很多，比如此时，船往上游行，我的心却往下游走，我已经走到了南洋，走向了大海。

你一个丫头片子，少给我大海大海的，人呀，还是要脚踏实地。童政员对女儿的胸怀不屑一顾。

老爸啊，大海就意味着新的世界，海的那边就是新的大陆，我总有一天会走向大海的。女红对父亲的教导置之不理。听了女儿的话，童政员摇摇头，正想说什么，就听到船左侧突然喧哗起来，人们喊叫有人落水了。童女红和父亲赶过去，看到那几个西洋人乱作一团，一个洋姑娘已经掉到船舷外，她紧紧抓住船沿帮子，一只脚已经浸进水里，几个洋人正在施救，却怎么也拉不上来。童政员见状，对女儿童女红说，一群疯疯癫癫的洋老咪，由他们去吧。

童政员边说边离开船左侧。见父亲走了，童女红一只脚钉住船舷，一只脚跨出船身，钻进船身外的船孔里，左手紧紧扒在船舷帮上，右手托住洋姑娘的屁股往上推，一张细嫩的脸涨得通红，洋姑娘慢慢往上移动，就在洋姑娘的脚跨上船舷时，女红抓在船舷帮子上的手力竭一松，身子就落入河水中，人们再次惊叫起来。管家见到童女红落水，跑到船舱里叫童政员，童政员见管家这个样子，说，没出息，惊慌什么，不就是一个洋老咪落水吗？管家上气不接下气地说，老爷呀，不是洋老咪，是大小姐落水了。

像突然触了电，童政员丢掉手中的烟锅，从凳子上弹起来，跑出船舱，只见水中一团扑腾的浪花，童政员急了，虽然他知道女儿有一把好水性，但一时惊慌，不免大叫起来，对船上的人说，谁救起我女儿，重赏，重赏。

其实，在他喊叫的同时，已经有一个船工跳入水中，另一个船工把船篙伸过去，准备接应，当水中的船工靠近童女红时，女红却不见了，人们张望着水面，水面上出奇的静，水中的船工抹了一把眼脸，左右寻找。见水中没了女儿的人影，童政员突然倒在船上，惊魂未定的管家扶起他，掐他的人中，赶来的船老大用力摇动他，他才睁开眼睛，他脸色惨白，有气无力地叫着女儿——女儿——

在管家的帮助下，童政员撑起腰，看着水面，眼里浸出了泪水，一副绝望的神情。突然几个洋老咪欢叫起来，刚才那个差点落水的洋姑娘激动地哭了。童政员揩了一下眼，他看到不远处的水面钻出一个人头，水中的船工刚要游过去，又停住了，因为，他看到童女红镇静地、很有把式地向汽船游来。

见女儿在水中从容的样子，童政员没有眨眼，也没有叫喊，他终于恢复了自信，他知道女儿的水性，一个能在蒙自南湖游两个小时也没问题的水上蛟龙，应该不会有问题的。船老大指挥着人们把童女红拉上了船。童女红对着船上的人们做了一个鬼脸。

女红弯腰扶起地上的父亲，问，老爸怎么了？童政员苦笑了一下，没说啥，而是催女儿回舱换衣服。洋姑娘陪女红回了船舱，管家为童女红提来一桶清水，要童女红冲洗身子，然后就出了门。

洋姑娘金发碧眼，想不到她会说一点儿中国话，因为说得吃力，所以要借助于手势和表情。她一边用清水帮童女红抹身子，一边自我介绍。她叫保罗·菲娅，法国巴黎人，刚从法国中央工程学校毕业，十七岁，到滇南参加铁路测量。听说保罗·菲娅是法国人，童女红来了兴趣，她问了一大堆有关法国的问题。

当女红洗好头发，换好衣服时，就敲门进来一个洋小伙，他满脸笑容地向女红伸出手，用他不连贯不通畅的中国话自我介绍，说，我也是法国人，叫卡洛，我们都认识你，你在海防上船迟到一个多小时，全船人等了你一个多小时，谁不认识你呀，没想到你这样漂亮。

女红嘻嘻地笑，说，不好意思，让你们久等了。

她被迫伸出手，很不情愿地握着一只长满汗毛的西方男人的手。

正说着，童政员进屋，他帮女儿理了一下发丝，说，刚才你钻进水下，有意吓老子，吓得我都死一回了。

见童政员进屋，保罗·菲娅和卡洛就离开了。童政员瞟了一眼他们的背影，对女儿说，那帮洋老咪不是什么好货，离他们远点。

女红说，他们怎么就不是好货了？

童政员说，他们要在我们这里建铁路就不是好货。

女红噘着嘴，瞪圆了眼睛，再没说什么，她知道父亲最恨法国人建铁路，每次和父亲发生争执时，她都以沉默避之，她知道争论下去的结果。她并不喜欢和父亲在一起，这次跟父亲跑货，是想到安南玩一趟，看看大海是个什么样子。一路上，受父亲管制，她心想，我再过几个月就去省府上学堂了，到那时，我就是一只鸟儿，想怎么飞就怎么飞。

就像已经来到省府上学，她的心情飞了起来。

船突然靠岸停下，船老大跑来告诉童政员，前面就是龙滩了，滩大水急，让船喘口气才挣得上去，这叫让滩。

每次到龙滩，童政员心都像龙滩水流一样急，他望着河水皱起眉头。

女红走上船头，只见前面两岸峭壁把河道挤得像槽一样，红色的河水总是突然腾起白浪，咆哮而下，只见滩上有一只上水木船，船上只有一个撑竿人，船被岸上的纤夫们拉着，纤夫们几乎趴在地上，手刨着地，伸长脖子，歇斯底里地喊着号子。船在湍急的滩上挣扎，晃晃荡荡，说不清在前进还是后退，看得女红想上去帮着推船。

突然，几个洋老咪惊叫起来，童女红心想，没见过世面的洋老咪。冷不防自己却也惊叫起来，因为她看到一只下滩船碰在一堆滩石上，船上的几个人掉进河里，在浪花中晃了一下就不见了。远东号的船员跳下水，救起落水人，拖来一个八九岁的女孩，人们围着躺在甲板上的女孩，船老大掐女孩人中，女孩没动静，没想到的是，那个叫保罗·菲娅的洋老咪竟然趴到女孩面前，嘴对嘴地给女孩吹气，船工们不知她干啥，女孩始终没有醒来。一个落水男人扶起女孩，叫着女儿哭起来。一旁的童女红抹了一把眼泪。

那落水男人突然站起来，揪住保罗·菲娅，说保罗·菲娅刚才咬死了他女儿，要保罗·菲娅赔。真是好心不得好报，童女红用身子挡住那男人说，刚才那叫人工呼吸，是洋老咪救你女儿。那落水男人又说，洋老咪是阎王派来的，你看她的样子，黄头发，蓝眼睛，高鼻凹眼，跟鬼一样，人哪有长成那模样的。

落水男人越哭越伤心，扯住保罗·菲娅的衣服，船老大劝住他，好不容易把他们弄下了船，然后发号闯滩。远东号憋着劲向龙滩撞过去，看到船上的人个个紧张，船老大说，没事的，我们这是大汽船，很少出事的。

船在滩上，慢得让人心焦，大家心里跟着鼓劲，船老大握紧轮舵，目不斜视地盯住前面，最后终于上了龙滩。童政员心中的那口气，像从坡头回落下来，和江水一样平展了，他对女儿说，红红，上了龙滩，蛮耗就快到了。

女红没说话，往蛮耗方向看了一眼。

蛮耗以北的整个云南，交通都靠脚走，靠马拉牛驮，人背肩担，山间铃响马帮来成为云南的一道风景。而到了蛮耗，云南交通喘了一口气，在河道上航行。蛮耗是红河最上游的码头，是红河航运的起点，整个云南的进出口货物大多都从这里进出，蛮耗码头是红河河道上最繁忙的码头。

那天，"远东号"汽船到达蛮耗码头时，已经十一点，远远超过了童政员要求的时间，等候在岸的商贾们看到"远东号"汽船，就像看到久违的亲人。船一靠岸，整个码头像突然通了电，人们忙得像热锅上的蚂蚁，马帮牛队随处可见，而这时的天空，也突然像码头一样忙乱起来。乌云像码头上的搬运工，三五成群地穿来穿去，很快，大雨倾盆，不管赤身半裸，还是穿着衣服的搬运工们，都没把雨当回事，相反，在雨中搬运货物，劲头更足，搬运工们的吆喝声此起彼伏，脚步飞动，雨地上溅起层层晶亮的水花。

站在船头的童政员，指挥搬运工们下货，一个船工帮他撑着伞，管家在办理提货登记。保罗·菲娅几个洋老咪穿上雨衣，扛着标杆和勘测仪器下了船，准备找马车去蒙自，女红和他们道别。

女红站在雨中的一块礁石上，湿透的衣服紧贴身子，把一个正在发育的少女胴体，毫无保留地显现出来。在繁忙的搬运场地上，有一双目光，从不远处的一把黑伞下向她投来，她并没有注意这双目光，她被码头上的吆喝声和繁忙景象镇住了，她看到雨在赤裸的搬运工们身上汇集成水流，从头上往下流淌，在搬运工们肌肉发达的胸脯上，水流闪着亮晶晶的天光，作为一个大家闺秀，她从没有听到过如此雄壮的吆喝声，也从没看到过这样充满力度的场面，以至于一把黑伞为她挡住雨水，她也全然不知。

你一定是被眼前的阵势吸引了，但我不理解的是，你全身湿透也在所不惜。

本来说话的人就在自己身边，而童女红却觉得，那说话声是那样的遥远，只是意识到身边有个人为自己撑着伞。那人说，你这样会淋病的。

她没有说话，掉头打量着他，他赶紧说，我叫鲁少贤，十八岁，从个旧赶来提货的。

她仍然一动不动，望着搬运场面，他又说，你不知道鲁少贤，一定知道鲁仲道吧，他是我爸，我是他儿子。

废话。女红哼了一声，蹦出这两个字。

鲁仲道是个旧最大的矿老板，这个名字在滇南一带如雷贯耳，但女红听了，仍然没有反应，鲁少贤被她的冷落逼急了，就对她说，我知道你是谁。女红说，但我不知道你是谁，刚才你说的，我都没有听到。

说完，女红就回到船上，童政员看到女儿被淋透，就叫女儿把衣服换了。很快，女红就又换好了衣服，这一次是件绿色的镶花衣，走在黑乎乎的搬运工堆里，女红芽样嫩，像行走的春天，搬运工们都驻足、扭头看她，而她面带微笑，从容走过。

她提出自己先回蒙自，童政员同意了，叫管家跟她一起回去，女红不想让管家跟着，又不能推托，就由了父亲。管家带女红租马车，但租车场已经马去人空，连先赶到的保罗·菲娅他们也没租到。管家跑上跑下，最后拉住路旁已被人租用的一辆马车，两人争执起来，管家对那人说，你知道是谁要用马车吗，告诉你，是童政员老爷的女儿童大小姐，你还是知趣一点儿，让了吧。

租用人说，我为重病在家的老人跑药，药已拿到，我要在天黑之前赶回家里，家里等药治病啊。

听到争执声，女红要管家放开马车，她说，没啥的，没车就等着爹爹一起坐家里的马车回去。管家说，这样也好。他正要带着女红回到船上时，鲁少贤出现了，他身后是一辆大马车，他对童女红说，童大小姐，如果不嫌弃，就让我的车把你送回蒙自吧。

看到鲁少贤一脸的诚恳，女红脸上掠过一丝犹豫，还没等她决定，管家就说开了，他认识鲁少贤，他说，这不是鲁家少爷吗，谢谢你的一片好心。

管家掉头对女红说，小姐，别负了鲁家少爷一片好心，就坐他的车回蒙自吧。

说着，管家就上了马车，并把女红往车上拉，女红坐上车后，鲁少贤就叮嘱马锅头，把童大小姐平安送达。马锅头点点头，向两匹大红马吆喝了一声就上路了，女红本想叫停，却看到路边上的保罗·菲娅他们，就叫他们上了马车，七八个人挤在车上，女红叫管家下车，陪父亲料理货物。管家只能听童大小姐的，跟马车夫交代了几句，就赶回了货船。

保罗·菲娅见到童女红，高兴得和女红拥抱，女红心想，这些洋老咪，就喜欢拥抱，身上一股洋狐臭。卡洛和几个男洋人也兴奋起来，他们和女红搭话，问这问那，女红不冷不热地应付着。

一路上，几个洋老咪跟女红学说中国话，他们说中国话的样子，很夸张很滑稽，笑得女红合不拢嘴。当马车翻上一个山坡时，滇南重镇蒙自城出现在前面，就像海市蜃楼，人们欢呼起来。距城十公里的原野上，有两片相连的浩渺湖水，湖水映照着天光，所以湖水明晃晃地耀眼。童女红对保罗·菲娅说，那是大屯海和长桥海。当他们来到长桥海湖岸时，已经下午三点半。湖岸有一个只有十多户人家的彝族村寨，全用石块垒建，掩映在树丛中。卡洛拿出地图，指着长桥海湖边的寨子说，这一带在我们勘测范围内。

很快，他们在这个寨子下了马车，女红陪保罗·菲娅他们勘测，就叫鲁少贤的马车回去，并付了费，马车夫没敢接钱，女红硬给了他，马车夫只好接过钱，说回去就把钱交给鲁少爷。

一行人走到村头，村头有一群玩耍的村童，他们一见洋人就溃而散之，躲到墙角像看怪物一样盯着洋人，女红走上前，笑盈盈地说，我是蒙自人，你们别怕。

一个八岁左右的男孩闪动着他那双大眼睛，用下巴点着洋老咪，说，他们呢？

女红知道男孩指的是保罗·菲娅他们，就说洋老咪是自己的朋友。男孩歪着头想了想，但没再说话。保罗·菲娅蹲下身子，问一个小女孩：你们这里叫什么村？没想到，小女孩恐慌地退了两步，更没有回答，那个八岁男孩把食指和大拇指塞进嘴里，发出了一声口哨，村童们一哄而散，隐进村子。

很快，村童引来村人。一群赤胸露腿、包着大包头的彝族男子走来，和女红他们呈对峙之势，村民们拿着棍棒、猎枪和砍刀，有的胸脯和脸上涂着红，其中一个皮肤黝黑、睁着大眼睛的三十多岁男人叉开双腿，手持大砍刀，站在前面，他的说话声雷一样响，以至于他大包头上的角也在颤动。他拍了两下胸脯，问：你们什么人？女红反问你什么人？旁边一个巫师打扮的人说，哪儿来的丫头片子，不得无礼，这是我们的地巴拉土司。

女红小声告诉保罗·菲娅，土司就是村里最大的官，菲娅点点头。童女红转过身，跟土司说明了情况，土司脸上竟然没一点儿反应。保罗·菲娅拿出糖果给孩子们，孩子们不敢接，那个八岁男孩接过糖果分给伙伴们，保罗·菲娅问他叫什么名字，八岁男孩说，我叫巴目，这里的王子。旁边一直阴着脸的巫师解释说，王子就是土司的儿子。保罗·菲娅点了点头，又对巴目说，我叫保罗·菲娅，法国工程师，你们这里叫什么名字？巴目说：这里是壁虱寨。

壁虱寨？保罗·菲娅不解地摇摇头，女红对她说，虱是一种长在人身上会咬人的小虫子，非常讨厌的小虫子，等于吸血鬼，壁虱就是这些虫子爬满墙壁的意思。保罗·菲娅点点头，下意识地看了看四周的山水，说，小虫子不好，壁虱寨不好，这里风景如画，怎么会是虱子爬满墙壁呢。她想了想，自言自语地说，壁虱，碧色，应该叫碧色寨才对，没错，湖光山色，碧绿的颜色，应该叫碧色寨。

巫师名叫莫里黑，生活在人鬼之间，也就是人们常说的阴阳界，当然也是和神打交道的人，算是壁虱寨最有文化的人了，他看了一眼长桥湖四周的景色，对着地巴拉土司的耳根说，碧色寨这个名字好。地巴拉土司不以为然，脸上没有反应。过了一会儿，地巴拉土司才悄声对巫师说，壁虱寨再不好，也不能随便更改，依我看，这事得和先人们商量一下。

巫师说，我明白你的意思，我回头就和祖先们神会，看看他们的意思。

地巴拉土司说，你把咱们寨子一直不顺的事告诉祖先们，水灾旱灾蝗患匪患，像赶场一样，让村民吃不饱穿不暖，人人像蔫了的茄子，是不是跟这寨名有关呢，你向祖先们说道说道，他们说改名就改。

巫师点头说，我这就办。

土司他们说的是土话，女红没怎么听懂，她对土司说，我也是蒙自人，我也觉得碧色寨这名好。

保罗·菲娅取的寨名很得人意，不管当地祖先神灵同不同意，不久，"碧色寨"这个名字很快传开。

保罗·菲娅一行没有进寨，向土司、巴目和村人挥手告别后，在寨子不远处停下，卡洛把红白相间的标杆立在地上，保罗·菲娅在三脚架上的仪器里探望，有人在本子上写写画画。巴目拉着比自己大五岁的愣子走来。愣子一张方形脸，表情冷峻，眉头悄悄皱着，腰间扎着腰带。他读过私塾，明了一些道理，他想弄清洋老咪们到底要干什么，就问了洋老咪，卡洛把建铁路的事告诉了他。不久，法国人要在云南建铁路的事，很快在蒙自一带传开。

时值八国联军入侵中国不久，再加上义和团运动、红灯照起义在全国兴起，一场"抗洋扶清"运动席卷全国。以蒙自为中心的滇南地区，也出现了"抗洋扶清"的运动，当地人阻止洋人的一切活动，所以，当清政府同意法国修建滇越铁路的消息传来，滇南各族民众奔走相告，义愤填膺。

保罗·菲娅一群人走后的第三天傍晚，巫师莫里黑来到地巴拉土司家，表情神秘、形色诡异地说了他与先人们神会的结果，他说先人们不高兴啦，质问他为何自家的寨名由洋老咪来改，这事有辱祖宗，他被先人们骂得全身打战，就破了神界，回到了人间，他问地巴拉土司咋办？

地巴拉土司说既然先人们都不高兴了，我还能说啥？但此名被愣子他们叫开了，没法收回了。

两人正说着，寨子里就出现了狗叫声，地巴拉土司心里七上八下，果然，不久，土司家就有人来访，地巴拉土司不认识来人，但巫师莫里黑认识，闹义和团时，他和来人都是义和团的小头目，常在一起磨刀擦枪。两人见面，相互行了义和团拜礼。

来人杨自元，蒙自杨家寨人，一身侠义之气，在蒙自一带很有威望，他还带来了附近最大的村庄头人，两人和土司双手做拜，杨自元说，尊敬的地巴拉土司大人，近日来，法国人勘路打桩、强占民田，破坏风水，要在我们这里建铁路，我们不能坐视不管啊。

这事当然不能答应，地巴拉土司迎合着说。莫里黑接过话头，说，我们义和团就是专为抗洋反法成立的，洋老咪得寸进尺，竟然要把又长又大的铁家伙架到我们这里来，我们必反之。

看大家意见统一，杨自元就把来意说了，他要地巴拉土司用他的威信，招集附近村民参加抗议活动，也要莫里黑通联附近巫师教人，发动民众。莫里黑往自己手心里吐了一泡口水，搓了搓手说，是得这么干，不然我心头不滑溜，不跟洋老咪对着干，就对不起土地爷，也对不起老祖宗，土司，我看这事用不着神会老先人了，你发话吧。

地巴拉土司说，还用说吗？我们井水渗进河水，一起干。

地巴拉土司叫娃仔杀了一只公鸡，往碗里滴了鸡血，三人喝了血酒，然后，三人伸出手掌重叠在一起，发了盟誓。第二天，几人走村过寨，暴风骤雨即将到来。

几天后的一天，天不亮，莫里黑敲锣示众，人们走出家门，地巴拉土司带领碧色寨村民走村串户，把附近村寨的村民集中起来，然后向蒙自城进发，十多岁的愣子和八岁的王子巴目也在其中。没想到，沿途各村寨的村民同样走出寨子，来自四面八方的村民会集在一起，黑压压的一片，人们潮水一样，涌向蒙自城中的法国领事馆和海关。

把法国佬赶出去！

中国土地不准法国人建铁路！

人们向法国领事馆和海关扔石子，口号也像石子一样坚硬。法国领事馆门庭威严，几个门卫把人群堵在门外，激起群愤，民众往里冲，和看守扭打起来。很快，朝府人马赶到，清军一边吹哨子，一边驱散人群，人群大乱。清军的到来，像火上加油，不但没驱散人群，反而惹怒了民众，杨自元凑近地巴拉土司说了几句，土司会意，他把愣子拉到一边说，你把洋老咪发动机里的洋油弄出来，泼到洋楼上，把洋楼烧了。愣子找来锤子，砸烂油箱，杨自元指挥着人们烧洋楼，很快洋楼一片火海，清军被淹没在火海人海里，无能为力。在清军的护卫下，洋老咪们从后门溜走。一个乡民将此情况报告给杨自元，杨自元指挥乡民涌向后门，追赶洋老咪，迎上来的清军堵住乡民，人们和清军扭打在一起，但很快，村民就被枪声镇住，有的开始往回走。

仓皇而逃的保罗·菲娅，被一只箱子绊倒在地，被乡民发现，乡民们一涌而上，围住她，一个村民上去就给菲娅几拳，赶到的愣子和巴目一看是保罗·菲娅，就用身子挡住乡民的攻击，并说菲娅是朋友，乡民不吃这一套，就把愤怒泼到巴目和愣子身上，拳打脚踢，都喊着打卖国贼，围上来的人越来越多，地巴拉土司挤到里面，才看到是自己儿子和愣子，他大吼一声，也没制止住，是杨自元上来才解了围，杨自元跟乡民介绍了地巴拉土司和王子巴目。

土司？王子？怎么帮着洋老咪呢？

连杨自元也弄糊涂了，怎么回事，地巴拉土司支支吾吾，说不明白，是愣子凑近杨自元说，是有人要刮女洋老咪的衣服，被我们制止。

听愣子这样说，旁边的乡民要跟愣子理论，被杨自元打断，刚要说什么，赶到的童女红拨开人群，拉着惊魂未定的保罗·菲娅就跑。杨自元制止了乡民的追赶，带着人们走向正在燃烧的领事馆和海关。火越烧越旺，引来了很多人。

看到童政员等众多蒙自的各界名人，杨自元走上前双手握拳作拜，说，感谢各位理解支持，感谢童老爷。

我们也是中国人嘛，不必言谢，我还自责没有亲自点火呢。童政员拍了一下杨自元肩膀，又说，洋人收我们的税，占我们的地，看到眼前这片火海，我们心中解恨啊！

此时的洋楼，一片火海，火光中，晃动着正在救火的清军身影，火势越烧越大，清军无力控制局面。

最后，洋楼成为一片废墟，清军收拾残局，并保护法国领事馆、海关人员及铁路勘测工程设计师全部撤离蒙自，灰溜溜地撤到了安南（越南）。

第 二 章

一八八八年的法国巴黎，塞纳河岸一座普通的民楼里，鲍尔费西准备带儿子德克拉曼去教堂。刚出门，五岁的德克拉曼问了一个问题，这是他多次问过的问题，每次，父亲都耐心回答。

为什么总去教堂？

因为你爷爷的魂在那里。

德克拉曼的爷爷罗门是法国德高望众的牧师，几年前去远东的中国云南传教，杳无音信，世人都认为罗门牧师已经殉葬，就把塞纳河岸的一座教堂改名为罗门教堂。

那天是罗门牧师去远东五周年纪念日。天刚亮，阳光朗照，一群白鸟在塞纳河上翻飞，鲍尔费西感到空气里有一种神圣的气息，仿佛父亲就在眼前。

他恨自己脚残，不能走路，只能被家人半扶半抬地把他从五楼扶下来，再坐上轮椅，由家人推着去教堂。

塞纳河岸的罗门教堂，被阳光涂上了一层金，广场上成群的白鸽，像一粒粒飞翔的阳光。鲍尔费西指着教堂告诉儿子，爷爷去远东前就在这里布道，所以整个教堂充满爷爷的气息。德克拉曼抬头看着高大的教堂，说，那爷爷今后还会回到这里布道吗？鲍尔费西点点头，神情恍惚。

一家三口刚到教堂门前，教徒们就过来迎候，他们受到了最高礼遇，因为他们是罗门牧师的后代，每次都这样，鲍尔费西一家被安排在第一排。牧师布道时，特别指出这一天是著名牧师罗门赴远东五周年纪念日，全体教徒为罗门牧师祈福。因此，那天"罗门"的名字频繁出现，德克拉曼好奇地问父亲，罗门是谁呀？鲍尔费西说，是你爷爷。

罗门。牧师。我的爷爷。

即使那天回家的路上，德克拉曼口中也不断地念叨着爷爷的名字，他觉得这个名字和自己血脉相连。

平时，脚残的鲍尔费西不便从五楼出行，所以经常坐在轮椅上，从五楼窗口眺望东方，并且长时间不离开，有时德克拉曼陪他，一对父子默契地坐着，但德克拉曼并不能完全理解父亲的心思。那一天，德克拉曼终于忍不住，就问父亲为何总是坐在窗前望着远方，鲍尔费西回答说，看你爷爷。

这样告诉儿子后，鲍尔费西一脸茫然，仿佛回到了往事之中。

我可敬的爸爸，从我记事起，你就经常望着远方。

哦，亲爱的儿子，你已经五岁，我应该告诉你，但我又不知从何说起。

就从你面朝的方向说起吧，你能看到爷爷吗？

我在看东方，是的，东方，那不是一个普通的方向，我能感到你爷爷就在那里。

德克拉曼说，东方？会是一个什么样的地方呢？值得您如此牵挂？

鲍尔费西想了想，说，不仅你爷爷去了那里，那里还是一片神奇的土地，有一条红色的河流，河水所过之处，长满了奇花异草丽树，天上会有唱歌的鸟类，地上有各种会说话的动物，就连居住在河岸的人们，也穿着五颜六色的衣服，整天唱歌跳舞，那里的土地是红色的，因为那里是太阳的故乡，也居住着血性的族群，那里的太阳，是世界上最鲜艳的太阳，因为每天的太阳最先都从那里升起。而在我们很多西方人眼里，那里有遍地的黄金，每块石头都是无价之宝。

德克拉曼说，哦，世界上竟然有这样的地方，爸爸，你去过吗？

鲍尔费西说，我没有去过，这是我一生的遗憾，我这一生是去不了了，所以，我只能朝着那个方向看看。

爸爸，你没去过的地方，怎么会让你这样经常看着？

亲爱的儿子，爸爸要告诉你，不是因为那里的美丽神奇才让我牵挂，而是因为你爷爷去了那里。

哦，是这样呀，我爷爷长什么样子？

他个头很高，是个大胡子，他想把耶稣的福音和西方的文明带到东方，所以去了那个遥远的东方。

德克拉曼说，我长大了也要留大胡子，我从没见过爷爷，他还会回来吗？

鲍尔费西摸了一把儿子的头，叹了口气，说，儿子，我也不知道，但他会想我们的，就像我们想他一样。

爸爸，你为什么不去找爷爷呢，他是你爸爸呀。

听儿子这样问，鲍尔费西把自己找父亲的经历告诉了德克拉曼。

多年来，总有不明身份的人到家里找父亲。一个晚上，家门再次被敲开，一个头戴礼帽、身穿黑色风衣的男子站在外面，问，这是罗门牧师的家吗？来人没经允许就走进家门，东张西望。鲍尔费西说家父去远东传教没回来。头戴礼帽的黑衣人又问，你家应该有一块印着北回归线的手帕。

听到这样问，鲍尔费西心里一怔，因为他手里确有一块手帕，是跟父亲一起去远东归来的传教士给他的，说是父亲的东西。

几个月后，那位传教士离世了。

鲍尔费西迫不及待地想找到自己父亲，弄清那块手帕的事，他决定到东方找父亲。很快，他踏上了去远东的旅程。没想到，他还没离开法兰西，才到了南方码头，还没上船，就被升降机上的货物掉下来砸坏了腿脚，他感到了宿命的气息，从此，他就成了轮椅上的废人。

鲍尔费西抚摸着怀里的儿子，叹了一口气，说，我这一辈子是去不了了，我总不能坐在轮椅上被你推着去找你爷爷吧。

德克拉曼说，那我代你去，一定把爷爷找回来。

鲍尔费西说，儿子，如果真有一天，你去找爷爷，你要记住一个北回归线穿过的村庄，你爷爷应该去了那里。

说到这里，鲍尔费西拿出一块手帕递给德克拉曼，说是爷爷留下的，德克拉曼指着上面的图案询问，鲍尔费西说，是北回归线穿过的村庄。

北回归线？从此，小德克拉曼有了去东方的愿望。

在德克拉曼出生的十九世纪，法国全面进入了蒸汽机时代，到处洋溢着"欧洲工业革命""法国大革命"带来的种种新气象。巴黎，这个当时全世界文化艺术的中心，街头、商店和广场，无论是商品广告，还是绘画、雕塑和建筑，还有文学和哲学，每个领域，每个地方都充满着艺术氛围和人类创造的才情和创意。整个巴黎，整个法兰西，人们群情激昂，扼制不住内心奔涌的欲望和激情，政治家和企业家把目光投向了东方，自然，也包括各种各样怀揣梦想的人们。

为了缩短东西方的距离，实现西方人的东方梦，西方各国早在一八三一年就提出在远东云南修建铁路的想法，法国政府更是紧锣密鼓，不断派人到云南勘察测量。一八七四年，法国人罗舍进入云南，广泛搜集云南经济情报，三年后，他回国写成了《中国的云南省》一书，书中称云南是世界上最富有的矿区，而矿产运出靠水运和马帮是绝对不行的，只有修建铁路才能将大量的矿产运出，这让法国政府对云南垂涎三尺，因而加快了实施"伟大的法兰西东方帝国"的庞大计划。

时间进入十九世纪末，法兰西政府锁定远东，在中国云南修筑铁路已进入倒计时。那一年，德克拉曼已经十七岁。

法国政府成立了法国滇越铁路公司，董事会设在巴黎，具体由印度支那铁路建筑公司承建。那一天，巴黎市中心的巴黎商会出口委员会大楼门前，人头攒动，个个西装革履，衣冠楚楚，不仅有法国滇越铁路公司董事长和负责人，还有政要、企业家、银行家和各种社会名流，人们齐聚一堂。因为是罗门牧师的后代，德克拉曼受到邀请参加聚会。

会议厅达官贵人满座，气氛肃穆，德克拉曼找了一个角落座下。

在雪茄的烟雾和热咖啡的水汽中，一个西装革履、打着领结的人说了一通话后，会场气氛活跃起来，所谈都是有关中国云南矿产和修建铁路的事，讨论争论不休。

一个精瘦的老人喝了一口咖啡，说，远东的云南不仅有丰富的地下矿藏和多种资源，还连接着亚洲中南半岛诸国，对内连接中国内地各省，东南方向是太平洋，西南方向是印度洋，是远东与欧洲、中东和非洲距离最近的省份，我们不能掉在已经占据亚洲中南半岛西部孟加拉湾的英国佬后面，我们法兰西帝国应该利用已经占据的亚洲中南半岛东部的北部湾之利，北上向中国推进。

一个小个子男人说，说得对，向北推进是我们迫在眉睫的事，我们应该利用现有的红河水道，不花一分钱，不费什么时间，不用任何劳工，只要把我们船开到东京湾（越南）海防，顺着红河，就能深入远东的云南和各省，并很快抵达东方帝国的心脏，那是一条多么美丽又便捷的河道啊！

一个大腹便便的胖子说，简直是胡说八道，我们又不是旅游观光，怎么会坐在船上进入远东云南呢，那不是我们的速度，水运不仅慢，而且不能把我们大量的商品、军队和武器运到那里，更不能把云南的矿藏和各种宝贝运出来，什么是矿藏，矿藏就是石头，矿藏就是山，请问，那些靠水运行的船能把山运到我们法兰西吗？

一个光头说，修铁路谈何容易，我去过远东的云南，那里山高谷深，别说建铁路，就是修公路也不行，那里的运输全靠马驮人拉，别无他法。

一个说话颤抖的老人赞同光头说的话，说得对啊，那样的地方，即使能建铁路，也不知建到什么时候，而水运是现成的，不用投入，很快就可以实施，我这把老骨头也能看到，如果建铁路，只有子孙才能看到了。

一个大胡子男人激动地站起身，然后声如洪钟，气吞山河，一副向全世界发布公告的模样，他说，我再也无法忍受，我不允许你们再这样无休止地争论下去，我拒绝平庸，我要说的是，分析问题，要触及事物的本质，我赞同那个德国佬马克思的观点，一个人口占人类三分之一的孤傲与褊狭、自满与封闭的东方帝国，已经被排斥在世界体系之外，他们靠美好的幻想来欺骗麻痹自己，还相信天朝帝国万世长存的神话，而事实上，在以大不列颠为首的强国打击下，一个古老的东方帝国正在垂死挣扎。我可以预言，一个数千年帝国的末日正在迅速到来，在这种情形下，我们有理由和责任去拯救他们腐朽的精神和灵魂，大家听好了，我们眼下要做的，是……

一只杯子砸到地上。

水果在大厅飞窜，很多人被砸。

整个场子，乌烟瘴气，乱七八糟，弥漫着钻蓝色烟雾，人们情绪激昂，争论不休，年轻的德克拉曼听得皱起眉头，他再也忍受不住，拨开人群，走到大厅中央，竟然大胆地跳到桌子上，把水杯碰翻也全然不知，他双手击掌，示意全场肃静，对所有人说道：各位前辈，尊敬的女士们，先生们。

看到一个乳臭未干的毛头小伙子竟然跳到桌上讲话，刹那间，全场大乱，对着德克拉曼议论纷纷，并向他扔杯子和果皮。

这小子什么人。

怎么来了个疯子。

把他轰下台，把他轰出去。

德克拉曼不顾人们的激愤，大声说道，各位前辈，我是尊敬的罗门牧师的孙子，请听我把话说完，东方的中国是个文明古国，是一个伟大的国家，我们不能用野蛮和侵略对待他们，东西方的交流，只能用文化彼此温暖。雨果先生说：别以为你抢了别人的东西就自认为强大，真正的强大是不去侵略别人，这个国家就是中国……你们让我把话说完，我是至高无上的罗门牧师的孙子……

罗门是谁，我们不认识罗门。

不知天高地厚的小子，你真是个孙子，哈哈哈。

德克拉曼被众人推下桌子，一头撞到桌子边沿，脸上撞出了血，人们惊叫，他被两个门卫推出门外。

德克拉曼捂住伤口回了家，看到他满脸是血鲍尔费西问明了情况，然后一边给儿子包扎伤口，一边安慰儿子，孩子，你说的是对的，你的问题在于你和一群野蛮人谈文明，这是自讨没趣，没想到在耶稣主的普照下，还有这等不文明的事情发生。

那几天，德克拉曼吃了睡，睡了吃，同学朋友找他，他也不见，这让父母放心不下。有一天，他突然站起来，对父亲说，我要去远东，我要去中国。

当儿子真要去远东时，鲍尔费西说，儿子呀，你爷爷去中国是传教，是传播文明，拯救那里受苦受难的众生，你去干什么呢？德克拉曼说，我去找爷爷，找那个大胡子的传教士。

鲍尔费西笑了，说，大胡子的人很多，如果他在，应该八十岁了，这么多年过去，你爷爷十有八九不在人世了，所以，儿子，我不同意你去，远东很大，你到哪里去找，并且那里很远，远得几乎就是这个世界的尽头。

德克拉曼说，我亲爱的父亲，你告诉过我，爷爷可能去了那个北回归线穿过的村庄，不管爷爷在不在人世，我们总得去找。

听说儿子要去远东，母亲放下厨事，跟儿子数说了若干不能去的理由。

第 三 章

　　童政员做矿产生意，还开了几家商号，生意兴隆，是蒙自、个旧一带大名鼎鼎的童老爷。他原配夫人已去世多年，后来娶了比自己小十四岁的彭氏为妻，彭氏只比女儿童女红大十二岁，童女红不喜欢这个大眼睛厚嘴唇的继母。继母整天涂脂抹粉，好吃懒做，只会打麻将，并且名声不好。自然，彭氏对女红也很少关心，而童政员对女儿却是百般疼爱，握在手里怕掉了，含在嘴里怕化了，俗话说穷养儿子富养女，女红要什么，他给什么，女红不要的，他也给。有一次晚上，他看着月亮对九岁的女儿说，红红，你想要月亮吗？女红回答说，我不要。他说，为何不要呢。女红说，因为你给不了我。

　　红红呀，爹爹是给不了你，但爹爹的心思你要知道啊。

　　女红自然知道父亲对自己的疼爱，而她并不习惯这种父爱，她天生独立，性情叛逆，喜欢到处游走，想些海阔天空的事，说她像男孩子，也不尽然，她仍然保持着女孩子的内秀，看上去仍然文静、雅致。

　　那次跟父亲沿红河到越南海防跑货，也是她要求去的，童政员不让她去，她就对父亲说，你不让我去海防，我就只有去东洋日本了。

　　一句话，说得童政员直摇头，他知道女儿的倔强，就带她上路了，一路上让他提心吊胆，生怕宝贝女儿出事，其结果，女儿没出大事，却在从海防返回那天，开船时间到了，却不见她的踪影，急得童政员团团转，报了海防警署，并禁止船起航，等得旅客们想找船老大退票，急得那几个洋老咪叽里呱啦地叫，远东号汽船等了她一个多小时，才见她姗姗来迟。一见到十三岁的女儿，童政员的心，才像锚落水一样落到底。

　　他想发脾气，但见到一脸通红的女儿，心就软了，他只是指了一下远东号汽船，对她说，整船的人都在等你呀，红红啊，你到哪里去了？

我能到哪里去？女红指了指远处的一艘大船，说，我上了那艘大船，本想上去看看，冷不防等我上船后，那船就开动了，这不怪我吧。当时，我看着苍茫的大海，还以为可以去日本了呢，遗憾的是，那船只是挪了一下位置。爸，那些大船怎么不开进红河呢？要是开到蛮耗，那才叫壮观呢，叫两岸的人看看什么叫大船，那等于是河道上行走的一座城堡，如果我坐在上面，老爸，你说我像不像个公主？

女儿的话，真像一个童话，童政员脸上挂着的愁云荡然无存，他把女儿揽在怀里，说，红儿啊，你真是爸的公主啊！

当时，船上的人都围在父女俩周边，都以为做父亲的要教训女儿不守时，没想到，却看到了父女深情的一幕。童政员意识到围观的人们后，才松开女红。背后的船老大问，童老爷，可以开船了吗？童政员转身对船老大说，当然应该启航了，是我耽误了大家的时间。

船老大转身吆喝了一声，开船喽。话音刚落，马达声响起，汽笛一声长鸣，船就摇晃了起来。

童政员双手作揖，向全船的客人赔不是。几个洋老咪，刚才对延误时间还有些情绪，听了女红的讲述，再看看漂亮的女红，他们感叹到，这东方远地竟然有这样漂亮的女孩子！真是天女下凡！他们心中的不快也随风而去。

后来，女红的一身侠骨义气，以身相救保罗·菲娅，让几个洋老咪感动服气，保罗·菲娅也因此和女红成了好朋友。

保罗·菲娅住在法国驻蒙自领事馆。领事馆就在南湖东北角，而女红家就在南湖北岸，距法领事馆不远。所以，回到蒙自后，两人就有了来往。

两人在一起，免不了向对方学习各自国家的语言，特别是菲娅迫于工作和生活需要，学习中国话进步很快，而女红不仅从菲娅那里学习法语，还了解到一些法国的历史文化，让她对巴黎充满了好奇和向往。

那天，女红带菲娅到自己家，在接近童家大院时，菲娅就放慢了脚步，看到朱门红梁、金碧辉煌的童家庄园，她感叹，在蒙自竟然有这样宏伟的深宅大院。大院分内外两院，壁头梁间的字画和雕梁画栋的门窗透出东方的文化气息，特别是中堂上一幅吴昌硕的巨幅彩色牡丹图，让整个童家大院透出荣华富贵的气场。

这是菲娅第一次深入中国式家庭。女红已经迈进里院，菲娅却还在里外之间的花园里驻足观看。正逢彭氏从里院出来，刚绕过一座石山，就迎面碰上菲娅，这个突如其来的洋老咪让她惊呼大叫，哪里来的金发碧眼？管家以为出什么事了，赶来一看是菲娅，他在蛮耗码头见过，他知道她是大小姐的客人，但没见大小姐，他就问你一个人来的？菲娅刚才被彭氏的叫声吓得还没回过神来，也没听懂管家的话。彭氏一手撑在腰间，一手指着门外，要管家把菲娅赶出去，这时，童政员从账房出来，他认识菲娅，他说，这不是来建铁路的法国小姐吗，找我有事吗？可先说好了，要我帮助你们建铁路是不可能的，我们的土地，怎么让你们来建铁路呢？说不过去吧？听得懂吗？

还没等菲娅回答，女红就过来了，她隔在菲娅和几人之间，说，这是我的客人，你们不得无礼。彭氏冲着女红说，你怎么带个洋老咪来，她一身狐臭，会破了我们家的气场风尚，赶紧把她带走吧。

听了彭氏的话，女红满脸怒色，一字一句地对彭氏说，这是我的家，我想带什么人来就带什么人来，你管不着，你要赶她走可以，但你必须先离开这个家。

女红说完就大声叫厨娘，厨娘应着跑来，女红对她说，晚饭有客人，你多做几个好菜。厨娘边应承边离去，彭氏看了一眼童政员，刚要说什么，就被童政员拉走，并对女儿说，你好好招呼你的客人，让客人吃了晚饭再走，啊。

菲娅知道发生了什么事，尴尬地站在一旁，等平息后，她就要和女红告别，女红怎么也不让她走，这时，童政员走了过来，很有礼节地对菲娅说，对不起，让你见笑了，内人不懂事，是因为我们家从没来过西洋人，把她吓着了，请你谅解，我虽然对你们建铁路不满，但我们中国是礼仪之邦，我们蒙自人都非常好客，今天你怎么也得留下来吃晚饭，让你尝尝我们蒙自的臭豆腐、烤乳鸽和香炸粉蒸肉。

见父亲这个态度，女红心里舒畅了一些，她在父亲面前的娇俏和专横又显露出来，她推着父亲，说，你走吧，这里没你的事，你把饭菜准备好就行。

童政员回应了一声，说，是了，大小姐，我这就走，谁叫我是你老爸呢。

童政员离去后，女红带菲娅进了自己闺房。一进门，菲娅就被屋子里贴满的纸片吸引住了。女红坐下后，就把凳子前脚跷起，呈仰躺之势，得意地望着菲娅，说，这都是我的涂鸦之作，怎么样，有点意思吧？

菲娅瞪着双眼，说，涂鸦？什么是涂鸦？

女红说，乱写乱画就是涂鸦，像不会写不会画的小孩子所为。

菲娅走到一幅画前，画面是一块稻田，奇怪的是上面有一艘船，她估计女红画的是海，那船上好像站着一个人，又像是一棵树，菲娅问那是什么？女红说，那是我站在船上，难道你看不出来吗？

听女红这一说，菲娅突然大笑起来，指着画面上说，哈哈，那是你？我还以为是一棵树呢，真是"图牙"啊。女红听了菲娅的发音，就笑起来，纠正说，不是"图牙"，是"涂鸦"。再说了，那怎么是棵树呢，那是我乘船远行呢。

那天，童政员没吃饭，就被人叫走了，离开时，他一脸严肃地看了一眼菲娅，这让女红不解，她要父亲吃了饭再走，童政员没答应女儿，却对女红说，外面很乱，你今天别出门。

听了父亲的话，女红大笑，说，我们的生活平静得像一潭死水，人还怎么活，我就希望这个世界乱起来。

童政员走后，女红对菲娅说，管它乱不乱，我们吃我们的。正说着，就听到外面人声伴着脚步声，并且越来越密集。女红对菲娅说，先吃饭，看热闹也不能饿着肚子。

就在快吃好饭时，管家跑来说，好大的火呀，平时看海关和领事馆很神气的，怎么一见火就没威风了。

听管家这一说，菲娅才意识到发生了什么，她惊慌地看了一眼女红，就往外跑，女红说，你等等，我穿一件外衣。

女红急忙回到房间，披上一件外衣就冲回餐房，而这时菲娅已经出了门。她刚要出门，就被管家拦住，说，老爷吩咐过，不让小姐出门。

她和管家磨了几分钟，管家也不让路，最后，女红说，这样吧，你和我一起去，追回菲娅就回来。

管家没法，只能答应女红，结果，一出门，女红就跑到前面去了，后面的管家跑得上气不接下气地跟着。

只见领事馆方向烟雾弥漫，女红不知出了什么事。前面的菲娅，已经被一群乡民围住，并被打倒在地，后面的女红急了，她大叫住手，但没人听到她的喊叫，相反，就要赶到时，她被一只手拉住了。她回头看，是一个穿着不凡的小伙子，她似乎不认识这个人，她对那小伙子说，你不放开手，我就叫抓流氓了。

看她一脸漠然，还恼羞成怒，那小伙子说，你真不认识我了？我是来还你钱的。

还我钱？女红这才认真看了他一眼，这还真是一张熟悉的面孔，却一时想不起是谁，小伙子说，真是大小姐呀，贵人多健忘，我是鲁少贤呀，你坐了我的马车回蒙自，不领情不说，还翻脸不认人。

原来是你呀，不是不认识，是我没想到，不多说了，我的法国朋友菲娅被乡民围住打了，跟我走，我们一起去救她。听她这样说，鲁少贤没积极响应，对她说，危险，这个时候不能救洋老咪。女红没听鲁少贤的劝告，哼了一声，向菲娅受困的地方跑去，鲁少贤没有跟过去。

还好，她看到碧色寨王子巴目和愣子在帮助菲娅，最后是一个头领模样的人制止了事态，女红趁乱拉走了菲娅。

女红拉住菲娅往回跑，觉得身后有人追，她不敢往回看，直到家门口，她才往后看了一眼，原来还是鲁少贤。

她不高兴地看着鲁少贤，说，你想怎样？

我能怎样，我这不是在保护你吗？大小姐。鲁少贤歪着头，笑了一下，一副公子哥的模样。

刚才救人时，你跑到哪里去了，告诉你吧，我们用不着你保护，请回吧，鲁公子。女红不屑一顾，一进门就关上了门，鲁少贤没有打住，他一边敲门一边说，我还要还你钱呢，童小姐。

过去了很久，鲁少贤还在敲门，他不停地说还钱的事。女红觉得奇怪，他们以前不认识，更没有往来，还什么钱？女红想弄个明白，开了门。一见开门，鲁少贤就站到门内，说，能进去说吗？女红一脸严肃，说，不行，就在这里说。

鲁少贤说了事情的来龙去脉。

上次女红带着菲娅他们坐他的马车回蒙自，女红付了钱给马车夫，马车夫回去后，将钱上交了鲁少贤，而鲁少贤说，马车是他帮忙给女红他们坐的，不应该付钱，既然付了钱，就应该退还，这是常理。

女红说，原来如此。谢谢你，但坐了别人的马车，我就得付钱，并且，付出去的钱，我是不能收回的，这也是我的常理，请回吧。

赶来的管家，听女红这样说，就劝走了鲁少贤。鲁少贤是笑着走的，他对女红说，没事的，我还会来的。

看着鲁少贤的背影，管家悄声说，大小姐，有句话，我不知当讲不当讲。

女红说，管家，你只管讲来。

管家说，大小姐啊，鲁少爷会不会告发你收留洋老咪呀？

女红笑着说，谅他也不敢。

管家又说，依我看，大小姐，这个时候不宜收留洋老咪，搞不好要杀头的。

女红满不在乎，菲娅是我朋友，我不能不管呀，没事的。

坐立不安的管家，正要去找童老爷报告此事，一伙乡民就进来了，几个家丁上前堵住，管家对乡民们说，你们不得无礼，这里可是童家大院。

一个乡民说，我们也不想冒犯，但我们见一个女洋老咪进了童府。

听这样说，管家对那乡民说，你可不能乱说，童家大院没进来过洋老咪，你看花了眼吧。

谁说我家进了洋老咪？刚进院门的童政员问道，跟在后面的杨自元对那个乡民说，童老爷家怎么会进了洋老咪呢？

那乡民看杨自元头领都这样说。就说自己看花了眼，带着几个乡民退出了童家大院。

第四章

　　一九〇二年十一月，法国南部沿海城市马赛码头，人头攒动，车马穿梭，各种货物堆积如山，各种吆喝声此起彼伏，一片繁忙。

　　在熙熙攘攘的人群中，走来一个高个子英俊青年，浓眉大眼，一脸大胡子，他就是二十岁的德克拉曼。他提着一个箱子，奔赶在人群中，当赶到售票处时，地中海号邮轮票已售完。他焦急地看了一眼四周，希望有人退票。

　　那时风很大，地上的纸屑被吹到空中，一个姑娘的围巾被风卷走，她伸手去抓，焦急的神情，让年轻的德克拉曼有了帮忙的冲动，他追着那条红色围巾，围巾像是故意逗弄他，多次在他快抓到时扬起，这让他大为恼怒，如果是一个漂亮的女孩子这样对待自己，那会是多么惬意的事，可惜这是一条围巾。他拾起一根竹竿，恶狠狠向飘飞的围巾扫去，围巾终于落到地上，他如获至宝地抓起围巾，送到女孩子手里。他笑了笑，转身走了，女孩追着说，喂，你没买到票吧？

　　他转过身来，看到女孩手中拿着一张纸片，他还是笑了笑，又转身走了。

　　我急着赌票，没工夫和你瞎扯淡，你是美女又能怎样，难道还能帮我赌到一张船票吗？德克拉曼这样想时，身后哎呀了一声，他转过身，看到那女孩又在空中抓着什么，这女孩子呀，就是麻烦。他隐约看到一张纸片在飞，女孩焦急地说，票，票，地中海邮轮的票。

　　什么，你刚才说什么。他迫不及待地追问。

　　我手中滑落的是地中海邮轮的票。

　　"地中海邮轮的票"这句话，触动了德克拉曼的神经，他向空中伸出了手，而那张纸片，像只蝴蝶翩翩起舞，忽高忽低，他怎么也抓不到，最后，纸片被一阵风吹到海水中，他追到水边，脱下衣服，跳入了水中。

他从水中捞起那张纸片，小心翼翼地交到姑娘面前，姑娘说，你不是没买到票吗，这张票归你了，我本身就是来退票的。

德克拉曼用手指着票，又指了一下自己，好不容易才从喉咙里挤出一句话，你是说这张票归我了？姑娘点点头，说，是的，归你了，并且免费，就凭你的勇敢和付出，这张票也应该归你。

归我？你不后悔吧？

德克拉曼光着身子，提着他的行李，边说边退，然后转身张开手臂，做了一个飞行的动作，跑向地中海邮轮。看着这个光着上身的年轻人，人们摇头，发出不可思议的感叹和议论。当他走到检票处时，他蹑手蹑脚，不敢理直气壮地出示手中的票，他怀疑手中这张票是否真实可信。结果，他顺利登船，只是检票员对着他说，赶快穿好衣服。他嘿嘿地笑着点头。其实他最先的想法只是试一试，当检票过关后，他又埋怨自己没有好好感谢一下那位姑娘。他跑向船舷边向岸边招手，但那姑娘已不见踪影。

一声沉闷的汽笛鸣叫之后，地中海邮轮启动，缓慢离开码头。他很快穿好衣服，兴奋劲被苍茫的大海吞没，他沉静下来，举目北望，法兰西大地在慢慢后退，最后像一块薄冰，被大海融化。他并没有多少离愁和感怀，就像一次短暂的出行，但他怎么也没想到，自己这一去就是四十多年。

他没有忘记自己此行的目的，他掏出那块印有北回归线的手帕看了看，然后慎重地叠好，再放回里层的衣服口袋，他脸上掠过一丝恍惚，他想象着找到爷爷的情景，他自信地笑了。前面是一望无际的地中海，邮轮在海面上只是微小的一点，他从未感到世界是如此的空旷，那时，遥远的天际有一缕云彩，他想，那大概就是东方吧。

船舱有头、二、三等舱和散舱，德克拉曼是散舱的命，散舱里没有床位，旅客铺了席子和油布，人们东倒西歪地躺在上面，舱里烟雾缭绕，混杂着各种气味，德克拉曼皱了一下眉头，一个满脸横肉的男人逼视着德克拉曼，说，嫌弃？你怎么不躺到头等舱里去，那里才是你该去的地方。

德克拉曼没理会，找了一个角落作为自己的栖息地，他旁边是几个抽烟的男人，风从窗口吹进来，烟雾就向他冲过来，呛得人实在受不了，他就到舱外走廊上溜达。其实走廊上已经站满了很多人，实际上，走廊上的气味也不好闻，不远处就是厕所。

晚上回到舱里，灯光灰暗，他仍然回到那个角落，把箱子垫在背后，半躺半坐地靠在墙角。所幸的是再没见到那个满脸横肉的男人，他对面坐着两个女子，一瘦一胖，她们在玩扑克。在这样漫长的旅途中，一般不会有单独出行的女子，如果有，迟早会出事，所以，德克拉曼断定她们身边躺下的男人，是她们的同行，或者就是她们其中一个的丈夫或男朋友。

胖女子侧身躺下，露出又圆又大的屁股，德克拉曼躺下后，他才发现他旁边的男人并没有睡着，他从盖在男人身上的衣服缝隙中看到那男人侧着身，手在自己腿根部动作，那男人盯着一个地方，德克拉曼顺着他盯着的方向看过去，那正是那个胖女子的屁股，德克拉曼突然明白那男人在干什么，真是恶心，想挪动一下地方，但此时的舱里已经没了空隙。

不久，他闻到一股腥气，那男人也从衣服里冒了出来，没想到他是那个满脸横肉的男人。德克拉曼一阵反胃，横肉男人白了他一眼，并放了一个响屁。舱里一直没有消停过，时不时有女人的惊叫声，也有抽烟聊天的，德克拉曼实在睡不着了，就拎起箱子，想到三等舱区寻个安身之处，他爬上去三等舱的楼梯，结果楼道口已被盖上。

在海上的第五天，有人说邮轮已进入苏伊士运河，在一些地段上还能看到陆地，让几天来漂泊在海上的人们一阵心喜，就像心里突然有了根，人们涌向船舷和甲板，向着陆地欢呼，一个女子竟然激动得哭了。

突然，晴朗的天空变了脸，乌云密布，并且有了零星的雨滴，人们开始回到船舱。德克拉曼并没有回散舱，他站在檐下的走廊上，继续观看变化中的天空，天空中不断有乌云涌来，海面上也有几只黑乎乎的船驶来，他开始并未意识到有什么不测，只当是途中的供给船，当邮轮上拉响警报后，德克拉曼才意识到是海盗来袭。自己身上少许的路费藏在内裤里，所以他并不慌乱，他认真地观看了海盗上船的一幕，就像看一场表演，船上大乱。荷枪实弹的海盗分兵把路，先从头等舱开始行动，然后二等舱，然后三等舱。海盗们没去散舱，而是把散舱盖住，不让下面的人上来。开始，德克拉曼并不知道海盗这样做的用意，后来，当散舱下面的人猛烈撞击盖板时，他才明白海盗的用意，如果让散舱里的那些魁梧的大汉上来，海盗是很难招架的，并且散舱里可能有和海盗一样的人。

海盗带走了几个身强力壮的年轻人和漂亮女子，德克拉曼也在其中，到这时，他才感到事情的严重性，他指着邮轮上的人群，问海盗，为何不把那些人也带走，海盗说，少废话，我们看上你是你的运气，哈哈哈。

终于，散舱里窜出几个男人，掏出枪，向海盗射击，子弹打在德克拉曼身边的铁板钢架上叮当作响，他赶紧埋下头。看到他的样子，一个海盗抓住他，说，看你这尿样，练练胆吧，站起来。德克拉曼被海盗提起站在船上，子弹在耳边飞，他渐渐感到海盗的手松了，直到海盗倒在地上，他才意识到那个海盗被击中，他吓得马上蹲下身来。

邮轮上的人们根本不是海盗的敌手，德克拉曼等人还是被带到一座荒岛上，岛上森林密集，刚上岸，两艘挂着法兰西国旗的军舰向海岛驶来，并从军舰上放下一艘小船，小船向海岛急速驶来，海盗知道是海警舰，很快避入林中。

德克拉曼卧倒在灌木丛里，等海警上岸。德克拉曼获救，他向海警报告了情况。

最终海警没有搜到海盗，而是带走了海盗的船只。德克拉曼跟随海警在海上执行任务，海警们都叫他留下一起抓海盗，他摇摇头，说出了自己去东方的目的。三天后，他搭上一艘叫好望角号的邮轮，继续向东行驶。

在好望角号上的第一个夜晚，德克拉曼不想回舱，在甲板上待了很久。开始人还多，不久就都陆续回到舱里。月光下，四周空蒙，邮轮黑乎乎的一团，行驶的邮轮前端两侧发出劈水穿行的声音，久而久之，这种声音让人感到单调乏味，德克拉曼斜靠在栏杆上，望着深不见底的夜海，想象着遥远的东方。就在他感到一丝丝凉意时，左侧甲板上传来歌声，声音不大，这是他离开法兰西以来第一次听到《马赛曲》，平时听到这首曲子也会有所触动，更不用说在远离祖国十多天后的海面上，随着旋律，他仿佛回到了法兰西大地，脚踏实地地站在陆地上，那些久违的生活情节浮现出来，一种亲近的气息传遍全身，他走向船左侧，寻找歌声的源头。黑乎乎的夜色中，左侧栏杆上靠着一个婀娜多姿的身影，看不清那人的面孔，但能确定那是一个身材苗条的女子，他不便上前打扰，而是跟着哼唱起来，听到有男声加入，那女声唱得更加有力。歌毕，唱歌的女子向他问好，并说，谢谢你的加盟，唱《马赛曲》应该有男人的声音，这是一首让人热血澎湃的歌曲。

德克拉曼说，不用谢，《马赛曲》属于每个法兰西人，只有在远离祖国的地方，才能真正理解《马赛曲》的力量和内涵，说到感谢，我应该感谢你及你的歌声，让我看到了美丽的法兰西。

那姑娘掩齿而笑，说，也许吧，对了，你是哪个支队的？

德克拉曼不解地说，什么支队，我不明白。

当姑娘知道德克拉曼并不是同道时，就问他一个人去哪里，当听他说去远东时，姑娘笑了起来，说，远东是个大概念，那是一片比法兰西大出十多倍的土地。

借助船舱里透出的灯光，他能隐约感到姑娘的美貌，心情极好的德克拉曼干脆就说，你们去哪里，我就去哪里。

哈哈哈……

姑娘的笑声在寂静的海面上异常清晰，她在笑话我？德克拉曼也为自己的话感到莫明其妙，让人听起来有些轻浮，他后悔不该这样说，其一，如果对方并不漂亮，自己就说错了对象，其二，如果对方漂亮，那就会让这种漂亮对他产生警惕，果然，那姑娘沉默下来。

这让德克拉曼很尴尬，他刚要说再见，姑娘却要他唱歌。这说明情况并没有那么糟，他真想通过唱歌把损失挽回来，但问题来了，他属于不会唱歌的那种人。气氛再次冷落下来，但结果仍然没那么糟，姑娘说，你不唱，我就不客气了。没想到姑娘唱了一首远东歌曲《春江花月夜》，他被优美的旋律迷住了。他问她跟谁学的，她告诉他跟他们总督学的，她还告诉他，他们总督是个东方通，不仅会唱中国歌曲，还会唱中国京戏。

晚上九点半，广播里通知餐厅开始供应夜宵，德克拉曼请姑娘吃夜宵，姑娘应邀，两人在餐厅里终于看清了对方，姑娘一头卷发，长着一双媚眼，嘴角总带着笑意，让德克拉曼赏心悦目。是不是在漫漫长途中的青年男女容易产生好感，还是只是互相为了消除旅途寂寞，两人心情都很好。

姑娘告诉他，她叫璐蔓丝，十七岁，刚从巴黎医科学校毕业，到远东云南建铁路。他也向她介绍了自己，但没有说出自己到远东寻找爷爷的事。

"你去哪里，我去哪里"，一句小伙子见了漂亮姑娘说的胡话，结果被当了真，不知是看他长得帅，还是旅途特殊环境的缘故，第二天，璐蔓丝带他见了总督大人。

总督住在头等舱，西装革履，气度不凡，说话时，总爱摸一下自己的八字胡。璐蔓丝介绍德克拉曼参加了他们的组织，这让德克拉曼脸上露出一丝不悦，因为他并没有同意参加他们的组织，他很快掩盖了自己的表情，总督对他印象很好，同意他参加远东的铁路建设。

德克拉曼本身也是去远东的云南，要不要跟着建铁路，到了再说，漫漫旅途上，能和漂亮姑娘在一起是一件愉快的事。至此，德克拉曼开始了一次美丽的旅程，途经地中海、苏伊士运河、红海、亚丁湾、阿拉伯海、安达曼海，马六甲海峡和新加坡海峡，并欣赏了著名的科西嘉岛、撒丁岛、西西里岛和克里特岛的美丽风光。

那天，好望角号邮轮在西西里岛停靠三小时，德克拉曼和璐蔓丝被岛上的风光迷住了，西西里岛有一条很长的海岸线，沙滩上空无一人，只有散落的礁石，三五成群，或坐或站，像一些饱经风霜的老人守望大海，沙滩尽处是嶙峋的山岭，长满各种各样的树木，树丛中偶有房舍，依稀可见。

大多数人上了岸，但人们都不敢走远，只在沙滩上散步，而德克拉曼拉着璐蔓丝钻进了森林。林中溪流纵横，溪边长满各种野花野果，花中有一种造型像鸟的花，璐蔓丝把花命名为天堂鸟，有一处溪边长了一棵大树，两人张开手臂抱住树干，这是一棵十人左右才能围过来的大树，看到树干上的粗皮槽痕，璐蔓丝叫了一声树祖母。她取下自己的金属发卡，突发奇想地把发卡插入树干缝隙中，德克拉曼不知她的用意，她说五十年后，我们两人再一起来寻找。听了璐蔓丝的话，德克拉曼拍手叫好，并在藏发卡的地方做了记号。

德克拉曼做记号时，璐蔓丝惊叫起来，她看到了一种红色的果子，这让她欣喜若狂，她沿果子一路寻去。

当德克拉曼做好标记，再叫璐蔓丝时，却不见了她的回应，眼看时间差不多了，他沿璐蔓丝去的方向走了一段，却没见到她的踪影。沙滩上的人们陆续返回邮轮，邮轮拉响了汽笛，他喊了几声璐蔓丝，没有回应。他急得跑向邮轮，本想报告总督，却没有找到总督，而这时，邮轮已经启航，德克拉曼急了，跑到驾驶室叫停，驾驶员没听他的，德克拉曼急得跑出驾驶室，跳下邮轮。在螺旋桨滑动的旋涡中，他被水浪吞没，很快又浮出水面，向岸边游去，人们在邮轮上呼叫他，而他上岸后，向林中跑去，人们没有叫住他。

邮轮向岸边靠了过来，他终于被叫住，因为后面有女人叫他的名字，会是谁呢，他转过身来，邮轮上下来几个人，前面跑着一个女子，近了，他才看清那女子竟然是璐蔓丝，他和她拥抱在一起，璐蔓丝泪流满面。

原来，璐蔓丝在林中摘花果时，偏离了方向，林中溪水纵横，树木都一样，辨不出德克拉曼所在的位置，她急得大叫起来，她以为德克拉曼回邮轮了，就朝海岸的方向走去，终于走出林子。她上邮轮后，没有找到德克拉曼。就在德克拉曼跑出驾驶室时，她和总督也到了驾驶室叫停，这时，邮轮上的人们惊叫起来，她和总督走出驾驶室，才看到水中的德克拉曼，总督叫驾驶员停靠。

德克拉曼在刚才跳船时，崴了脚，璐蔓丝扶着他走回船舱。

十多天后，好望角号邮轮在安南东京湾海防码头靠岸，他们来到一座法式洋楼，门前的一块牌子上，用法文写着"法国印度支那铁路建筑公司海防办事处"。

他们终于来到远东，在海防作了短期停留。一天，德克拉曼没约璐蔓丝，独自来到红河入海口，他终于看到红河了，河水果然是红色的，河面上船帆点点，说不清是海鸥，还是水鸟，在水面上飞翔，这是德克拉曼无数次想象过的河流，据说当年的爷爷，就是顺着这条河逆流而上的。

码头上，一艘开往新加坡的海船即将启航。一个背着包的东方小伙子，正要上船，包就被一个流浪汉抢走，小伙子惊叫起来，声音尖细而柔软。德克拉曼追过去，流浪汉一边跑一边掏包里的东西，当德克拉曼拉住包时，流浪汉放手而去。

失主是一个清秀的小伙子，亮着一双清澈的大眼睛，眉宇间还长着一颗黑痣，怎么会有这样清秀的小伙子呢？德克拉曼惊奇地看着他，小伙子接过包，说了一声谢谢，转身向船跑去，而船已经开走，他不断地招手，急得直跺脚，很快就哭出声来，无助而柔弱。身体硕健的德克拉曼，上前安慰他，小伙子竟然能说法语，小伙子说自己是滇南蒙自人，名叫童吕洪。

德克拉曼拍了一下小伙子肩膀，说，不要紧，赶下一班船。

而童吕洪却伤心地低下头，说，钱包被抢了钱没了，哪儿也去不了了。他眼里闪动着泪花，拾起一块石子，气愤地向海里砸去，动作很滑稽，看上去用了大力气，结果只甩了几米远，石块落在河岸上。德克拉曼拾起一块石子，扔了出去，石子在海水里溅起水花，童吕洪似乎不服气，又扔了一块，结果还没第一块扔得远。

德克拉曼大笑起来，童吕洪白了他一眼，他对童吕洪说，连石子都扔不远，还想闯荡南洋？我们要去蒙自，跟我们回去吧。

童吕洪没有反应，心想，好不容易逃出父亲的管制，再回去就出不来了。这样一想，童吕洪就和德克拉曼道了别，去码头找到一家货运商行，向掌柜借钱。那掌柜见一个不认识的毛头小伙跟自己借钱，以为他是神经病。童吕洪说，龙叔，你不认识我了？我是蒙自童老板的女儿。那掌柜认真打量，说，你真是童老板的女儿呀，怎么小伙子打扮呢？

此人正是童家大小姐童女红。

听龙叔这样说，童女红才意识到自己的打扮，尴尬地说，一个女孩在外，女扮男装是必要的。龙叔点点头，说，说吧，你借多少钱。女红说，我要二十块大洋。掌柜说，我没听清楚，你说你借多少？女红又说了一遍。

女红要的数目吓着了掌柜，他摇摇头说，一个女孩子家，要这么多钱干什么，借给你出了事，我负不起这个责。

女红说了实情。要闯南洋，谈何容易，那可不是什么天堂，很多人有去无回，龙叔猜她一定是背着家里出来的，就谎称筹钱，留她住了下来，给童老爷去了信。

第三天，童家管家和一名家丁赶到，女红被带回蒙自。

一九〇三年元旦，德克拉曼和璐蔓丝商量怎样度假时，意见发生了冲突，德克拉曼执意去红教堂，虽然璐蔓丝对教堂丝毫不感兴趣，但德克拉曼的强硬态度，让璐蔓丝妥协了。教堂有个牧师，是个大胡子，看上去很老。牧师布道时，他们两人跟着牧师许了愿，许完愿，德克拉曼盯着牧师看，并问牧师是不是法国人，牧师点头说是的，这让德克拉曼进一步歪着头看了牧师的耳后，然后摇摇头，就和牧师道了别。

德克拉曼继续打听爷爷的事，璐蔓丝在街边等他。没人知道他爷爷的事，他刚转身就被一个小流浪汉截住，要给他拉小提琴。这样的街头卖艺者很多，他没理睬，而琴声传出时，他惊住了。小流浪汉卷发，十四五岁的样子，但琴艺非常了得，德克拉曼刚想问他是哪国人，就听到了璐蔓丝的呼救，他刚转身，就被小流浪汉拉住，他以为他要钱，他给了钱，但小流浪汉还是没放手。当他挣脱赶到璐蔓丝身边时，一个戴墨镜的流浪汉已抢走璐蔓丝的包且不知去向。璐蔓丝伤心地说，包里的钱并不重要，重要的是包里的相机，相机里有一路拍摄的照片，那可是一生都值得纪念的留影。

两人没了玩的心情。回到驻地，璐蔓丝有气无力地倒在床上，腰却被什么东西顶住了，她没好气地抓出来砸到地上，而地上的东西让她惊住了，那竟然是自己刚被抢去的包，她查看包里的东西，一样不少，她拿出那个相机，眼泪哗的一下就出来了。

她问了同屋，同屋什么也不知道，世上竟有这样的怪事？德克拉曼也觉得事情有些蹊跷。

第二天，德克拉曼他们离开海防，坐上了到蒙自的河船，两人是带着疑惑离开海防的，但也对蒙自充满期待。

蒙自在昆明和河口之间，是滇南重镇，民风古朴，文化底蕴深厚，商贸发达，还设有法国领事馆和海关，那是云南最早的海关。滇越铁路开工后，这里再度热闹起来。

滇越铁路由法国印度支那铁路建筑公司承建，印支公司总负责人是法国印支总督杜梅，也就是好望角号邮轮上那位总督，滇越铁路整个工程由滇越铁路公司承包。蒙自设滇越铁路滇段建设指挥部，清政府在蒙自成立滇越铁路局会协助工作。滇越铁路是中国最早采用"工程承包制""合同制"的建设项目，工程分段管理，每段管理八个左右的工地，每个工地都有负责人，工地负责人原则上由西方人担任，被称为工地主任。

四年前，火烧法领事馆和海关，法国人被赶到越南，半年后，法国人又在朝廷的保护下，回到蒙自，在废墟上重建领事馆和海关，这些典型的法式建筑，在清末年间蒙自那些破败的民居映衬下，神气活现，就像挺胸昂头的鹤站在垂头丧气的鸡群里，蒙自南湖一带成为法国人生活的区域。

来到蒙自，璐蔓丝被安排跟工程设计师保罗·菲娅住一屋。

菲娅是法国著名设计师保罗·波登的学生，还在法国中央工程学校上学时，十六岁的菲娅就对老师产生爱慕之情，所以把自己的名字由玛莲·菲娅改成了保罗·菲娅。保罗·波登比菲娅大二十岁，有家室，所以菲娅家里坚决反对，她痛苦至极，就赴远东工作，想让自己从情感中超脱出来，而实际上她非但没有超脱，反而更加思恋老师。

别看菲娅只有二十一岁，已经断断续续在滇南的山川之间摸爬滚打快四年了，多次辗转于昆明、阿迷（开远）、蒙自和河口之间，为滇越铁路线路设计了多种方案，那天，滇越铁路线路的最后论证会在蒙自举行。

滇越铁路指挥长，是个三十多岁的法国男人，精瘦而成熟，已经是滇越铁路的老人了，一八九七年，他就随邦勒甘、吉勒莫多入滇勘测，还迎接了一八九八年入滇的义本德、吉里默，以及一八九九年入滇的银行考察团等。在会上，他对几次勘测、考察情况作了介绍，还介绍了前人对云南的描述："自越老街至蒙自，适当热带，水流湍急，瘴疫遍地，经居民甚稀。自蒙自至昆明，气候适宜，物产丰富，居民繁殖，交通亦便。"法国人古德孟尔考察云南后，撰写了《云南游记》，并对滇越铁路寄予厚望："吾之政策，当割据云南全省，攻守形势之外，云南气候温和，尤似法国南境，于法人尤为相宜。其粮田之富，物产之饶，较诸越南，奚啻霄壤，藉之天壤之余，以养瘠地之不足，此云南所以不独为越南之屏藩，而且为越南之仓库也矣，美哉云南。"

随后，指挥长将三个主要方案再次提交大会讨论，并简要介绍了三条线路，即：清水河山谷、新现河山谷、南溪山谷。在又一轮的讨论争执后，最后否定西线，确定东线，西线是历史形成的认为是最近的线路，从越老街、红河、新现河、蒙自、新防、习峨、新兴（玉溪）、昆阳、呈贡、昆明，此线蛮耗段的万级台阶和地质松软、风化等成为筑路难题，而东线取道南溪山谷、蒙自、开远、南盘江、宜良、昆明，将坡度分为四个牵引区段，因此缓解了坡度。

很快，法国滇越铁路建筑公司批准了东线方案，并最后敲定为一米宽的米轨铁路。

会议结束，保罗·菲娅舒了口气，东线方案是她力推的，也是她近四年来考察的结果，由此，她和传统形成的西线方案作了坚决的抵制。可以睡个好觉了，她回到宿舍刚躺下，指挥长找来，交给她一个新任务，就是为刚任命的工段长和工地主任上课。工段长和工地主任全是西方人，主要来自意大利、法国、比利时、瑞士、希腊、葡萄牙、西班牙等国。

最开始，德克拉曼是指挥部督办，他参加了工段长、工地主任培训，培训内容是专业技术和中国话，专业技术由保罗·菲娅讲授，教中文的是一个年轻漂亮的中国女子，她面容姣好，魔鬼身材，头发盘于脑后，露出修长、洁净的脖子，一身紧身白色衣裤，戴着白色饰帽，时尚大方，并且干练，一身休闲的西式打扮，这在当时的中国，显得时尚、另类和超前。

在集聚了一百多西方人的滇越铁路指挥部大厅里，人们寒暄交流，乱哄哄的，像自由市场，而当中国美女老师出现时，人们眼前一亮，全场惊住了。

大厅鸦雀无声，没人走神，眼睛盯住美女老师，美女老师对洋人有意味的眼神，视而不见，德克拉曼为她捏了一把汗，年纪轻轻的弱女子能镇住众人吗？他注意到，坐在旁边的璐蔓丝时不时看他，他知道她的意思，所以，他的眼神没敢陷进去。

美女老师用法文、中文变换上课，她说话时，总喜欢噘一下嘴，透出少女的羞涩和娇俏，不知是因为她的美丽，还是作为一个老师的权威，那天课堂秩序很好。上完课，人们往外走，德克拉曼都走出门了，又被指挥部工作人员叫住，说有人要找他，他回到授课大厅，只见保罗·菲娅和美女老师站在一起。他以为是保罗·菲娅找他，结果美女老师上前和他握手，并拥抱，他一时震惊，不知所措，跟着进来的璐蔓丝和在场的人都惊住了，只有保罗·菲娅在笑，她对德克拉曼说，你仔细看看美女老师是谁。德克拉曼摇摇头。

美女老师也笑了，她取下饰帽，理了一下她的发丝，歪着头、噘着嘴，一副娇俏的神态，她对德克拉曼说，你不认得我了？真是贵人多健忘，我是童吕洪呀，但我要告诉你，我的真名叫童女红。

原来是你，德克拉曼半天才回过神来。

看着德克拉曼一脸惊讶，童女红跟他讲了自己的情况。

童女红从昆明外务学堂毕业后，本想到日本留学，但父亲生性不喜欢日本，不准她去，就安排她到清政府滇越铁路局会做翻译工作。

十九岁的女红，从昆明学成归来，在蒙自引起不小的轰动，不仅因为她越长越漂亮，还因她是蒙自第一个到省城上学的女孩子。她的一身西式白装，走在蒙自街上，就是一道亮丽的风景，不管女人男人，都会留神顾盼，更让人想不到的是，那些整天打女人主意、在社会上晃荡的男人看她的眼神，并不下流淫荡，只会感叹，真是天女下凡啊！

一天，女红跟着父亲去滇越铁路局会报到，身旁有漂亮女儿陪着，童政员心情很好，但他也感觉到了一路上人们的目光，虽说这些目光并不淫邪，但他走过去就给一个看女儿的男人脸上一耳光，那男人莫明其妙摸着脸，问：咋了？你是童老爷就该打人吗？童政员并没说话，带着女儿扬长而去，女红对父亲的大打出手皱了一下眉头，都走远了，她又回去向那人道歉。

女红并不愿意到铁路局会上班，这是蒙自政要章鸿泰的主意。童政员做生意要靠姓章的关照和扶持，官商一家嘛，作为一个商人，有政要罩着才能做大买卖，他没浪费这个关系，他已经请章鸿泰打通海关，帮自己进了一批走私货，让他赚了一大笔，正在他想法子报答章鸿泰时，章鸿泰找上门来了。他对章鸿泰的目的，早有察觉，这让他心情不好，果然，那天姓章的露了狐狸尾巴。如他所料，四十二岁、并有家室的章鸿泰想让女儿给他做小。做梦吧，童政员没答应姓章的。

章鸿泰誓不罢休，想方设法逼童政员就范，所以有一天，朝廷兵围住了童家大院，说他有走私嫌疑，要查封他的商行，这简直就是灭顶之灾。看姓章的要来硬的，童政员从一个生意人的角度考虑了利弊，如果满足姓章的，不但能保住自己的生意，还能继续走私，并扩大自己在个旧的矿业，当然也是可以抗拒章鸿泰的，但结果就一定是倾家荡产。

彭氏急成了热锅上的蚂蚁，生意做不成了，一家人喝西北风呀，她对童政员说，女儿再漂亮也要嫁人的，嫁谁还不是嫁。章政要虽说老了一点，但其他男人有的他也有，其他男人没有的他也有，做小咋了，也不缺腿少胳膊的，再说了，谁不知道，做小的是最能掌握住男人心的，老男人嘛，谁不喜欢年轻漂亮的，啧啧，豆腐样嫩。

一旁的管家，听出彭氏的话不好听，多次打断，她又讲开了，正说得津津有味时，童政员的巴掌就落到了她脸上，彭氏又哭又闹，一个家乌烟瘴气。还好，女儿不在家，不然还不知道会闹出什么来。

章鸿泰给了童政员三天考虑时间，这让童政员伤透了脑筋，直到最后一天期限，童政员答应了章鸿泰。其实他钻了一个空子，他深知女儿的脾气，自己的答应只是一个表态而已，他自己说了不算，因为最终决定权在女儿手里。虽然只是一个表态，但内心仍然受到谴责和煎熬。

没想到，当童政员跟女儿说起这事时，女红竟然笑了，什么也没说，而是直视着父亲，童政员知道自己惹怒了女儿，他心里很难受，后悔不该跟女儿说。

女红找到保罗·菲娅，说了这件事，菲娅一脸惊讶，怎么会这样，她安慰女红，并说找指挥长过问此事，童女红不想动静太大，并且指挥长也管不了她父亲，更管不了章鸿泰。

那怎么办？菲娅摊开双手问。

我想去你们法国留学。当女红说出自己的想法时，菲娅拍手叫好，她说，这个主意好，这样你既可以到法国学习，也逃避了婚事，你们家钱多，经费没问题，我可以帮你联系。

听了菲娅的话，女红心里突然亮堂起来，她的心一下子飞到了法国。

天生叛逆的童女红，已打定主意。她避着父亲，向管家筹措了钱，然后给父亲留了一张纸条就离开了家。她先到菲娅住处，再从那里出来时，已经是一个清秀的小伙子了，菲娅看到她的模样，笑得直不起腰。

管家向童政员报告情况时，女红已经离家而去，童政员怒斥管家，并派管家追到海防，最终追回了女红。

从海防回来后，童女红又回到铁路局会工作，她是局会唯一懂得法语的人，所以也是最合适给法国等西洋人讲授中文的老师。还好，她虽然理了发，但戴上饰帽，并不影响她作为一个女孩子的形象。

父亲怕她再次外出，就答应她婚事不勉强，她这才答应上课。别看她刚满十九岁，但性格开朗，拿得起，放得下，一想到要和德克拉曼见面，说不清是喜欢德克拉曼，还是要向德克拉曼表达感激，她就来上课了。

课堂上一见，女红已经感觉到德克拉曼和璐蔓丝的微妙关系，这让她心里不畅，她没管这么多，约请德克拉曼和菲娅吃饭，本来也顺带请了璐蔓丝，但她不但不去，反而不高兴德克拉曼参加，为此好几天不理德克拉曼。

女红领他们两人来到蒙自唯一的一家西餐馆，这家名叫"左岸"的西餐馆，地点就在蒙自南湖岸边。南湖是蒙自城的风景名胜，亭台楼阁，水榭长廊，垂柳婆娑，掩映一潭碧水。这个地段早先是达官贵人驻足的地方，法国人来后，在这里建了洋房，就像给一个穿长衫戴毡帽的国人穿上了西装，就成了洋人区，滇越铁路指挥部、法国领事馆和海关全在这个地段，被蒙自人称为洋人街。

其实这个地段，人气最旺的餐馆不是左岸西餐，而是蒙自人开的过桥米线店，西餐那洋玩意儿，咸不咸，淡不淡，不酸也不辣，蒙自人自然不喜欢，而过桥米线，不仅蒙自人爱吃，连西洋人也时不时去品尝，所以生意自然好。

那天，童女红的豪气，让德克拉曼见了世面，保罗·菲娅没拦住，女红点了一桌的菜肴，让德克拉曼有些目瞪口呆，等女红去吧台点红酒时，菲娅告诉德克拉曼，女红的父亲是蒙自最有钱的商人。算是见识了，德克拉曼点点头。

女红提来两瓶法国原装红酒，告诉两位，今晚不醉不归。

德克拉曼打住女红的话，问，什么是不醉不归？

旁边的菲娅抢着解释其意，然后问女红是否正确，女红点点头，她给三个酒杯斟上酒，红色的液体透亮纯净，一种优雅的香在夜色中浸润开来，让人喝之前就感到了温情和暖意，女红端起酒杯答谢德克拉曼在海防的救助，并致谢菲娅在法语方面给予自己的帮助，女红先干为敬，把杯子喝了个底朝天。几杯红酒下肚后，红霞飞上了女红的脸腮。

三个人吃得差不多的时候，女红从自己提包里掏出一盒雪茄，抽出一支给德克拉曼，再抽出一支给菲娅，菲娅没接。德克拉曼没想到，女红竟然叼在自己嘴上，再从包里掏出一只别致的打火机，打着火给自己点上，然后二指夹烟，很优雅地抽起来，抽一口，然后噘着嘴，轻轻吐出烟雾，烟雾像曼妙的舞者，在空中优雅地舞之蹈之。

女红没给德克拉曼点火，而是把火机递给德克拉曼，说，我从不给男人点火，包括外国男人，敬请理解，但这并不影响我对拉曼兄的尊重，为了表达我对拉曼兄的敬意，我要送一件银饰给拉曼兄。

女红从包里取出一个烟嘴递给德克拉曼，这是一件做工精美的银质手工艺品，德克拉曼爱不释手，感叹东方手工的美妙和精良，他谨慎地装进衣服口袋。

女红说，你不觉得装进口袋是一种浪费吗？

德克拉曼说，你说得对，我应该派上用场。

当德克拉曼把手中的雪茄插入烟嘴，用女红递给他的火机点着，很有意味地吸了一口后，眼神里流溢出满足的惊讶，说，真是感觉不一样，非常感谢。

看着德克拉曼抽烟的样子，女红突发奇想，说，西方的烟，东方的烟嘴，这是典型的中西合璧。德克拉曼追问，中西合璧什么意思？女红想了想说，璧为圆形的玉，两块半圆的玉合在一起就是一块圆形的玉，而这里的中西合璧，指的是东西方文化的交融。

那天晚上的交谈，成了德克拉曼学习中国话的课堂，一旁的菲娅，看到德克拉曼说中国话的样子，时不时笑出声来。当女红要去结账时，德克拉曼说，让你破费了。

这句地道的中国话，让女红惊讶地看着德克拉曼，而更让女红想不到的是，她到吧台付钱时，收银员说，已经付过了。女红看着菲娅和德克拉曼两人，以为是他们中谁结了账，结果两人都摇摇头，吧台小姐对女红说，是一当地人付的账。

当地人？女红一脸疑惑。吧台小姐形容描述了半天，女红还是不知道是谁替她付了钱。走出左岸西餐馆，菲娅和德克拉曼要送女红回家，女红没要他们送，就独自回家了。她没再去想谁为她付了钱，而是边走边想着德克拉曼学中国话时的样子，不禁笑了。她全然不知身后跟着一个人影，当她走到自家大院时，自家辉映着童字的灯笼，散发出的暗红的光，像她嫣红脸色一样，浮着醉意。当她正要举手敲门，她身后的黑影蹿到了她前面。

你是谁？女红没有叫喊，而是警惕地问。

你看看就知道了。那人把她拉到灯光下，但她努力睁着她约有些醉意的双眼，还是没看出对方是谁。会是谁呢，一个帅气的年轻小伙子。她琢磨着。

真是贵人多健忘，告诉你吧，我是鲁少贤。那小伙子自报了姓名。

鲁少贤是谁？她一脸恍惚地问。

你别管鲁少贤是谁，鲁少贤是来还你钱的。鲁少贤从身上掏出了钱。

没人该我钱，我不认识你，你再别纠缠我，我叫家丁了。她打了一个嗝儿。

哼，你不认识鲁少贤，你总记得三年前在蛮耗码头，我用我的马车送你回蒙自，到蒙自后，你付钱给我的马车夫，车夫把钱交给了我，这钱我不能收，那天早知道你要付钱，我就不叫我的马车送你了，所以钱要还给你。

这样一说，女红就想起鲁少贤了。这人真有意思，都三年过去了，还这么较真。她把钱挡了回去。看女红不收钱，鲁少贤说，不收也行，哪天，我将这钱请你吃馆子。

一说到吃馆子，女红忍不住吐了，吐了鲁少贤一身，鲁少贤没有避让，扶着她，敲开了童家大院的大门，把女红交给了家丁，自己走了。

那晚，德克拉曼和菲娅快回到领事馆时，就听到夜空中传来呼救声，两人赶过去，见璐蔓丝惊恐万状，她指着一个戴墨镜的流浪汉，说在海防抢自己包的就是他。当德克拉曼看到戴墨镜的流浪汉时愣住了，想不到他是和自己同屋的布斯特，戴墨镜的流浪汉布斯特不但没跑，还朝德克拉曼走过来，笑着对德克拉曼说，误会了，误会了。

怎么回事，德克拉曼看看璐蔓丝，又看看布斯特，璐蔓丝躲在德克拉曼身后，再次肯定地说，在海防抢我包的人就是他。布斯特语无伦次地说，亲爱的德克拉曼，她没说错，是的，抢包的就是我，事情是这样，让我慢慢解释。

戴墨镜的流浪汉布斯特，希腊人，二十岁，看上去，手臂比一般人长，虽然个子没德克拉曼高，但比德克拉曼更结实、更魁伟，因为经常戴着墨镜，所以给人一种阴险的印象。

他告诉德克拉曼，在海防遇到璐蔓丝时，他被璐蔓丝的美貌迷住了，跟踪了几次，并知道了她的驻地，他想方设法认识璐蔓丝，最后他决定用他们希腊人认识女孩子常用的伎俩，用抢包的法子认识璐蔓丝。

说到这里，德克拉曼松了口气，盯布斯特的目光也柔和了一些，布斯特对德克拉曼说，请你们谅解，我知道我不该那样对璐蔓丝小姐，现在我们是朋友了，我再不敢对璐蔓丝小姐有任何不恭行为。

当布斯特的弟弟乔斯特出现时，德克拉曼才恍然大悟，他问布斯特，你弟弟当时是故意用拉小提琴拦截我？布斯特点点头，德克拉曼扒了一下乔斯特的头，说，琴拉得那么好，却没用在正路上，呵呵。

为消解误会，布斯特请德克拉曼他们吃饭，但璐蔓丝转身走了。

第 五 章

修筑滇越铁路的第一件事，是招募劳工。

一百多名西洋人集在滇越铁路指挥部大厅，指挥长宣布分组名单，分头到各地招募劳工，每组配上一至两名中国人，兼翻译及与当地土司联络。

女红拿着分组名单，看到德克拉曼去碧色寨，而自己被派往芷村，她想和这位法国高个子帅小伙一组，就找到滇越铁路清政府局会的邓督办，要求去碧色寨，邓督办问为什么？女红说因为我对那里熟悉。

这个理由很充分，但邓督办很关切地对她说，还是不换了吧，我们的人分到什么地方，是经过考虑的，之所以没把你分到碧色寨，是有原因的。

听邓督办这样说，她以为邓督办发现了她心中的秘密，但转念又想，不会的，她想和德克拉曼在一起，没对任何人说过。为了弄清邓督办所谓的原因，她追问了邓督办。邓督办说，傻丫头，你爹把你交给我，我能不为你着想吗？你有所不知，碧色寨有个巫师莫里黑，是蒙自一带义和团的领袖，你知道什么是义和团吗？最恨洋人的组织就是义和团，他的手臂就是闹义和团时被洋人砍掉的，现在法国人在这里建铁路，他能欢迎洋人去招募劳工吗？他可是有名的抗洋反洋的魔头，别说你，我也对付不了他，这块骨头不好啃啊。

女红相信邓督办的话，但在她的字典里，就没有"害怕"两字，再说了，三年前随保罗·菲娅他们勘测到碧色寨，她见过莫里黑，没啥可怕的，在她的坚持下，邓督办依了她。

那天，女红带着德克拉曼等两个洋人和三个清兵前往碧色寨。一路上，坐在马车上的德克拉曼，兴奋得手舞足蹈，不时叫马车停下拍照。

一进到碧色寨，德克拉曼就感到这个寨子不同寻常。整个寨子全是石头垒筑，连房顶也用大片石，寨子中间有一棵楠树，是寨子里独一无二的楠树，树脚被一圈石料包围着，所以显得鹤立鸡群，楠树对面有一口井，井口上勒出几道很深的绳槽。树脚的一圈石料引起德克拉曼的注意，因为其中一块石头上写着几个字，他问女红石头上写了什么，女红辨认后，漫不经心地告诉他，上面写的是"北回归线"。一听到这个词，德克拉曼耳朵立了起来，他追着问，你说的什么？女红说，没说什么呀，上面写的就是"北回归线"几个字呀。德克拉曼又问，你懂法语，法语里"北回归线"几个字怎么读？女红用法语回答了他。

德克拉曼认真看了那几个字，然后站起身，环顾四周，他脸上突然出现凝重惊异的神情，嘴里反复用中法两语念叨着，北回归线，北回归线。一旁的女红问他北回归线咋了，他一脸恍惚地说，没什么，没什么。

碧色寨不大，稀稀拉拉十多户人家，但因巫师莫里黑和地巴拉土司居住在这里，寨子就有了不同寻常的重要，他们两人的影响辐射周边各村寨，就连两百多户的大村落，也得听地巴拉土司和莫里黑的，两人一政一神，一白一鬼，成为方圆数十公里的核心人物。

那天，年轻漂亮的女红一身白装，她的出现，让衰老的寨子枯木逢春。村道泥泞，道旁堆满牛羊粪，房舍破旧，到处飘荡着衰败的气息，女红捂着鼻，在泥粪间艰难行走，左右摇晃，德克拉曼时不时扶着她，她身上散发出的法国香水味，让他心神摇荡，那不仅是有身份的美女身上的气息，也是他的故乡的气息。

他们终于在楠树前停下，这里是寨子的中心，周围是七零八落的房舍。德克拉曼想尽快从北回归线的情结中走出来，但细心人能看出，他后来的表现也显得心事重重。

两个清兵去请地巴拉土司，女红他们在树下的石台上铺开册子，村民陆续围上来，后来听说招募劳工，就躲开了。这时王子巴目和愣子出现，巴目已经十三岁，刚过了成人礼没几天。

　　见王子过来，村民都让了道。女红迎上去，问巴目和愣子是否记得她，巴目点点头，略显羞涩，而愣子已经是大伙子了，很礼貌地对女红说，我们不仅记得大小姐，还听说过很多大小姐的故事。女红睁圆眼睛，说，我能有什么故事？愣子说，自然是说大小姐的开明和卓尔不群。女红吃惊地看着愣子，问，你读过书？竟然知道卓尔不群这个词？愣子说，不好意思，我只读过几年私塾，比起大小姐，我算个文盲，但比起一头牛，我算是先生。

　　两人正说着话，巴目竟然第一个报了名，这让村民没有想到，随后愣子也报了名，几个离开的小伙子又走回来，其中两个也报了名，女红和德克拉曼脸上露出了笑容。

　　很快，两个清兵请来了地巴拉土司，村民闪开让道，土司面无表情地站在人群里，女红赶紧取出一包东西，双手递给地巴拉土司，说，我们几年前就见过面了，算是缘分，请收下这点薄礼。

　　地巴拉土司没接礼物，仍然铁着脸，让女红有些尴尬，最后是站在他身后的巴目接过礼品，并弯腰致谢。巴目的救场，让女红下了台。

　　见名册上有儿子的名字，地巴拉土司肃穆的脸上掠过一丝风影，他出了口粗气，向巴目兴师问罪，巴目说我们先生说过了，修铁路是件好事，我们应该支持。

　　土司一巴掌打过去，说，即使是好事，也不能让洋老咪来修，再说了，你知道什么是铁路吗？铁路就是冰冷的钢铁，那么长的钢铁从东京（越南北部）向我们碾来，一条巨大的怪兽伸进我们的身体，你好受，我不好受，我们八辈子祖宗身子都不好受，不能，坚决不能。你一个学生娃娃，"鸡公"都还没长硬，不好好读书，修什么铁路，你给我听好了，你是土司的儿子，你要给老子争气，光宗耀祖，过两年老子送你到省城念云南最大最好的学堂。

　　很快，一身黑服的巫师莫里黑出现，像一团乌云来袭，空气一下子就黑了下来，给现场平添了几分紧张，他站在地巴拉土司旁边，无话。女红想起邓督办对她的告诫，所以莫里黑越是无话，她越是感到紧张，面前的他不像一个巫师，更像一个会突然爆炸的炸药包。离去的村民陆续回来，很快就和女红他们呈对峙之势。

为了缓和气氛，德克拉曼拿出水果糖分给娃子们，当一个九岁的女孩子接过糖时，莫里黑终于有了动作，他打掉女孩子手里的糖，女孩子是莫里黑的女儿赛桂花。赛桂花咧着嘴，不知发生了什么，莫里黑对女儿说，今后见洋人要躲开，更不能吃他们的东西，他们的东西有毒，你看他们的蓝眼睛黄头发就是毒出来的。

赛桂花点点头，一脸丧气的表情，说，记住了。

德克拉曼不知莫里黑说了什么，转头问女红，女红正想告诉他，就看到土司对着莫里黑耳边说话，莫里黑脸上的表情，慢慢变得游离，他顺着场子走了两圈，人群退让出一块空地，那块空地在莫里黑的举止和念叨中成为神灵的地盘。黑色的莫里黑站在中间，运了一口气后，突然对着天空大叫了一声，张开独臂，抖动全身，口中念念有词，围着楠树跑起来，然后直逼女红他们，三个清兵上来阻止，和莫里黑扭成一团，德克拉曼一急，就说不清中国话，唔噜唔噜的，像另一种巫语。独臂莫里黑没管这个洋老咪说啥，和清兵奋力抵抗，村民涌上来，局面大乱，巴目叫父亲制止莫里黑，地巴拉不但没理他，反而带头驱逐女红、洋老咪和清兵。

像魔术一般，巫师莫里黑突然口吐火龙，飞速转动身子，空袖舞起一阵旋风，德克拉曼见状，惊慌失措，从没见过这种阵势，吓得他魂飞丧胆，逃之夭夭，几个清兵再不敢抵抗，落败而逃，莫里黑追着说，老子不用拳头，照样轰走你们。

面对洋人紧锣密鼓地招募劳工，地巴拉土司和巫师莫里黑努力抵抗，找来附近土司和巫师、祭司商量，要大家分头到各村寨做工作，拒绝筑路。那天，莫里黑到附近最大的寨子阻止招募，打谷场聚集了很多人，莫里黑半神半鬼，手举火把，绕场转了三圈后，将口中的水喷向火把，火把熄灭，一股青烟像条乌龙游荡，他对围观的寨民说，神仙显灵了，神仙说，洋人修铁路是邪气压身，铁路沿线都是龙脊，如果修筑铁路，必将得罪山神和土地爷，还会伤了龙身，动了龙脉，结果是田地无望，五谷无收，还会遭受龙卷风，让寨子人畜不保，片瓦不留。

莫里黑的行动，激发了其他村寨的巫师和祭司，他们也像莫里黑一样，走村串寨，辗转滇南，到处游说，阻止乡民参加筑路，这一招果然灵验，已经报名的人纷纷退名，十多天下来，报名筑路的劳工寥寥无几，滇越铁路指挥长急成了热锅上的蚂蚁，法驻印度支那总督杜梅下了死命令，滇越铁路必须在十天内开工。

正当指挥部调配人员，再度招募时，女红再次要求到碧色寨，这次邓督办没同意，他想亲自到碧色寨。

那天，邓督办带着几个人再次到碧色寨招募劳工时，意想不到的事情发生了，他们刚到寨口，就看见女红被绑到寨中那棵楠树上，她依然是那身白装，所以老远就能看见，她周围是拿着刀刀枪枪的村民。这一幕让邓督办大吃一惊，他没搞清楚怎么回事，这时，地巴拉土司说话了，他指着女红，对邓督办一行人说，谁要再敢到我的寨子抓工，那女子就是下场。

听了地巴拉土司的话，邓督办才辨明一二，他断定女红是为招募劳工的事被绑的。邓督办叫其他人别动，独自一人走上前去，要地巴拉土司放人。地巴拉土司大笑起来，说，放人可以，但你们必须马上滚回蒙自去。

邓督办看了看女红，叹了口气，说，那好吧，我们回去，但你必须把童大小姐放了，她必须和我们一同回去。

地巴拉土司说，那当然。土司转回头，叫村民放人。

慢。只听莫里黑走上前，对着土司耳根说了几句，土司脸上凝重起来，就像一块无云的天空，突然会集了云层，这时，田间地头也涌来附近的村民，他们手拿刀枪棍棒，也像乌云一样，向碧色寨涌来，漫过邓督办心头，他正想着，只要女红获救，马上撤离，结果，巫师莫里黑说话了，他说，童大小姐得留下两天，等你们不再抓工了，我们就放了她，请放心，我们不会为难童大小姐。

莫里黑话音刚落，四周黑压压的村民就围过来，邓督办见情况不妙，带着几个人溜了，走之前，他对土司说，如果你们伤了童小姐，我就灭了你们村寨。

原来，女红提出再到碧色寨招募劳工，没得到邓督办同意，她不是立功心切，而是不服这个气，她就不相信招不到劳工，她也不相信碧色寨是铁板一块，就单枪匹马，独闯碧色寨，想说服地巴拉土司，结果就被村民绑了。

女红被关进地牢，巴目提出看守，地巴拉土司知道儿子的用意，儿子一定是想放了童大小姐。

自己的目的达不到，巴目又怕童大小姐遭受虐待，就找愣子商量，商量结果是愣子去争取看守童大小姐。地巴拉土司历来重看愣子，所以同意他看守童小姐。

愣子没让女红蹲地牢，而是让她住在地牢上面的看守房，即使是看守房，光线也很微弱，女红那一身白装，在牢房里发出洁静的光亮。巴目给女红送来好吃的饭菜，女红没吃，巴目安慰她说，你放心，官府的人很快就会来救你了。而女红却没把这当回事，她知道自己是安全的，她对愣子和巴目说，村民们闲着也是闲着，参加筑路每天都有酬劳，她要两人动员村民参加劳工，两人答应了她。

当童政员获知女儿被地巴拉土司关押后，急得团团转，他去找章鸿泰，而章鸿泰却说大小姐为招募劳工出的事，应找指挥长救人才对。听了章鸿泰的话，童政员怒火中烧，转身就走，章鸿泰怕得罪童老爷，说，童老爷息怒，我马上备车找指挥长商量。

按理说，只要衙门派兵，轻而易举就能救出女红，而章鸿泰却不慌不急的样子，童政员心里清楚，女红不愿嫁给他，他心里不畅，以此要挟童家。

童政员和章鸿泰相继赶到指挥部，指挥长几个人正在商量救女红的事。童政员对指挥长说，我家红红是为你们工作才被关押的，你们要赶紧把她救出来，不能让她受苦。指挥长耸了耸肩，说，我们不是正在商量吗？

　　看到章政要来了，指挥长对童政员说，章政要是童大小姐的未婚夫，你放心。

　　见童政员没理自己，章鸿泰狡黠地凑近童政员，说，童老爷，不必找洋人了，你下命吧，我马上亲自带兵踏平碧色寨，救出童小姐。

　　童政员知道章鸿泰心里那点小九九，就反而将了他一军，说，你看着办吧。章鸿泰说，解救童小姐的事，我在所不辞，不过这也要看童老爷和童小姐怎么对待我了。

　　话已经说到这份儿上了，章鸿泰对身边的军督说，集合队伍，即刻出征碧色寨。

　　那时天色渐晚，朝廷军直奔碧色寨，就像天色忽变，黑云翻涌，铁蹄劲旅，势如破竹，暮色中的碧色寨风雨飘摇。地巴拉土司得知衙门清军汹涌而至，派莫里黑前去说道。莫里黑双手抱拳，恭敬地对章鸿泰说，章大人驾到，有失远迎，我们留下童大小姐，不是对抗朝廷，而是对付法国佬抓工，童大小姐安然无恙，我们土司说了，可以完璧归赵。

　　章政要哪里听他一个巫师废话，下令把他绑了，押向寨口。

　　地巴拉土司带着村民站在寨口，周边村寨的村民也很快赶来，刀枪相见，和朝廷军呈对峙之势，势态紧张。

　　骑在马上的章鸿泰，对地巴拉土司说，限你立时交出童大小姐，如不遵命，血洗碧色寨。

　　地巴拉土司也没示弱，他晃了晃手中的大刀，说，尊敬的章大人，一切都好商量，如果你们硬闯我寨，我们也不是好惹的，我们现在可以放了童大小姐，但不允许法国佬再到我寨及周边村寨抓工骚扰，我们抗洋反洋，为的是不做卖国贼，难道你们要帮着洋人吗？

　　章鸿泰没说话，而是向旁边军督挥了一下手，军督摇着旗子，朝廷军缓步向前。地巴拉土司见朝廷军要来硬的，就叫愣子把童大小姐带来，然后对章鸿泰说，童大小姐马上就到。

　　军督摇了摇了旗子，朝廷军停止前进。

但地巴拉土司万万没想到，愣子脸色紧张地跑来，竟然说童大小姐不见了。

童大小姐不见了？一定是土司搞了鬼，章鸿泰下令捕住地巴拉。地巴拉怀疑是愣子放走童大小姐，就叫人把愣子绑了，而自己也被章鸿泰绑了。至高无上的地巴拉土司被绑了，引起村人骚动，和朝廷军扭打起来。章鸿泰以为官府军一来，地巴拉就会放人，所以带兵不多，打不过村民，他不想让朝廷军伤兵折将，也不想和村民冲突太大，下命撤退，也趁乱带走了土司和莫里黑。

巴目王子下令给愣子松绑，他对着愣子耳根小声说，你把大小姐藏到哪儿了，我正在想法营救她嘞。愣子愣了一下，说，真不是我放走了童大小姐。

怎么回事？两人都一脸疑惑。

章鸿泰一路都在想卷土重来的事，只是没救出大小姐，不好向童政员交代，还好，有土司和莫里黑在手头，以后的事会好办一些。

他直接押着土司和莫里黑，来到童家大院门前，向童政员说明事由，让他没想到的是，童政员并不焦急，也不愤慨，反而笑着对他说，不用了，等你都能救出红红，我也能把法国佬赶出中国去。

章鸿泰正愣着，就看到童女红走出来，后面跟着鲁家少爷鲁少贤，他认识鲁少贤。鲁少贤双手举在胸口作拜，算是打了招呼，而女红却说，原来是章大人呀。

见了女红，章鸿泰蒙了，怎么回事？童政员刚想说出事情由来，女红插话说，什么事都没了，章大人可以回府了。

说完，女红就拉着父亲进了门，并且关上了门。看着关上门的童家大院，章鸿泰哼了一声，就带着人马回府了。

回到院内，童政员拱起双手，对鲁少贤说，鲁少爷真是少年豪杰啊，今天小女如不是鲁少爷相救，还不知道会发生什么呢，多谢，多谢鲁少爷营救之恩。鲁少贤接连说，哪里哪里，应该的。他说这句话时，瞟了一眼女红，女红从他眼神里看到了一丝异样。她掉转头看了一眼大门，什么也没说，然后低下头，童政员要留鲁少贤吃饭，鲁少贤又看了一眼女红，说，朋友们还等我回去呢，晚辈在此告辞了。

一路上，鲁少贤心情很好，他很满意自己的壮举，没想到自己趁愣子到寨口的十分钟里，轻而易举地救出了童小姐。

土司和巫师被抓，招募劳工的事，少了干预，在愣子和巴目的动员说服下，碧色寨和周边开始有人报名参加修铁路，开始，碧色寨的舍易盈坚决不参加，愣子怎么说也不行，但就在开工头一天，舍易盈答应了，他的突然转变，让愣子纳闷儿。

第 六 章

一九〇三年春末，滇越铁路筑路工程拉开序幕，清政府和滇越铁路指挥部分别在昆明和河口举行开工仪式，法属滇越铁路指挥长和蒙自政要章鸿泰等参加了河口的开工仪式，为开工剪彩，并为滇越铁路滇段河口公里纪念碑奠基，女红作为中方铁路局会人员，一同前往。

开工仪式就在红河岸边，河对岸就是越南老街，所以引来不少越南人围观，河口县知事找来一群瑶族和哈尼族吹唢呐，少数民族花花绿绿的服装给那天增添了喜庆气氛，吹唢呐的人也很卖力，但唢呐声天性凄凉，给开工仪式罩上了一层阴云。指挥长用他那法国式的表情说，那号声不怎么样，叫人兴奋不起来。章政要说，那不是号，是唢呐，出殡时吹得多。指挥长瞪起眼睛，说，出什么殡？章政要突然意识到这种时候拿出殡说事，不合适，就解释道，"出殡"就是"出兵"的意思，总之最庄严最隆重的场合才用。

章政要的解释，让指挥长摇了摇头。开工仪式由指挥长主持，滇越铁路法方代表和章鸿泰讲了话。女红仍然一身白装，站在台口，她必须站在那里，说不清是礼仪需要，还是靠她吸引民众，总之是指挥长和章政要的安排，结果的确引来了众多目光，弄得她一身不自在，她终于坚持不住，退到了后台，一时间，整个会场黯然失色。

虽然开工仪式还算隆重，但劳工数量却远远不够。

开工仪式后，章鸿泰和指挥长同坐一辆马车回蒙自，女红坐的马车跟在后面。看到河口沿线已有稀稀拉拉的筑路队伍，劳工之少，是指挥长没想到的，他皱着眉头对章鸿泰说，原以为你们四万万中国人，个个都穷得揭不开锅，都会来做劳工，挣一份活命钱，却没几个人愿意来，真是愚蠢呀！

听了指挥长的话，章鸿泰表情怪异，然后附和着说，是呀，中国人辫子长，见识短。

指挥长冷笑了一声，说，你们中国男人没有眼光，原来是留了长辫子的原因呀，中国话真有意思。

章鸿泰接连点头，嘴里像放出一串屁，不断地说，那是，那是。

两人一路谈论，有章鸿泰的奉承，指挥长因劳工不足引发的不快，得到了释放，所以心情不错，但快到腊哈地时，因筑路开荒斩荆，让马车像个走不稳路的孩子，东倒西歪，直到一块大石头堵了去路，马车队被迫停下，两人从马车上下来。女红走上前来，走得一歪一斜，双手在空中摇摆，以此平衡身子，章鸿泰正要扶她，她手抬了一下说，我还没那么娇气。

指挥长拍了拍路中间的大石头，说，伙计，你挡了我的路。大石头像一个占山为王的主，坐在那里，不理不睬。指挥长心里有些不快，以至于他叫劳工们停下的声音，有些粗暴，劳工们没理他，背对着马车队干自己的活儿。指挥长问一个劳工，你们工地主任是谁，把他叫来。

那劳工不情愿地抬头看了看，没讲一句话就走了。指挥长指着那劳工的背影说，他这是什么意思？章鸿泰说，他是去找工地主任。指挥长说，他怎么不说话呢？章鸿泰说，中国人都这样，没教养。

一旁的女红听了章政要的话，哼了一声，章鸿泰知道自己说得不妥，惹女红不高兴，又改口说，有修养的中国人不这样的。

指挥长走到一个劳工面前，问，你叫什么名字？劳工开始装没听见，指挥长拍了劳工肩膀，劳工才转过身，问，你是问我吗？指挥长反问，你以为我在问一个白痴吗？

指挥长一脸严肃，继续问，你叫什么名字？那劳工同样一脸严肃地告诉他，我叫舍易盈。指挥长说，舍易盈？很好，现在我以滇越铁路指挥长的名义命令你组织人员把路中间的巨石请走。

背对着指挥长的舍易盈，放了一个响屁后，才转过身来。看到舍易盈大鼻头厚嘴唇，又长又粗的眉毛还动了几下，指挥长往后退了一步，舍易盈整理了一下腰带，面无表情地指着大石头对指挥长说，报告指挥长大人，那大家伙是请不走的，要用赶，就像赶一只羊，你用鞭子抽它，它就走了。指挥长不明白地问，什么鞭子？舍易盈举起手在指挥长眼前画了一个弧形，指挥长惊恐地又后退了一步。见舍易盈在戏弄指挥长，章鸿泰问他，你是哪里的？舍易盈说，我是中国的，你是哪里的？章鸿泰反问，我是哪里的你难道不知道？舍易盈说，你是哪里的我怎么知道，我只知道你不是中国的，哈哈。

舍易盈在碧色寨一带是出了名的江湖大侠，没怕过谁，所以顺便调戏一下法国佬和卖国贼是顺理成章的事。

一个破衣烂衫的中国劳工竟敢戏弄本大人和法国指挥长！章鸿泰叫随从把舍易盈绑了，带回蒙自法办，工地上气氛紧张起来，一些劳工停下劳作，转身看着事态发展。这时，从工地上突然走出一个人，他拍了一下身上的灰，笑容可掬地走到章鸿泰面前，对章鸿泰说，知府大人，我叫愣子，您完全应该绑走舍易盈，我们也不喜欢他，但有一个问题，你绑了他也走不了，因为大石头还挡着道呢，而在我们中，舍易盈技术最好，只有他有办法把挡道的大家伙搬开，所以，章大人想想，是想搬开大石头开道呢，还是留在这荒山野岭当山大王？

章鸿泰看了看舍易盈，说，你真能搬开大石头？

舍易盈昂起头，没说话，旁边的愣子急了，向他示意，他这才说，不是我能搬开大石头，而是我能请走大石头。

章鸿泰说，我给你松绑，也不法办你了，你立功赎罪，把大石头给我搬开，不，是请走。

舍易盈被松了绑，见他一动不动，章鸿泰说，还不赶紧弄走大石头？舍易盈哼了一声说，要我弄走大石头，我有个条件。章鸿泰皱了一下眉头，已经放了你，你还要提条件，真是得寸进尺。

旁边的指挥长听懂了大意，就对章鸿泰说，你看他什么条件，让他提。章鸿泰点点头，对舍易盈说，说吧，什么条件？舍易盈对章鸿泰说，你把地巴拉土司放了，我就把大石头搬开。

一听说放走地巴拉土司，章鸿泰说，那是不行的，地巴拉土司聚众闹事，抗拒政府为修滇越铁路招募劳工，严重影响了滇越铁路工程，是省府管制的要犯，我没权力放人。说完，章鸿泰招了一下手，随从们拥上来，听他发布命令。他对舍易盈说，今天由不得你，你必须无条件弄走大石头。

见双方硬上了火，愣子拉走舍易盈，对章鸿泰说，章大人息怒，我们现在就弄走大石头。

愣子拿着石钻和锤子，拉着舍易盈走近大石头，悄声对舍易盈说，要他们放出土司是不可能的，算了，我们还靠他们发工钱呢。

愣子叫来几个工友，从石头两方打孔。不一会儿，找工地主任的劳工回来了，指挥长问他工地主任呢？那劳工摇摇头，说了三个字，"不知道"，说完就开始干活儿了，指挥长再问什么，他也没说话。指挥长哼了一声，从嘴里恶狠狠地挤出三个字"中国猪"。

这句话被舍易盈听到，他扛着铁锤走过去，愣子怕出事，赶紧拉住他，而他却笑着对指挥长说，狗嘴里吐不出象牙。

指挥长见他笑着说话，以为他说自己好话，就笑着问，狗嘴里吐不出象牙是什么意思？这次舍易盈大笑着说，不知道。

十多分钟后，工地主任终于赶到，他就是法国人卡洛。他即使跑得上气不接下气，也没免掉指挥长一顿臭骂。指挥长骂完后，说了一句，还待着干什么。

卡洛当然知道自己该干什么，他扶了一下眼镜，赶紧组织劳工钻孔打眼。一个多小时后，愣子他们将炸药放入已钻好的几个石孔，所有人掩蔽后，一声巨响，那块大石头皮绽肉开，碎在地上，稍加清理后，卡洛扶着指挥长的马车通过，车队过去后，章鸿泰瞪了舍易盈一眼，说，今天算你走运，我不罚你。

中国建铁路，怎么让洋人来指手画脚，舍易盈哼了一声，一摇一摆地走了。

愣子追上舍易盈，说，那指挥长一身狐臭，你闻到没有？舍易盈吐了一把口水说，我懒鸡儿烦闻他什么臭味，洋老咪，臭狗屎。

他们回到山槽里的工棚，所谓工棚，就是用些芦苇秆围起来的简易住房，春天的风很大，芦苇房遮不住风挡不住雨。两人一进芦苇房打了个冷战，舍易盈掏出酒壶喝了一口，说，建什么路，这是人住的地方吗？老子今晚要偷着回家搂老婆睡觉。

舍易盈开过矿，家里勉强能揭开锅，不愁这份筑路钱，他为什么参加筑路，一直让愣子不解，直到三天后，愣子终于明白。

三天后的傍晚，舍易盈的表兄哥布带着一个人来找舍易盈，似有话要说，见愣子在旁又没说出口，神色诡异，舍易盈对表兄哥布说，愣子兄弟是自己人，不必回避，可吸收他加入组织。

听舍易盈这样说，愣子睁大眼睛问，什么组织呀。舍易盈说，还会有什么组织，反对法国人建铁路的组织。

愣子眨了几下眼睛，对舍易盈说，你既然反对法国人建铁路，为何还要当劳工？

听了愣子的话，哥布和舍易盈对视了一眼说，道理很简单，劳工是最有效最直接最大的反抗力量，只有他们的参与，抗拒法国人建铁路才有望实现。我们渗透到筑路工地，和劳工们在一起，这样才能更好地影响他们，组织他们。

愣子哼了一声，对舍易盈说，你当初突然改变主意当劳工，原来是这样呀。舍易盈和哥布大笑起来，哥布对愣子说，好了，我和舍易盈代表组织欢迎你参加到反法抗法的队伍中来。

随后，哥布讲了此次的任务，他说周云祥他们商量好，准备救出地巴拉土司，并组织罢工，要几个人分头到各工地发动组织工友，会后，舍易盈随即到南溪发动工友。

周云祥和哥布都是个旧的矿工，哥布是哈尼族，中低身材，皮肤黝黑，走路外八字，而周云祥大高个子，为人正直豪爽，在矿工中威望很高，在滇越铁路测量时，他们就反对法国人，这次地巴拉土司坐大牢，成为事端导火线，他们提出"抗官仇洋、拒洋修路"的口号，这一行动得到矿工、铁路劳工和附近农民的响应，集聚了一千多民众，成立了起义军。但受哥布指示，舍易盈和愣子没有随军参加起义，而是继续招兵买马，做一些外围工作。

最初计划，先攻克蒙自，营救地巴拉土司，但蒙自是滇南重镇，驻有重兵，官府、牢狱防守森严，敌我悬殊，所以起义军改为先攻下个旧，补充枪火，再攻建水，击毙营管带马子贤，乘胜北攻曲江、西取石屏，再集中兵力攻打蒙自。经过两天的激战后，蒙自城门破墙塌，章鸿泰带领朝府兵弃城而逃，并带走了地巴拉土司。没有救出地巴拉土司，周云祥心中不畅，看到南湖边的洋楼洋房，周云祥怒火中烧，他下令烧掉洋房，结果朝廷援兵赶到，和周云祥、哥布部展开激战。

章鸿泰离城时，专门到童家大院，要童政员和童女红跟他一起走，童政员说，怪事喽，国是我的国，家是我的家，蒙自是我祖祖辈辈生活的地方，周云祥和哥布反对的是法国人和卖国贼，我跟法国人和卖国贼不沾边，我为何要走，再说了，周云祥和哥布，我都认识，他们都是大好人，要走你走吧。

章政要被碰了一鼻子灰，其实他的目的是要女红跟他走，理由是铁路局会是清政府机构，是起义军的反对对象。

要走卖国贼走，我又不是卖国贼。女红的话像利箭刺激了章政要，他一气之下，一鞭子下去，他的马噔噔地就跑开了。

滇越铁路被迫下马，多数洋人先后到昆明躲避战乱，政府铁路局会工作人员也被起义军视为卖国贼，所以女红最终也在逃难的人群中。

远处望去，逃难马车队伍，自南向北，像大地上缓慢爬行的蚁群。在途经碧色寨时，洋老咪们从行李中爬出，从马车上下来，纷纷找厕所。而就在那天，当接近碧色寨时，德克拉曼眼前就出现了“北回归线”几个字，他没有忘记自己到远东来的目的，当脚站到碧色寨的地面时，他仿佛闻到一股和爷爷有关的气息。上次到碧色寨招募劳工，偶然发现北回归线几个字，让他时时想到碧色寨探个究竟，但铁路开工在即，整天忙得不可开交，再就是村民视洋人为敌，他不便独自一人来。而那天当他感受到爷爷的气息后，更让他变得心事重重。

德克拉曼的父亲说过，当年，和爷爷一起的另一个传教士，几年后回到巴黎，他告诉父亲，他和爷爷乘船从河口逆流而上，到了蛮耗码头下船，准备去一个北回归线穿过的村庄，爷爷要在那里建立传教办事处，而现在，德克拉曼已经找到这个北回归线穿过的村庄，他从内衣口袋拿出那张印有北回归线的手帕，对照碧色寨看了看，虽然图与实地没有关联的标记，但他已从图所标的位置，确认了碧色寨就是图上北回归线穿过的村庄。

他把手帕小心装进口袋后，环顾四周。当时，璐蔓丝和菲娅从路边简易厕所出来，他们并没有发现德克拉曼的异常，而不远处的女红察觉到了。

很快，哨子鸣响，这是事先说好的紧急情况的哨音，逃难队伍大乱，洋老咪们跳上马车奔逃而去。原来是周云祥的起义队伍在追赶逃跑的洋人，很快又有一支队伍杀来，待走近，周云祥才看清，是蒙自官府军督的清兵赶来了，双方在碧色寨附近交上了火，一时间，马蹄声碎，灰烟弥漫，喊杀声不断，官府军节节败退。因为半路杀出程咬金，拖住了起义军，起义军再没追赶逃窜的洋人。三天后，洋人们陆续到达云南府昆明。

周云祥和哥布的起义队伍不断壮大，广西州、阿迷（开远）、弥勒、师宗、宜良、通海等地纷纷响应，揭竿起义，最后会集了一万三千多人，其势直指昆明，震惊云南府。其中的一支回民支队英勇善战，屡立战功，支队长马德山自我膨胀，无视周云祥和哥布的指挥，给起义军带来很多麻烦。

看势头不妙，清朝廷命云南提刑按察使刘春霖总统防团各军，带领五十营清军前往镇压，大军压境，起义军奋力抵抗，回民支队在阿迷防守，损失惨重，刘春霖了解到马德山和周云祥的矛盾，就利用马柱、白银收买马德山，马德山看大势已去，就率部投降，这一兵变让起义军的失败已成定局。刘春霖拍着马德山的肩膀，赞不绝口，名义上委以重任，实际上是让马德山部赴第一线和起义军死拼，围剿起义军，刘春霖在后面跟随观战。回民支队所到之处，大开杀戮，殃及百姓，建水城、曲江、缅甸等地血流成河，哀鸿遍野。

起义部队退至建水城，被朝廷军围成一座孤城，正当周云祥和哥布派人求四方村埠支援时，刘春霖就派人进城和周云祥、哥布谈判，周云祥要求朝府释放地巴拉土司，刘春霖没有马上答应，看周云祥顽固不化，就以许诺周云祥为临元镇总兵职和释放地巴拉土司为诱饵，引周云祥出城。

周云祥和地巴拉土司是结拜兄弟，周云祥当初开矿时，地巴拉土司资助过他，有恩于他，所以，周云祥一心想救出地巴拉土司，就答应和刘春霖谈判。那天，他带了三个人出城，谈判还没开始，他就被捕了，并被刘春霖就地处决。最后，因群雄无首，起义失败。

因周云祥被处决，起义军军心涣散，溃不成军，朝廷军发起猛攻，哥布率起义军余部，杀出一条血路，上了姑保岭，伺机卷土重来。

第 七 章

让世人瞩目的滇越铁路刚刚上马，又被起义队伍闹腾，被迫停下。战乱过去后，铁路建设指挥部重启筑路工程，洋人们从云南府返回蒙自和河口沿线。而这两个月中，一直没见德克拉曼，他的失踪让工程指挥长坐立不安。

最着急的是璐蔓丝，德克拉曼的走失，让她在云南府昆明的日子暗无天日，别人约她上西山、观滇池，去大观楼划船，到圆通山赏花，她都没去，整天都在期待德克拉曼出现。当回到蒙自，也没见德克拉曼归队，她才意识到了事情的严重性，她甚至认为他可能在战乱中被起义军杀害了。

女红同样在途中走散，这让童政员十分着急，章鸿泰时时来安慰他，并派人四处寻找。菲娅也找到指挥长说，女红是铁路工作人员，也是在逃难路上走失的，指挥部应该全力寻找。指挥长说，童大小姐虽是中国人，但为铁路修筑立过功，当然不能不管。

指挥部人员回来后，铁路工程即时启动，指挥长仍将大家派到各地做宣传员，但很多民众仍然拒不参加劳工。指挥长找到章鸿泰商量，官府也伤透脑筋，最后决定，以释放地巴拉土司来获取人心。释放地巴拉土司那天，碧色寨一带的村民都来接他，蒙自城的大街上敲锣打鼓，人们用手搭成架，抬着地巴拉土司回寨。看到这种情景，指挥长感慨地说，如果民众建铁路也有这样的热情多好啊！

但几天过去，招来的劳工寥寥无几。后来在法国政府的威逼下，清政府下死令，要云南各地政府强制招工，以保铁路建设顺利开工。一时间，云南各地官吏强制青壮年充役，特规定："十七岁以上者，至少充工两年，不愿者缚手于背，以枪队押送，不从者即杀之！"

最开始，不从者被杀了一批，后来不从者成千上万，官吏们不敢大开杀戒，而被迫放弃死规定。看当地民众不为所动，铁板一块，清政府和滇越铁路指挥部也束手无策。

后来，滇越铁路公司想尽办法，从广西、福建、广东、香港、宁波等地招收劳工，因路途遥远，招募的劳工不可能步行入滇，所以准备从海上坐船到越南东京湾海防，再坐马车，或步行到滇段铁路沿线。那天，指挥部收到各地劳工陆续从海上乘船入滇的电报，十天左右即可入滇，但时间过去二十多天，仍不见劳工到来，是何原因，他也不知道。指挥长天天翘首相盼，筑路工程迟迟不能开工，他急成了热锅上的蚂蚁。

指挥长后来才知道，劳工们途经滇越铁路越南段时，就被越南段工程指挥部截下，这样越南段不花一分钱就轻而易举招收到了劳工，劳工们也怕路途遥远，心甘情愿留在了越南段，滇段指挥部为此和越南段闹起纠纷。

在滇越铁路迟迟不能开工的紧要关头，局会邓督办通过重庆一家商行，终于从天津等地招来一批劳工，并且这些劳工多数都有在满洲修建铁路的经验。劳工们仍从海上入滇，因路途遥远，仍有劳工半路逃走，剩下的人到了海防，再绕开滇越铁路越南段，翻山越岭，步行七八天，终于到达滇段河口南溪地段。

指挥长终于松了一口气，南溪河谷工程终于可以开工了。

南溪河谷山高谷深，河水像一群发怒的狮子，在山谷间横冲直撞，快到河口时，才悄悄平静一些，两岸全是原始森林，树木蓬拢在一起，让人很难看到河流，天空就像河道，窄窄的一条，拐去倒来，只有中午才能看到太阳，风很少透进去，让南溪山谷潮湿淤闷，在这样的地理环境下筑路，等于和灾难同行。

河谷两岸是瑶族聚居地，他们的居所全用木料和竹竿搭建。穿着花花绿绿的瑶民在河岸山间，像飘荡的彩霞。最开始，有两千劳工安排到这里，但大多数人是懒汉游民，难以驾驭，他们要价高，技能低，一部人还吸食鸦片，他们的钱基本用于购买鸦片，个个饿着肚子，面黄瘦弱，无缚鸡之力，没钱了就想方设法偷窃，所以工地上全是东倒西歪的瘾君子和病汉。

指挥部及时调整，把最得力的天津劳工放到最艰苦的南溪河段，并把希腊流浪汉布斯特放到这里当工地主任。指挥长把这个任务交给布斯特时，说，按中国人的话说，这是一块硬骨头，你要给我啃出铁路来。布斯特用他那长臂挽起衣袖说，逢山穿山，遇河过桥，我就不信我啃不下这块骨头。

说完，他又面色委婉，呵呵地笑着说，指挥长，我那弟弟虽说岁数小一点，但管制那些愚笨的支那人，一点问题没有，能否请指挥长给他一个副主任职务锻炼锻炼。

指挥长一脸严肃地对他说，如果叫一个十五岁的孩子去管理劳工，他不哭着鼻子叫爹喊娘才怪。指挥长说完，就跟李梅总督打电话，报告情况。

那天，指挥长带着保罗·菲娅和璐蔓丝，去南溪河谷现场察看情况。时值夏日，河谷中炎热潮湿，瘴热弥漫，老远就能看到河谷中雾霭翻涌，山和河道在雾中晃动。奇形怪状的树枝藤蔓，就像伸长的手爪足踝，在涌动的雾霭中张牙舞爪。

一走进河谷，璐蔓丝就抓紧菲娅，她紧张地看着奇形怪状的树枝藤蔓，一不小心，头就碰着一枝吊在空中的藤结疤，璐蔓丝的一声惊叫，风一样在河谷中飞窜、回荡，让人听了害怕，菲娅安慰她说，没事的，我多次行走在这些地方，不是也走到了今天了嘛。璐蔓丝半信半疑地点点头。

菲娅虽然这样说，心中也在打鼓，看到奇形怪树并不害怕，怕的是遇到林中的毒蛇猛兽，虽然有两个当地人跟着，但她知道，如果真遇上几只豹子和狼群，任何人都很难对付的。想到这里，她握紧了手中的木棍，璐蔓丝似乎感到了她的紧张，看了她一眼。此时的雾越来越浓，树在飘荡的雾团中时隐时现，菲娅佯装镇静，对璐蔓丝笑了笑，笑声还没完，菲娅大叫了一声，指着前方说，怪兽，怪兽，指挥长，你看那只奇大无比的眼睛。

指挥长往前看，两个当地人握紧大刀，走到前头，璐蔓丝早已被菲娅的惊叫而吓得瘫倒在地。指挥长摇摇头说，没什么怪物啊，菲娅，你看到什么了？菲娅眨了眨眼，再看过去，还是一脸的惊恐，她把她看到的大眼睛指给两个当地人看，当地人顺着她指的方向走过去，对准她说的大眼睛猛砍了几刀，菲娅紧张地闭上了眼睛。指挥长拉着她走过去，问她这是眼睛吗？她这才看清，刚才她看到的大眼睛，其实是树结疤，指挥长说，这不怪你，这树结疤真和眼睛一模一样。

而此时的璐蔓丝已经倒在树下，不省人事，菲娅掐了她的人中，她才清醒过来。清醒过来的她仍鬼鬼鬼地叫着。

看到璐蔓丝的样子，指挥长说，你是一个医生，你应该相信科学，这世界上是没有鬼魂的。镇静下来的璐蔓丝说，谢谢指挥长，听到菲娅姐的叫声，我真以为遇到鬼了呢，请原谅我是第一次经历这些。

指挥长说，也不能怪你，虽说你是一个医生，但你还是一个不谙世事的女孩子。其实，在我们故乡的阿尔卑斯山上，这样的山形地貌和奇树怪藤也很多，非洲的热带雨林中更多，大多数植物不会伤人，但我们也不能不注意，有少许植物，不能去触碰，因为有毒。

指挥长正说着，就绊了一跤，这一跤指挥长倒没有什么，相反让璐蔓丝大叫了一声，因为浓雾中，她看到绊倒指挥长的，是一堆黑乎乎的东西，还动了一下，这堆黑乎乎的东西也让指挥长感到不对劲，软软的。几个人后来才从飘荡的浓雾中看清，绊倒指挥长的东西原来是一个人。这一发现让他们惊叹不已，因为当雾慢慢稀薄后，他们看到山涧河边倒下了很多的人。

难道天津劳工也偷懒误工？

这是指挥长的第一反应，但很快他又摇摇头，他们越往前走，倒下的人越多。指挥长看了一眼璐蔓丝，璐蔓丝紧张起来，她显然不能对眼下发生的情况给出答案，而是赶紧给躺下的劳工做了检查，她告诉指挥长，劳工们可能患上了传染性疾病。指挥长派人叫来附近工地的所有医生，为劳工作了抽血和粪便检查，结果查出了痢疾、疟疾、鼠疫、霍乱等传染流行病。

这一发现，让指挥长瘫倒在沙发上。他并不完全是为劳工着想，而是担心延误筑路工程，因为查出的每一种病传染性都极强，如果蔓延开来，整个滇越铁路就得停下。他向滇越铁路公司和李梅总督报告了疫情。

疫情就像火山喷发，在南溪河谷四处蔓延，而作为工地主任的布斯特并不着急，相反他心中暗喜，因为璐蔓丝天天在他的工地医治病人，他估计德克拉曼已不在人世，所以他可以理直气壮地追求璐蔓丝，在这荒山野岭，能和美人一起工作是件幸福的事。

患者多数是天津等外地劳工，医生们初步估计，疫情跟水土不服和生活方式有关，为了让天津劳工习惯当地生活，指挥部给布斯特工地派来一些当地劳工，愣子、舍易盈和二贵也在其中，愣子和舍易盈参加发动起义的事，铁路指挥部并不知道。二贵是芷村人，好抽鸦片，脸色铁青，为此，愣子叫他戒了，而他却说，戒掉可以，但必须是舍大哥戒了，他就戒了。他知道愣子说服不了舍易盈，所以才这样说。

那天，布斯特陪璐蔓丝到天津劳工驻地察看疫情。驻地在一个山槽里，全是劳工自己搭建的简陋居所，用树木支撑，用茅草盖顶，四周几乎没有遮拦。

整个山槽黑压压的一片，都是重病不起的劳工，东倒西歪，破衣烂衫，大热天里，还身穿长袍、拖着长辫子，面部糙黑，灰头土脸。看到布斯特工地主任来了，也目光呆滞，像一群原始怪物，支那人怎么这样？璐蔓丝心生疑惑，其中一个劳工翻眼白看她，让她心有余悸，一脸惊恐。而在劳工眼里，她也是一个怪物，在粗山野水的映衬下，她穿着白大褂，金黄色头发，嫩得像棵豆芽，艳得像妖女。

布斯特戴着遮阳帽和墨镜，手拿皮鞭，走在前面，他对璐蔓丝说，别怕，这些支那人跟猪没两样，病了伤了痛了，哼两声就完了，即使是头会伤人的野猪，有我在，你也是安全的。

璐蔓丝没和他搭话，她以最大的勇气走近劳工，在她给他们打针时，一个劳工不敢脱裤子，也没脱裤子打针的经历，在布斯特的催促下，劳工不得要领，把裤子全脱了，他下体尽是污垢和疤痕，璐蔓丝吓得惊叫起来。一旁的布斯特骂了一声"支那猪"，举起鞭子猛抽那劳工，那劳工昏死过去。一个病中的年轻劳工扭住布斯特，布斯特大打出手，脚踢鞭抽，把年轻劳工打得遍地滚爬，并把年轻劳工踢下河里，璐蔓丝被吓得目瞪口呆。璐蔓丝叫布斯特赶紧救起水中的劳工，而他却指了一下水中的劳工，说，救起来也是死，不如成全他。

果然，被布斯特踢到河中的劳工扑腾了两下，就没动静了。璐蔓丝瞪大眼睛看着他，骂了一声魔鬼，就离去了，很快布斯特又追了上去。

一些劳工已经断气，璐蔓丝束手无策，她不知道应该怎么安置死去的劳工。布斯特看出她的忧虑，说，不必费神，我会处理死尸的。

璐蔓丝赶回指挥部，报告了疫情，并提出应及时分离病人。指挥长正为此事伤脑筋，他向李梅总督汇报了情况，并要求加派医务人员。

布斯特继续在工地上转悠，他戴着墨镜，提着鞭子，嘴上叼着一支雪茄，一些休息的劳工见他来了，赶紧起身干活儿。天津劳工比南方劳工个头大，体魄也魁梧一些，他们喊着北方号子开垦路基。让布斯特想不明白的是，大热天的，天津劳工都不愿脱下又脏又破又厚的衣服，真是"支那猪"啊，他感叹道。

当看到弟弟乔斯特在帮着拉运泥土时，布斯特摇摇头，走过去拉起弟弟说，谁叫你干这苦差事的，你是西方人，你是监工，你跟支那猪不一样。

乔斯特白了哥哥一眼，说，很多劳工都吃不饱饭，没力气干活儿，我帮着一点是应该的。布斯特说，什么应该的，你应该干的事是用鞭子抽他们，明白吗？跟我走，我们去干我们该干的事。

乔斯特不知道哥哥带他去干什么，跟在后面，闷不作声，两人又来到劳工驻地。

当时愣子正在搭建住房，工地上规定过，都按愣子搭建的房子搭建。一个五十来岁的天津大头劳工，要愣子给自己家写封信，愣子说，前几天不是刚给家里写过信吗。大头劳工说，前封信是叫儿子来和我一起挣钱，这封信是叫他不要来了，我在这里干了几个月都没挣到钱，他来也一样挣不到钱，再说了，路途遥远，不适应这里的气候，又苦又累，这么多天津老乡都病死了，还是叫儿子别来了。

愣子答应大头劳工，休息时就帮他写信。说完，愣子问你怎么在这里？大头劳工看了一眼四周，小声说，我是偷着跑回来的。愣子说，你还是回工地吧，被布斯特那魔鬼看见，你会被惩罚的。

大头劳工点点头说，我回屋喝口水就去工地。

三十多岁的天津劳工宋大田，大块头，满脸肉疙瘩，他在北方满洲建过铁路，技术好，是铺轨能手，但眼下还在开荒阶段，他就当了愣子的助手，盖住房。看到宋大田汗流浃背，脱得只剩下短裤的愣子说，你们怎么大热天还穿长袍？宋大田说，衣服不穿在身上就不是自己的，丢了怎么办，没长袍就熬不过冬天。愣子说，我们这里没有冬天，到了冬天也不会穿你这样厚的衣服。宋大田拍了一下自己又旧又破的长袍说，还是不脱了吧，我们习惯了。

宋大田边说边挠脖子，还晃着身子，愣子走近一看，宋大田脖子上长满了痱子，他撩开宋大田的衣服，发现宋大田全身都是细密的痱子。

他俩正忙着，就听身后有人叫唤，宋大田一看是和自己一起来的任壮天，他已经躺下半个月了，吃不下，睡不着，整天哼哼，叫爹喊娘，其实他爹娘都死了，他是半路上讨饭遇到宋大田的，只有十七岁，宋大田给他喝了一点水，就自己忙自己的了。

布斯特和弟弟已经来到盖房工地，见他来，愣子和他打了个招呼，布斯特对愣子说，你可要抓紧呀，工人没房住就没睡觉的地方，没睡觉的地方就休息不好，休息不好就没体力干活儿。

愣子应付着说，主任说得好呀，我会抓紧的，我连喝口水的时间都省下了。

如果在中国劳工里，还有布斯特看得上的人，那就是愣子了，愣子生性灵巧，不和布斯特对着干，加上又能盖房，布斯特看重他。别看布斯特五大三粗，却是个精明人，他知道自己出来闯世界的目的，是为了发财，他明白，要多领到薪金，就得当官，工地主任算不了什么，工段长位置还空着，他已盯住了这个位置，所以他努力工作，想方设法提高工程进度，而他加快进度的办法就是加大劳工劳动强度，对劳工严上加严，鞭子是他管理劳工的得力工具，他整天在工地和劳工驻地转悠，偷懒的劳工经常挨他鞭子，逃回住房的劳工，就不是挨鞭子的问题了，扣除工钱不说，还要惩罚多劳作两个小时，并且不计报酬，重的往死里打，以此重压，确保进度。

他在哪里出现，哪里的劳工就会紧张，连空气都打结。所以，那天他带着乔斯特来到驻地，搭建住房的劳工都埋着头干活儿，不敢看他，只有愣子应付性地说上几句，而愣子担心的是大头，他是无病回房的，如被布斯特看见就惨了。结果让愣子担心的事，终于发生。听到布斯特的说话声，房里的大头翻篱笆墙逃避，结果还是被布斯特发现，布斯特睁大眼睛，问大头，你是干什么的？大头嗯嗯叽叽答不上来，愣子赶紧对布斯特说，他是和我一起建房的。

布斯特数了数搭建房子的人，问，你们这里怎么多了一个人？愣子同样嗯嗯叽叽得答不上来。布斯特知道发生了什么，他走近大头，几脚把大头踢倒在地，并举起鞭子就抽，边抽边说，我看你还逃工，我看你还偷懒。

大头想跑，脚一滑，就掉到了几米高的石头下，头部出了血，奄奄一息，再没爬起来。宋大田跑下去，发现大头还没断气，叫愣子帮忙，愣子还没赶到，布斯特上前一脚就把大头踢到了河里。

宋大田和布斯特扭打起来，但很快被愣子拉走，他们两人顺着河追大头。刚和宋大田扭打过的布斯特，像一头怒狮，把房舍路边病倒的人和已经病死的人，通通踢到岩下和河里。此时，任壮天还躺在房里的草席上，布斯特一进房就踢他，把他踢到了河边，他不知发生了什么，紧紧抱住河边的一棵树，身上一点力气也没有，布斯特连续几脚，最后，任壮天也被踢到河里。

刚把大头捞上岸的愣子和宋大田，见任壮天被踢到河里，又返回水中，救起了任壮天。任壮天已气息奄奄，而大头已经断气。愣子背着任壮天往房里走，宋大田再次和布斯特扭起来，并把布斯特往河里推，愣子放下任壮天，拉住了宋大田。

因再次受到宋大田的袭击，布斯特再次发疯一般，不断往河里踢人。乔斯特拉住哥哥说，那些人还活着，应该救他们，璐蔓丝医生会救活他们的。布斯特狂叫着，对弟弟说，哼哼，死活都一样，他们即使活着，也干不了活儿，还要养着他们，你要知道，他们活着就是我们的负担，不如把他们踢到河里一了百了，你个小毛孩，你知道啥。

看到哥哥发疯的样子，乔斯特制止不了，他转身跑了，他想去找璐蔓丝医生，只有璐蔓丝医生才能制止布斯特。

当布斯特往河里踢人时，被踢的人惨叫了一声，这说明人还活着。这次愣子发怒了，他放下已经死去的大头，猛扑过去，一头撞倒布斯特，两人在地上翻滚，一会儿，愣子骑在布斯特身上，一会儿，愣子被布斯特压在身下，当布斯特拾起一块石头砸向愣子时，布斯特的手被拉住了，布斯特以为是宋大田，其实宋大田已经跳到水中，去救刚被踢下河的那个劳工。布斯特感到拉住自己的手细腻娇弱，他首先看到的是一只白色衣袖，再往上看，他收手了。他看到了两个多月不见的东方美女童女红，虽然女红戴着口罩，但他还是认出了她，并在第一时间想起人们的传闻，都说这东方美女已被起义军捕获，然后轮奸至死。当他听到这一说法时，还为美女惋惜，心里还飘过一丝痛惜，多美的人儿啊，自己还没碰过她的手呢，甚至还没和她熟络起来，怎么就被那些又脏又土、满身污垢的支那男人享受了呢？这不是灭了他的春梦了吗？

当他看到女红时，忍不住放了手，站起身，一脸烂笑地向女红点头，并说，你还活着，上帝真是有眼，美女是不应该死的。

而女红没看他一眼，赶紧扶起地上的愣子，虽说愣子还活着，但已经没了力气，他倒在女红怀里，女红的白装被愣子的血染得绯红，布斯特怜香惜玉地想拉开女红，女红扒开他的手，转向他恶狠狠地说了一句，别碰我，你就是一个魔鬼。

女红是和璐蔓丝等几个医生一起来的，他们都戴着口罩，乔斯特也在其中，他们一路都在救治病人，是女红看到愣子出现危险，才赶过来的。几个人把愣子扶到简易住房里，璐蔓丝赶来，为愣子处理了伤口。一旁的女红焦急地问，愣子的伤情怎么样？璐蔓丝说，只是流了一些血，没事的，休息几天就好了，现在的问题是劳工驻区到处是病毒，受了伤的愣子很容易被感染，应该把他和病区隔离。

女红说，没事的，把愣子交给我。

女红带着愣子上了马车，来到工地主任和洋人驻区，并叫愣子在自己床上躺下。看到童大小姐干净的床单和被面，愣子不敢躺下，大小姐可是蒙自城的第一美人啊，所有男人都想亲近她，而所有男人都只有念而远之，想而避之，没有男人能接近大小姐，包括有钱有势，也有才有貌的鲁少贤少爷。女红一路扶着他，他闻到了她的体香和香水味，当他坐到她的床沿时，他不知如何是好，忐忑不安，他感动得流下了眼泪。

他问，大小姐，这使不得，我是粗人，身上也脏。

她说，你现在是病人，听我的。

他问，大小姐，你两个月不见，人们都说你遇到了危险，你没事吧？

我能有什么事，你别为我担心，你就住我这里，安心养伤，我去和菲娅工程师住。

女红和愣子走后，璐蔓丝为任壮天检查了病情，结果是任壮天患了鼠疫，这是一种可怕的传染病，更可怕的是，已经从病倒的宁波劳工身上发现了霍乱，在那个年代，一旦发现这些传染病，必死无疑，一旦蔓延，后果不堪设想。

璐蔓丝弯腰为病人检查打针，都累得直不起腰了，病人一个接一个，大多是痢疾、疟疾和肠胃道传染病人。她不敢停下，一停下，她就会看到整个河谷遍布尸体，天上乌鸦扑腾，地上野狼野狗成群，南溪河谷山野、河道，到处是尸体，已经死了千余人，而时间已进入三伏天，尸体迅速腐烂，臭气熏天。璐蔓丝只能靠忙碌来减轻心里的不安和悲伤。

带来的一箱链霉素针水，很快就见了底，璐蔓丝心情沉重起来，链霉素针水几乎是唯一治疗那些传染病的针水，也是稀缺药品，仓库里所剩无几，这意味着其他的患病劳工得不到治疗，也意味着那些患病劳工将失去生命。当璐蔓丝报告这一情况时，指挥长唯一的反应就是，对着天叹了口气。

链霉素针水已经用完，璐蔓丝看着等待救治的病人发呆。她终于闲下来，为了避开因传染病带来的内心恐惧，她开始陷入对德克拉曼的思念中。童女红带回的消息，让她为德克拉曼担心，德克拉曼是死是活，尚不知晓。她沉湎在自己和德克拉曼的往事中，她想起在好望角号邮轮上的情景，想起他们在西西里岛的树干缝中藏下的发卡，想到她对他说过的五十年后再去岛上找出那只发卡的情景，那是一个美丽的预示和浪漫的构思，也是一个爱的神话和传奇。

璐蔓丝正想着，女红就来了，她得知璐蔓丝正在为针水发愁，她告诉璐蔓丝，药物的事她可以想想办法。璐蔓丝眼睛一亮，问，你能想什么办法？女红说，你别管，我也只是试试。说完，女红就走了。

璐蔓丝看着她的背影摇了摇头。

几天后，愣子的伤口已经愈合，只是脚还瘸着，走路不利索，看着被自己弄脏的大小姐的床，他回味着在这里被大小姐照顾的几天时光，恍然如梦，一种幸福感油然而生。当女红告诉他要去找药水时，他提出陪她去，而女红却要他安心养伤。

愣子刚回到工地，舍易盈就急急忙忙地找来了，说有要事商量。那时的滇越铁路工地沿线，已经有很多商铺饭店。他俩来到南溪瑶族茶楼，舍易盈告诉他，哥布从碧色寨抓到一个洋毛贼，虽然洋毛贼否认自己和铁路公司的关系，但哥布认为洋毛贼一定是铁路公司的人，他要把洋毛贼作为人质，要挟清政府和滇越铁路指挥部，目的是想弄些钱和枪支弹药上山。哥布要他们两人配合，查清洋毛贼的身份，并向政府和指挥部传递洋毛贼被俘的消息。

事情商量好后，两人刚出门，就见二贵在门外偷听，舍易盈揪住他，问，你跟踪我？二贵没直接回答，而是嘻嘻地笑。舍易盈问，你听见什么了？二贵仍然嘻嘻地笑，然后伸出手，说，如果你给我两个铜板，我就什么也没听到，如果你不给，我就什么都听到了，舍兄懂的。

舍易盈拿出两个铜板说，就算我遇到了一个癞皮狗，听好了，你什么也没听见，今后不许你跟踪我。二贵接过钱，嘻嘻一笑，说，我知道，难道你们还不知道我的为人？二贵边说话边伸出手，愣子说你还要干啥？二贵说，你们知道的，我没有其他坏毛病，只是喜欢抽两口，抽那黑烟要钱的，你们谁再给一个铜板吧，我保证什么也不说，打死我也不说，嘻嘻。

愣子掏出一个铜板砸到他手里，说，滚，如果再让我发现你偷偷摸摸的，老子宰了你。

愣子回到工地，发现宋大田被绑在树上，布斯特舞着鞭子训斥，两个安南人成为打手，布斯特举起鞭子就要抽，愣子挡住鞭子说，主任请慢，抽我可以，不能抽宋师傅。布斯特睁大眼睛，问，为什么？愣子说，宋师傅是我们南溪工地技术最好的工人，今后还要他铺轨呢，我们中只有他能干这活儿，你要打他，除非你不想建铁路了。

愣子的话，说得布斯特一愣一愣的，是呀，这铁路还得有人来建，全都被打伤残，成了冤家，谁来建路啊，最后，布斯特举起的鞭子还是放了下来，并叫安南人为宋师傅松了绑。他告示众人说，按你们中国人的话说，家有家规，国有国法，今后有人犯了事，鞭子侍候。

那天收工，愣子瘸着脚去找菲娅，想探听铁路上有没有洋人失踪，并把哥布抓到洋老咪的事透露给菲娅，菲娅及时将情况报告了指挥长。

舍易盈所在的工地不远，所以吃住都和愣子一起。那天愣子回到驻地，舍易盈已经做好饭，刚要吃，就跑来一个叫花子，提起舍易盈的饭锅就跑，边跑边往嘴里塞饭，舍易盈起身就追，把叫花子按倒，宋大田他们也围了过来，叫花子十多岁的样子，穿得跟宋大田他们一样厚，看样子不像南方人。叫花子怕被打，抱着头说，你们别打我，你们别打我，我是来找我父亲的，饿得实在没法了，才这样的。

宋大田问叫花子，你父亲叫什么名字？叫花子低着头说，我叫郎大成，我父亲叫郎有贵。看到愣子若有所思，宋大田问他，郎有贵是什么人？愣子仔细看了看叫花子，然后对众人说，这是大头的儿子，我帮大头写过信，我知道大头的学名叫郎有贵。

我爸就是大头，老家的人都这么叫，你知道我爸，他在哪里？让我找得好苦啊！叫花子抓住愣子不放。

叫花子拿出了大头请愣子写回家的信，叫花子真是大头的儿子。

没想到，十多岁的大成竟然走了大半个中国，从北方来到南方。大成的到来，让愣子他们心情一下子就沉重起来，大成的追问，让愣子欲言又止，最后，宋大田抱着大成说，好孩子，我带你去看你爸，但你要答应我，你不许哭。

说是不哭，大成还是哭了，他意识到发生了什么。宋大田带他来到大头的坟前磕头，这时的大成没有哭出声，而是闷不作声地刨，一副要把父亲刨出来的样子。

大头是布斯特推下河淹死的，几个人商量后，决定找他的麻烦，至少要给大成回家的路费，不然就告指挥长。开始，布斯特不理睬，听说要告到指挥长那里去，虽然他知道即使告到指挥长那里也没什么大不了的事，但毕竟会麻烦一些，所以，他答应把大头当成因工死亡上报，申请抚恤金，并让大成到工地做工，愣子他们心头虽有不满，但还是平息了下来。

大成给宋大田做了徒弟。

病患还在蔓延，前几天还见到的人，过几天就病死了，愣子和舍易盈再也支撑不住，不是因为组织上的要求，他俩早就离开了，而天津劳工却人心涣散，不仅因为传染病，还有气候、生活习惯等原因，所以溃散了许多人，这些人往北沿线城镇找其他工作，有的甚至步行，穿过中国大地，从中国最南端回到北方天津，不少人贫病交加，丧生途中，再加上病死南溪的，六千多人的天津劳工最后只留下三千多人，留下的人多数在京汉铁路和满洲铁路干过，能吃苦，有经验，也很卖力，可谓精兵强将，是滇越铁路的筑路主力军，如果他们走了，这滇越铁路能不能建成都很难说。

为了加强管理，不让劳工再度流失，也确保工程顺利，滇越铁路公司从越南调来军队，站岗放哨，名义是保护，实际上是看守劳工。安南人也来管制我们？中国劳工不服越南人管制，经常和安南卫队发生冲突。

病患和冲突，让指挥长和章鸿泰吃不下饭。

正在指挥长一筹莫展之时，喜讯传来，失踪七八天的女红突然出现。

一辆马车跟随而来，车上装满了七八种草药和板蓝根，还有一口大铁锅，女红叫愣子砌了一个大灶，然后烧起大火，把草药和板蓝根熬成汤药后，再用马车驮着，顺着南溪河谷工地，见人一碗，一身白装的女红走在前面，愣子和大成走在后面。

几天下来，工地上出现了奇迹，凡是喝了汤药的劳工，没病的喝了显出精神，病倒的退了烧，传染病得到了遏制。洋人医生们到工地驻地都戴着口罩，而女红没有，这么一个大美人出现在劳工中间，劳工们像看到了救星，有人说她是白衣天使，又有人说她是仙女下凡，总之，女红成了劳工心中的女神。

每天都要耗用大量的汤药，这需要人到山上大量采取。女红就带着一些人上山，璐蔓丝和几个女洋医生，还有菲娅，都加入到采药队伍。那天大雾弥漫，几米开外就没了景物，怕遇到豺狼虎豹，愣子手提大砍刀，在前面开路，舍易盈在最后压阵，一行人开始还顺着南溪河前行，因为地上药草的牵引，他们慢慢进入一片大森林，并在大雾和森林中辨不出方向。

在女红的指导下，璐蔓丝挖到了很多板蓝根，那都是一些板根植物，大根小根，在地上四处疯狂蔓延，像无数的手紧紧抓住土地。璐蔓丝终于累倒在一处粗大的板根面前，她坐到地上，抹了一把汗，取下水壶喝了一口水，不远处的女红唱起了《红河谣》：

> 红河红
>
> 白云白
>
> 船儿无脚走天涯
>
> 白云白
>
> 红河红
>
> 云儿悠悠走天涯

　　女红的歌声飘荡，引来了愣子的回应，听到他那粗犷的歌声，大家才知道他在另一个山弯。歌声在雾中飘荡，菲娅对璐蔓丝说，这就是古老悠扬的东方歌谣，这样的歌谣能把睡着的人唱醒，能把死去的生命唱活。

　　听到菲娅这样说，璐蔓丝撑起身，开始干活儿，她舞着手中的刀，向身边的板根砍去，那是人大腿一样粗的板根，根皮纹路清晰，像她见过的老松树的皮，而这一刀下去，让她感到恐慌，她意识到自己砍到一个软绵绵的东西，果然，她看到刀上滴着鲜血，那板根突然腾空而起，唰唰唰的，地上盘旋的板根就腾到了空中，空中的云雾中，她看到了板根张开大嘴，她吓得惊叫一声，昏了过去，不远处的愣子惨叫一声，不好，是大蟒蛇。他跑了过来，挡在璐蔓丝前面，舍易盈举着大砍刀，向蟒蛇张开的大嘴迎去。蟒蛇含住了舍易盈的大砍刀，长长的身子在空中疯狂地扇动，舍易盈被蟒尾扫倒在地，四周顿时风起，树动枝摇，树叶哗哗下落。

　　最后，大蟒蛇嘴里卡着大砍刀，摇摆而去。

　　女红被镇住了，眼都没眨一下，蟒蛇去后，她还没回过神来，哪有这样大的蟒蛇呀，当她完全清醒后，身上直哆嗦。

　　璐蔓丝醒来，不知发生了什么，当菲娅给她说起蟒蛇时，她才想起自己那一刀砍到一个软绵绵的东西，她吓得哭出声来。愣子安慰她们说，没事了，受伤的蟒蛇不会再来了，菲娅心有余悸地对女红说，我们还是回去吧，璐蔓丝都吓得不行了。

见了几个洋老咪的样子，女红大笑起来，没什么可怕的，就算我们长了一次见识。

女红说完，挥了一下手，就带着大家下山，还是愣子打头，舍易盈压阵。一路上，没人说话，只有女红那高亢明亮的《红河谣》在林中回荡：

　　红河红
　　白云白
　　……

回到驻地，舍易盈生火，把采来的草药煮了。一段时间后，不仅传染病得到了控制，还稳住了军心，劳工们恢复了体力，工地上出现了生机。

洋人们把女红的汤药称为"南溪鸡尾酒"，而中国劳工却把这救命药水称为"女红汤"。这事惊动了章鸿泰，他从蒙自专程赶往南溪河谷，问女红哪儿来的秘方，女红笑而不答，而当洋人问她是什么神丹妙药时，她说这是中华民族的医药宝典，是祖传秘方，不可外泄。

说这话时，女红一脸的神秘，并且自豪。

所有人中，只有愣子和舍易盈心里清楚，这都是碧色寨莫里黑的巫药起了作用。愣子已经知道，女红消失的这几天去碧色寨找了莫里黑。当时，滇越铁路的修筑已成事实，沿线乡民已被逼接受，有些还到筑路工地打了短工，女红分析了这些情况后，再加上地巴拉土司对自己态度的转变，她认为前往碧色寨是安全的。

一想起莫里黑曾出主意关押自己，女红并不想求莫里黑，但看到传染病夺去那么多中国劳工的生命，她还是不计前仇，上门求助。莫里黑也并不想理会女红，女红说南溪河谷病死的不是洋老咪，而是自己的同胞，不能见死不救。最后，女红找了地巴拉土司，因为关大小姐禁闭的事，土司一直觉得对不起童老爷和大小姐，所以他说服了莫里黑，莫里黑把秘方给了女红，但一再告诫，不许传给第二人，更不能给洋老咪们知道，女红答应了。莫里黑带人上山帮大小姐采集了样本。

其实，女红到碧色寨，还有一个目的，那就是打听德克拉曼的消息，当她从土司那里得知德克拉曼的情况后，心情就沉重起来。

德克拉曼的情况，她没有告诉璐蔓丝，而璐蔓丝却病倒了，这病是逃不过的，她为劳工治病时，自己染上了鼠疫。女红给她喝了汤药，但没见好转，女红很气馁，难道这中华秘方不能在洋人身体上产生疗效？洋人医生们赶紧给璐蔓丝打了链霉素。不知是女红的汤药，还是链霉素起了作用，几天后，璐蔓丝的病情得到了控制。

得知璐蔓丝患病，布斯特第一时间来看她，给她带来水果和鲜花，想以此亲近她，想在这遥远的东方土地上，扮演一回璐蔓丝唯一的亲人，而璐蔓丝却把他推开，他说我不怕你传染，即使被你传染，我也是情愿和幸福的。

璐蔓丝无话。

进门的女红和菲娅听到了布斯特的话，觉得布斯特荒唐可笑，菲娅对布斯特说，你来干啥，德克拉曼还活着。

布斯特哼了一声说，你骗谁？那个德克拉曼早就殉职了，再说了，我来看望璐蔓丝医生，跟德克拉曼活不活着有什么关系，璐蔓丝医生，你说对不对？

说完，布斯特又小声问菲娅，你说的是真的？他这个该死的，真没死呀？

菲娅笑而不答。

看璐蔓丝不理自己，布斯特自讨没趣地走了。布斯特走后，璐蔓丝爬起来，问菲娅，你刚才说的是真的吗？你是骗那个魔鬼的吧。

菲娅看了看女红，两人会意地笑了，然后又对璐蔓丝说，德克拉曼真没死。

第八章

德克拉曼并没有死。

那次逃亡队伍来到碧色寨时，起义军追来，洋人们乘车而逃，德克拉曼是在"北回归线"几个字的感应下，想起爷爷的事，这也是他脱离队伍的原因。他没有忘记自己到远东来的目的，早就想到北回归线穿过的碧色寨探访，但一直没有时间。这次是机会，工程停下，不用请假，他希望出现奇迹，能找到爷爷当年的蛛丝马迹，他在胸前画了一个十字，愿上帝相助，阿门。

洋人逃亡队伍离去，起义军和官府军交战，马背上的战火，很快打得不知去向。躲在农家柴堆里的德克拉曼确认战火远去后，才扒开柴火看了一眼，但在他出来前，他想到了安全问题。建铁路的西方人，特别是法国人，被当地人视为敌人，而他自己，却始终把自己当作当地人的朋友，他相信，有上帝耶稣的保佑，他们不会杀害自己的。而他没想到，从柴堆中出来，他就感到身后有人跟踪。他不敢往后看，他一路都在想如何解除身后这个尾巴。他走快，身后的人也走快，但一直没有走到他前面，他多希望后面的人走上来，但没有，这不是起义军的作为。

他估计一定是寨子里的人，没什么可怕，他掉转了头，结果，让他大吃一惊，没想到，身后的人竟然是女红，那个被当地人尊为童大小姐的漂亮女孩。

他说，你怎么跟在我后面？

她说，你怎么走在我前面？

他说，你要去哪里？

她说，你去哪里我就去哪里。

然后，两个人都笑了。最后，女红说，你一个洋人，就不怕我的乡亲们把你杀了。

他说，所以，你是来保护我的，对吧。

聪明。正当女红抬起头，骄傲地吐出这两个字时，寨子里的人乌云一样围了上来，不断地向两人靠拢，两人像受困的羔羊一样被卷在中间。人群闪开，地巴拉土司四平八稳地站在前面，威严地上下打量着两人，然后掉了一下头，说，来人，把这洋老咪给我绑了。

德克拉曼被五花大绑，像绑了一个包裹，女红走到德克拉曼前面，用身体挡住众人，对土司说，你们不能这样对他，他是我的朋友。

土司笑着对女红说，这不是童大小姐吗？你怎么和洋老咪在一起，对不起了，凡是帮洋老咪做事的人，我们都不客气，但你是童大小姐，我们不会动你一指头，前次你帮洋人招募劳工，我们关了你一天，惹出一些麻烦，这次我不敢再关你了，你该干哪样干哪样去，这里没你的事。

正说着，莫里黑凑近地巴拉土司耳根说了几句悄悄话，土司一边听一边点头，然后对德克拉曼说，怪不得我了，洋老咪，你们不在自己土地上好好待着，大老远地跑来糟蹋我们的土地，对我们指手画脚，还欺负我们，拉我们的人做苦力，打我们的人，绑我们的人，今天，老子跟你算总账。

地巴拉土司哼了一声，又掉头对女红说，对不起了，童大小姐，你虽是中国人，但我们把凡是帮洋人做事的人，都视为卖国贼，来人，把他们押到土牢，叫他们尝尝见不到阳光的滋味。

女红不知莫里黑跟土司说了什么，让土司改变了主意，她瞪了巫师一眼。两人被押到了地牢。负责押送的两个村民议论说，不知土司葫芦里卖的什么药，是想派人通报童老爷，叫他拿钱来取人吧？

另一个说，放屁！土司可不是那样的人。地巴拉土司听到两人的议论后，大声说，我们不是绑票，我们碧色寨的人没那么下作，下地牢是洋人和卖国贼的下场。

很多村民听到土司的话后，伸出大拇指说，我们土司好样的。

两人分别关进两间地牢，之间有窗，窗上有门，可关可开，窗上虽有很粗实的隔栏，但开了门，便可看到另一间地牢，德克拉曼被松了绑。很快，就有人送来饭菜，饭菜分开送，两人打开窗户互相望着对方吃饭，女红碗里的粉蒸肉很香，这是一道蒙自有名的菜，她刚吃两口，就觉得不对劲，用筷子伸到德克拉曼那面，扒了一下德克拉曼的饭碗，发现他碗里并没有粉蒸肉。她放下碗，叫喊起来，要送饭人给德克拉曼粉蒸肉，但叫了半天，也没人理她，女红只有把自己碗里的粉蒸肉扒给德克拉曼。

晚上，女红没一点儿睡意，心里冤得慌，自己竟然成了卖国贼，地巴拉这个土包子，真是愚蠢之极，就凭自己在铁路局会上班，就说自己是卖国贼，自己到局会上班，纯是父亲之意，再说了，建铁路是政府同意的，跟自己有什么关系。

想到这些，女红似有说不完的话，她打开窗门，叫德克拉曼站到窗前，要他放心，他们一定能平安无事地出去，她还跟他说起政府内幕。她说政府里的人没一个好东西，欺上瞒下，私吞公款，欺压百姓，还霸占民女，无恶不作，所以，她讨厌那个四十多岁的政府要员章鸿泰，他去年判了一桩案子，硬是乱杀无辜，放纵坏人，让一个受冤的老人成了冤鬼。

两人正说着，门外就传来动静，她对他说，我没说错吧，肯定是要放我们了，搞不好，我父亲正在训斥地巴拉土司呢。

很快，进来两个穿黑衣服的蒙面人，三两下就把看守绑在柱子上，并往看守嘴里塞了一团棉花。一个蒙面人对女红说，童大小姐受惊了，我们是保寨王派来救你的，赶快跟我们走。

看守听到是哥布的人，拼命叫喊。

保寨王是土匪，他怎么会救自己呢？女红觉得不对劲，见蒙面人并没有救德克拉曼，女红说，还有一个在牢里。两个黑衣人说，管不了这么多了，大小姐，我们逃吧，马车还在外面等着呢。

她是被挟架着来到马车前的，那里已经有两个黑乎乎的人影，其中一个悄声对女红说，童大小姐小声一点，到处兵荒马乱的，起义军正到处抓你们呢，大小姐上车吧。

正在这时，巴目跑了过来，黑衣人一鞭子下去，马车就跑出去了，女红冲跑来的巴目喊，王子，你一定要救出那个洋人，他是我的朋友。

巴目边跑边应着女红，但始终没有追上马车。

女红觉得奇怪，自己这么大声嚷嚷，寨子里竟然没人出来追堵，她是坐上马车后发现蹊跷的，因为刚才说话的黑衣人就是莫里黑。一个多小时后，她回到城中自己的家，马车离去时，马车夫对童家大院的管家说了几句悄悄话：我们土司要跟童老爷捎个话，我们可是没动大小姐一根毫毛。

望着马车离去，女红才想起他们被抓时，莫里黑对着地巴拉土司耳根说悄悄话的情景，她什么都明白了，这巫师就是阴险，名堂多。

管家关上大院大门，童政员就出来了，他望着笑盈盈的女儿，说，我家大小姐啊，你真是淘人，你差点没命了，你还笑？我先说好了，你回来后，哪儿都别去，外面起义军到处抓你们呢，连朝廷军都弃城而逃了。

童政员转身对管家说，外面兵荒马乱的，你把门给我关紧喽，看好大小姐，不能让她出门半步，出了问题，我家法伺候。

管家嗯嗯地应着。

回到碧色寨，莫里黑把放走大小姐的情况报告了地巴拉土司，土司很满意，脸上出现了少有的笑容。莫里黑说，土司大人，你放心吧，事后，我们再向姓童的提要求，姓童的为了感激我们，什么都会答应的，土司，你就等着发财吧。

听了巫师的话，地巴拉土司摇摇头，说，我地巴拉土司没那么下作，我同意你的主意，放童大小姐，只是为了不得罪童老爷，能和童老爷交个朋友就不错了。对了，土匪绑架大小姐的消息放出去了吗？莫里黑点点头。土司满意地说，这才是重要的，我们抓了洋人和卖国贼，在起义军那里也好交差，说明我们也痛恨洋人和卖国贼，明处是土匪绑走了大小姐，暗地里我们把大小姐送回童府，这是两全其美的事。巫师，你这个主意好呀。

那是土司高明，那是土司高明。莫里黑弯腰恭维。

他们来到地牢。德克拉曼见到土司，用他那法语腔的中国话叫着有事相见，土司说，能有什么事，和尚搞道事，你不就是要出去吗？

莫里黑悄声对土司说，留着他，我们还要费些饭菜，不如把他交给起义军算了，起义军可是代表我们反对洋人的。

土司说，那你跟哥布联系一下，叫他们来领人。

莫里黑应着，土司又说，我们做事，要尽量少些麻烦，这事不能让官府知道。莫里黑说，那是，我会办好的。

两人正说着，王子巴目就来了，巴目一张嘴就没好气，他要父亲放了洋人，地巴拉土司嗯嗯叽叽地说，洋毛子的事，你也关心？你一个小娃仔管得太多了。而旁边的莫里黑说，王子，你放心好了，我和土司正在商量放人的事呢，对吧，土司大人。

听莫里黑这样说，地巴拉土司说，对，对，对，我们正商量呢。

巴目已经十四岁，遇事会有自己的判断，他已经从莫里黑的神情里知道事情并没有那么简单。

时间过去几天，莫里黑派去找哥布的人还没回来，德克拉曼也就继续被关押着，巴目问他父亲，说过放人，怎么还关着。土司说，外面兵荒马乱的，放他出去被起义军抓住就没命了。

不管父亲怎么说，巴目决定救出德克拉曼，他答应过大小姐。这天，他来到地牢，看守不准他进，巴目给那看守一巴掌，看守说是土司大人的吩咐。巴目说，你不认识我是谁吗？看守说，认识，你是碧色寨的王子。巴目说，认识我还敢阻拦？

看守一脸笑容，看了看外面，对巴目说，你进去吧，不能让别人知道。巴目点点头。

地牢是用来关押不守规矩，犯了寨规的人受刑用的，最里面的一间还有水，叫水牢，是土司巩固自己的权力和管制寨人族人的工具。

巴目从没进过地牢，越往里走，光线越暗，巴目像来到另一个世界，当看到德克拉曼时，他不相信自己的眼睛，十天过去，德克拉曼胡子头发都长了，在阴森漆黑的地牢里，像关了一个野人。

见到巴目，他冲着巴目笑，这笑里没有明确的内容，并且夸张，让巴目心生恐惧，这洋老咪怎么成这样了？德克拉曼从窗口伸出手，抓住巴目，说，王子，请你跟土司陛下带个信，我有事找他，请他相信我，我是他忠诚的朋友。

巴目挣脱了他的手，说，你有什么话就对我说吧。

德克拉曼说，你是小孩，不懂的，我还是跟土司陛下说吧。

巴目哼了一声，说，你不相信人。巴目刚转身要走，德克拉曼叫住了他，我们也是朋友，朋友之间是会帮忙的，对吧，请你帮我把信带到，我等着地巴拉土司。

那天晚上，巴目又来到地牢，并给看守带来一坛酒和一只烤鸡，巴目说你辛苦了，是犒劳你的。看守心想哪有这样的好事，你王子不就是想灌醉我吗，我偏不醉，我只喝几口是醉不了的，鸡应该没问题的，放心吃。所以看守喝了两口酒就停下了，他接连对巴目说，真是好酒啊，尊敬的王子，下民谢过了。

当看守举起酒坛喝第三口时，身子就摇晃了起来，最后倒在地上。巴目赶紧从他身上取下钥匙，打开牢门，对德克拉曼说，跟我走。

都走出寨子了，德克拉曼却说，我要见土司陛下，我有事对他说。

巴目说，你想死啊，明天他们就把你交给起义军了，到时你只有死路一条。

德克拉曼摇了摇头，脸上又出现那种可怕的笑容，他说，怎么会呢，土司怎么会把我交给起义军呢，再说了，起义军是不会杀我的。

巴目再没和德克拉曼说话，他觉得洋人就是比中国人傻，死到临头了，他还相信别人手里的屠刀是把羽毛扇。

那时的夜空眨着星星，靠北的天际上闪着一颗最亮的星，巴目指着那颗星，说，那是北斗星，你只要一直往前走，就能找到你们的人，那个地方叫云南府。说着，巴目就取下自己身上的布袋子，递给德克拉曼，说，这是路上吃的，带好了，丢了你就只有饿肚子了。

德克拉曼看了看巴目，又看了看北方，似有不解。巴目又对他说，抓紧时间赶路，很可能后面有追你的人，你得赶紧。

德克拉曼似乎是明白了，他张开双臂，很夸张地拥抱了巴目，都走了几步了，他又回头看巴目，用他那奇怪的笑容对着巴目，说，我们还会见面的，你是好人，上帝会保佑你的，阿门。

一直看到德克拉曼消失在夜色里，巴目才转身往回走。

当巴目走回碧色寨，鸡都叫了。他老远就看到碧色寨灯火通明，鸡犬相闻，他开始不知发生了什么，走近他才突然明白，父亲和巫师带人正在找洋老咪，那个被他下了蒙汗药的看守身软如泥地被绑在一棵树上。巴目放心地回了家，并倒在床上很快睡去，他实在是太累了。

他是被摇醒的，当他睁开双眼时，自己父亲和巫师，还有很多村民已经站到他面前，他看了一眼窗口，一束光像溪水，从那里流了进来，他打了一个哈欠，然后奇怪地看着众人，所有人都没说话，包括自己父亲和莫里黑，当他看到人缝中的看守时，他才意识到了什么。他被两个村民抬着到了寨子中心的楠树下。

在他的记忆里，凡是犯了寨规族规的村民都会被绑到这棵楠树上，然后鞭抽棍打，有的人还被打死。看到眼前的情景，他在琢磨，难道今天自己也会落到那种下场？他看到了阿妈，阿妈被人扶着，整个场里只听到她的哭声，他知道阿妈救不了他，这种时候，阿妈只会哭，她的哭声叫得人心惶惶。很快，莫里黑凑近父亲，悄声说，我看还是算了吧，你不心疼，我们还心疼呢，他毕竟是王子。

巴目听到了莫里黑的话，但父亲没有任何反应，仍然一块铁脸。他挥了挥手，两个村民就缚住了巴目，但并没有往下进行。看到两个村民不动，地巴拉土司甩动鞭子，对两个村民说，还愣着干啥，还不给我绑到树上去，让神仙们看看我地巴拉土司是不是一视同仁，自己儿子犯寨规族规，与庶人同罪。

很快，巴目被绑到了树上，地巴拉土司举起鞭子猛抽王子，当第二鞭要落下去时，莫里黑猛叫一声，土司大人等一下。

这个巫师，都到这时候了，他还敢阻止我。土司狠狠地抽了第二鞭。

当莫里黑拉着他的手，对着他耳朵讲了几句之后，他掉头看了一下村外，说，你说的是真的？

千真万确。莫里黑强调说。

地巴拉土司把鞭子别到裤带上，对莫里黑说，走，看看去。莫里黑说，那王子怎么办？土司说，如果你说的是真的，你就放了他吧。

听到土司这样说，莫里黑转过头问报信的人，是真的吗？报信人说，我亲眼所见，错不了。

听报信人这样说，莫里黑就叫人给王子松了绑，并对村人说，事情都过去了，都散了吧。村人相继散去。阿妈上前抱住儿子，左看右看，巴目对阿妈说，没事的。阿妈点点头说，我儿子长大了，像男子汉了。

这时，莫里黑的女儿赛桂花走来，静静地看着巴目，巴目的阿妈对她说，桂花呀，我们家王子是不是长大了？桂花点点头。巴目站在原地不动，不一会儿，他看到父亲带着一行人走来，莫里黑牵着一个人，那人被一个黑布袋罩着，正往自己家走去。

看到土司回家，阿妈对巴目说，我们回家吧，回家后，你要忍着，你阿爸抽你，是打给寨人看的，别人犯事都这样，自己儿子犯事，不能不罚。巴目点点头，他叫阿妈快回去。他阿妈对旁边的桂花说，你要好好照看你巴目哥哟。桂花点点头。

阿妈走后，桂花红着脸问，还疼吗？

巴目没说话。

桂花又说，你还是回家吧。

巴目突然大声说，我恨你阿爸。

桂花说，怎么了，是我阿爸救了你呢。

巴目说，我就是恨，关押洋老咪，要把洋老咪交给起义军都是你阿爸的主意。

听巴目这样说，桂花转身走了，但没走多远，她又停下，远远地看着巴目，直到巴目转身回家，她跟在他后面。她比巴目小三岁，身子还像苗似的瘦弱，脸上闪着黑溜溜的大眼睛。

巴目没忙着进门，他在门缝里往里张望，他看了一眼后，摇了摇头，以为看走了眼，当他又睁大眼睛往里看时，他惊住了，里面竟然坐着德克拉曼。怎么回事？他没回过神来。他屏住呼吸，看里面到底发生了什么？

德克拉曼说，尊敬的土司陛下，我有事要请教。

土司说，有什么，你就说吧，我相信你不会耍什么花招，不然，你是不会回来的。

德克拉曼说，您能给我一杯茶吗？

土司叫巴目阿妈泡了茶，巴目阿妈退下后，两人又开始了谈话。

德克拉曼说，尊敬的土司陛下，你们这里有几个北回归线穿过的村庄？

土司说，只有我们碧色寨一个呀，怎么了？

德克拉曼说，真是太好了。

土司说，怎么就太好了，洋老咪，到底怎么回事，你明示吧。

德克拉曼说，土司陛下，我是专程从法国来寻找你们这个村庄的。

土司说，你不是来建铁路的吗？

德克拉曼说，说了您也不相信，我不是来建铁路的，我是专门来找我爷爷的，我爷爷是传教士罗门，二十多年前到你们这一带传教，和他一起的传教士回去说，他们到了一个北回归线穿过的村庄。

听德克拉曼说到传教士，土司问，你爷爷长什么样子。德克拉曼说出了自己爷爷的特征，高个子，大胡子。

听到这里，地巴拉土司没再说下去，而是站起身，在屋子里走了几步，自言自语地说了一句，都二十多年了。

听到土司这样说，德克拉曼兴奋地站起来，追不及待地追问，您认识我爷爷？您一定认识我爷爷，他现在在哪里，请您告诉我，我从没见过我爷爷，我多想见到他。

听到德克拉曼的追问，土司突然摇摇头，说，我不认识你爷爷，我怎么会认识你爷爷呢，如真如你所说，我倒是愿意帮你问问，现在外面兵荒马乱，你就在我家好好待着，被起义军抓到，你会被砍头的，我也会被株连，所以，你千万别出去。

德克拉曼点点头，地巴拉土司说，好了，现在吃饭。

说完，土司叫了一声巴目阿妈，阿妈说饭菜已经好了，我去叫儿子。

巴目已出现在门口。

三天后，哥布找到地巴拉土司和莫里黑，请他们出山帮助招兵买马，扩充起义军，土司自然答应了，他和哥布有交情，并且是抗洋反洋的事，他理所应当支持。他和莫里黑一路发动，到了蒙自以南山区，通过当地的土司和巫师动员，然后把人交给哥布。

地巴拉土司离开家时，对巴目娘俩反复说，要看好德克拉曼，不准他外出，不能给其他人知道。巴目娘俩点点头，娘俩自然知道事情的得失。

地巴拉土司走后第二天，因铁路工程下马，愣子和舍易盈就回到了碧色寨。按哥布的指示，他俩没参加起义军，而是帮着招兵买马。

那天，德克拉曼提出到楠树下看看，巴目感到好奇，眼下起义军正见洋人就抓，一个生死不保的人怎么会有闲心去看一棵树呢。德克拉曼说出了北回归线的事，并拿出那块手帕，但没有说自己找爷爷的事，所以巴目并不在意这些事。

巴目心想晚上安全，不会有人看到德克拉曼，就带他到了楠树下。那晚夜色尚好，他俩来到楠树下的石碑前，巴目觉得这洋老咪就是怪，不就是一块普通石碑吗，难道还会有什么秘密？而德克拉曼一看到这块石碑，就显得心事重重。就在这时，巴目看到一个陌生人，这个人似乎一直跟在他们身后，巴目没往心里去，而就在第二天，起义军的人就来到巴目家，带走了德克拉曼，巴目这才意识到，那个陌生人一定是探子。他阻止起义军抓德克拉曼，却力不从心。

地巴拉土司回到家，知道德克拉曼被起义军抓走后，就亲自上山向哥布要人，哥布一脸铁青地对他说，土司大人啊，我们是朋友，我还没有追究你，你却找上门来了，我倒要问问你，你怎么把洋人藏到家里了，什么意思？我们起义是为了赶走洋人，土司大人倒好，暗中保护洋人，这不是跟我们唱反调吗，土司大人今天应该给我们一个说法。

地巴拉土司嗯嗯叽叽，没说出个子丑寅卯。哥布抓了土司的客人，土司本身就不舒畅，心里鬼火怒，还叫老子给个说法，一想到这里，土司火就蹿了上来，对着哥布大叫，老子冒着危险，给你们招兵买马，分文不取，谁给我说法了？

见地巴拉土司起了火，哥布软下来，对土司说，尊敬的土司大人，在下刚才出言不逊，敬请海涵，您为起义军做的事，我们是记在心里的，您是我们的人，没事的，你可以回家了。

土司说，回家？那洋人呢？听了土司的话，哥布大笑，然后说，尊敬的地巴拉土司大人，洋人得请您留下。

地巴拉土司没办法，只好要求哥布不能伤害德克拉曼。哥布向土司做了保证后，土司才打道回府。

第 九 章

女红逃回家中，就被童政员关在家里，所以洋人们从云南府回来后，也不知道她的下落，她也想趁机退了工作，到法国留学。

在她潜回家中的这段时间，鲁家大少爷鲁少贤来过多次，童政员自然知道鲁少爷的心思，他放下个旧矿业上的事，专程回到蒙自看望红红，并非闲暇串门。鲁少贤第一次敲开童家大门时，让童政员吃了一惊，莫非女儿回家的事被人发现了？那段时间起义军正驻扎在蒙自城，洋人和为洋务机构办事的中国人都是抓捕对象。

鲁少贤英俊帅气，家底丰实，彭氏历来喜欢，再加上上次碧色寨，他救过女红，所以，彭氏就把女红回家的事悄悄告诉了他。他第一时间来到童府，童老爷不在，女红也不下楼，是彭氏陪他等了两个小时，他表面上并不急，坐着慢慢喝茶。我在这里一直坐下去，我就不信你童大小姐不露面。果然，两个多小时后，女红下楼上厕所，鲁少贤迎了上去，就像没看到他一样，女红直接去了厕所。

从厕所出来，女红在客厅落了座。看她来了，彭氏退了下去。女红没有正眼看鲁少贤，而是说，说说吧，鲁少爷，你不好好在个旧经营你的矿业，跑到这里干什么来了，你不会是起义军的探子吧，我可是起义军缉拿的对象。

鲁少贤已经习惯女红的清高和刻薄，对她的话没往心里去。

童小姐，我欣赏你的幽默，但不赞赏你对客人的态度。鲁少贤说完，喝了一口茶。

女红笑了，你还真是一个烂板凳，坐了快两个小时了吧，你这招没用，本小姐不是因为你坐的时间久了过意不去，而是因为我在楼上等你离开，等了两个小时，等得我坐立不安。

呵呵，我不等，你就不会出现。鲁少贤扶了一下眼镜说。

那一天，鲁少贤滔滔不绝，说了很多新鲜事，并冒出了一个新词——革命党。听得女红眼睛一眨一眨的，就像从鲁少贤的话语中发现了一座新大陆。

离开时，鲁少贤说，我明天就要回个旧，过几天，我还会来，我有一桩业务要办。

女红没有送鲁少贤。鲁少贤离去后，管家悄悄告诉她，德克拉曼还是没有下落。听到这个消息，她脸上出现了愁云，这个高个子洋人的失踪，让她有些坐立不安。

她是在得知南溪河谷病疫蔓延的情况后，决定去南溪的。她不是医生，更不是救世主，但她如果不去，心里会不好受，自己也是铁路局会的一员。

她向指挥长报告了她和德克拉曼的情况。当指挥长和章鸿泰带人到碧色寨，地巴拉土司说了实情。

哥布并没有处死德克拉曼。他权衡后，认为用德克拉曼换钱换枪比处死他更有意义。洋人和章鸿泰不愿给枪，道理很简单，枪在哥布手里就是对自己的威胁，而哥布也有自己的打算，有了钱就不愁买不来枪。最后经过反复周旋，达成以钱换人的结果。

德克拉曼回来后，被派往南溪。那天璐蔓丝还躺在病床上，德克拉曼的突然出现，让她从床上爬起来，抱着德克拉曼痛哭流涕。说来也怪，不久，病就渐渐好了，菲娅开玩笑说璐蔓丝患的不是鼠疫，而是相思病。

看到德克拉曼，布斯特感到意外，并且心情复杂。他口头上说他俩是好朋友，但他乘人之危追求璐蔓丝的事，让他很尴尬。虽然德克拉曼并不知道这一切，但他必须找到一个说法，不管这种说法有多虚伪，也不管说出来璐蔓丝会不会看不起他，他也必须说出来，所以他当着璐蔓丝的面，对德克拉曼说，你不在的这段时间，我倒是够朋友的了，替你关心照顾璐蔓丝小姐，现在好了，你回来了，按中国人的说法，我可以完璧归赵了。

他转头又对璐蔓丝说，璐蔓丝小姐，如有照顾不周之处，请你多包涵，也可以向德克拉曼控诉我。

听了布斯特的话，璐蔓丝不解地看着他。

为迎接德克拉曼平安归来，布斯特在河口请大家吃饭，德克拉曼很感激，但璐蔓丝拒不参加，女红、菲娅和卡洛倒是参加了。女红仍然一身白装，眉宇间透着清高。见到她，布斯特摸了一下自己的头说，你们中国人有句话说的是鹤立鸡群，童小姐在我们当中也真是鹤立鸡群啊！女红没有回避，说，你这样说也对，但前提是必须除了菲娅姐。

卡洛说，一个法国人，一个中国人，怎么就姐啊姐的了。

是姐又怎么了？女红伸手挽住了菲娅的胳臂，一副亲热的样子。

他们进入餐馆时，乔斯特已经在那里了，他已经点好菜，笑迎大家。他看了看几个人身后，问，璐蔓丝姐姐呢？

怎么叫姐姐，德克拉曼是你哥，璐蔓丝就是你嫂。布斯特纠正了弟弟的称呼。

听了布斯特的话，德克拉曼说称嫂不合适，没那回事呀。布斯特说，人人都知道了，你还谦虚啥。菲娅也凑热说了一句，说，就是，你德克拉曼不在时，璐蔓丝吃不下睡不着，还病了一场，你一回来，她病就好了。

德克拉曼掏出一支雪茄，说，璐蔓丝的病，明明是童大小姐的"鸡尾酒"和链霉素治好的，怎么把我扯上了。

德克拉曼岔开话，摸着乔斯特的头说，又长高了，别长得像你哥那样匪气，你是艺术家，你的小提琴拉得真好，今天应该带来拉上两曲才是。乔斯特腼腆地笑笑，说，对不起，我一拉琴就让你想起不愉快的往事。

听了乔斯特的话，德克拉曼会意地笑了，说，没有不愉快呀，很久之前的事了，用不着记在心头，对了，童小姐，你们中国人有句话叫什么来着？

不打不相识。女红取下自己的饰帽，歪了一下头说。一取下饰帽，她的头发就像黑色瀑布飞流直下，一个女孩子的妩媚和娇柔便显了出来。

对对对，不打不相识，我们是不打不相识。德克拉曼接连点头，对乔斯特说。

一落座，菲娅就对乔斯特说，你应该经常拉琴才对，不然就生疏了，小提琴是乐器中的王子，我特别喜欢听马斯奈的《沉思曲》和《四月诗篇》。

开始，听大家讲璐蔓丝医生，女红心里并不高兴，只是没往脸上去，一听到菲娅和乔斯特讲起小提琴，她就来了兴趣，刚要说什么，就有人跟她传话，说有人来看望她，会是什么人？她下意识地往进门处看了一眼，让她想不到的是，一行人正鱼贯而入，为后面的一个人开道，那人竟然是要纳她为妾的政府要员章鸿泰，还有洋人相随。

见到章鸿泰，女红下意识地站起身，准备回避，站在她旁边传话的人挡住她去路，说，童大小姐留步，章大人可是专门为你而来的。

女红无法逃避，就坐了下来。随从全部留步，章鸿泰一个人走到她面前，先和德克拉曼几个洋人打过招呼后，就对女红说，我是专程赶来看你的，你在这里很辛苦，我不能不来关心一下，给你带了一些好吃的东西，随后再取。

女红皱了一下眉头，站起身说，章大人，谢谢你的关心，但我想说，南溪河谷死了那么多劳工，还有众多劳工饥病交困，你是政府要员，你应该多关心他们才是，我嘛，不干体力劳动，也无饥病，我和洋人们住在一起，虽说不上多好的条件，但也无任何危险，所以，我很好，不饿饭，不缺衣，也不劳动，整天游手好闲，无所事事。

怎么这样说呢，童老爷把你交给我，我要负责的。章鸿泰抹了一下他那梳得光溜的头发说道。看气氛并不融洽，站在不远处的一个随从走来说，童大小姐，今天章大人设专宴请您入座。

女红笑着说，我和朋友在一起，我走了不好吧。

章鸿泰说，那就请你朋友一起吧。

女红说，你带那么多人来，不像请我吃饭，倒像是来绑架我的，呵呵，跟你开了个玩笑，不开玩笑的说法是，我有些怯场，不适应这样的排场，真的谢谢了，我们已经吃好了。

　　看女红不给面子，章鸿泰为了给自己下台，就对随从说，也好，童大小姐吃过了，改天再说吧。

　　话不投机，章鸿泰走了，一行人跟在他后面，就像他脑后的那根长辫子。看完这一幕，一直在旁的几个洋人算是见了世面，卡洛伸出大拇指，用中国式的手势表达由衷的佩服，说，童大小姐真是高不可攀，连章政要这样的大人物都碰了鼻子。德克拉曼对卡洛说，你不看童大小姐是谁，是东方女神。

　　乔斯特刚要说什么，菲娅打断他说，你一个小孩子就别凑热闹了，你们这些男人啊，按中国人的话说，你们就会拍美女的屁股。

　　听了菲娅的话，女红笑了，改正她的话说，不是拍屁股，是拍马屁。

　　哈哈哈，马屁马屁。

　　乔斯特坐在女红旁边，没说话，有时给女红夹菜，有时给女红倒酒，渐渐地，女红脸上霞飞彩飘，妩媚动人，她跟德克拉曼比酒力，德克拉曼渐渐话不成声，最后是她扶着他回了驻地，她没让其他人帮手。

　　一回到驻地，菲娅就紧张起来，因为她看到璐蔓丝已经等在了德克拉曼门前，她叫布斯特换女红扶德克拉曼，而布斯特说，都到了，还换啊。

　　女红早看到了璐蔓丝，她大大方方地扶着德克拉曼，走到璐蔓丝面前说，我帮你扶回来了，你可要付劳务费，德克拉曼壮得像头牛，劳务费可不能少给，说完，一个潇洒的动作就离开了众人，回到自己房间。

　　姓章的还算知趣，第二天没再找女红的麻烦，他知道找了也没结果，所以灰溜溜地回了蒙自，而女红知道，这事没得完，她担心父亲会有麻烦。

　　冬季过去后，南溪河谷的路基有了皱形，为了加紧这段最艰难的路段，指挥部将这个区域的四个工地成立一个工段，配一名工段长负责，候选人有两名，一是布斯特，二是德克拉曼。人们都说德克拉曼是陪相，这个职务应该是为南溪河谷路基做出贡献的布斯特，布斯特本人也觉得自己稳操胜券，自己带着中国劳工从死人堆里刨出了路基，把中国人管理得服服帖帖，这工段长不是自己还会是谁？不可能有第二人。这样想时，布斯特脸上出现了自信的笑容。

他俩被叫回蒙自，指挥长和公司代表等几人组成考评组，分别对他俩进行了口试，指挥长对布斯特的工作表现给予了表扬，布斯特心中暗喜，他意识到工段长已经到手了，这样一来，他就有了更大的权力，就能赚更多的钱，他始终不会忘记自己到远东来发财的目的。

布斯特第一个进了考察室，当指挥长问到如何管理制伏劳工时，布斯特激动地站起来，做了个挥舞鞭子的动作，并挥动拳头，在考察室大吼起来，拳头，拳头，鞭子，鞭子，这就是力量，这就是管理，这就是生产力。他又一次抛出了他的暴力论，他认为制伏中国劳工的唯一办法就是体罚，而德克拉曼却平静地表达了"得心者得天下"的理论，说完后，指挥长只是拍了拍他的肩，什么也没说，他自己也认为这个工段长是木板钉钉的事，只能是布斯特。

布斯特抑制不住心中的喜悦，把自己即将任工段长的消息告诉了璐蔓丝，璐蔓丝冷冷地说了一句恭喜。几天后，指挥长来到南溪山谷，召集各工地主任开会，并宣布了任命。人们万万没想到，工段长一职落到了德克拉曼头上。听到任命，布斯特开始以为听错了，当指挥长前去向德克拉曼表示祝贺时，他才确认没听错，他有些失态地走来走去，并咬牙切齿地向着天空狠狠地挥了一下拳头。这个结果，让布斯特十分尴尬，也让他在璐蔓丝面前没了面子。德克拉曼拉着布斯特的手，说，老兄，没想到这苦差事落到我头上，你可要帮我呀，我没你有经验。布斯特说，这可是好差事呀，祝贺你。

布斯特的话酸溜溜的，其实，他心里恨上了德克拉曼。

德克拉曼上任第一件事，是提出任命童女红为南溪北段工地主任，这个提议让指挥部所有人睁大了眼睛，因为所有工地主任都是西方人，并且清一色是男人。指挥长对他说，你不会是开玩笑吧，那童大小姐可是中国人，并且是个画儿样的美女子，用中国话说，一个无缚鸡之力的黄毛丫头，哪能在粗山野水间工作，哪有能力管理那些粗俗怪异、衣衫褴褛、满身臭气臭汗，并且愚蠢而又野蛮的中国苦力？

德克拉曼陈述了自己的理由，他说童小姐在蒙自是大户人家，她父亲童政员在滇南一带影响深远，在民间有号召力，中国百姓对外有反抗精神，在内部奴役成性，再加上她是劳工心中的女神，以华人制华人，以美服众，应该没有问题，难说比我们异域外族管理得更好，并且她在招募劳工和救治控制传染病方面立过大功，于情于理，我们都应该考虑她相信她。

听了德克拉曼的陈述，指挥长脸上的肃穆化开了，在座众人同意他的观点。两天后，童女红，不，蒙自城的童大小姐成了第一个，也是滇越铁路历史上，唯一一个中国籍工地女主任。

世上任何事情都不是无缘无故的，事情都有连带反应，女红当上工地主任后，提出任命愣子当她的副手，这难住了德克拉曼，即使任愣子工地主任，也不能让他在女红这个工地，这中国人搅和在一起，他怕出事，他原来的考虑是让乔斯特当女红的副手。

让德克拉曼没想到的是，这童大小姐当上工地主任后，性情固执，坚持自己的意见，德克拉曼谎称说要指挥部才能定，女红说，尊敬的工段长，我都了解过了，工地副主任职务，工段长任命就行。

无可奈何的德克拉曼让了步，说，那就试试吧。

为了权衡利益，照顾布斯特的情绪，德克拉曼同时任命刚满十五岁的乔斯特为另一个工地的副主任。

愣子当上副主任，在中国劳工中引起强烈反响，劳工也能当官不再是神话。舍易盈将此情况报告了哥布。得到这一消息，哥布很兴奋，他知道这有利于今后开展工作，但他提醒愣子，不能端了洋人的饭碗就真心为洋人卖命，今后有反洋抗洋任务，必须服从。

愣子自然明白这些道理。他上任后，二贵、任壮天他们把他举起抛向空中，整个工地沸腾起来，而宋大田却像布置任务一样，对愣子说，大头死了大半年了，大成至今没有拿到抚恤金，你现在当官了，你可要为大成做主。

愣子也时时想到这件事，所以，他找了布斯特，布斯特反问，我哪有什么抚恤金，我找上面再问问。而实际上，布斯特早就从指挥部为大头拿到了抚恤金，但他没有拿给大成，而是装进了自己腰包。

工地主任按所管劳工人数获取工资，布斯特工地的劳工人数最多，在所有工地主任里，他收入最高。因为竞争工段长失败，他对指挥长怀恨在心，所以，他变本加厉地捞钱，不但把南溪病死劳工的抚恤金装进自己腰包，还克扣劳工工资，劳工每日六毫的收入，他从每人头上扣掉一毫。这样劳工收入除了吃饭，就所剩无几了。

云南大地北高南低，从南端河口海拔七十八米处向北，地势越来越高，两年多后，滇越铁路路基到了海拔两千多米的大围山。大围山风景如画，满山遍野的原始森林和杜鹃花，让来自西方各国的洋人们欣喜若狂，虽然北方劳工也没见过这样大的山，但欣赏风景，并不是他们的习惯，准确地说，是没有欣赏风景的心思。

其实，滇越铁路只是从大围山边沿擦过，沉睡已久的大围山，在开山筑路的炮声中醒来，前所未有的情景，触动了原始山林的神经，让这片人烟稀少的古老土地喧腾起来。

滇越铁路开工两年来，参加筑路的大多是外地劳工，其数量远远不够，所以德克拉曼上任后的第一件大事，就是招募本地劳工。他把他分管的几个工地的本地劳工抽调出来，组成十个组，分别到各村寨招募，除平时工地报酬外，还另发奖金，按招到的劳工人数计算，每招到一名劳工给四毫，由女红总管，愣子具体负责。

没有得到哥布的指示，愣子只得服从德克拉曼，二贵跟着他，回到碧色寨一带招募劳工。

德克拉曼这一招果然很灵，派出去的当地劳工，十多天后，陆续回来，每一路都带回成百上千的劳工，愣子和二贵带着几千劳工回到工地，工地上热闹起来，大概是人气旺起来的原因，附近农民在农闲时，也纷纷来打短工。一时间，铁路沿线的劳工多了起来，不到十七岁的乔斯特因此当上了工地主任。

为了让未成年的弟弟，在劳工面前有威慑力，布斯特对乔斯特灌输了暴力思想，那天，他从外面牵来一条小狗，小狗可能是从附近村子跑来的，饿得不行了，对着桌上的面包叫唤，他叫狗趴下，狗根本听不懂他的意思，他举起鞭子就抽，边抽边告诉弟弟，这条狗就是中国劳工，它不听话，你就抽它，直到它顺从为止。

小狗没有趴下，也没有停止叫唤，它不知道发生了什么，也不明白这个长手长脚的洋人为何抽自己。它不懂得对抗，它的叫唤是本能的反应，它也没有跑，因为它已经发现能让它饱肚子的面包就在桌上。乔斯特试图抢下哥哥手中的鞭子，布斯特正在兴头上，谁也不能阻止他。就在小狗倒在地上，叫声渐渐弱下去的时候，菲娅赶到了，她愤怒地挡在小狗和布斯特之间，布斯特终于停止抽打。

菲娅的到来，让布斯特脸上堆了笑，他请菲娅坐下，菲娅没有坐，而是质问他为何对一只狗下毒手，他说他正在对弟弟进行培训，如何对待不听话的对象，弟弟管理了那么多劳工，对他进行培训是必要的。

菲娅没有理他，她把一张桥梁的设计图放到桌上，抱起小狗就走了，布斯特追到外面，说，菲娅工程师，我不会看设计图，你怎么一句话没有就走了。

菲娅没有回头，抱着小狗找到了璐蔓丝，要璐蔓丝帮小狗治伤。璐蔓丝问小狗怎么伤成这样了，菲娅把布斯特打狗的事告诉了她，她骂了一句，真是暴徒啊，连一只狗也不放过。

看到菲娅一脸愁容，璐蔓丝对她说，你放心，我会救活这条小狗的。

之后，璐蔓丝成了小狗的专职医生，十多天后，小狗的伤势就基本恢复了，菲娅给它取了一个名字，叫果果，从此后，菲娅身后多了一个随从。那天，菲娅身后正在欢跳的果果，突然惊叫起来，菲娅开始不明白，左右看了看，附近也没异常，她蹲下身抱起果果，这时，她才看到布斯特走来，她断定刚才不是果果看到布斯特，而是它闻到了布斯特的气息。

看到菲娅抱着小狗，布斯特关切地说，你就不怕脏呀，这是从又臭又脏的村民家跑出来的小丑。菲娅说，再怎么说，它也比你干净。

正说着，女红就过来了，她开玩笑说，怎么你还没结婚，就当妈妈了？菲娅说，你说对了，果果还真像是个孩子。

看着果果乖顺的样子，眼里含着凄凉，用舌头舔着菲娅的手，女红心里被触动了一下，说，这狗呀比人还通人性，比有些人可爱。

旁边的布斯特听后，就将了女红一军，说，你说狗比人可爱，你抱抱试试。

布斯特这样说，是故意刺激女红，他认为她不会抱果果的，因为她怕弄脏自己的白色服装，而听了他的话，女红接过果果，自然，当她再把果果交给菲娅时，自己白装上落下了污渍，布斯特哈哈地笑着走开了。

虽然布斯特倾心女红的美貌，但他知道自己没戏，在他心里，他可能征服璐蔓丝，但绝对征服不了这个旷世的东方美女。其实他想向女红发动进攻，但每次见了女红，他都没一点自信。他常常想，在远东这片破败腐朽的贫山穷水里，怎么会出落这样一个美人坯子。这个东方美女在他心中，半人半神，超凡脱俗，所以，他对女红爱而远之，不敢随便冒犯。只有在女红面前，他才承认自己不是男人。

在女红担任工地主任后，他们两个工地自然形成了对峙之势，女红和布斯特免不了暗中较劲。开始，布斯特处处让着女红，一个满身香水味的中国女孩子能怎样？在管理劳工和工地方面，他对她不屑一顾。他们两人各有特点，布斯特以暴制工，而女红以柔克刚，连说话的声音也像中国的昆剧腔，她可以在布斯特这样的洋人面前话声如雷，甚至在自己父亲面前可以快言快语，而在整天野外劳作的劳工面前，她想尽量温柔一点，她坚信，她这种粘了糖的声音能爬到劳工心里去。

那天，指挥长带着菲娅等几个工程师来到工地，当然还有果果，这条小狗已经和菲娅形影不离了。很快，女红、布斯特、乔斯特、卡洛、愣子等工地主任也赶了过来。菲娅指着大山说，我们要从面前这座大山腹内穿过去，这是滇越线上最长的一个隧洞，这个隧洞不仅长，而且山体是最坚硬的岩体，用中国话说，是一块硬骨头。

指挥长接过话说，即使是铁巴，我们也要啃过去，我们要成立挺进队，从山两面同时进行，经过我们指挥部决定，由童女红和布斯特两个工地分别从两面挺进，如果没有意见，就这样定了，我要强调的是安全问题，每前行一步都要搭好支架。

接受任务后，女红心里清楚，这实际上是要两个工地竞赛，指挥长这个洋毛贼真会安排呀。看到女红忧心忡忡，愣子说，大小姐，您不用进洞，在后面总指挥，提供后勤保障就行，洞里我负责，请相信，我们的进度绝不会比布斯特他们差。

听了愣子的话，女红和他拥抱了一下，说，你真是我的好兄弟，让我最担心的不是进度，你要知道，那么长的隧洞，没有先进工具，全靠工人们的双手，锤敲钎撬，愣子兄弟呀，我们的工人都是自家同胞，我们要为他们的性命负责，安全问题要由专人负责。

愣子点点头，说，我安排任壮天做好支撑加固，这个人很细心，也很负责。

开工那天，布斯特工地放了开工炮，响声在山谷回荡，热闹的声浪传到女红工地。就在布斯特工地喧哗的时候，女红正在跟劳工们讲安全问题，任壮天向女红做了保证，并向女红提议把宋大田挖过来，宋师傅在打桩加固方面很有经验。女红摇摇头说，宋师傅是布斯特工地的人，我们不便这样做。

大概是两个工地暗中较劲的原因，工程进度很快。四个月过去，各方进到了六百米处，并且两个工地都没出现大的安全事故，布斯特进到洞里，一边拍着坚硬的石壁，一边说，都是这些又牢又硬的石头起了作用啊，很多地方都不用加固了，如果是土质结构，那就麻烦了，单是打桩搭架加固，都要耗用很多时间和人力。

知道布斯特的侥幸心理后，菲娅提醒过他，他却对菲娅说，你还是好好照顾你的宝贝果果，工程上的事，你就不用管了。

那天，菲娅要布斯特到女红工地学学安全设施，虽说布斯特很不情愿，但还是跟着菲娅来到女红工地，看到洞内密密麻麻的支架，很感叹，这得用多少时间呀，他问，你们进去多少米了，女红说，不多，就六百多米吧。布斯特说，我们也不多，也就七百多米。

他说这话时很自豪，再看到女红工地的土方都是用箩筐，靠人一担一担地挑出洞，自己工地基本上用单轮人推车运土石，他可以提前得出结论，那就是他一定比女红提前完成任务。

女红说，我们哪敢和你们比呀，你们不但有宋师傅这样经验丰富的工人，还全部用单轮车拉土，我们甘拜下风，我应该向你们学习，到你们工地看看怎么样？布斯特手一摊，说，请。

一行人到了布斯特工地，只见车轮滚滚，人来人往，一片繁忙。那时，正值劳工们换班，几百人进了隧道，女红对布斯特说，你们工地真是人强马壮，看这阵势，要把我们远远抛在后面。

布斯特心情很好，要女红和菲娅到他办公室坐坐，女红说喝茶就免了，但可以去见见世面。

正说着，就听到一声闷响，女红第一反应是出事了，而布斯特仍满面春风地劝茶，菲娅带头出了办公室。当几个人跑到工程进口处时，刚才还看到的洞口，现在烟尘翻滚，一个负责安全的劳工敲响了锣，并大叫出事了，出事了。

菲娅说赶紧救人。

到这时，布斯特才真正反应过来，他派人叫来了刚换下的劳工，劳工们来到洞口，但无法进去。女红对布斯特说，我让我的工人来支援。布斯特说，不用了，我有工人。

女红没有听布斯特的，而是回到自己工地，让舍易盈和任壮天带着几十人进了布斯特工地隧道。

几天后，劳工们从隧道中抬出两百多具尸体。女红看到黑压压的一大片尸体，想起几天前这些劳工进洞时的情景，那时劳工们是大踏步进去的，而现在全成了死人，眼前的惨状让她回不过神来。

当任壮天扶着宋大田出来时，女红问舍易盈他们呢？任壮天说他还在里面救人。

走到布斯特面前，满身血迹的宋师傅停住了，他死死盯住面前这个洋人，说，我说过，即使是坚硬的岩石层，也必须加固，你偏偏不听，这么多人命死在你手里，你要还命啊。

说着，宋大田就扑向布斯特，布斯特退了两步，举起鞭子就向宋大田抽来，并说，你造反了，我抽死你。女红一声怒吼，布斯特放下了鞭子，并对着地上的一具尸体踢了一脚，说，看在童主任的份儿上，我放过你。

布斯特走开了，一边走一边踢路上的尸体，自言自语地说，死了好，死了让老子省心。

宋师傅躺在草地上休息，他看了看四周，对任壮天说，你赶紧找找大成，他今天也进洞了，不能让这孩子死啊，他父亲已经死了。

任壮天放下宋师傅，就准备进洞找大成，他跨过满地的尸体，一具尸体上半身成了肉泥，一个只有十三四岁的孩子眼睛还睁着，他帮他抹上了双眼，继续往前，前面不远就是布斯特，他拾起地上的一块石头，刚要砸过去，布斯特就转身过来，向他下达了命令，说，死尸挡路，要他把路上的死尸抛到路下面去，虽然石子没砸出去，但任壮天不想理会这个恶魔。他准备在经过恶魔面前时趁机撞他一下解恨。但来到布斯特面前时，他惊住了，地上的死尸竟然是他正在找的大头的儿子大成。他眼里浸出了泪水，瞳孔一下子就充了血，他帮大成理了一下衣服，再用手试了一下大成的鼻孔，结果，他发现还有一丝气息，他心头一热，站起身。布斯特恶狠狠地对他说，听我的命令，赶快把死尸抛到路坎下。

见任壮天不动，布斯特自己踢了一脚，大成被踢到了路坎下，任壮天抓住布斯特，很快被赶上来的女红、菲娅和璐蔓丝拉住，任壮天指着坎下的大成说，他还没死呀。璐蔓丝看了一眼坎下的大成，对任壮天说，赶紧救人。

大成被抬到工棚里，璐蔓丝为他洗伤消毒后，包扎了伤处，并打了针水。这时，舍易盈扶着宋大田也赶了过来。

宋大田对菲娅苦苦相求，医生呀，你要救活这孩子，他爹已经被布斯特那恶魔害死了。

宋师傅太激动，语不成声，璐蔓丝听不懂，女红听懂了，对宋师傅说，你放心，璐蔓丝医生会尽力的。

开始，很远的山头上，只有两只狼，在天色渐晚的时候，狼就多了起来，并向尸体聚集，越来越近，围满了尸体四周。狼们似乎很平静，就像是围观与自己毫不相干的灾难，脸上丝毫没有幸灾乐祸的表情，更没有吞下眼前这些肉食的欲望。

看到四周静观的狼群，舍易盈对女红说，童主任，别看这些狼个个像绅士，一到晚上，它们就会拼命地争食尸体，今晚必须派人把守，人还不能少，不然这些倒下的兄弟们就会被狼分尸，尸骨不保。

当女红和布斯特商量此事时，布斯特说，童主任啊，我们的精力应该放到施工上，那些地上的劳工，人都死了，不必管得太多。

听了布斯特的话，女红没和他多说，只说，你今晚必须派人看守尸体，不然我到指挥长那里告你。

布斯特说，你不必提指挥长，我听你的，我今晚派人看守行了吧。

那晚，布斯特只派了十一个人看守。到晚上十点刚过，四周的狼群突然嚎叫起来，看守劳工们提起木棍和大刀，等了一天的饿狼，没有把这十一个看守放在眼里，而是不顾一切冲向死人堆。这十一个人奋力拼杀，保护死去的兄弟，但力不抵众，狼足有五六十只，这几乎是附近山中所有的狼了，它们个个玩命，并且有分工，有配合，有的和看守撕咬，有的拖着尸体就跑，看守们被狼群围着，个个和狼群玩命，不拼命不行，这种时候，你不宰狼，狼就宰你，所以，一场你死我活的厮杀在夜色中展开，双方互不相让，月色成为刀光剑影，山野中血肉模糊。

喊杀声惊动了驻地劳工，劳工们知道发生了什么，提着棍棒就赶了过来，舍易盈和二贵也带着工友们杀将过来，看到人多起来，狼群渐渐撤离，它们清楚，这一场恶战是值得的，它们已经带走了不少战果，这将成为它们近日的美食。

当女红带着愣子和其他工地主任赶到时，厮杀已经结束。女红看到自己工地的劳工们也在现场时，她双手做拜，谢过工友们，对舍易盈说，没事吧。舍易盈说没事的，我们来晚了一步。愣子拍了一下舍易盈，你怎么不叫上我？舍易盈说，你住得那么远，我到哪儿叫你呀，等我去叫你，狼早把遇难的兄弟们拖光了，再说了，你现在是主任，身份不同了，这种打打杀杀的事和你无关了。

愣子知道舍易盈跟他开玩笑，就把话岔开了，看到二贵满身是血，就问了情况，二贵说和一条狼拼命时受了伤。舍易盈说，看你这厾样，你少抽点黑药，你就有力气对付狼了。

第二天，指挥长和德克拉曼赶到。当看到满山遍野的尸体，还有人狼厮杀留下的痕迹时，他俩心里一阵发怵，叫来布斯特一顿臭骂，要终结布斯特工地主任职务。听到指挥长这样说，布斯特转身就走，德克拉曼叫住了他，说，你就这样走了？这么多尸体，你要处置好。

布斯特马上叫劳工挖坑埋人。德克拉曼走近指挥长，悄声说，指挥长大人，眼下正是用人的时候，不处分人为妥，所有西方人都任了工地主任，再找不出西方人顶替布斯特了，再说了，布斯特管理劳工还是有一套的，依我看，能不能再饶他一次？

指挥长没说话，德克拉曼知道他算是同意了。

隧道垮塌事件后，布斯特工地元气大伤，德克拉曼从卡洛工地抽调一百多人到布斯特工地，开始，布斯特不太愿意接收卡洛的劳工，因为那些劳工一直在外围负责运输，没有开掘经验和技术。更让他恼怒的是，宋大田伤愈后，就带着还没有痊愈的大成投奔了女红工地。宋师傅的到来，让女红高兴，她需要这样的技术工人，但她发愁的是水泥，不仅她的工地，所有工地，路基开挖出来，都没有水泥加固，水泥稀缺，成了滇越铁路最大的问题。

不管开凿隧道，还是山区筑路，都需要大量水泥，桥梁、挡土板、隧道、路基，全都需要水泥，而滇越铁路所用水泥全从越南海防运来，顺红河逆流而上，而红河上少有大船，多数是小木船运输，靠纤夫拉纤，一百多里的水路，要近半月时间到达红河最上游的蛮耗码头，小木船在河中晃荡，慢一点不要紧，如能安全到达就谢天谢地了。货物到蛮耗码头后，再改骡马驮运，运到戈姑，最后靠人背人挑近三十里山路到各工地，这其中的遥远和艰难，让世人想象不到。

鉴此情况，指挥部决定派出几千劳工修筑辅道，打通运输线，所以，卡洛工地的全部人马被派往沿线修筑辅道。

所谓辅道，只有一米多宽，鸡抓狗扒，没个正形，勉强可以行马和马车，所以修筑速度相对快一些，辅道的开通，基本保证了运输需要，各种建材、铁轨、钢筋、水泥、机械、翻斗车和大量生活用品从辅道运来，还有鸦片和大麻这些违禁物品。近两千欧洲人的日用品，如灰面、饮料、酒、罐装牛奶和各种罐头食品和中国劳工每天食用的几十吨大米，全靠骡拖马拉。一时间，南溪河谷沿线、蛮耗至铁路沿线，人来人往，马帮担夫串成线，浩浩荡荡，穿梭在滇越铁路沿线，两头看不到边，单就南溪山谷，就有一万两千多匹骡马，整个滇越铁路沿线有数万骡马每天来回运营，晚上也不例外，黑乎乎的山谷中，风餐露宿，灯火游动，辉映滇南天地。

马帮的来往穿梭，不仅流通货物，还在云南大地上开通了一道信息通道，来自天南地北的传闻和消息不胫而走。那天，女红到货物中转站等待一批水泥，一个马锅头塞给她一张报纸，说是地上捡到的，她不经意地打开报纸，原来是一张传说中的《觉报》，两月前，她就听说这张报纸在马帮中传递，清政府到处查处，却屡查屡见，这次竟然传到了她手中，报上的第一条消息就是孙中山领导黄冈起义，其余的全是有关革命排满、保国会和中国同盟会成立等违禁内容，看得女红胆战心惊、热血沸腾。看完后，她又将报纸插到一匹正在行走的马袋里，马锅头回头看了她眼，却没事一样转过头去。

报上的内容，女红并没往心里去，哪儿看哪儿丢，中国的事，她管不了，这是她基本态度，眼下，她愁的是水泥。

虽说运输得到了缓解，但水泥问题还是得不到解决，水泥供不应求，那天，女红没等来水泥，哪怕一袋也没有。她找德克拉曼，德克拉曼找指挥长，任何人都解决不了这个问题。女红站在隧道口，望着随时都可能垮塌的隧洞，望着身后已经完成，但没有水泥加固的路基，她一脸愁容。宋大田看到美女工地主任如此这般，就在琢磨解决的办法。那天在火堆旁吃饭，他就地抓起一把红泥放入火中，一个多小时后，那团红泥变得又硬又结实，这让他突发奇想，他找来舍易盈，谈了自己的想法，舍易盈觉得只有红土是不行的，他想了想，说，我有办法了，不过要试试。

舍易盈垒起一个简易的灶头，从河沟里找来几块石灰石，架起火烧成了石灰，再找来一些沙粒，再把烧过的红土灰和石灰、沙粒搅拌在一起，待干后，竟然和水泥一样坚固和结实。女红看了他们的实验后，兴奋得当即把菲娅和技术员找来，经过实验，这三种材料合成后，其黏度、结实度、硬度和水泥一样。

经过指挥部批准，女红抽调一部分劳工搭起炉灶，烧制了红土，女红工地的工程进度遥遥领先，不久，指挥部决定，在整个滇越铁路全线使用"红烧土"。

而布斯特对这种"红烧土"并不热心，他看到沿线所有施工人员吃饭和日常生活用品全由商家负责，连工程所需的所有材料都是商家经营，这是个巨大的市场，布斯特从中看到了商机，他内心深处的发财梦又浮现出来。

第 十 章

一九〇六年春，滇越铁路滇段开始铺轨，宋大田等天津劳工有铺轨经验，被指挥部抽调出来，派往河口，两千多人南下，铺路从南端河口开始。

经过几年的开垦，滇越铁路路基已初步成形，从南溪河谷开始，山峦陡峭，水流纵横，桥涵相连。全线长度四百六十五公里，有隧道一百五十五座，平均每三公里一座，桥涵三千四百二十二座，其他各类设施七千余座，所以一路逢山开洞，遇河架桥，虽说工程设计人员任务繁重，但终归都能解决，而当滇越铁路到四岔河峡谷的五家寨时，一道世界级难题摆在了设计人员面前。

在两座高二百多米的山峰之间，离河谷底深泓线高一百米处，两侧相距七十米的绝壁之间，必须架设一座铁路桥梁，以跨越这道高一百米、宽七十米的深谷，连接两端的隧道。

早在一年前，设计人员就开始了这座桥的设计工作，而所有设计人员都愁眉不展，无计可施。保罗·菲娅为此设计的三种方案全被否定，让这个法国中央工程技术学校的高才生一筹莫展。那天，滇越铁路公司老总、印度支那铁路建筑公司老总、滇越铁路滇段指挥长、清政府滇越铁路局会相关人员，设计人员和一部分工地主任，聚集四岔河谷。人们听了项目负责人菲娅的汇报之后，眉头紧锁，望洋兴叹。汇报完后，菲娅沉默下来，她的沉默，让人们感到了前所未有的绝望。人们站在谷底，任峡谷风从身边穿过，每个人都像一尊石头立于河谷中。

而刚好在这个时候，风中荡起几张白纸，几个洋人从风中抓到了纸片，德克拉曼将抓到的纸张递给女红，女红又看到了新近一期的《觉报》，和上一期相比，多了一些抗洋反洋的内容，洋人们看了看四周，没人知道这些报纸来自何处。德克拉曼没在意，指挥长却叫女红读出声来，女红自然高声朗读了抗洋反洋的内容，德克拉曼这才紧张地抓过报纸说，别读了。

指挥长指着报纸，问，尊敬的德克拉曼段长，你看怎么处理这些于我们不利的报纸？德克拉曼说，报告指挥长，我的任务是修路建桥，至于那些该死的报纸，要么装着没看见，要么一把火烧了。

听了德克拉曼的回答，指挥长耸耸肩说，你说得也对，这事应该由章政要他们查办，必须查办，它会动摇我们滇越铁路的军心，煽动闹事，据说这张报纸的总部就在蒙自。

建铁路的法国人都是实干家，他们知道眼下要紧的事是四岔河桥梁问题，他们很快从报纸的插曲中回到桥的问题上来，最后，滇越铁路总公司决定向全世界招标，很快，滇越铁路四岔河桥梁设计招标的消息，传遍了全世界。

几个月后，陆续收到各国设计师们设计的方案，但所有方案都不理想。此事引起法国建筑界的高度关注，几乎调动了国内所有的建筑设计师。

无计可施之时，保罗·菲娅给老师保罗·波登去了信，这次她的信中，没有回顾往事，更没有抒发儿女情长，只谈了一件事，那就是四岔河的桥梁设计问题，她在信中谈了自己的设计构想。一个多月后，保罗·菲娅收到了老师保罗·波登的回信，老师在信中表达了此事的难度，但表示可以试一试。时间紧迫，菲娅决定回巴黎，和老师一起设计，指挥部同意了她的想法。她走之前，把果果交给了璐蔓丝，要璐蔓丝带好她的"孩子"。

保罗·菲娅父母双亡，所以她回到巴黎后，没有回家，回到阔别已久的故乡，她并没有心思故地重游，去感叹和感受巴黎的变化，更没和同学和朋友们联系，而是和老师保罗·波登一起关在设计室，全身心投入四岔河的桥梁设计。无数次交流讨论也没有在流逝的时间河流中溅起一点点浪花，保罗·波登指着自己的脑袋说，老了，不中用了。菲娅安慰他说，老师，你不老，你不是说过吗，年龄是时光积累起来的经验，你还说过，建筑设计是一门艺术，需要灵感顿悟，我在想，这个叫作灵感的淘气的精灵一定在前方不远处等着我们，我们快和它碰面了。

你的话让我想起我的每次设计灵感，而这些灵感几乎都在我无望的时候到来，甚至在梦中获取，我的威敖大桥的设计灵感就来自梦中。但任何一次灵感都不是空穴来风，它是所思所想所感的结果，是上帝赐给那些付出了努力的人们的专利品。菲娅呀，看来我们还努力得不够呀，这样吧，我们去和埃菲尔铁塔会会面，看能不能从它身上找到激发我们的灵感。

埃菲尔铁塔是法国著名钢架专家埃菲尔经典之作，而保罗·波登和他关系并不和谐，其中同行间的微妙关系难以言表，而保罗·波登是个谦逊、并善于向他人学习的人，所以那天，他带着菲娅围着那座站立的钢铁巨人转了两个小时，想从埃菲尔的钢铁结构中找到秘籍，师徒二人像一对父女，挽着他手臂的菲娅，感觉到了他内心的波澜。回到设计室，看着老师一言不发，菲娅知道老师的灵感还没到来。她注视着老师，老师的胡子应该好久没有打理了，让他显出了老态，她知道留胡子一直是老师的习惯，但她想有时修理一下，是必要的。她找来一把剪子，从老师的耳根处开始修理，她的动作很小心，生怕剪多了，他会不高兴。这样的情景不是第一次了，老师闭着眼，很放心地给她剪。而他眼前尽是自己没有看到过的四岔河山谷，他的想象之笔在两峰间涂抹。

突然他听到她哎呀了一声，他睁开了眼睛，她手中的剪子不见了，她望着地上，他也朝地上看了一眼，只见那把剪子没有倒在地上，而是叉开两腿，两片锋利的刀尖插在木地板上，像一个站立的人。

这一景象让老师眼中闪过一丝光亮，他拍了一下桌子，并突然站起来，拥抱了保罗·菲娅，菲娅被老师的举动怔住了，只听到他口中不断地说，有了，有了。

菲娅不解地看着老师，不知发生了什么事，直到老师找来图纸，在图纸上比比画画，不一会儿，图纸上出现了一座钢构架桥。看到那张开的桥脚，菲娅才恍然大悟，那不是刚才剪刀立地的形状吗？原来是落地剪子给了老师灵感。看到老师的图纸，菲娅兴奋得忍不住吻了老师，保罗·波登被保罗·菲娅的举动惊呆了，他用手摸了一下刚才菲娅吻过的脸庞，也忍不住一把抱住了菲娅。

　　之后，他们认真考虑了钢架桥的结构、用材和方便运输等问题，根据这些设想，菲娅对施工的可行性和操作性作了充分考虑，最后画出了施工图，再由保罗·波登修改，一个设计方案终于完成。

　　菲娅本想多留一些日子，陪陪老师，但四岔河五家寨桥梁还等着她的方案，可谓十万火急，所以她不敢久留，在告别保罗·波登时，菲娅多希望老师吻自己一下，并对她说点什么，而老师什么也没说，只是又一次拥抱了她。

　　在离开巴黎的那一刻，虽然心有离愁，但菲娅心里一片阳光，她感到巴黎的天空是那样的辽阔和美丽，感到巴黎的风和阳光是那样的缠绵和温情。走上甲板，她脚上像拖着沉重的铅块，她没有走在周围热闹的情绪里，而是走在自己的离愁之中，以至于一个小伙子撞了她，她也没有计较。当她站在甲板上和老师挥手时，眼泪哗的一下就涌出来了，她知道，这一别有可能就是永别。

　　泪水模糊了她的双眼，以至于她并没有看清岸上向她挥手的人是什么表情，她只感觉到一个六十岁的老头连手都举不直了，双脚双手有些颤抖，和双脚双手同时颤抖的，还有他手中的那根拐杖。

　　保罗·菲娅带着她和老师的设计方案，一路上沉浸在情感深处，当回到蒙自时，她还恍若隔世，心态很难回到遥远的东方。

　　在菲娅离开的这些日子，指挥部又收到了众多的设计方案，其中包括巴黎埃菲尔铁塔的设计者、著名桥梁专家、世界杰出的钢结构建筑大师古斯塔夫。最后埃菲尔的方案胜出。指挥部正在举手表决，当大家为埃菲尔的方案举起手时，菲娅到了，人们因为她的到来，又将举起的手放下，保罗·菲娅迫不及待地为大家展开了保罗·波登的方案，真是"图穷匕见"，人们从展开的图纸上看到了一把张开的剪刀，人字形一样张开的剪子。一时间，场内尽是唏嘘和赞叹，保罗·波登的创意一下就击中了人们的神经，为设计方案大胆、极富个性、巧妙的创意征服了。

保罗·波登和菲娅的方案全钢架双重式结构，下部为三铰人字拱臂钢架组成，拱臂底部分别支撑于两端山腰的铸钢球形支座上，支座以在两岸山腰设计高程处嵌入山体的钢筋混凝土预制块作为拱座承台，待顶部合龙后连接于钢枢上，其上托四孔简支上承多腹杆钢桁梁。每根钢铁材料的长短大小和重量都做了统一要求，并便于现场组装，满足了技术、经济和运输方面的要求，以超凡脱俗的独特美学价值赢得各方赞许，最后，大家否定了包括大师埃菲尔在内的所有方案，确定了保罗·波登和保罗·菲娅的方案。

当时，中国没有条件生产四岔河钢构桥所需钢材构件和建筑材料，所有材料只能统一在法国生产，再运往滇南。

四岔河谷钢构桥及两侧山体隧道，被称为滇越铁路天字号工程，安装由保罗·波登所在的巴底纽勒公司负责。整个四岔河谷会集了德克拉曼全段六千多名劳工，摆开了一场歼灭战阵势。

在开战那天，指挥长作了工程动员，并承诺给每个四岔河谷的劳工每人每天增加一毫工钱。他的声音铿锵有力，在河谷回响，劳工们满脸喜色。很快工地上炮声和钢钎、铁锤、钻子声此起彼伏，不绝于耳，响彻四岔河山谷，拉开了四岔河桥梁工程会战的序幕。

德克拉曼任现场总指挥，保罗·菲娅等配合巴底纽勒公司技术员全程监督工程质量。工程开初，大部分劳工负责打通两岸山体隧道，一部分劳工打通工程运输线，到安装期时，一部分劳工负责运送钢铁构件，布斯特和女红工地的人马分别在河谷两侧，负责开凿河岸峭壁两侧隧道口的桥台、施工山洞，以及开凿隧道下方拱座承台，并在其上安置铸钢球型支座，然后安装绞车、安装架、滑车、起重、吊装、合龙等工程。

两个工地都抽出精兵强将，两侧人马人数相当，呈对阵之势，别小看女红一个弱小女子，自她上任工地主任以来，劳工被她治理得服服帖帖，有劳工偷懒，一看到她又马上动起来。而布斯特仍然整天鞭子不离手，在工地上晃荡，他的心思已不在施工上，铁路沿线各种商铺、饭店和建材转运站，特别是日本人的妓院，让他眼花缭乱，他知道，所有施工人员，包括欧洲人和中国劳工的钱都花在了这些店铺里，工地没有统一食堂，劳工们吃饭都在这些饭店。每个店铺都像一个聚财盆，人们心甘情愿往里砸钱。

布斯特已经背着德克拉曼开了自己的商行，他请人代理，没人知道。

因为璐蔓丝，布斯特和德克拉曼的关系慢慢疏远，他已经守不住自己，在这远东的荒山野岭，他渴望自己能有一场轰轰烈烈的爱情，并能得到女人的温存，所以，他宁愿以舍去德克拉曼的友谊为代价，也要得到璐蔓丝，说白了是得到一个女人的肉体，而要得到这些，必须疏远德克拉曼，不然太亲近了，有情份障碍，不便下手。

那天，布斯特买来一些石榴，准备给璐蔓丝送去，但别人告诉他，璐蔓丝去了德克拉曼那里。他本想打道回府，一想到竞争工段长的事，输在德克拉曼手里，心里就来了气，德克拉曼又怎么样，能把我吃了吗？他想到了中国人常说的一句话"明知山有虎，偏向虎山行"，心一横，就去了德克拉曼那里。在他敲门时，他想象了一遍里面的情景，那是他多么不希望出现的情景。不管里面的男人女人是否在亲热，他都必须做一个不速之客，让里面的情况立即终止。而敲了几下，都没有回应，当他正准备敲下去时，工段里的一名工作人员告诉他，德克拉曼工段长去童女红主任那里了，刚才璐蔓丝医生来了也没找到。

我找璐蔓丝，璐蔓丝找德克拉曼，德克拉曼找童女红，这个人找人形成的圈，真有意思，也很有意味，布斯特这样想到。

一路上，他在想，璐蔓丝去找德克拉曼的心情也应该和他找她一样吧？也应该是德克拉曼去找童大小姐而让她尝到了吃醋的味道。想到这里，他觉得自己应该感谢童女红。如果童大小姐能把德克拉曼吸引住，就让他追求璐蔓丝有了可乘之机，但他转念又想，也不能让德克拉曼得逞，一个在他心里像神一样的东方美女，不能轻而易举地落到德克拉曼手里。

当他赶到童女红的住处时，眼前的情景让他有些意外，女红躺在床上，德克拉曼和菲娅围着，璐蔓丝在给女红量体温，做了初步的检查后，璐蔓丝紧张地告诉德克拉曼和菲娅，女红可能患了霍乱，因为她已在劳工中查出几例霍乱病患者，和女红体征一样。一听说女红得了霍乱，菲娅急了，她要璐蔓丝无论如何治好女红的病，而璐蔓丝却显得忧心忡忡。德克拉曼想了想说，不管女红患的是不是霍乱，都把她送回蒙自治病，她需要休息，在这荒山野岭什么都不方便。

随后，德克拉曼安排了一名医生，连夜用马车把女红送回蒙自，工地上的事由愣子负责。一旁的布斯特看了看德克拉曼的焦急神情，又看了看璐蔓丝的表情，他心里阴笑。

女红被送回蒙自后，病情就有了好转，据蒙自医生诊断，她只是重感冒而已。听医生这样说，童政员松了一口气，心想，这次无论如何要女儿在家多待一些日子，一个娇生惯养的女儿家怎能去那种粗山野水的地方，建铁路是大老爷们的事，是法国佬的事，怎么说，也和一个娇滴滴的女孩子扯不上关系。童政员唠叨起来，他要彭氏去买只鸡回来炖人参给女儿补身子。

彭氏到了街上，就碰到了鲁家少爷鲁少贤，一见她，鲁少贤就问起女红的情况，彭氏哈哈一笑，就把女红回家的事说了。

几天后，女红刚下地走动，就听到外面的香樟树上鸟儿叫个不停，虽不是喜鹊，但管家按喜鹊的说法说了，"喜鹊叫，贵人到"，也不知今天要来何方贵人？

女红长这么大，也没牵挂过谁，也没盼着见什么人，所以，听了管家的话，没往心里去。但事情说到这里，她告诉父亲，不能把她回家的事告诉章鸿泰，她没想到一提到这事，父亲就愁上心头，虽然女红回家的事，他可以不告诉章鸿泰，但姓章的逼婚的事，一直没个完，让他伤透了脑筋。

童政员正愁着，家丁就报有人来访，彭氏一出门就见是鲁少贤，鲁少贤提了很多东西，彭氏边走边说，鲁少爷啊，来就来了，怎么这么客气。

鲁少贤说，听说大小姐病了，我来看看，顺便捎带点东西是应该的。

管家从鲁少爷手中接过礼品，说，我就说嘛，喜鹊叫，贵人到，鲁少爷是不打折扣的贵人啊。礼品放到桌上，竟然红红绿绿的一大堆。童政员拿出场面上的礼节，双手作揖，说，鲁少爷真是客气，我家红红只是染了风寒，一两天就会好的。

礼节过后，大家都各忙各的，院子里就只留下女红和鲁少贤。这次见到鲁少贤，让女红感觉不同，鲁少贤剪了辫子，穿了西服，眼里闪突着一种光泽，说不好是怎样的光泽，但女红感到他精神多了。

鲁少贤告诉她，他已经把矿业交回给父亲，自己回到了蒙自。女红不解地问，你丢下你家那么大的矿产，想必是回蒙自做一番更大的事业吧？

更大的事业？鲁少贤笑了笑，说，这要看怎么说了。

接下来，女红没想到，鲁少贤口中冒出了很多新名词：兴中会、合众政府、普天共和、兴汉会、保国会，当谈到黄冈起义时，鲁少贤一脸肃穆，他喝了一口茶，接着说，虽然黄冈起义失败，但新的起义又在酝酿中，你听说过同盟会吗？

女红点点头，说，那不是孙中山的组织吗？鲁少贤说，是的，黄冈起义失败后，孙中山先生到了安南，也就是越南北部。

听到这里，女红下意识地看了一眼外面，小声说，你怎么知道孙中山到了安南？

先不说这个，我现在问你，如果现在有人介绍你加入孙中山的同盟会，你会同意吗？鲁少贤问这话时，一直盯着女红眼睛，想在女红回答前得知答案，而女红也同样盯着他看，想从这个鲁少爷眼中发现一点秘密。终于女红问了他。

你是同盟会的？

是的。

《觉报》也是你办的？

是的。

天呀，你胆真大，那是要杀头的，你就不怕我告发你？

如是怕，我就不告诉你了，你有可能拒绝参加我们的组织，但我深信，你绝不会出卖我，我之所以告诉你，是希望你也能参加，你可以不必马上做出决定，但我希望你成为我的同人，你还在病中，我对你讲这些本来不合适的，不说了，你好好养病，我告辞了，明天我再来看你。

就在鲁少贤快要走出大门时，他指着檐下的红灯笼，对她说，这样吧，如果你同意，你就把那只红灯笼挂到你家大门上。

她看了一眼那只红灯笼，不置可否，而是送他到了大门外，这是她生平第一次送一个男人到大门外。

鲁少贤走后，女红抬起头，看了一眼天空上的那朵白云后，很快就把同盟会的事忘得一干二净，她才不想把自己跟政治扯在一起，自己只是一朵云，是云就是自由的，想怎么飘就怎么飘。

看到女红可以下地活动了，童家大院人人都高兴，管家建议放爆竹驱邪气，童政员点点头，管家还自作主张，把红灯笼挂到了大门上方，童政员夸赞他心细。

这红灯笼挂出去，自然引来了鲁少贤，鲁少爷可不是等闲之辈，他可没工夫欣赏什么红灯笼，他只到童家大院大门外，请家丁禀告童大小姐，听说是鲁少爷来访，女红出门迎接，结果鲁少贤没进门，而是要女红一同前往承恩街口东侧的玉皇阁。女红不解地问什么事那么急。鲁少贤凑近她说，还能有什么事？加入组织会有一个仪式，走吧。

女红这才想起鲁少贤说过的同盟会，女红说，我什么时候同意参加你的组织了？鲁少贤说，这可不是开玩笑的事，既然决定了，就跟我走吧。

女红站住了，说，我没同意呀。

你没同意？那灯笼是怎么回事？鲁少贤指了指大门上方的红灯笼。女红看到红灯笼才想起鲁少贤说过的约定，她把这事给忘了。红灯笼确实挂到了门头上，是管家挂出来辟邪冲喜，完全是一场误会，但她没有解释，而是跟着鲁少贤来到玉皇阁的一间空房里，那里已经有四人，其中三人也是新参加组织的，鲁少贤要他们三人排好队，他带着他们举起拳头宣誓，另一个人到楼下放哨。

当入会仪式正在进行时，楼下放哨的人吹了一声口哨，鲁少贤立即带着几人，从后门出了玉皇阁，官府兵扑了一个空。事后，鲁少贤一直在纳闷儿，是什么人走漏了风声。

什么清军官府兵，不就是章鸿泰的军队吗，天底下，自己最不怕的就是章鸿泰，所以，女红一点也不紧张，相反觉得好玩。她听说过革命志士、鉴湖女侠秋瑾的故事，她崇拜这位习文练武、性情豪侠的玉姑，也欣赏她推翻封建帝制、男女平等的思想，当鲁少贤对她说，大小姐，虽然入会仪式被中断，但我要慎重地向你宣布，你已经是同盟会成员了。

女红不置可否，笑了笑，摇着头吟诵了秋瑾的《梅》：

> 本是瑶台第一枝，
> 谪来尘世具芳姿。
> 如何不遇林和靖？
> 飘泊天涯更水涯。

诵毕，女红歪着头问，你们的组织是这个秋瑾的组织吗？鲁少贤说，正是。旁边的一个少年说，童大小姐的记性真好，能背诵秋瑾玉姑的诗。

女红说，好吧，如果是秋瑾玉姑的组织，我就参加。

就这样，女红加入了同盟会。分手时，鲁少贤要她为《觉报》写篇文章，她答应了。

那天，女红有些兴奋，她回到家就开始为《觉报》写文章，写了滇越铁路上的中国劳工被洋人迫害的情况，具体写了大头被布斯特活活踢到河里淹死的事，还写了章鸿泰唯利是图，乱杀无辜的断案。那天，女红戴上白色饰帽和手套，诵着秋瑾的《梅》，拿着文章，正要出去找鲁少贤时，章鸿泰就来了。她赶紧把文章收好，表情一下子就从春天转到了冬天。章政要说，童小姐回来也不通知我，不听彭氏太太说，我还不知道呢。

又是这个讨厌的彭氏太太。女红看了一眼彭氏，心里嘀咕道。

和鲁少贤相比，章政要没有大包小包拎来东西，只是拿出两个盒子，一个给了彭氏，一个给了女红，他把给女红的盒子打开给女红看，里面是一只通透的雕花玉饰，一旁的彭氏和管家赞不绝口，女红接过盒子转给彭氏说，都给老太太吧，我整天跟粗山野水搅在一起，不配这样的礼物。

童政员接过女儿的话，说，小女说的还真没错，她天生一个野小子性情，眼下正在工地上，不过，红红呀，你有什么话，要好好跟章大人讲，不能辜负了章大人的一片好心啊。

显然父亲是在给自己打圆场，女红说，收下可以的，但我担心今后还不起这样贵重的人情。

哪里的话。章政要笑容可掬地说。

对不起了，章大人，我刚才是要出门的，好不容易回蒙自一趟，跟朋友们约好见面的。

大小姐自便。章鸿泰无奈地笑笑，又说，现时蒙自有乱党人活动，还办了反动报纸《觉报》，昨天，我们获知几个不明身份的人在玉皇阁聚集，我带人去捉拿，结果扑了个空，大小姐一个人出门要小心呀，他们这伙人什么坏事都干得出来的。

女红笑着走了，她的笑，让章鸿泰觉察到一丝奇异。

女红将这一消息告诉了鲁少贤，鲁少贤听后，说，我们都成了"不明身份的人"，这说明我们还没有暴露，今后小心，我们尽量减少聚会。

为了避免姓章的纠缠，女红想尽快回到四岔河工地。鲁少贤同意了她的想法，并亲自驾着马车送女红，看着鲁少贤驾车的一招一式，女红笑了，说他不像少爷，倒像个十足的马锅头。

马车顺着四岔河谷的施工辅道行走，越走越艰难，中午时分，一种低沉的号子声传来，鲁少贤不知是什么声音，女红说可能是工地上传来的。当翻过山坡，两人终于看到河谷的辅道上有一串劳工排成的队伍，足有几百米长，全戴着斗笠，远远看去，就像一条长长的长满脚缓慢爬行的蜈蚣。怎么这么长的队伍？女红好生纳闷儿。快走到跟前时，她才看到劳工们在抬两条长长的铁链，每条铁链五千多公斤重，担着担子的劳工们，脖子上鼓着青筋，脸上挣得通红，汗水湿透了胸襟，他们吃力地迈动步子，缓慢地向前移动。

女红和鲁少贤告别，鲁少贤跟她说了一些话才离去。女红走近劳工队伍，想帮一把，一个劳工仰起一张充满污垢和机油的脸说，童主任，别把你一身的白衣服弄脏了，出力的活，有我们呢。

女红退到一边，问，干什么用的，铁链子这么长这么重。那劳工告诉她是用来吊装用的，另一个劳工说，他们两百多人已经抬了三天，还没抬到工地呢，童主任，你可要给我们加工钱啊。女红安慰他们说，工钱的事，我会争取，就要到了，工友们，来，加把劲。

她带头喊起了号子，哦嗬嘿，嘿，嘿。号子声响彻山谷。

抬链队伍比蜗牛还慢，女红告别了工友们，她想尽快赶到工地。离开近一月，都不知工程到什么程度了。越接近四岔河，天空越来越暗，越来越低，厚厚的云层伸手可触，也让人心里有压迫感，这是四岔河谷常有的天气。进入四岔河腹地时，沿途工地人影稠密起来，各种店铺吆喝声和工人劳作声不绝于耳，女红闻到了一股难闻的气味，她开始以为是贩子们兜售的烂肉臭鱼的气味，后来发现，四岔河桥梁工地四周躺满了尸体。

老远就能看到劳工们猴一样挂在悬崖上，悬崖上全是人。随着一声炮响，她看见几个人影飞下山崖，这一幕让她震惊，她跑到工地上，让旁边一个民工把愣子和舍易盈叫来，还没等来愣子他们，一个瘦高的洋人从布斯特工地跑来，来到近处，她才看清是乔斯特，十八岁的乔斯特一脸哭相地告诉她，因为布斯特工地每天要死很多劳工，所以，他受命带着自己工地的人前来支援。

为什么会死那么多人？女红怒目瞪睛地问。

乔斯特没有直接回答，而是说，布斯特真是发疯了，女红姐，你要制止他。

我怎么能制止他？德克拉曼段长呢，指挥长呢。

指挥长不在工地，德克拉曼管不了他，只有你能管住他，我知道，只有你能。乔斯特语无伦次地说。

如果我真能管住他，就请你马上把他叫下来。

乔斯特去了，女红看到他顺着栈道上了悬崖，一直到了山头，女红能隐约看见山顶上的布斯特。乔斯特来到哥哥身边，说，女红姐来了，要你下去。

没想到，布斯特发疯地说，不，不，不，她来了又怎么样，你竟然把我告了，她算什么东西，我才是这里的老大。

说着，布斯特举起刀，砍断了很多绳子，只听到悬崖下不断传来惨叫声。乔斯特被这一幕惊呆了，因为他知道，那些绳子都拴着悬崖上做工的劳工，砍断绳子，意味着绳子下面的劳工都得坠崖而死。乔斯特扑上去，拉住哥哥的手不放，布斯特说，你这个屄包，你懂啥，那么多劳工都活着，我们哪有那么多工钱发给他们，让这些中国猪去死，让他们去另一个世界，无苦无难，有吃有穿，他们在这个世界，活着受苦受难，还会染上霍乱全部死掉，不如我成全他们，我这是修功积德，去吧，通通去吧，去一个，我就少发出一份工钱，少发出一份钱，我就多赚得一份钱，这是多么值得做的买卖，哈，哈，我赚了，我赚了。

站在河底的女红，看到悬崖上的人，像岩石垮塌一样，三五成群地掉下来，那情景触目惊心。女红失声痛哭，德克拉曼，你死到哪儿去了，愣子，愣子，你在哪儿……

正叫着，愣子和舍易盈赶到了，女红擦了一把眼泪，说，快，快把岩头的布斯特抓住。愣子和舍易盈这才看清悬崖上的布斯特和乔斯特扭打在一起。愣子和舍易盈没多说，像两个利索的猴子，很快攀上了岩头，两人将布斯特按倒在地。很快，德克拉曼带着工段上的人赶到，将布斯特押走。

站在女红面前的德克拉曼，像个做错事的孩子，埋着头的女红，突然仰起脸，那是一张多么可怕的脸，整张脸扭成了肉疙瘩，眼睛红肿，因泪水的浸染，一脸灰土和脏垢，头发散乱地挡住了她那双大眼睛，她再没了女神的飘逸和神韵，一朵白云正在消失。她恨恨地咬了一下牙，恶狠狠地对德克拉曼狂叫着，你们洋人都是魔鬼，魔鬼……

德克拉曼被她骂昏了，有气无力地坐在地上，女红指着崖下横七竖八的人对他说，你还愣着？还不去救他们？

回过神来的德克拉曼，说，嗯，我这就去救，他们还有救吗？

没命了也得救。女红再次吼叫起来，她带着愣子他们到了崖底，德克拉曼跟在后面，看着谷底堆成山的尸体，他低下头，在胸前画着十字，口中念念有词，上帝保佑可怜的人们，阿门。

走进人堆，人们的习惯动作，就是把手伸到躺倒人的鼻孔上，试探是否还有气，而每试一次，人们都要摇头。清理到天黑，只找出几个还没咽气的劳工，璐蔓丝忙着救人。

入夜，在女红的倡议下，德克拉曼召集开了安全施工会议。会上，女红和愣子强烈要求枪毙布斯特，但其他洋人工地主任反对，甚至有人说，死掉一点儿支那人，没什么大不了的。女红和愣子气愤地和洋人们争吵起来，最后寡不敌众而无果，大家都等着德克拉曼的裁决。德克拉曼说，我认为布斯特该死，如果依照法律，只能把他带回法国，因为他是法籍希腊人，但这事，我得请示指挥部，他们才能对布斯特做出最后决定。

布斯特被押往蒙自处置。

经愣子统计后，他和女红这个工地的劳工死得不多，死的多数是施工中的自然死亡，有的因绳子磨断而坠崖，有的被山顶掉下的石头砸中，有的被上面劳工掉下的工具击中而亡，还有的是荡在空中，碰撞崖壁而死。不幸的是，宁波劳工任壮天在崖上凿孔时，一阵狂风荡着他，在崖上撞来碰去，已生命垂危。

据愣子统计，四岔河钢构桥每前进一尺，就有十多名中国劳工付出生命代价。

那天晚上，喧闹一天的工地平静下来，收工的人们已经习惯跨过工友的尸体，木讷地回到自己工棚，要么自己煮饭，要么到路边的店铺吃饭，然后倒在夜色中睡觉。而医所还亮着灯，那些被收医的伤者，多数在医治过程中死去。德克拉曼来到医所，璐蔓丝正在为任壮天处理伤口，愣子和舍易盈站在旁边。璐蔓丝一边忙，一边对德克拉曼说，劳工尸体要尽快处理，不然就会出现大面积疫情。德克拉曼叹了口气说，我已经报告指挥长，请他对四岔河加派卫生员，清理尸体的事，我已经安排了。

正说着，女红和菲娅就来了，两人情绪低落地来到任壮天面前，而任壮天却不省人事，女红问璐蔓丝，任壮天能治好吗？璐蔓丝叹了口气，我在尽力，但我没把握。

璐蔓丝的话，让刚进门的宋大田听到，他抓住璐蔓丝说，你到底能不能治好他。

见宋师傅这样，愣子和舍易盈上前拉住了他，无辜的璐蔓丝并没有怪罪宋师傅，而是摇摇头说，如果你们硬要问出一个结果，那我只好告诉你们，任壮天伤势过重，基本上没有治愈的可能了。

宋大田大声吼起来，你们一定要救活他，他本来可以不来，是我半路拉他来的。女红对宋师傅说，璐蔓丝医生会尽力的，我们走吧，别影响医生为伤员治疗。

几个人跟着女红出了医所。

布斯特被指挥部带走后，房里显得空空荡荡。乔斯特回到宿舍，没有吃饭，也没有点灯，而是走到窗前，窗外一片宁静。透着月光，他看到河谷飘着一层雾气，崖壁在雾中飘动，就连河谷中那堆黑乎乎的东西也在飘动，他感到那不是劳工们的尸体，而是蠕动的生命，数不清的手慢慢伸向空中，似乎在抓扯，又像在攀爬，手臂越来越多，像浩瀚的森林。乔斯特的心被抓扯着，他再也忍受不了，他转回身，翻出他那把很久没有拉过的小提琴，当他拉开第一弓，琴弦上弹起的灰尘，向夜色中扩展开去，说不清是琴声，还是弥漫的夜雾，月光颤抖起来，山壁也在蠕动，像那条漂满尸体的河水，颤抖。哀怨。死寂。

冬天的夜空，淡淡的月光，如果没有成堆的尸骨，那晚四岔河的夜景绝对是一幅美妙的画面，但因为成堆而扭曲的尸体，一种稠密的死亡气息化解不开，冤魂经久不散，阴气四处弥漫，四岔河在月光中沉入很深的钴蓝。

看到愣子和舍易盈陪宋师傅回了宿舍，女红和菲娅本想返回医所，但她俩却站住了，说不清是河水的颤动，还是那些冤魂的哀鸣，她们听到了琴声，并感觉到那是从钴蓝色的尸体中传来的琴声。菲娅挽着女红的手臂，她没有说话，她听出琴声是马斯奈的《沉思曲》，又称为《冥想曲》。琴声清澈，如泣如诉，以前听到这首曲子时，她听到的是宗教的庄严，而此时，她听到的却是，弥漫在四岔河谷的无边无际的悲悯和伤痛。

第十一章

云南府昆明，翠湖之畔的远东学堂，是云南最早的公办学堂。到这里学习的多数是官宦和商家子弟。

那天，学堂举行摔跤比赛，一个敦实、皮肤黝黑的少年连续扳倒几个同学，最后获得第一名，引来众多女生赞叹的目光，他就是碧色寨王子巴目，他已经是这所学堂二年级的学生。

一个女生递给巴目一碗水，说，你真棒，把平时那些自以为是的家伙全击败了。

巴目呵呵地笑，憨态可掬地说，我是彝人，没其他人聪明，只会摔跤。

女生说，你是少数民族中的贵族，又是王子，王子陛下，我正有点事和你商量呢。

班长大人，我这个王子是那个山头的事，到哪个山头说哪个山头的话，有什么就吩咐，我听你的。

女生说，都同学一年多了，就别说那么多客气话。

女生名叫轩颜，是昆明城里一家富商的女儿，和巴目是同班同学，是班长，算班里最有号召力的人，在那个年代，女孩子能当一班之长，算是新生事物，有人说她之所以有号召力，是因为她长得漂亮。而巴目却不这样认为，轩颜不仅学习好，思想鲜活，更重要的是敢作敢当，一身豪气。她对巴目说，我们最近想搞一次抗法反法的活动，滇越铁路就从你家门前过，你能否跟我们讲一些情况。

巴目把他知道的情况跟轩颜说了，轩颜听后，说，法国人占用我们领土，强行抓工用工，欺压殴打奴役我们同胞，这就是我们反法抗法的理由，我们找晋先生帮我们出主意。

那天晋堂先生上课，讲到云南交通史时，从马帮交通讲到滇越铁路，当讲到《云南铁路章程》时，晋先生义愤填膺，他说，这是不平等条约，章程规定滇越铁路所有权归法国所有，这就怪了，中国土地上建的铁路，为何是法国人的呢，这不符合道理，政府总是把国土让给别人，这不是任人宰割吗，我们中华是一个文明古国，有自己的文明和尊严，我们不能再这样下去。

轩颜站起来说，晋先生说得好，我们不能再这样下去，我们学生手无寸铁，但应该发出自己的声音，抗拒法国列强。

巴目站起来，说，对，滇越铁路快通车了，我们不能让法国人的车轮从我们身上碾压过去，土是我们的土，身是我们的身，我们不但要发出我们的声音，还要用实际行动，罢课，上街，告示世人，中华民族是不可欺的，中华民族的复兴即将到来。

巴目的提议得到同学们的响应。

听了同学们的意见，晋堂先生拍手叫停，大家安静下来，他说，我并不完全赞同同学们的做法，罢课解决不了根本问题，上街游行也不能盲目，要有所目的，我告诉同学们一个消息，为了废除《云南铁路章程》，近日，昆明各界将召开"赎回滇越铁路救亡之国民义务捐款大会"，这是个很好的机会，不是要同学们捐款，学生嘛，也没钱捐出来，但可以为捐款活动造声势，让更多人知道，让更多人捐款。

晋先生的话得到同学们的响应。课后，轩颜召集巴目等人商量如何配合捐款大会，为捐款大会造声势，大家都认为上街游行是最能造声势的，轩颜还准备让自己父亲带头捐款。

轩颜家就在昆明，父亲轩济斋开商号，算是富裕人家。那天，轩颜带着巴目等同学回到自己家，按事先商量好的，由巴目将捐款大会的事告诉轩济斋，轩济斋听后，说他知道这事，但不准备参加，滇越铁路不是几个钱就能买回来的，折腾啥呢，自己没工夫闹着玩。

听了父亲的话，轩颜大为不解，说，怎么是折腾闹着玩呢，难道一声不吭一言不发、甘心让法国人欺压就不是闹着玩吗，也许几个钱是买不回滇越铁路，但我们不能对此无动于衷，再说了，只要全中国，乃至全世界华夏民族团结起来，出力出钱，就能赎回滇越铁路，并一定能战胜外来列强。

在女儿同学面前，轩济斋自然不会和女儿争辩，相反会表现得大气一点，要给女儿面子，所以他表示捐出五千两银子，轩济斋以为女儿会满意这个数目，没想到轩颜噘起嘴，说，你捐五千银两只能勉强算是我轩颜的父亲，如果你能拿出一万两银子，那爹爹你就一定是我的好父亲了。

轩济斋并不高兴女儿将自己一军，但看着女儿娇俏生气的样子，心一软，就答应捐出一万两银子，并用手指点了轩颜额头一下，说，你呀，从来没让爹爹省过心。轩颜笑得一脸芙蓉绽放，当着同学的面亲了父亲的脸，然后伸出手，和父亲拉钩。

捐款大会的前一天，轩颜和巴目组织了游行。游行队伍举着"废除《云南铁路章程》、赎回滇越铁路义务捐款"的旗子，最开始，只有几百人参加游行，一路上不断有人加入进来，他们一路高呼口号，轰动了云南府昆明。

第二天，捐款大会在五华山前马市口举行。轩颜他们的游行队伍一早就沿着主要街道继续游行，沿路带着很多人来到马市口，前来者大多是有捐款意愿的。大会组织者握住巴目和轩颜的手说了很多感谢的话，而轩颜却说，我们没有钱捐出来，只能以这样的方式参与这项爱国活动。

组织者说，如今的国人大多都麻木了，我们原以为会冷场的，没想到，有了你们的支持和参与，来了这么多人，你们起了很大的作用，你们让我看到了华夏民族的希望，有你们，我们就不会亡国，真是感谢你们啊。

组织者带他们去见大会执行主席，没想到这位主席先生竟然是晋先生，晋先生当时在台上，因为会议即将开始，他只是和轩颜和巴目他们招手致意。

大会上，晋先生发表演讲，他慷慨激昂的言辞感染了民众，轩颜父亲第一个上台，他身后是挑着一万两银子的挑夫，轩先生很有意味地看了一眼台下的轩颜，意思是怎么样，当爸的没让你失望吧。轩颜也向父亲投去赞赏的目光。那一分钟，轩颜很自豪，同学们脸上都绽出了笑容，然后是一片掌声。两个小时后，虽然捐款人不少，但都是小数目，轩颜父亲以此认为自己一定是此次捐款最多的人。而那天快结束时，突然走来一支队伍，十多个挑夫担着担子走来，并有锣声鼓鸣，人们不知发生了什么，都转头望过去。走在前面的人直接上了捐款大会会台，并自报姓名。原来他是来捐款的，名叫王小斋，昆明商人，所有在场的人都没想到，他带来的十多个挑夫担的全是银子，足有二十多万两。当王小斋把全部银子交给组织者时，全场镇住了，片刻才响起稀疏的掌声。

众目所至，王小斋成了焦点。台下有人指着王小斋议论。

来了个二傻子，把银子当成垃圾。

你有钱，借点给我养家糊口吧。

台下的议论，王小斋装着没有听到。组织者让他讲话，而他只说了一句：不是我有用不完的钱，也不是我傻，国家都快没了，我留着钱干啥？

王小斋捐款的事，在昆明引起轰动。虽说有歧异，但毕竟是少数，昆明民众被这一事件调动起来，纷纷捐款，并参加轩颜和巴目组织的请愿活动，一把火点了起来，各界纷纷上书清政府，强烈要求赎回滇越铁路所有权。云南府朝内上下如惊弓之鸟，云贵总督锡良接见了上书代表。

因捐款数额大，轩济斋和王小斋都被选为上书代表，在赴云南府参见锡良总督时，轩济斋临阵脱逃，他不想白费精神，生意人还是好好做生意吧，最后是女儿轩颜万般鼓动，他才勉为其难，依了女儿。到了总督府，三岗四报，烦琐的礼节过后，他们终于见到了锡良总督。总督的座位在几级台阶之上，上书代表坐在下面，所有的谈话都隔着那几级台阶，那是不能逾越的距离，这样的谈话能有结果吗？轩济斋称自己身体不适而告退。而走到外堂时，墙上的一幅字画引起他的注意，因他也做一些古董字画生意，所以对字呀画呀是内行，他一眼就看出墙上的画是吴道子的真迹，看得入了迷，后退再看时，就撞倒了架子上的铜器，咣当一声，惊动总督府，他被两个卫兵毒打后，撵出衙门。

他坐黄包车回到家中，轩颜见父亲瘸着脚回来，问怎么了，轩济斋说，我说不去，你偏要我去。轩济斋没有直接回答女儿，而是喋喋不休地说起来，从父亲的话语里，轩颜知道父亲受了委屈。

如轩济斋所言，上书请愿没起任何作用不说，政府还对法国人百依百顺，为昆明的法国人提供各种便利和条件。昆明各学堂不满政府的无能和软弱，三天两头罢课和游行，教学秩序大乱，同学们纷纷到全省各地募捐，轩颜和巴目到了蒙自和个旧，商人、锡矿老板们纷纷响应，商人陈鹤亭、童政员、李光翰、李文山、朱朝瑾等社会名流积极捐款，他们都是亲历滇越铁路强行修建的人，有切肤之感，所以很支持轩颜他们，但当第二次捐款地点设在法驻蒙自领事馆门前时，就被章鸿泰派兵阻止了。

第十二章

那个四岔河谷之夜，女红和菲娅顺着琴声来到乔斯特宿舍，她俩被乔斯特的琴声感动了，看到乔斯特拉琴的侧影，她们没有惊动他。女红一直很喜欢这个一头卷发、高鼻蓝眼的善良少年，他和他哥布斯特就像事物的两极，一头黑一头白，善恶分明。菲娅也喜欢听乔斯特拉琴，当《沉思曲》的最后一个音符结束后，乔斯特没有动，沉默了几秒钟后，才转过身来，眼里尽是泪光。

女红帮他擦了眼泪，得知他没吃饭，女红和菲娅就帮他做了饭。很快，德克拉曼找来了，他带来一件外衣，给女红披上，女红说，谢谢。看到菲娅在旁，德克拉曼对乔斯特说，兄弟，天冷，找件外衣给你菲娅姐披上吧。

菲娅赶紧说，不冷，不冷，不用了。

菲娅和女红都知道，德克拉曼这样做，是掩饰自己关心女红所带来的尴尬。而菲娅却没想到，女红对德克拉曼说，这样的夜晚，你应该多陪陪璐蔓丝医生，她正在救治劳工，很辛苦，也很需要你的帮助。

听了女红的话，德克拉曼没说话，菲娅打圆场说，我们都去医所，看看能不能帮上忙。没想到，几个人一到医所，璐蔓丝就告诉女红，任壮天断气了。

看到静静躺着的任壮天，女红自言自语地说，这铁路不能再修了。

没过几天，鲁少贤来了，见到他，女红想哭，人的心理承受力都是有限度的，她实在受不了了，就把情况告诉了鲁少贤，鲁少贤听得眼睛发直，他伸手扶住了她的肩膀，对她说，西洋人无视我们同胞的生命，是因为我们落后贫穷，要改变这一切，我们必须革命。

他们避开人群，在背静处谈了二十分钟后，鲁少贤匆匆离去。女红心事重重地找到德克拉曼，说自己家中有急事，需回蒙自一趟。德克拉曼感到事情有些蹊跷，因为女红才从蒙自回来不几天，但他又不得不同意。女红找愣子交代了工作，就离开了。

女红并没有回蒙自，而是坐马车南下。赶马车的是鲁少贤，他一身马锅头打扮，很有把式地赶着马车。女红并不知道南下的任务，鲁少贤也说不太清楚，但他们都感到了此行的重要，预感到在滇南将有一场暴风骤雨，所以，一路上，两人心事重重，神色肃穆。

来到河口，他们刚要按约定地点进红河岸边的一个茶楼，身后哎呀了一声，两个黑影倒下，随后一个提着枪的男子跑过来，对他俩说了一句"两河交叉汇南国"，鲁少贤说了一句"一路南下遇知音"，听鲁少贤这样说，那人说，联络站暴露，我们赶快出境。

三人进了河边的马店，很快又有三人坐着马车出来，后面几辆马车跟了上去，并在十多分钟后，追上了前面的马车。警察们迅速包围上来，七八支枪口对准前面的马车，当前面马车上的三人下车后，警督手一招，说，看你们往哪里跑。警察们捕住三人，一个胖警察看了三人一眼，然后悄声对警督说，叛党是二男一女，并且都是年轻人，这三人都是五十多岁的男人，不像叛党。

警督看了看三人，说，管它的，全带走。

那天真是有惊无险，女红他们进了马店后，被前来接头的人带着从后门下到红河边，上了等在那里的木船，顺水而下，在越南老街上岸后，换乘了机动车，当晚就到了越南河内，接应他们的就是同盟会河口负责人黄明堂。

三人进了一家商行，同盟会副总理黄兴已在此等候。一进门，鲁少贤看了一眼四周，问孙总理呢。黄兴拍了一下鲁少贤和黄明堂的肩膀，示意他们坐下，然后把镇南关起义失败后，孙中山被法国殖民当局驱逐出越南的事告诉了大家。黄明堂想了想，问，那这次行动谁负责？黄兴说，这次行动仍然是孙总理负责。

旁边一位年轻人接过话，说，具体由黄兴副总理指挥。

黄兴说，我们先研究出一个方案，然后报送孙总理，他定后，我们即可行动。

当天晚上，十多个人开会，黄兴通报了情况，他说由于同盟会连续七次起义失败，中山总理把目光投向西南边陲重镇河口，这个地方偏僻，目前还是交通死角，和内地联系十分不便，山高皇帝远，这里的民众受朝廷影响小，容易发动，也是清朝廷想不到的地方，更有利的是，滇越铁路沿线聚集了十多万劳工，劳工都是劳苦大众，是我们依靠的对象，也是我们发动起义最大的人力资源和保证。

随后，每个人都谈了自己的想法，商量了历史上著名的河口起义的具体事项。

第二天，会议仍在进行，狭窄的会议室让人们透不过气，还有几人抽着烟壶，整个会议室烟雾缭绕，女红一脸愁容，皱着眉头出来透气，她走到商行门口，真想一走了之。虽说对鉴湖女侠秋瑾有好感，但仅凭这一点就参加一个政治组织是不够的，说白了，自己是被鲁少贤硬拉着参加的，没想到，参加后，有那么多麻烦事。她心里正在埋怨鲁少贤，就和一个进门的中年人撞了个满怀，那人个头不高，浓眉大眼，额头宽阔，嘴上有一撮小胡子。她瞪了那人一眼，说，怎么抬着眼睛走路不看路？

那中年男子接连点头说，对不起，我今后注意。

女红正想出门，就被柜台上的一个伙计拦住，悄声对她说，你不能出去，危险。

女红无法，只能慢悠悠地进了会议室，刚走到进门处，就被里面的烟雾冲了出来，她骂了一句粗话，声音不大，没人听到。

让她想不到的是，刚才在大门撞了她的中年人坐到了会议室中间，人们正在听他讲话。她挨鲁少贤坐下，小声问，这什么人呀，在外面还撞了我呢？

鲁少贤没说话，而是在本子上写了三个字：孙中山。

看到这三个字，女红啊了一声，他就是孙……

还没等她说完，鲁少贤就用手臂顶了她一下，意思是不要声张。

鲁少贤很快把三个字撕成碎片。一知道中年人就是大名鼎鼎的孙中山，她睁大了眼睛。

孙中山在两名保镖的护送下，潜回河内，他的突然出现，让参会者们为之一振，同志们心里突然就踏实了。最后，孙总理同意了行动方案，并任命黄兴为云南国民军总司令，派黄明堂、王和顺、关仁甫分别到河口、蒙自清军营中策反。

当说到发动滇越铁路劳工参加起义的事时，黄明堂把女红介绍给了孙中山，看到女红，孙中山笑了，他说，刚才我进门时，你嘴够厉害的，没想到你这么一个漂亮女子也能管理劳工呀，要是我肯定是干不好的，你能，说明你一定有过人之处。美丽的天使，请你说说铁路上的情况吧。

按理说，女红也是见过一些世面的，因性格所致，她从没在人面前拘束过，但那天，真正轮到自己讲情况时，她有些紧张，可能是在孙大总理面前的缘故。鲁少贤对她说，没事的，你照实说就行。

见女红有些紧张，孙中山站起身，提起一把水壶走到女红面前，笑着说，我现在就是为你服务的一名服务员，或者就是你刚才骂我的抬着眼却不看路的人，而你呢，本身就是童大小姐嘛，呵呵。

听到孙总理这样说，女红笑了，说，刚才是我有眼不识泰山，冒犯总理了。

呵呵，没有冒犯，你骂得好呀，是我进门不注意撞了你的。

黄兴说，都别客气了，还是童小姐介绍情况吧，总理是咱们自己的总理，童小姐，你就把他当成自己家的管家，或者掌柜什么的，总理，你说是吗。

孙中山说，我本身就是一个掌柜嘛。

气氛缓和下来，女红就讲开了，竟然也能滔滔不绝。

几天后，人们分头回到了滇南。

女红的任务是回到铁路工地，发动劳工参加起义。

那天，女红回到四岔河谷，沿路的摊铺越来越多。她经过一座相对精致的木屋时，木屋的招牌吸引了她——樱花谷，里面飘出一阵脂粉气味，几个穿着和服的妖艳女子进进出出，步子细碎而矜持，她们粉白一张脸，没有一丝血色，一个小胡子男人走出樱花谷，弯腰对她笑了笑，她知道这是日本人开的妓馆，她没理小胡子男，快步走过木屋，木屋隔壁，是一家规模较大的商铺，两侧都是仓库，里面堆满了货物，大多是铁路用的建材，还有铁轨，马队驮着货物，来来往往，搬运工吆喝着上下货物。这家商铺之所以引起女红的注意，是她看到一个熟悉的人影，她确认那是布斯特，这家伙不是被指挥部带走了吗？

女红不想见他，正要绕道，就被布斯特叫住了，他走到她身边，一脸烂笑，哼哼了两声，说，童大小姐好啊，不到我这里坐坐吗？

他指着身后的那片房舍说，这都是我的地盘，告诉你吧，童大小姐，我当工地主任时就开始经营了，呵呵，你不知道吧，没人知道，因为我请人帮我经营，现在指挥部开除了我，我可以放开赚钱了，所以，我在蒙自开了哥胪士洋行，过两天，我就回蒙自，到时我带你去我的洋行坐坐。

这个魔鬼竟然在蒙自城里开了洋行？女红心里嘀咕道。

正说着，那个小胡子日本男人走来，同样向布斯特弯腰，打了招呼，布斯特向女红介绍说，这是樱花谷的老板井太郎先生。然后向井太郎介绍了女红，井太郎说，童主任真是倾国倾城呀，我从没见过这样美貌的女子，算是长见识了。

听井太郎这样说，女红心里像有毛毛虫爬过，她没听下去，转身就走，布斯特对着她背影说，童大小姐，晚上我请你吃饭，你要来呀。

女红身后是两个男人阴阳怪气的笑声。

女红到宿舍放下行李包，就到了工地，她本想找愣子、舍易盈、大成摸摸情况，再试试大家的态度，然后商量参加起义的事。她风尘仆仆来到工地，看到繁忙景象，就把起义的事忘了。那时钢架桥部件已组装完成，正准备合龙。菲娅和技术员们正在指挥工人安装，一脸严肃认真的样子，女红像从天而降，让她怔了一下，说，你到哪儿去了？德克拉曼天天为你担心呢，他昨天还说，如果你再不回来，他就要去找你了。

我不是回家了吗？女红�’起嘴说，有什么好找的？

问题是你没回家，你家还托人给你捎来东西了呢，你到底去哪儿了，去哪儿都应该说一声。菲娅正说着，就看到几个劳工抬着一个人过来，并向医所走去，很快，愣子就赶了过来，他对女红说，童主任终于回来了，我都快扛不住了，劳工们只会听你的。

怎么会呢，夸张了吧？女红哼了一声笑起来。

我说的是真话，先不说这个了，德克拉曼段长被钢架倒下砸伤了，刚才从这里过去，你们不知道？愣子说着朝医所去了。女红和菲娅这才意识到，刚才抬过去的人是德克拉曼。他们跟上了愣子。

走进医所，璐蔓丝正在为德克拉曼解血衣服，而德克拉曼已经昏过去，不省人事，璐蔓丝跟他说话，也没应答。说来也怪，当女红拉着他的手呼唤了两声后，他慢慢睁开了眼睛，几个人互相对视了一眼后，又转向他，说，你终于醒来了。

璐蔓丝一边给他伤口消毒，一边说，你先不说话，等我处理完伤口再说。

德克拉曼嘴唇动了动，抬起手拉住女红的手，说，你终于回来了。

听了德克拉曼的话，璐蔓丝心里不快，就动用了医生的权威，对众人说，你们都出去，段长需要安静。说完，就把大家撵出了医所。站在门口，菲娅看了一眼璐蔓丝，又看了一眼女红，似乎明白了什么，就对着女红耳根悄声说了一句什么，女红听后，差点笑出声来。

旁边的愣子对女红说，主任，段长没事了，璐蔓丝医生也不要我们在这里，我们还是上工地吧。

女红和菲娅跟着愣子上了工地。当时，一些劳工正坐在地上休息，一见女红来了，就慌忙起身干活儿去了。愣子对女红说，我没说错吧，劳工们服你管。

看着劳工们的举动，听愣子这样说，女红嗯嗯叽叽地说，不是吧？说完后，连她都不知道自己说的是不是真话，其实她心里也不明白，劳工们为何见了她就开始干活儿。她看了一眼旁边的菲娅，意思是想从菲娅那里得到答案，菲娅笑了，很神秘地凑近她耳根说了一句悄悄话，女红听后，又笑了。

那天，女红要上峭壁，都爬到基座台了，又被愣子拉了回来，刚拉回河滩，一块石头就落到女红刚才站立的基座台上。女红哎呀了一声，好险，如果她还在基座台上，那她就绝对没有德克拉曼那样的好运，可能昏死过去就再也不能醒来。

第二天，雾很大，雾是四岔河谷的常客，雾浓时，整个河谷什么也看不见，人就像患了白内障，更多时候，只能看到时隐时现的山头，山腰以下，什么也看不见。本来是雾在弥漫飘荡，但给人感觉是山头在晃动，如果只是一个人行走在山谷中，看到这样的情景，心里还会感到一丝恐惧。

而施工没有停止，高大的钢架在雾中像一个怪物，隐约可见。这样的雾天是不宜开工的，她叫大成吹响了停工哨子，乔斯特第一个从雾中浮现出来，见到女红，乔斯特像见到了亲人。姐，十多天没见到你了。乔斯特腼腆地说。

你又长高了，有点工地主任的样子了，今天雾大，还是停工吧，我跟德克拉曼段长说说。女红对乔斯特说道。

工人们从山壁上下来，在浓雾中汇聚成黑压压的一片，虽然没有声响，但孕育着一种巨大的力量，这让女红突然想起自己的使命，差点把大事忘了，她在心里说道。她叫来愣子、舍易盈、大成分别通知劳工们，当不远处铺轨的宋大田赶到时，会议就开始了。

会议在一处偏背闲置的工棚进行。按理说，谈工程的事，不必跑这么远，除了愣子和舍易盈，谁也不知道她要干什么。女红想把事情说得轻松一些，但当她说起起义的事时，气氛一下子就紧张起来，众人大为震惊，都没想到大小姐这样一个女子竟然要组织起义。女红强调说，不是我组织大家，是很多工友的要求，自己只不过是征求大家的意见而已。

这种说法，她是按黄兴和鲁少贤的意思说的。说完后，她又补充说道，如果大家不愿意，可以取消。听她这样说，有人说，这事干得不好，要掉脑袋的。宋大田起身说，对不起了，我要告辞了，请相信，我不会在外面乱说的。

听宋大田这样说，愣子啪的一声，手拍在工棚柱头上，工棚摇晃起来，他对宋大田说，谁敢走，我马上撂倒他。

宋大田停住了。愣子对女红说，这事交给我。舍易盈对大家说，谁也不能走，我们都是兄弟，一条藤上的苦瓜，不能不讲义气，这事啊，我们得好好议议，啊。

舍易盈和愣子表了态，其他人也跟着表了态。女红按事先和鲁少贤商量好的，如果能争取哥布，由愣子和哥布任铁路起义总指挥和副总指挥，舍易盈任督办。而愣子却说，总指挥应由童主任担任，我和哥布、舍易盈做助手。大伙举手同意。女红拉过愣子小声说，我怕我不能胜任。愣子说，没事的，还有我们呢。舍易盈也说就这样定了。

大家商量了起义步骤和细节，由舍易盈联系哥布，再由哥布回个旧发动矿山工人参加，最后，愣子代表女红对起义分了工，要大家分头下去发动组织劳工。

第二天傍晚，舍易盈带来了哥布，如其所料，哥布情绪高涨，好像为了这一天，自己已经等了很久。女红和他握手时，他伸出的手又缩回，在衣服上抹了几下，然后才伸手相握，女红说，不用拘束，都是自己人了，矿区的事就全靠你。哥布双手握着女红的手，说，大小姐放心，我发动过大大小小五次起义，积累了一些经验，我明天就去个旧。舍易盈按事先商量好的，拉出大成，对哥布说，表哥，大成和你一起去个旧，有什么事，一定派人向大小姐报告，我们大家共同商量。

舍易盈的用意，哥布自然明白，他点了点头。

起义的事，像风一样吹遍滇越铁路沿线，劳工们长久积压的怨气和不满被唤醒，矿山方面也传来好消息，哥布已经聚集了两千多人，各地情况，包括农民和各种社会组织的情况，汇总到了蒙自总指挥鲁少贤手上，起义一触即发。

这次起义从河口开始，再往北推进，所以河口至关重要。为争取河口军警，黄明堂摸了底，河口军警方面表现冷淡，让黄明堂绞尽脑汁，最后，他决定收买河口军警，当他向孙中山和黄兴报告自己的想法时，两位老总很为难，孙中山说，办法是好，但我们是光杆司令啊，身无半文。黄明堂表示，只要孙总理同意，经费自己想办法。听了黄明堂的话，孙中山拍着黄明堂肩膀说，如是这样，你为同盟会和河口起义立了大功啊，我代表同盟会感谢你了。说着，孙中山向黄明堂鞠了一躬。

没想到，黄明堂所谓的想办法，却是向女红伸手借钱，女红想了想，数量并不算多，不就是一千五百个银圆吗，她答应了，她自己有积蓄，再向菲娅、德克拉曼、乔斯特借一些是没问题的。乔斯特满口答应，并把借钱的事对哥哥布斯特说了。布斯特说，借钱可以，条件有二，一是一月之内还钱，二是要童大小姐亲自上门。

已经从德克拉曼和菲娅那里借到了钱，最后还差两百多个银圆。女红很不情愿上门求布斯特，但为了起义顺利进行，她还是准备上门找布斯特。那天，当她走到布斯特商行时，布斯特高兴得老远就向女红招手，他旁边站着日本人井太郎。布斯特做了一个很绅士的迎接动作，女红一阵反胃，脸上没有笑容。就在跨进门时，愣子赶来了，他把女红拉到几步远，把一个包递给了她，在她接过包时，里面哗哗地响，愣子说，这是两百多个银圆。女红睁大眼睛，谁的？愣子说，你别忘了，我是工地副主任，也有一些积蓄，还跟工友们借了一些，如不够，我再想办法。

女红激动地直点头，够了够了。她转身对布斯特说，对不起，不麻烦你了，谢谢你。

女红和愣子走了两步，就听到身后的布斯特恶狠狠地说，臭钱，中国猪的臭钱，上面爬满了寄生虫。

愣子握紧拳头，转过身去，被女红拉住了。

黄明堂亲自到四岔河取了银圆，他对女红说，等起义成功后就如数归还。

要是起义不成功呢？女红笑着问。

你怎么这样说呢，我们要有信心。听她这样说，黄明堂有些不高兴。

我说的是如果，任何事情都有两种可能。

黄明堂想了想说，你说得也对，如果真失败了，我也想办法还你。

哈哈哈，黄兄，我拿出去的钱是没想到拿回来的，你放心用吧。

我以革命的名义谢过了，对了，我应该提醒你，你们几个组织者在起义中，不要太暴露自己，我们要从长计议。

女红点点头。

黄明堂回到河口后，开始加大对军、警的宣传力度，以"凡带枪械投诚者奖银圆一枚"作为诱饵，没想到，大概是开出的条件太有诱惑力，清军官兵纷纷响应，就连驻河口的清军管带黄元贞、守备熊通及河口警察都表示愿意参加起义。

四月三十日，这是河口起义时间。

起义军分三路从越南保胜暗渡河口，对河口发起猛攻，由于事前的策反，清军部分营地倒戈，三十多名警察杀死警察委员会蔡正钧及巡目后，参加起义，里应外合，起义军很快攻克河口。

五月的河口，阳光朗照，植物繁茂。黄明堂在河口成立了云贵都督府，以"中华国民军南军都"名义发布安民告示，号召民众排除满制，推翻清朝，抗洋反洋，建立民主国家。

黄明堂没有满足战果，而是兵分三路，继续向北推进。西路溯红河，克新街，进攻蛮耗；中路由南溪进取白河；东路破南溪，趋开化。黄明堂亲自率主力攻克蒙自，并和王和顺部会师，马不停蹄，王和顺率军沿滇越铁路北上，起义军所向披靡，节节胜利，声威大震。

铁路沿线劳工手拿钢钎、铲子等筑路工具，向指定地点会集，于是，滇南铁路碧色寨以南全线瘫痪，数以万计劳工接应由南北上的起义军，然后随军北上，很快控制了滇南及滇中部分地区。

河口起义因给养供应不上，军心动摇，投诚清军复又反降，孙中山焦头烂额，手中没钱贴补，随即派黄兴前往前线督师。黄兴到河口后，发现黄明堂、王和顺不服从指挥，黄兴迫于无奈，返回越南，期望筹资再战，但因身份暴露，途经越南老街时被遣往新加坡。起义军失去主帅，陷入困境，河口失守。见大势已去，黄明堂率六百多人退至越南，半路同样被法军缴械，全部遣至新加坡，充当苦力。

第十三章

女红和愣子身份暴露，被清政府抓捕入狱，鲁少贤在蒙自城隐藏下来，哥布又逃到倮姑山，舍易盈、宋大田、大成等人潜回到铁路工地。

因为战乱，沿线多数劳工都离开铁路，所以当重回工地时，因急待复工，指挥部没有追究谁参加了起义，而是紧锣密鼓召集劳工，铁路沿途又出现繁忙景象。因工期迫近，清瘦的指挥长亲自督工，坚守四岔河钢架桥工地，还叫来滇越铁路清铁路局会邓督办管理女红工地。劳工只服女红管，几百名劳工，弄得邓督办焦头烂额，更忙碌的是德克拉曼，他被指挥长逼得无喘气之暇。

女红入狱，德克拉曼找过指挥长，请他出面救女红。指挥长说，我们在中国，除了建铁路的事，其他都不由我们管，同盟会起义是中国的内政，我们想管也管不了，童女红是反政府要犯，是同盟会河口起义的主犯，谁也救不了，她老父亲童政员救不了，章鸿泰也救不了，你知道吗，她还是章鸿泰没过门的小老婆呢，我们凭什么救她。当然喽，我知道你心里的那点心思，但我要提醒你，你是法兰西人，待我们完成使命，建好铁路，你就会回到自己的祖国，回到我们伟大的法兰西帝国，到那时，你就和这个中国女子没了任何关系，伙计，在我们伟大的使命面前，你死了那条心吧。

听了指挥长的话，德克拉曼从此恨上了他。

经过一年的苦战，四岔河钢构桥终于合龙，铁轨很快铺了过去。劳工陆续撤出，向蒙自方向聚集。离开时，宋大田和大成等劳工，黑压压地站满河谷，大家都低着头，没人说话。雾仍然很大，雾中盘旋着一只乌鸦，时不时发出凄凉的鸣叫。宋大田终于忍不住大叫起来：壮天兄弟，你安息吧。没想到，宋师傅这一声喊叫，引爆了众人的喊叫，只听到整个山谷喊声震天，如同雷声在四岔河山谷震荡。

指挥长还以为出了什么事，带着德克拉曼他们跑了过去，当看到肃立的劳工们时，他们什么都明白了，他们知道此时的劳工们心里想的是什么。

劳工陆续撤出，四岔河谷就空了。

离开的那一天，指挥长带着德克拉曼、保罗·菲娅等十多个人站在谷底仰望，个个感叹不已，人们都忘记了筑桥过程，突然见一桥飞架天堑，如梦如幻，是大自然在玩魔术吧。人们议论开了，都说四岔河桥应该有一个响亮的名字。

指挥长说，就叫次南溪河铁路桥吧。

保罗·菲娅说，我们专业上称它为肋式三铰拱钢梁桥。

虽然她这样说，但在她心中已经为桥命名，那就是保罗·波登桥，她没有说出口。

邓督办说，如果按我们当地地名来说，这座桥应该叫五家寨铁路桥。

卡洛说，什么五家寨，太土，还不如四岔河桥好听。

乔斯特说，嗯，四岔河桥这名好。

指挥长看了一眼德克拉曼，意思是征求他的意见，一直没说话的德克拉曼说，尊敬的指挥长，我同意乔斯特他们的意见，就叫四岔河桥吧。

正说着，乔斯特像发现了新大陆，说，大家看，这桥是不是像弓弩，就叫弓弩手桥吧。

邓督办说，如果要说形象，我看那张开的桥架，像一个人张开的双脚，和中国字里的人字一模一样，不如就叫人字桥吧。

指挥长歪着头看了看，然后点点头，转身对菲娅说，这桥是你心血的结晶，你看这个名字怎么样？

菲娅点点头，说，是像中国的人字，为建这桥，倒下了数不清的人，这名字有内涵，好。话一出口，菲娅心情沉重起来，天气也很能烘托气氛，刚才还好好的天气，突然就起了大雾，温度突降，菲娅打了一个寒战，她紧张地看看四周，她感到阴魂骤起，人影晃动，无数手臂向上蠕动，风声如述，就如幽深的山谷回荡着亡灵的喊叫。

德克拉曼向山谷，弯腰鞠了一躬。

一个工作人员从指挥部工棚里跑来，边跑边叫喊指挥长，说出大事了，要指挥长接电话，指挥长到指挥部工棚接完电话，一脸铁青，他对德克拉曼和保罗·菲娅说，蒙自出事了，我们得马上回蒙自。

就这样，四岔河只留下几名技术员和工人检查钢构桥，其他人全部回蒙自。一路上，保罗·菲娅还沉浸在四岔河山谷的情景中，而德克拉曼看指挥长一脸严肃，知道出大事了，在德克拉曼的追问下，指挥长简短说了蒙自的情况。

一路疾驰，到了蒙自，他们看到筑路劳工被撵走，路基上坐满了当地老百姓，什么人都有，足有七八千人，这已经是第二天结集了。指挥长走进民众中间，问，你们谁是领头的？没想到站出来的都是蒙自有头有脸的人物，名流、绅士、商人都有，陈鹤亭、李光翰、李文山、朱朝瑾等，女红父亲童政员也在其中。

一看到这些人，指挥长心里就来了气，每次集众闹事都少不了他们，他说你们有什么事找我不就完了吗，为什么集众结帮。站在最前面的童政员说，我们集众结帮？这是我们的土地，你们在我们国土上建铁路，我们也就不说了，但你们硬要把这堆废铁烂钢架到我们家门口来，我们坚决不答应，你们看看蒙自城都被你们弄成什么样了。童老爷指了指凌乱的施工场地，话音刚落，民众举手高喊口号，整个场面情绪激昂。

指挥长暗中派人向章鸿泰求援，希望章鸿泰派清军镇住局面，章政要没有出兵，而是带两个随从就来了。他是聪明人，这种时候不宜和民众硬碰，所以，他以国人自居，无限亲切地、笑容满面地对民众说了很多好话，看民众情绪稍许平静一点后，他拉指挥长到一边，说了铁路不能经过蒙自的诸多理由，还对指挥长说了水可载舟，也可覆舟的中国古训。

指挥长和章鸿泰以为势态得到了控制，正准备回指挥部，民众看他们要溜，而事情并没得到解决，就围住了章政要和洋人。无奈之中，章鸿泰一副谦卑的样子，对童政员说了悄悄话，童政员说，答应你的条件可以，但你必须救出我女儿，章鸿泰点点头，说，这个事，我比你急，您放心，我正在想办法。童政员把章鸿泰的意思对几位绅士、名士说了，几位名士点头，开始疏散民众。

回到铁路指挥部，指挥长气愤地说，这些中国人，只有布斯特才能制伏他们。章鸿泰说，布斯特那厮未必能制伏，你法国才几个人，全中国的人聚在一起就是汪洋大海，别看那些叫花子一样的中国人，跟你玩起命来，你未必能招架得住。

说完，章鸿泰一阵狂笑，说不清他笑里的意思。指挥长说，别说那些无用的。章鸿泰说，那就赶紧跟杜梅总督发报吧，我都承诺了他们，不然蒙自人是不会饶过我们的。

指挥长很快发了报，杜梅也很快做了回复。

第二天，滇越铁路指挥部宣布，滇越铁路线路不进蒙自城，而是改道距城十多公里的碧色寨。这一消息如三月春风，吹遍蒙自城。和法国洋老咪斗争取得胜利，蒙自城一片欢乐景象。当管家把这一消息告诉童政员时，童政员却高兴不起来，因为女儿红红至今还关在大牢里。

保罗·菲娅承担改线设计，并将原来设计的蒙自大站改在碧色寨。她对碧色寨情有独钟，不仅因为这个名是她取的，还因为碧色寨有山有水，风光如画。指挥部同意了她的意见。

碧色寨和东面山脚间的一块平坝，是菲娅他们最满意的车站选址。那天，德克拉曼带着菲娅、卡洛等工程师已为车站选好地址，刚要回城，林中就雨点一样飞来石子，德克拉曼被砸中，还好，只擦破了一点皮。几个越南护卫队员追到林中，一群娃仔野兔一样，一晃就不见了。但很快，一堵乌云一样的人群，从寨子里向他们压过来。巫师莫里黑走在前面，后面的人都提着棍棒，有的拿着猎枪。越南护卫队用枪对着人群，也没能阻止。站在前面的莫里黑说，不准你们在我们寨子建车站，我们地巴拉土司说了，要你们马上滚蛋。

卡洛气愤地说，不让在蒙自建站，也不让在碧色寨建站，真是刁民。

德克拉曼挡住卡洛，走到莫里黑面前，笑着说，老朋友，我们又见面了。莫里黑哼了一声，怎么又是你，我们地巴拉土司对你可是不薄呀。

德克拉曼想缓和气氛，就问，地巴拉土司最近可好，我也很想念他的，等办完事，我再去拜见土司陛下，当然，我还要拜见巫师大人，您用您的医术治好我们很多人，特别是几年前的南溪传染病，是您给了童大小姐巫医秘方，疫情才得以控制，你们为滇越铁路帮了大忙了大功啊，我真心感谢你们。

正说着，保罗·菲娅身边的测量杆倒在地上，测量仪甩出两米远，只见树摇屋晃，如同天崩地裂，人们一阵头晕，反应过来的德克拉曼大声喊叫，地震了。

很快，碧色寨房屋倒塌，飞沙走石，人们边跑边叫，寨里一片混乱。那块选做车站的坝子里站满了人，地巴拉土司也在其中。当地震过去，回过神来的寨人，表情由惊恐变成悲伤，看到倒塌的房屋，他们伤心落泪，哭声骤起。地巴拉土司对寨人说，赶紧回去抢救人丁牲畜。正当寨人陆续返回寨中，莫里黑却大叫一声，镇住了寨民，他借题发挥，甩动他的长发和衣袖，对着天空念念有词，对人们说，神灵显灵了，这次地动山摇，都是洋老咪建铁路惹的祸，神仙说了，不让洋老咪在我们寨子建车站。

听巫师这样说，寨人重新积蓄力量，对抗德克拉曼他们，双方扭打起来，最后，是地巴拉土司制止了打斗，德克拉曼拉着土司的手说，这次地震和建车站无关，请土司大人明鉴。

地巴拉土司对德克拉曼说，此事再议，眼下地震，一些房屋都倒了，我们得先顾房子啊。听土司这样说，德克拉曼带着工程师们跟土司进了寨子，帮助寨民清理倒塌的房屋。

德克拉曼他们的相助，减轻了寨民的对抗的情绪，以至于几天后，筑路大军聚集碧色寨，寨民虽有反对，但态度没有原来强硬，再加上有越南护卫队的保护，很快，碧色寨火车站就破土动工了。碧色寨车站的建设在平地上进行，建材供应同步，所以很快就初见雏形。

对于德克拉曼来说，碧色寨始终是个特殊的地方，他没有忘记自己到远东来的目的，所以，在碧色寨车站建设中，他想到了北回归线。那天，他拿出那张手帕，照着上面北回归线的图案，叫工匠在碧色寨车站值班室门头雕刻了一个北回归线的标记。

因为地震，菲娅担心人字桥是否经得起考验，她跟德克拉曼说了自己的意思后，就独自一人去了四岔河山谷。

一路上，当看到刚建好的铁路路基、隧道、桥梁被震坏，她心急如焚，恨不得马上赶到四岔河。她已经做了最坏的打算，她甚至已经在考虑如何修复被破坏的人字桥，在她看来，最容易出问题的地方，是支架连接主体桥的接头，但让她最担心的是桥体连接两岸山体的衔接处，如果这个地方一旦出现问题，桥体将坠毁深谷。一路上，她都在考虑着补救措施。

天色擦黑时分，马车在一个村庄停下，菲娅以为马锅头上厕所，结果马锅头叫她下车，说不走了。菲娅央求他，他说夜路危险，特别是进入四岔河谷后，一些路段就在悬崖上，一不小心就会掉到河里，那深谷，人下去就没命了。

马锅头的话有道理，但即使冒险，也要连夜赶到四岔河谷，不然，无论在哪里，那一晚，她都无法活过去，与其死在其他地方，不如死在赶往四岔河的路上。一想到这里，她拿出身上所有的钱，对马锅头说，如果这些钱还不够，回到蒙自再补上。

听了菲娅的话，马锅头还是耗着。她手里的钱已经不是个小数目了，如果这份钱他都看不上，那他一定有其他企图。菲娅借着月光，偷偷看了马锅头一眼，他是一个四十岁左右的汉子，身体强健，露出来的胸部和手臂，肌肉隆起，这样的人不要钱，他会要什么呢？她突然警惕起来，拉开了一点距离。

马锅头没看她，而是走到路边，双腿叉开，手扶着腿根处。她赶紧掉转头，她听到尿液溅到地上的唰唰声。很快，马锅头就回到马车上，他仍没说话，而是扬起鞭子，给马屁股上一鞭，马弹起四蹄，嗒嗒地敲打着滇南的崎岖山路。

河岸已经冷落下来，再没了穿梭的马帮骡群，夜路灯火成线的热闹景象已一去不复返了。马锅头拉紧缰绳，没让马跑起来，他唱着滇南的赶山调调，而眼睛却钉子一样，盯着马蹄下的路，让马的步子像山歌一样悠缓、沉稳。

晚上九点过，终于来到四岔河谷，菲娅悬着的心，秤砣一样落了地，马锅头如释重负。

工棚里没人，夜色的峡谷中，山体黑乎乎地站着，山中间的狭窄夜空，跨过一条坚挺而有力的轮廓，那是她熟悉的形状，上面有两点缓慢游动的灯光，并时不时发出几声敲击金属的脆响，她闻到了一种熟悉的气味，那是钢铁散发出的气息。

她在桥下喊了两声，有人吗？桥上的灯光晃了几下，上面的人说，是菲娅工程师回来了，没错，是她。

很快，马锅头用电筒照着菲娅上了桥体。两个留守人员告诉她，经过一段时间的排查，没有发现桥体损坏。

菲娅舒了一口气，说，如果这桥有个三长两短，我没法向世人交代，这是聚集了我们法兰西最高技术力量设计，我们苦战了一年，死了那么多中国劳工才建成的世界上罕见的钢构桥，如果让地震给毁了，我们没法向世人交代。留守员说，这桥是菲娅工程师的心血，我们理解你的心情。

第二天，天刚亮，菲娅就和两个留守员再次爬上桥体，她认真检查过一遍后，才放心地回到地面。

看着凌空飞架的人字桥，留守员告诉她，地震时，只见河谷两侧山峰猛烈摇晃，飞沙走石，最大的石块有油桶那么大，只听钢架桥嚓嚓地响，就像人的骨骼扯断的声音，我们都以为人字桥完蛋了。

菲娅为桥的质量感到骄傲，她想到了老师保罗·波登，脑海中浮现出她和老师共同设计这座桥的情景，而她自认为自己只是一个助手，这是老师的东方杰作，经受了强烈地震的考验，想到这里，她动容了，泪落胸襟，她竟然有些失态地对着山谷大声喊出了她心中这座桥的名字，保罗·波登桥，保罗·波登桥。

菲娅回到蒙自后，就给老师去了信，叫老师随第一辆列车入滇，看看他的这座东方骏骑，人间杰作。她在信中的称呼上，第一次用了"亲爱的"三个字，这是她早就想说出来，而一直没有勇气说出来的称谓。

一个多月后，在望穿天涯的等待中，菲娅收到了回信，保罗·波登答应随第一辆列车入滇，这一消息让心里阴霾、久无笑容的菲娅喜出望外。

第 一 章

一九〇九年四月十五日,铁轨铺到碧色寨,碧色寨火车站落成,
河口至碧色寨全线通车。碧色寨至云南府昆明的路基全线打通,轨道
正在向昆明延伸。因主要工程完成,德克拉曼等人被留在碧色寨,德
克拉曼被任命为碧色寨火车站站长。

那一天,蒙自各界人士、学校师生和周边乡民云集碧色寨,碧色
寨车站锣鼓喧天、鞭炮鸣响,响彻滇南的天空,让一个沉寂的小寨子
突然喧闹起来,成为滇越铁路上的一个重镇。清军沿站台站成一道警
戒线,学生列队手持鲜花,哈尼族、彝族、瑶族等各民族身穿本民族
服装,花花绿绿地簇拥四周,整个场面就像一张情绪饱满的脸,呈现
出历史最灿烂最真实的表情。

第一辆列车即将进站。

在警戒线的中段,安放着几把椅子,滇越铁路指挥长和蒙自政府
要员章鸿泰等人很快坐下去,德克拉曼穿着法式铁路服,戴着白手
套,笔挺地站在指挥长旁边。在人们耐心的等待中,指挥长突然站起
身,他要人们安静,让一个有经验的法国人卧轨静听,那人听后告诉
他,列车一分钟左右后进入碧色站。

听到这一消息,人们屏住呼吸,静静地看着南边延伸而来的铁
轨,在一声汽笛长鸣中,铁轨尽头,一个黑点变成一个火车头,并越
来越大,然后,一个长长的庞然大物出现在人们面前时,人们惊呆
了。在锣鼓和唢呐的鸣响中,有人欢呼,有人狂叫,很多乡民退让溃
散,脸上尽是新奇和恐惧,世界上竟然有这样的庞然大物?那是一条
长长的钢铁巨龙。

就在人们的惊叫和欢呼中，也在钢铁巨龙扑面而来的气势中，巫师莫里黑从人群中剥离出来，跳到铁轨中间甩动长发，挥舞长袖，张臂阻拦，在场所有人惊叫起来，就在火车头即将撞到他时，两个清军将他扑倒在铁轨外，火车呼啸而过。

吐出一口粗气后，火车稳稳当当地停在了碧色寨火车站。人们闻到了一股荡涤乡野的钢铁气息。

保罗·菲娅一身新衣，她抑制不住内心的喜悦，就要见到朝思暮想的老师保罗·波登了，她赶到第一节车厢门口，上面下来很多西洋人，还有日本人、越南人。人们就像来到另一个世界，脚步踩到地上后，都要驻足四处张望，因长途囤积于脸的寂静和呆滞，在滇南风光的感染下，荡然而开。一对风尘仆仆的青年男女，一下车，就叽里呱啦地叫开了，那男的还踩了菲娅的脚，因为激动，他甚至没有顾得上道歉，菲娅也顾不上和他计较，她盯着车厢出口处，所有人下完后，仍不见老师，是不是他病在车厢里了？她急忙上了车厢，结果车厢里已经空无一人。她急忙跑过第二节车厢，直到跑到最后一节车厢，也没有见到老师保罗·波登。

她垂头丧气地走在站台上。这时，德克拉曼走来，他身边跟着刚才踩了她脚的那对年轻男女。德克拉曼指着青年男女介绍说，这是摄影家巴尔先生，这是作家西西莎白女士，两位都是巴黎人，都是探险家，他们已经跑遍了非洲。

菲娅无心听德克拉曼的介绍，勉强地笑了笑。菲娅没想到，摄影家巴尔偏着头，用法语对她说，您就是保罗·菲娅？刚才我好像踩了您的脚，对不起了，就看在我给您当信使的份儿上，请原谅我一次。

信使？菲娅不解地看着他。

随后，巴尔交给保罗·菲娅一封信，看到信封上熟悉的字迹，她就像看到老师保罗·波登，当拆开信后，她脸上的表情凝固了，信的确是保罗·波登的亲笔信，保罗·波登告诉她，他因身体不适，不能入滇。

没有思念，很简短的一封信，就像一份病情通知书。但就是这封没有思念、像病情通知书一样的信，让她放心不下，病与不病，都是一个问题，病了，自然让她担心，不病，更说明老师心里有结。她知道他对她的感情，她也知道他不表现出来的想法。她记得毕业前夕，她约他看电影，她大胆地把手伸给他，虽然他握住了她的手，但看完电影后，他对她说，做我的女儿吧。她没有出声，她懂得老师的内心，她因此陷入了痛苦之中。

她读完信，脸上强装笑颜。

德克拉曼问，信上都说了什么。

她说，没什么。

他说，保罗·波登先生应该来看看他的杰作。

菲娅点点头，说，我也这样认为。

看到菲娅情绪低落，德克拉曼对她说，这也是你的杰作，两位作家摄影家过两天就要去拜访你的杰作。

西西莎白说，是，保罗·波登先生是我们敬仰的桥梁专家，我们和他相识很久了，是他让我们来看人字桥的，我们拍成照片带回去交给保罗先生。

几个人边走边说，路边摆满了花哨的货物，瑞士的钟表、英国的苏格兰威士忌、苏格兰风笛、法国的服装，还有很多千奇百怪的东西。为了和国货区分，人们在所有西方来的货物名称前都加上一个洋字，如洗涤用的叫洋碱，火柴叫洋火，还有洋瓷盆、洋瓷碗、洋油、洋烟等，花花绿绿地堆满站台，好像火车把整个世界都运来了。

当几个人走到一大堆货物面前时，布斯特从货物背后走了出来，德克拉曼指着那些货物说，全是你的？布斯特哼哼了两声，说，托你的福啊，我的生意越做越大了，今后还要请你这个大站长多关照。

德克拉曼也哼哼了两声，没说话。一个车站管理员走过来，后面跟着几个商人，他们见了德克拉曼又是递烟，又是献笑，管理员说，他们是办经营许可证的。德克拉曼说，这事不该找我吧？

见德克拉曼有事，巴尔和西西莎白就离开了，菲娅也回到了自己住所。

火车运营后，碧色寨车站让人眼花缭乱，各种店铺如雨后春笋，饮食、旅馆、土杂百货、酒吧、烟馆、赌场及各种商行应运而生，日本人井太郎的妓院"樱花谷"也从四岔河搬到了这里。

铁路东面，靠山的一面成了洋人生活区，所以，碧色寨出现了许多红瓦黄墙的法式建筑，德克拉曼从法国运来一部发电机，不仅站台彻夜通明，洋人生活区和各种商行酒吧、旅店也灯火明亮，很快，碧色寨就被世人称为"不夜城""小香港"。

那天，德克拉曼刚谈完电影院、邮政局和卫生院的建设问题，就有一个神秘人物闯进他的站长办公室，那人进屋后，才把墨镜和大盘帽取下来，德克拉曼大吃一惊，他竟然是正在通缉的革命党人鲁少贤，他们在蒙自见过。

你就不怕我送你去衙门？

怕呀，但你不会的，站长大人。

德克拉曼笑了笑，说，你来有什么事？鲁少贤说，也是你关心的事。

我关心的事？

是的，女红关在大牢里的事。

听鲁少贤这样说，德克拉曼走到门前，看了一眼，然后关上门。

德克拉曼喜欢女红的事，鲁少贤是知道的，也正是抓住了这个要害，他才大着胆子找来。德克拉曼给鲁少贤泡了茶，两人正商量着如何救女红，就听到门外警哨吹响，很快就有人敲门，鲁少贤紧张起来，说，不好，一定是他们发现我了。

德克拉曼一脸惊恐地看着鲁少贤，鲁少贤对他说，你是站长，只要他们抓不到我，你就没事了。注意，装着什么事都没有，拿出你站长的派头来。

鲁少贤没多说，躲到了挂竿后面，见鲁少贤用挂竿上的衣服裹住自己，德克拉曼这才开了门，几个警察站在门外，其中一个举手致敬，说，报告站长大人，我们是蒙自警局的，我们正在追捕要犯鲁少贤，有人看到他进了你的办公室。

德克拉曼说，什么，你们这样说，是在污蔑本站长，知道吗？

正说着，一个警员发现了衣服后面鲁少贤的脚，鲁少贤只得出来，室内空气紧张起来，德克拉曼有些尴尬，鲁少贤对德克拉曼说，你这个洋毛贼，睡得跟猪一样，我进来你也不知道，滚回你们法国去，这是我们的领土。

听鲁少贤这样骂自己，德克拉曼开始一怔，很快就心领神会了。

赶来的警督给鲁少贤一巴掌，说，你竟敢骂德克拉曼站长？给我带走。警察们押着鲁少贤走出门外，警督回头对德克拉曼说，原来是站长睡着了，没有发现要犯闯进来，对不起，打扰您了。

看到警察抓走了鲁少贤，德克拉曼心里不是滋味，虽然自己跟鲁少贤算不上朋友，但就凭他来商量救女红一事，就应该保护好他。不久，又有人敲门，德克拉曼以为又是警察，结果是巴尔和西西莎白，他们刚在滇南绕了一圈回来，脸上洋溢着兴奋，一进门，就听巴尔说，人字桥真是人间奇迹，很难想象，在悬崖峭壁上竟然也能架这样的桥，这比埃菲尔铁塔稀奇多了，算为世界第九大奇迹也不为过。

而西西莎白却说，人字桥是人为的风景，我更喜欢红河岸边的自然风光，以前只知道加拿大有一首民歌叫《红河谷》，还从没见过红颜色的河流，有这首歌的背景，当我看到滇南的红河时，心中涌起浪漫和沉郁的情怀。还没等西西莎白说完，巴尔抢过话头说，《红河谷》可是美国民歌。莎白说，这首歌的归属，虽然众说纷纭，但我宁愿相信它是加拿大的，只有加拿大这样的国度才配有《红河谷》这样的民歌。

听了两人的争执，德克拉曼插话说，你们真是艺术家啊，对生活有那么多的激情。巴尔说，你算是说对了，我和莎白做了一个决定，我们不走了，在碧色寨安顿下来，这是我们寻找了多年的乌托邦。莎白接过话，说，是的，这里的情况和人字桥的照片，我们给保罗·波登先生寄回去就行了。我们准备在这里开一个酒吧，店名都想好了，就叫"夜巴黎"。

德克拉曼说，这个名字好。

不久，"夜巴黎"就在车站东面的石榴林中开张了，那是火车站欧籍职工宿舍旁的一栋法式建筑。

虽然碧色寨商铺琳琅满目，但规模最大的只有两家，一是布斯特的哥胪士兄弟洋行，因为和弟弟乔斯特一起开的，所以就叫了这个名字，二是童政员的大通公司，大通公司专营货物转运业务。公司的搬运工越来越多，也越来越难管理，童政员想找一个能镇得住搬运工的人来管理，而舍易盈是最合适的人选，但舍易盈只想自己开赌场，他向童政员推荐大成进了大通公司，这样，大成成了大通公司最早的员工。而宋大田，滇越铁路铺轨完成后，也留了下来，他有技术，留在碧色寨车站做了检修工，其他大多数天津劳工都回了故乡。

自滇越铁路全线通车后，碧色寨火车站，客车货车川流不息，各国旅客和国内旅客接踵而来，货物堆积如山，大通公司应接不暇，大锡、煤炭、粮食、木材、皮毛是最多的货物。从此，个旧大锡的长途外运，结束了骡马驮运和河运的历史，最多只是用骡马车和牛车运到大屯海，水运到长桥海东北岸，再用牛马车运到碧色寨火车站，最后由火车运至越南海滨城市海防，从海上运往各国，包括国内各省。每天有六七百辆牛马车往返长桥海湖岸和碧色寨火车站，而碧色寨火车站的搬运工，有一千多名之多，他们靠一根扁担，就可以在碧色寨车站讨生活，并养家糊口。

童政员整天忙得不知白天黑夜，他不敢闲下来，一闲下来，就会思念女儿，都被关了一年了，一想到女儿，他的心就像被刀戳了一样，所以，他宁肯忙一点，但他没有忘记时不时催促章鸿泰，而每一次，姓章的都说，大小姐在里面很好，没人敢欺负她，至于出来的事，要等时机。

那天，一单货物进仓后，童政员觉得腰部疼痛，他叫管家照看公司，倒在床上休息，这一休息，又让他想到了女红，这次，他翻身下床，叫家丁备了马车，进蒙自城直接找了章鸿泰，他的苦口婆心也没能打动姓章的。

你救不救？

如果她能保证嫁给我，我就是掉脑袋也把她救出来。

听了章鸿泰的话，童政员才明白姓章的一直没尽力，他一阵气血充顶，倒在椅子上，他没让姓章的扶，而是叫家丁扶着他上了马车。在回家的路上，家丁说，看来只有上山找哥布了，只要他答应，就能救出大小姐。

起义失败后，哥布没有泄气，他的队伍发展到两千多人，只要他肯帮忙，就一定能救出女红。回到碧色寨，童政员和管家正在商量找哥布的事，地巴拉土司就来了，他手里提着酒罐，走路有些晃荡，说话也显醉态，拖泥带水的话语里也带着酒气，他要和童老爷喝两杯。

因为童政员建公司，用了地巴拉土司不少地，童政员也不让土司吃亏，给足了地巴拉土司，两人不计前怨，成了好友。看童政员一脸愁容，土司问咋了？童政员叹了一口气，说了救女儿的事。

听了童政员的话，地巴拉土司大笑起来，说，我还以为啥大不了的事，大小姐的事包在我身上，我只要一声招呼，要人有人，要枪有枪，带上几千人围攻蒙自衙门，我就不信救不出大小姐。

童政员心里明白，地巴拉土司说的是酒话，要救出女红谈何容易，但不妨也试试。童政员和管家交换了一下眼色，会意地点了一下头，就和土司谈起救女红的事。

第 二 章

毕业前夕，一个振奋人心的消息传到远东学堂，滇越铁路全线通车，政府和法属滇越铁路总公司将举行盛大的通车仪式，巴目和同学们早早来到昆明南窑火车站。

这是一九一〇年三月三十一日，云南昆明府，阳光朗照，彩旗飘扬，灰暗的城池透出了些许春天的气息，城内万人空巷，市民涌向城南，坐落在城南的昆明南窑火车站，专门架设了门楼，横跨在铁路两侧，门楼上的鲜花、松柏和标语透出喜色，一排法式房屋，红顶黄墙，铁道两侧人山人海，站台的中心地段，有隔栏相隔，栏内云集着中外政要、达官贵人、工商名流、大报记者、贵妇名媛，军警手拉手维持秩序。候车大厅门前，飘扬着中法两国国旗，高音喇叭里响着法兰西国歌《马赛曲》，在场的法国人喜形于色，哼着他们最熟悉的旋律，而国人脸上荡出的兴奋里，拌和着一丝复杂的表情。

当第一辆火车驶来时，十多台蒸汽机同时鸣响汽笛，一时间，大有众笛齐鸣、声震天地之势。一辆崭新的客车停下后，人群沸腾了，都纷纷涌向火车，想近距离目睹这个庞然大物的尊容，现场出现骚乱，巴目、轩颜和他们的同学也簇拥在人群中。在军警的努力下，很快就恢复了秩序。高声喇叭里响起了中法语并行的声音，法国滇越铁路公司董事、总经理格登热丹，云贵总督李经羲，法国外交部代表，领事布尔热瓦分别讲话。

在人海中，有一群特殊人群，个个年轻英武，透出与众不同的精气神，他们是云南陆军讲武堂官兵。他们全部便装，在讲武堂总办李根源的带领下，站在最前面，李总办旁边是一个敦实的小伙子，当有人挤到李根源时，小伙子就用身子挡住拥挤的人群，并用他的四川话告诉旁人不要拥挤，他就是后来成为共产党第一大元帅的朱德。

通车典礼后，讲武堂官兵列队回校，后面跟着一些围观的市民和学生。一路上，李根源带头唱起《云南男儿歌》：

> 勉哉云南男儿
> 汽笛一声
> 金碧变色
> 大好河山谁是主
> 倒挽狂浪中流砥柱
> 好男儿
> 磨砺以须
> 兴亡责
> 共相负

沿途所经之处，市民跟着唱，歌声从大街小巷会集在一起，形成了声域宽辽的合声。轩颜和巴目，带着远东学堂的同学们一直跟在后面，也唱起了这首歌。巴目唱得脸红脖子粗，轩颜说他的声音不是唱出来的，是挣出来的。

云南陆军讲武堂坐落在城中的翠湖西岸，几幢威严的黄墙黛瓦建筑是当时昆明城的标志性建筑，主楼前有一块很大的操场。那天，官兵们回到讲武堂，列队在操场上，巴目、轩颜和同学们围在路边，有的爬上围栏，就像观看一场演出。

李根源走到队伍前，用他那典型的云南腾冲方言讲话，他说，今天是值得记住的日子，不是要记住通车典礼之热闹，而是要记住法国将铁路修抵昆明，让我们抬不起头颅，我们国家不仅修不起铁路，甚至将铁路主权拱手送给法国人，清政府之没落，国家之衰弱，各国列强张牙舞爪，肆无忌惮，明目张胆地瓜分吾土，就连东盗小日本也对我中华大打出手，我等军人，有守土之责，有看家之分，而我们却不能履行军人之职，眼睁睁看到国土沦丧，我们还算军人吗？

李根源讲到动情之处，语不成声，声泪俱下，全场官兵深受感染，抱头痛哭，朱德带头高呼口号。路边的轩颜积极响应，也带着远东学堂的同学呼了口号。李先生擦过眼泪，对着路边，向轩颜他们鞠了一躬，稍微平静一点后，李根源先生接着对官兵说，大家应努力学习，将来誓必雪此耻辱，希望大家牢记我今天讲的话。

一阵掌声过后，队列解散。

那天，巴目、轩颜他们回到学校，心情平静不下来，经商量后，他们分头到各校串联。次日，轩颜带同学们到清政府云南衙门门前静坐，引来市民围观，人越来越多，人们高呼口号，强烈要求政府收回滇越铁路主权，一时间民众和清兵发生冲突，导致一个官府兵被打死，昆明城一片哗然。

官府追查此事，远东学堂紧张起来。晋先生把轩颜和巴目叫去，要他们小心，不能再组织任何活动，待在学校静观事态发展，再做下一步打算。从晋先生家出来后，已到晚习时间，两人一起去了教室，走到教学楼前，他俩看见二楼过道聚了很多人，他们刚要上去，一个同学跑来，紧张地指着二楼说，警察来抓你们了，赶紧躲吧。

轩颜睁大眼睛，说，我们到哪儿躲啊。

同学说，越远越好，走吧。

轩颜和巴目要回宿舍，那同学说，不能去了，那里也有警察，你们赶紧走吧，一刻也不能停留。

那我可以回一趟家吗？

不能。

那就请你告诉我父亲，就说我好好的，叫他不要为我担心。

同学点了点头。

女红被关了一年后，童政员和章鸿泰不愿看到的事终于发生。

云贵总督李经羲下令将革命党要犯童女红押往昆明。章鸿泰把这一消息告诉了童政员，童老爷知道押往昆明的结果，急得抓住章鸿泰衣服要人，章鸿泰两手一摊，说，我也没办法啊，童老爷，还有公务，我得走了。

童政员算是对章鸿泰彻底失望，咬牙切齿地看着他的背影。

本来，童政员已经和地巴拉土司商量过营救女儿的事，但管家的意思是再找哥布谈谈，请他们营救，正在联系中，而现在女红将押往昆明，已经来不及找哥布。事不宜迟，童政员找来地巴拉土司和管家，商量后，决定在女红被押往昆明的途中动手。

那天，关押女红的囚车驶出衙门，女红脖子上套着囚枷，双手卡在枷板里。她已经被关了一年，那一身白装已经褪色，再没了鲜亮的颜色，头发凌乱不堪，虽然眉头紧锁，但还透着精气神。

看到她的样子，章鸿泰心里不是滋味。他走到囚车前，凑近女红小声说，只要你答应我，事情还有挽回的余地。

女红没说话，先是一阵大笑，然后一字一句地说，我就是做鬼，也不做你的小老婆。

听了她的话，章鸿泰咬了一下牙，恶狠狠地挥了挥手，三十多个官府兵就分别上了马车，章鸿泰看着长长的马车队伍，叹了一口气。

其实，在章鸿泰面前的表现，女红是装出来的，行至途中，她的精神就垮了，虽然她相信父亲会想办法救她，但都出蒙自城二十多公里了，情况还没出现逆转，她心里的那点自负劲没了，毕竟是个女子，撑不住眼前的厄运，她知道自己活不成了，没一点儿力气，而她没有瘫倒在囚车里，还是硬撑着。

在太阳当中时，车队停下，清兵每人拿着两个面粑吃起来，一个清瘦的清兵递给她一个，她的手被枷板夹着，很费力地接过后，大口吃起来，但刚吃进嘴里，又吐了出来，并吐出了一张纸，上面写着"大塔"两字，她只知道大塔是一个地名，并不知道这张纸条表达什么意思，不过她很快就明白了，她赶紧吞下纸条，像吞下了一颗定心丸。自己有救了，她突然来了精神，并试着打开囚枷，试了两下没用，就停下了，让清兵知道她的心思，反而弄巧成拙，她等待着大塔的到来。

这时，后面追来一匹轻骑，上面下来一个麻子兵，对着马车队长说了几句悄悄话，队长脸上的神情松弛下来，他对麻子兵说，既然安全了，你就把二十个人带回去。麻子兵带着几辆马车和二十多个人打道回府，只剩下三辆马车和八九个清兵继续押送要犯前行。

快到大塔时，女红紧张起来，她四处张望，并没有发现任何异常，但她深信，救她的人就埋伏在四周，她做好了配合的准备。

一切如常，大塔在她眼皮子底下慢慢远去，给她纸条的清瘦清兵走了过来，对她摇了摇头，是叫她别轻举妄动，还是说救不了她了？她弄不清清兵摇头的准确意思。她的情绪又一度跌落，瘫倒在囚车上，神情恍惚起来，她开始还看见太阳一晃一晃的，后来就见到了父亲，还见到了自己的亲生母亲，母亲是世上最漂亮的女人，她一直这样认为，当有人说她像她母亲时，她就会感到自豪。

妈妈还是那样年轻，她对妈妈说，你的玉耳环真漂亮，妈妈把她搂在怀里，说，你才是妈妈最漂亮的玉。

这时，父亲走来，对妈妈说，你耳朵上已经有玉了，红红是我的玉。

她被父亲抱了过去，她的小脸蛋上落下了父亲数不清的唇印。

父亲和母亲就像天上的太阳和月亮，照耀着她的生活。突然，她从父亲怀里掉下来，她叹了口气，睁开了眼睛，左右看了看，结果没看到父亲母亲，而是看到了一摇一晃的囚车，还有天上那一摇一晃的太阳。

都到哪儿了，她并不知道，也不想关心，但她知道天色已晚。马车突然慢下来，好像在爬坡，坡上有些云雾罩着，间隙透出树林。路上出现了几块大石头，马匹吃力地往上挣，清兵们下了车，有气无力地走着，正走得口干舌燥时，路上就出现了一辆人力车，车上是两个大水桶，一个车夫吃力地拉着，清兵围了上去。一个清兵看了一眼正在行走的囚车，对队长说，囚车上坡。队长说，没事的，麻子兵不是说，劫匪已经在碧色寨附近被解决了，没人再来劫车了。

见人力车上的桶里装满了水，队长问什么水用车拉啊，车夫告诉他们是饮用水，村里缺水，只有到附近去拉水了。一听是能喝的水，清兵们就用自己身上的竹筒舀水喝，但奇怪的是清兵们喝了不到五分钟，个个就倒在了地上。

这时，倒在地上的队长，见坡头的囚车被一个头戴草帽的人拉走，忙说，不好，弟兄们操家伙，有人劫车了。

清兵们听到了队长的命令，但怎么也爬不起来，队长举起枪，刚要向囚车射击，就被扑来的人力车夫夺了枪，队长很快人事不知，车夫从他身上找到了开囚栅的钥匙，追上囚车，走到女红面前，说，大小姐，你受惊了。女红看着车夫，吃了一惊，说，你是巴目王子？怎么是你，我父亲他们呢？

巴目说，大小姐，没有其他人，只有我的两个同学，我们在昆明犯了事，准备回碧色寨避难。

巴目指着拉囚车的人说，他们是我的同学轩颜和温里江，这里危险，我们赶紧离开吧。巴目给女红开了囚栅，她终于获得了自由。

巴目和轩颜扶着女红拐进旁边的小路，然后商量去向。自然不能往北，往北是一个奇大无比的大清朝廷管辖地，只有往南，到了河口就可出境。但几个人身无半文，出境显然不行，最后，他们决定先回碧色寨。目标确定后，几个人往碧色寨方向走。女红在囚车上站的时间太长，走不快，巴目他们轮换扶着她。路途上，巴目把前前后后的情况告诉了女红。

原来，巴目他们三人逃出昆明后，准备到碧色寨躲一段时间，到阿迷时，天已擦黑，他们找了一家路边旅店住下。第二天几人多睡了一会儿，却没想到被人叫醒，还叫醒了隔壁的轩颜，他们起床后，看到两个拿着枪的清兵撵他们离开。巴目问什么事这么急？清兵说，别问那么多，赶紧走人。

三个年轻人一路走来，如惊弓之鸟，生怕路上出事，轩颜多了个心眼，想弄清清兵为何撵他们，就问了清兵，清兵说，今天这条路上有要犯通过，沿途戒严。

听到要犯，轩颜心中一惊，不会是指他们三人吧，她多问了一句，什么大不了的要犯？把路都戒严了？清兵说，蒙自童大小姐听说过吗，她是乱党，押往昆明枪决，今天路过此地。

说完，清兵又嘀咕道，你说这童大小姐，大家闺秀，有享不尽的荣华富贵，怎么还要革命呢，别人革她的命还差不多。

另一清兵说，这童大小姐啊，都成囚犯了，还不让人省心，下午才到，就让我们一大早就忙开了。

说到童大小姐，旁边的巴目立起了耳朵，女红被抓的事他是知道的，他也知道她被押到昆明后的结果。巴目急了，他跟两同学商量要救出女红。两同学听后，说，你不是开玩笑吧，就凭我们三人能救出她吗？

巴目想了想，说，能否救出，说不准，但我们要试试，请你们帮我一次，这个人值得我们救，不然她就没命了。

听了巴目的话，轩颜摇了摇头，说，这不是我们值得救不救的事，是我们无法救。

巴目想了想，悄悄对两人说了话。听了他的话，轩颜说那就试试吧。温里江说，我们得小心行事，不然救不出大小姐不说，我们三人也得搭进去。

那是当然的，我们必须活着。巴目边走边说，他带着两人来到药店，按他记得的莫里黑巫师的迷魂汤配方，抓了药。

讲到这里，巴目对着女红笑了笑，说，至于人力车嘛，那就再简单不过了，路边很多，是人们拉货的主要工具，准备这些，用半天时间就够了。

事情就这么简单，几个年轻人笑了起来。听了巴目的讲述，女红望着三人，像看三个传奇人物，她对三人的搭救感激不尽。

第二天下午，几人来到碧色寨外围，不敢进寨，直到天黑后，巴目才带着大家半遮半掩地进了自己家门。

几个近乎蒙面的人突然闯进家门，开门的巴目阿妈没有认出儿子，是巴目叫了自己后，她才回过神来，但一见到童大小姐，她就禁不住啊了一声，慌忙看了一眼门外，再关上门，紧张地对女红说，怎么是你呀，土司带人救你没救到，被官府关起来了，外面到处贴着抓你的抓捕令。

听了巴目阿妈的话，女红才明白了事情真相，她把巴目救自己的事告诉了巴目阿妈，巴目阿妈抚了一下儿子的脸说，好样的，跟你阿爸一个样。

听说土司为救自己被抓，女红过意不去，刚要说什么，巴目阿妈说，什么也别说，还是赶紧把你回来的事告诉童老爷吧，他快撑不住了。

知道几个人还没吃饭，巴目阿妈开始做饭，叫巴目去大通公司把女红回来的事告诉童老爷，结果女红拦下巴目，说，你处境也危险，最好不要露面，还是我自己回去。

巴目阿妈留女红吃饭，没有留住，就送女红出了门。大通公司是女红被关押的时间里开办的，她只听探监的父亲说过，而大通公司门在何处，她都不知道。所以巴目阿妈把她送进童家院子，才转身回去。

救女红失利后，地巴拉土司等人被官府关押起来，童政员觉得对不起土司，更为女儿的命运担忧，因过度伤悲，不思饮食，夜不能寐，还犯了老毛病，胸口堵得喘不过气来，卧床不起。他和管家商量，就是倾家荡产，也要救出女儿，他准备第二天上昆明疏通关系。

而那晚，当管家通报大小姐回来时，童政员正躺在床上，他以为在梦中，连彭氏见了女红，也惊慌失措，后退一步，睁大眼睛望着女红。管家扶着童政员撑起身子，说，是童老爷修得高功大德，大小姐才能平安回来。

童政员确认是女儿回来后，翻身爬起，抱着女儿痛哭流涕，女红一边帮父亲擦眼泪，一边说，都是女儿不好，让父亲担心了。

自管家来到童府，还没见童老爷这般动容过。童政员捧着女红的脸看了又看，然后擦了把泪，对管家说，杀鸡宰鸭，把家里好吃的全拿出来。管家应了一声，又凑近童政员耳根说，大小姐是潜逃之人，官府一定不会放过，童家大院被监视也在情理之中，此事不能声张，就是在童家大院内，大小姐也不能露面，依我看，还得匿藏才是。

那你说咋办？

管家看了一眼四周，小声说，只有一个办法，把大小姐交给德克拉曼站长，进了他那里等于进了保险箱。

不行。童政员说，红红怎么能和一个洋男人在一起。

童政员想了想，说，有了。他对着管家，小声说了自己的想法。

童政员突然来了精神，翻身起床，一边穿衣一边对管家说，我这就去找菲娅工程师，但杀鸡宰鸭不能少，叫厨房连夜做饭，红红就待在我房里，不许任何人进来。

童政员出门时，彭氏说，你病还没好呢。他压低声音说，红红都回来了，难道我病还有不好的吗，红红不是你生的，你不理解。对了，红红的事，你不许对任何人说，你哪儿也别去，看好女儿。

童政员找到菲娅，把女红回来的事说了。听说女红回来，菲娅先是一惊，很快又镇静下来，她答应收留女红，并跟着童政员来到大通公司。

等女红洗完澡出来，菲娅迎上去，两人拥抱在一起。一年多没见，两人就像见到了久别的亲姐妹，女红按捺不住心中的喜悦，话声高扬，童政员拾起桌上的扇子拍了她一下，说，小声一点，你回来的事，就我们几人知道，你现在就跟菲娅工程师去，不准外出，你要知道一旦走漏风声，是掉脑袋的事，切记。

掉脑袋？你不是还有章鸿泰吗？

死丫头，哪里是我的章鸿泰啊，你不应承婚事，他就是我们的敌人，再说了，你的事，他也帮不了，不然还会押你到昆明吗，不然还用得着地巴拉土司救你吗，土司现在还在大牢里，告诉你，你的事惊动大了，眼下，你还是在逃要犯，吃了饭，赶紧跟菲娅工程师走。

饭后，菲娅和女红，带着一套被子垫单出了门。

夜色中的碧色寨华灯初上，站台和各种商行灯火通明，小吃店和酒吧人声鼎沸，时不时，火车嘶鸣，车轮和车轨发出碰撞的声音，搬运工们像打仗，吆喝着奔波于货车和仓库间。看到眼前的情景，女红惊住了，她没想到碧色寨变成了不夜城。

菲娅拉了她一下，说，赶紧跟我走，被人认出就麻烦了。

她们刚进房间，关好门，就听到敲门声，两人都急了，以为被发现。很快门外响起璐蔓丝的叫门声，菲娅用食指封住自己嘴唇，示意女红不要声张。等门外平息下来，菲娅在墙角为女红铺了床，叫女红先休息，自己来到车站俱乐部。璐蔓丝、德克拉曼、布斯特、卡洛等人都在场。见菲娅过来，璐蔓丝说，我刚才还找你呢，没大事，我和德克拉曼后天举行婚礼，请您参加。

卡洛说，我们正商量他们的婚礼怎么进行。

璐蔓丝和德克拉曼结婚，是件高兴的事，但一见到布斯特，菲娅就不高兴。璐蔓丝拉着菲娅到门外说，我也不想理布斯特，是他跪在德克拉曼面前，忏悔自己在建人字桥和南溪段时对劳工的作孽，德克拉曼考虑到他都被指挥部开除了，就没拒绝和他的往来，但我们并没有完全原谅他，他城里洋行被烧的事解决了，听说他骗了一大笔。

不说那个魔鬼了，还是说说你们的婚姻大事，这是值得祝贺的事。菲娅说。

我要请你帮我布置新房呢。

璐蔓丝拉着菲娅来到德克拉曼房间，卡洛跟在后面，璐蔓丝说，这就是新房，里外两间，墙面卫生都处理了。

卡洛和菲娅帮着出了主意，璐蔓丝边点头边有意味地看看卡洛，又看看菲娅，然后对菲娅说，你们也应该考虑婚事了，别让人家等得太久。

莫明其妙。菲娅突然情绪低落地说了这四个字，为了缓和空气，卡洛说，菲娅一心在工作上，理解的。

菲娅告辞，卡洛跟着出来，他说他买了一些水果，要菲娅去拿，菲娅说明天吧。两人分手后，菲娅回到宿舍，关紧了房门。她没有告诉女红德克拉曼他们结婚的事。她知道德克拉曼喜欢女红，是女红关了一年多，他认为他和女红没了可能，才答应和璐蔓丝结婚的。

当时，滇越铁路指挥部已迁往碧色寨，德克拉曼的婚礼就在指挥部大厅举行，指挥长是主婚人，由新来的约翰牧师主持，牧师拉着两人的手，按西方的方式问了话，两人也按西方方式向对方作了承诺，婚礼就算结束了，看着退出的人们，应邀前来的莫里黑问旁边的童政员，完了？不摆酒席，不拜天地不拜父亲，不夫妻对拜，不吼灯唱戏，也不闹洞房，这洋老咪结婚就这样简单？

童政员说，少说两句，还是回家吧。

德克拉曼婚后的一天，被关在菲娅十几平方米房间里的女红，实在忍受不了了，要菲娅带她出去放风，菲娅很为难，她担心女红的安全，女红说，你这也怕那也怕，那请你把德克拉曼叫来，叫他带我去。虽然菲娅知道德克拉曼不会出卖女红，但女红回来的事，她一直没告诉他。她可怜女红，为女红着想，就把德克拉曼拉到一边，悄声说，天上的那朵白云飘来了。德克拉曼怔了一下，说，什么意思？白云？你说的女红？

跟我来吧。

德克拉曼跟在菲娅身后，问，你不是开玩笑吧？菲娅说，那你就别跟着我了。正说着，璐丝蔓就追了上来，她要德克拉曼带她去蒙自城里吃西餐，德克拉曼说改天吧，我正和菲娅工程师有事呢。璐蔓丝噘了一下嘴，走了。

当看到女红的那瞬间，德克拉曼回不过神来，真是一朵白云啊，来无影，去无踪。他感慨良多，心情也很复杂，要是女红提前几天出现，他和璐蔓丝的婚事就会放下来，难说还会出现变故。他有些动容地伸出双手，女红没有投向他的怀抱，而是握住了他的手。

看到这一幕，菲娅退了出去，并顺手关上了门。德克拉曼和璐蔓丝刚结婚，又让德克拉曼见女红，菲娅心里有些不安，但愿不要惹出什么事来。十多分钟后，心里矛盾的菲娅敲了门，她不想让他们单独待得太久。

一进门，菲娅就发现了异样，女红脸上红霞飘飞，德克拉曼眼里突然有了神采。

德克拉曼答应了。女红兴奋地说。

答应什么了？

答应明天带我去城里散心。

德克拉曼离去时，菲娅送他出门，悄声对他说，站长是刚结过婚的人，我要提醒你，注意把握分寸。

什么意思？德克拉曼摇摇头，不解地问。

菲娅神色凝重，却什么也没有说。

第二天，菲娅一边为女红打扮，一边告诫女红，和德克拉曼接触，不要跨界。女红不解地看着她，她只得把德克拉曼和璐蔓丝结婚的事告诉了女红。女红怔了一下，说，你是说他们俩结婚了？菲娅点点头。女红笑了，说，他们结婚是他们的事，我又不和德克拉曼结婚，这不影响他带我去城里散心，你说对吗？

很快，女红就盘起了头发，菲娅给她戴上一顶瓜皮帽，再给她穿上一件双排扣的男人衣服，晃眼看去，女红成了一个小子，当寨口等候的德克拉曼看到时，禁不住笑了，让他想起在越南海防码头他们第一次见面的情景。德克拉曼说，我们第一次见面，你就这模样，时间真快，都快十年了。

是啊，我都成老姑娘了，嫁不出去喽。

他俩坐在马车上，有说有笑，很快就到了蒙自城。女红最先回了一趟城里的家，她叫德克拉曼在外面等候。父亲在碧色寨，她回家的目的并不是看望彭氏，而是问彭氏鲁家少爷来过没有。见到女红的装扮，彭氏笑容诡异地说，怎么弄成这个样子？女红说，你明知故问。彭氏说，你忙着找鲁少爷，急了吧，我这就找他，跟他怎么说，能说你回来了吗？女红说可以，但绝不能跟其他人说我回来了。彭氏说，这么信任鲁少爷啊，都把他当自家人了，这种事情我是知道的。

你知道什么了？女红出门时，瞪了彭氏一眼，又告诫彭氏不能把她回来的事透露出去。不知出于什么考虑，彭氏没有把鲁少贤被抓的事说出来。

德克拉曼并不知道女红到城里的意图，女红就带着他到处转悠，当来到鲁家门前时，就见到鲁少贤窗子上挂着风铃，虽然这不是遇到危险的信号，但这是不能联络的信号，自己被关了一年多，也不知情况怎么样了。她急着见到鲁少贤，但又不能冒险，自己还是个在逃犯呢。

她和德克拉曼来到南湖边。布斯特的哥胪士兄弟洋行正在大兴土木，见布斯特在场，女红赶紧躲开了，但德克拉曼被布斯特看到了，布斯特走了过来。德克拉曼心里清楚，半年前，布斯特哥胪士洋行的火案有名堂，明眼人都知道，是布斯特趁辛亥革命之乱，烧了自己的商行，诈骗官府赔偿四万元，并获得通商。布斯特拿到这笔钱，扩大洋行面积，在一块六亩大的地盘上建了一栋北、东、南三面法式转角二层楼房，在当时的蒙自是超大建筑。

女红躲了，自己不能再躲，所以德克拉曼原地不动，布斯特说，你是大站长，整天忙得都不知白天黑夜了，怎么今天有时间到湖边闲逛？你好像不是一个人呢。

说完，布斯特看了看德克拉曼身后。德克拉曼说，就我一人，到领事馆办点事。

布斯特说，等我的商行建好，欢迎你来呀，对了，我们是兄弟，我要请你帮个忙，碧色寨建电影院的工程，包给我来做好吗？

电影的事已经定由舍易盈承包，德克拉曼不想和布斯特多说，借故离开了。他追上女红，两人进了左岸西餐馆。吃饭时，德克拉曼把鲁少贤被抓的事告诉了她，她心头一惊，表面却装着什么事都没有。正吃着，布斯特来了，女红不得不再一次躲避。布斯特奇怪地看着她的背影，对德克拉曼说，这小伙子像个女的，还戴个墨镜，你怎么认识这样的人？德克拉曼笑笑说，我不认识，是来问路的。

两次遇到同一个人，这个人都避开了，这绝不是偶然的，布斯特心里嘀咕道。他隐隐觉得那就是童女红，但他没说出来，他自然知道，那人若是童大小姐，事就小不了。

看到女红出了餐馆，德克拉曼知道她不会再回来了，就称有事，起身和布斯特告辞。布斯特对德克拉曼笑了笑，笑容怪异。

真是冤家路窄，他没看清我吧？女红警惕地问。

德克拉曼不置可否地叹了口气。

回到碧色寨，德克拉曼把女红送进菲娅房间，刚转身就发现璐蔓丝站在拐角，她看着菲娅的门，德克拉曼试探地问，你看到什么了？

我什么也没看见。璐蔓丝扭头走了，他跟了上去，听到说话声，女红回头看了一眼。

两天后，终于东窗事发。德克拉曼得到确切消息，章鸿泰带人马捉拿女红，刻不容缓，德克拉曼找到童政员和菲娅商量，没想到巴目也跟了来。童政员对德克拉曼和菲娅说，没事，王子是跟红红一起回碧色寨的。菲娅说，这次事情糟透了，不仅女红被发现，我们两人也脱不了干系。德克拉曼说，我们能有啥事？

一听到女儿被发现，童政员急了，德克拉曼对他说，你们中国的兵法不是说三十六计，走为上计吗，依我看，女红得赶紧南下。童政员虽然点了头，但谁陪女儿南下呢，他是不会让女儿单身一人走的。一直站在旁边的巴目看出了童老爷的心事，就自告奋勇地说，由他陪童大小姐南下。事不宜迟，童政员回家取了钱交给女儿，女红就和巴目上了去越南海防的火车。

火车喘了一口粗气，正要启动时，章鸿泰带兵赶到了，几十个清兵将火车围住，然后从第一节车厢开始搜查，最终在最后一节车厢抓到女红，巴目奋力保护，也没起作用，女红和巴目被俘下车。

女红和章鸿泰四目相视，女红大笑起来，章鸿泰小声说，你就笑吧，这事不能怪我呀，我是奉命前来抓捕你的，你知道你犯了什么罪吗，你犯的是中国最大的罪，叛党罪，是制造河口叛乱的要犯，我想保你也保不了啊，你这是二进宫，这次你不会在我这里停留一分钟，而是奉李总督之命，将你就地枪决，我给你们父女俩一个见面的机会，你们有什么说的，抓紧时间，我做的只能这么多了。

说完，章鸿泰挥了一下手，清兵就把挡在外面的童政员放了过来，童老爷什么也没说，而是抱着女儿哭。听到父亲的哭声，女红也控制不住，她知道这次算是走到了人生的尽头，她没了任何侥幸的心理，她更不相信姓章的会救她。

几分钟后，章鸿泰又挥了一下手，几个清兵绑了女红，童政员昏倒在地。德克拉曼和菲娅等洋人扑上来，章鸿泰向天空放了一枪，说，老子今天是奉命行事，你们洋人要是敢找碴儿，今天就叫你们给童大小姐陪葬。

女红被押出车厢，章鸿泰指着建电影院的那块空地，对扭送女红的几个清兵说，就在那里解决。

清兵把女红押到那块空地，背对人群，她身后的两个清兵已经用枪对准了女红，章鸿泰正要挥手，菲娅扑了过去，德克拉曼也拉住了章鸿泰，一时大乱。正在这时，一个传讯兵跑来，将一份急电送到章鸿泰手里，章鸿泰展读急电后，皱了一下眉头，眨了一下眼，又认真读了电文，然后摇头说，这个年代弄不懂啊，连朝廷也朝令夕改，就像老天爷那张脸，刚才还是艳阳天，突然就刮风下雨，还雷声不断。

章鸿泰无可奈何地走近女红说，如有对不住的地方，请童大小姐海涵，赶紧看看你父亲吧，他都昏过去了，今天的事到此为止，算你运气好，这是天意啊。

说完，章鸿泰又挥了一下手，自己坐上马车，身后的军司问，章政要，这是要去哪里呀？章鸿泰说，跟着我走不就行了吗？

那童叛党呢？

章鸿泰把那纸电文啪的一下拍在军司手中，说，自己看吧。

几十个官兵尾随其后，跟着章鸿泰回蒙自府。看到他们远去的车队，在场所有人都愣着，都不知发生了什么事。最后，是女红从地上扶起童政员，叫了一声爹，人们才回过神来。

一九一一年，被定为辛亥元年，十月十日，从武昌传来起义消息，十月三十日（即旧历的九月初九），蔡锷、唐继尧在昆明发动"重九起义"，推翻了李经羲政权，宣告清政府的结束。蔡锷和李根源在昆明五华山成立"大中华云南军都督府"，蔡锷任云南总军督，掌管云南军政大权，唐继尧当时是同盟会会员，受他的影响，蔡锷下文释放所有被捕的同盟会会员，童女红、鲁少贤和愣子等人因此获释放。

第 三 章

武昌起义和云南重九起义，为中国的南方革命奠定了基础，而云南起义，本来定在十月三十一日，因叛徒泄密，蔡锷在昆明北校场召开紧急会议，决定起义提前一天，即十月三十日（旧历九月初九），所以历史上称"重九起义"。

三十日凌晨四时，时任连长的朱德奉命率部潜入城南，很快控制了金马碧鸡坊至得胜桥一带，因为出其不意，顺利攻克南门。黎明时分，朱德率部马不停蹄，攻进总督府外围制台衙门高墙。经过二十多分钟的激战，有内应的配合，朱德率部攻克高墙，打开大城门，蔡锷亲自带领大部队进城，向云南总督府发起进攻。两小时后，攻克了总督府，活捉了朝府众官员，蔡锷等起义将领在总督府会师。

当知道还没有抓住总督李经羲，蔡锷急了，马上下令围住总督府，不得开枪，必须活捉李经羲。很快，进入李经羲卧室的朱德，从床下搜出穿着苦力衣服的总督李经羲。

因李经羲是清朝直隶总督、北洋通商大臣李鸿章的侄儿，再加上他和蔡锷私交不错，蔡锷宾礼相待，决定保送李经羲从滇越铁路出境。当时政局混乱，蔡锷担心李经羲出事，保送一定要做到万无一失，所以在保送人选上，蔡锷精心挑选，在两个最值得信赖的候选人中，最后确定了朱德，由朱德带上两个班的人马完成此项任务。

在南下的火车上，李经羲一言不发，如惊弓之鸟，警惕性很高。朱德对他说，李总督，你放心，虽然你现在不是总督了，但你的安全是没问题的，这是我的职责。

李经羲没说话，而是理了一下自己的长辫子，看到李经羲的长辫子，朱德感到别扭，找来剪刀对李经羲说，总督，这是民国时代了，你这根尾巴不应该再留，对不住了，保护您的安全是我的任务，剪掉你的长辫子也是我的任务。

朱德剪下李经羲的辫子，丢出车窗。李总督辫子突然被剪，在场士兵看不习惯，都忍不住笑了。长辫子象征效忠清王朝，在那个留发不留头，留头不留发的时代，将清王朝"封疆大员"的辫子剪下，是革命党人扬眉吐气的大事。朱德虽是军人，但他把自己看成是革命党人。被剪了辫子，自己不习惯，也怕别人笑话，李经羲用毯子盖住头，朱德没再和他交谈，而是坐到了车窗边。

火车在奔驰，车窗外的景色，在他眼前闪现，近来发生的事也在他脑海中闪现，每一件都是大事，朱德意识到，中国历史正在发生巨变，他为自己所做的事而自豪，也很感慨，心中诗兴大发，半个世纪后，他为此段历史写下了著名的《辛亥革命杂咏》：

生擒总督李经羲
丧失人心莫敢支
只要投降即免死
出滇礼送亦宜之

车过碧色寨车站时，本来规定停车半小时，结果只停了八分钟，下了一批货物，上了一批旅客，这些旅客自然进不了两节警戒车厢，但朱德知道，碧色寨是特等大站，也是多事之地，他不敢松懈，警惕地注视着车厢进口，士兵们都进入了警备状态。当车启动时，朱德才放松了一点，他知道前面是火车头，应该是安全的，关键是后面车厢，所以他派士兵重兵把守进口处。

一个小时后，当进入大围山地段，火车慢了下来。朱德正想和李经羲拉拉家常，就听到后面车厢进口处一声枪响，朱德掏出手枪，对士兵们下达了战斗命令，并带着人马冲向后节车厢。有人在敲打车门，朱德命手下的一排长鸣枪制止，就在此时，朱德听到身后有士兵喊叫，当他跑到关押李经羲的车厢，看到李经羲已被两人绑架，正要从火车头下车，朱德把枪收起，向一排长示意了一下，就笑着对绑架李经羲的人说，绑架李经羲的人一定是好汉，是好汉就应该留下姓名，我也好回去交差，当然你也可以不留下姓名，但那一定不是好汉。

听了朱德的话，那人迟疑了一下，就报了自己姓名：我是蒙自革命党人鲁少贤。

听对方这样说，朱德笑起来，并自报了姓名，说，我还以为是谁呢，原来是鲁少爷啊，我知道你的大名，我是朱德，说起来，我们也算老乡喽，别听我说的是四川话，我还真是你老乡嘞，我当年报考云南陆军讲武堂，讲武堂不收外省学生，后来，我通过关系，办了一个蒙自户口，就以蒙自人考取了讲武堂，老弟，你别笑话我，我这蒙自人，虽然有些冒牌，但也和蒙自发生了一些关系，算是半个老乡吧，蒙自是个好地方啊，我今后解甲归田了，也到蒙自投奔鲁少爷，到时鲁少爷可要收留我啊。

正说着，一排长和另一个士兵，就如同神兵天降，从火车头进车厢控制了鲁少贤两人，并缴了他们的枪，士兵们上前解救了李经羲。朱德上前和鲁少贤握手，说，对不起了，我是军人，今天，我不能让你把李经羲带走，不然我就不是一个好军人了。我知道你今天也是受命执行任务，我虽然不是同盟会成员，但我们都有共同的革命目标，那就是推翻帝制，从这个意义上说，我也是你们革命党人啊，但我要说的是，我们要以大局为重。

鲁少贤说，我同意你的观点，但如今时局动荡，今天不除了李经羲，说不定明天他就会除掉我们。

朱德说，这个我说不好，鲁少爷顾全大局吧。不说那些了，来，我们喝两杯。

鲁少贤说，我知道朱连长是条好汉，本也想和你喝两杯，但前面就是姑保寨了，我没捕获李经羲，得下车了，后会有期。

后会有期。朱德双手于胸。

鲁少贤回到碧色寨，正碰上童政员在"从来"饭店请客，名义上是庆祝女儿出狱，实际上以此联络各方，来的都是蒙自各界要员和商界同行，碧色寨各商行老板和地巴拉土司也被邀，自然，指挥长和德克拉曼站长、璐蔓丝、菲娅、布斯特和乔斯特等洋人也在其中。章鸿泰带了很贵重的礼品，是给女红的杭州丝绸旗袍，他想亲手交给女红，却又不见女红。半小时过去，女红一点影子都没有，童政员也焦急起来，叫大成去找。

鲁少贤刚到大通公司门口，就遇上了大成，他问童大小姐呢，大成说，我还在找她呢。

听大成说明情况后，鲁少贤也跟着找女红，大成往东，他往南。

没有找到童大小姐，大成路过舍易盈的赌馆时，忍不住进去看了一眼。里面人头攒动，烟雾缭绕，几步远就辨不清人。找了几个赌局，大成才看到宋大田，当时，宋大田正往怀里扒银圆，看到大成，他说，大成，我赢了，我赢了。

见大成没反应，旁边的二贵对他说，怎么还愣着，把钱掏出来，压在这里就行，赌一把，你不是家里穷吗，赢点钱回去报答你娘。

听二贵这样说，大成看了一眼宋大田，宋大田说那就试一局吧，孩子，不要多，拿出一个银圆就行。

在这个世界上，大成唯一信任的就是宋大田，自己爹没了，宋大叔就是爹。所以，那一分钟，他信了宋大叔，从衣服口袋里掏出两个银圆压到桌上，之后是庄人双手捧着罐子摇晃，摇得他眼花缭乱，当烟雾中的庄人啪的一下，把罐子里的色子撒在桌上时，还没等他反应过来，他的两个银圆就被庄人扒走了，看到庄人一脸赖笑，他知道是自己输了。他的手又伸进自己衣服口袋，但他犹豫了，二贵催他掏出来，不输怎么会赢呢？你看我不也输了吗？但我要把输掉的钱赢回来，我还赊着"樱花谷"的嫖银呢。

二贵说得对，输了就要赢回来，大成押上了自己包里最后一个银圆，结果仍然是一去无回。身上没钱了，他正想跟宋大田借，但一只大手拉走了他，并把他撺出赌场，那人说，这里不是你小子玩的地方，滚吧。

那人正是赌馆老板舍易盈，他递给大成两个银圆说，拿去花，但不准你再到赌场来。

正说着，二贵走来，对舍易盈叫了一声大哥，舍易盈问什么事？二贵说，最近我手头紧，大哥的电影院工地能不能给我派个活儿。

不能，你再有钱也会用来赌了抽了，再说了，你不是在大通公司干得好好的吗？舍易盈说得很干脆。二贵呵呵地笑，说，大哥呀，你给我派出一堆活儿，我可以找人来干的。

听了二贵的话，舍易盈大笑着走了，没再理会他。

走出赌馆，大成才又想起找大小姐的事，他赶回大通公司，向童老板禀报了情况，童老板说，没找到就赶紧告诉我，老半天不回来。大成说，我都把碧色寨找遍了呢。

童政员知道女儿的脾气，她没把这种事放在心上，不能再等了，童政员没把对女儿的不满表现出来，而是端起酒杯告诉大家小女身体不适，就不勉强她到场了。今年民国伊始，在场的有滇越铁路指挥长和德克拉曼站长等外国朋友，其余都是蒙自政要，社会精英。今天我备薄酒，一方面是庆贺小女出狱，二方面是希望我们今后有更多合作，共同发财，祝各位升官发财，吉祥如意。

席间，章鸿泰向童政员赔不是，说大小姐的事，自己没有尽到责任，没有抵住上峰的意旨。童政员心里却不完全认同他的说法，口头上却说理解的，事都过去了，今后还要仰仗章大人扶持。双方客气之后，章鸿泰就提出要去看望女红，童政员自然没让他去。

那天的餐会成了名副其实的商谈会。在场的蒙自、个旧绅商李光翰、张钊肱、杨延桂大谈滇越铁路的好处，给他们带来了从未有过的商机，最后，为了更好开发个旧锡矿，把个旧大锡运出去，他们商量自筹资金，建个旧、碧色寨、石屏铁路。指挥长和德克拉曼听他们这样说，也来了兴趣，指挥长说他向杜梅总督反映，让法国政府投资。听了指挥长的话，李光翰站起身说，这个就不麻烦你们法国人了，我们应该有一条自己的铁路。

童政员怕事情闹僵，从中打圆场。

女红没有出现，德克拉曼一直都在着急，有璐蔓丝在身旁，他不便表现出来，他根本没兴趣参与建铁路的讨论，趁璐蔓丝去厕所时，他溜出了"从来"餐馆。这时，一辆客车进站，仪仗队正在迎接。

站台上站着愣子和巴目几人。现在政局改变了，巴目和他的同学可以理直气壮地回校了，愣子是来送巴目返回昆明的，巴目对愣子说，我回学校办好毕业手续就回来。愣子向巴目挥了挥手，巴目和两个同学登上了开往昆明的列车。

德克拉曼没和愣子打招呼，他找到十点过后，才从碧色寨的灯光中看到了女红的身影，她正和一个男子道别，那男子走后，她走了过来，当德克拉曼看清离去的男子是鲁少贤时，心里不是滋味。

女红没有解释自己的去向，只是轻描淡写地说她有事耽误了酒宴，听了她的话，德克拉曼大声吼叫起来，你一句话就完了，那么多人找你等你，你父亲都成了热锅上的蚂蚁，你怎么就没一个常人的思维呢，你不管别人的感受，也应为自己父亲考虑一下吧？

女红没想到，眼前这个洋人会对她有如此这般的火气，这也是德克拉曼第一次对她发火，她不知他的火气从何而来，难道仅仅是因为她没参加酒会？这就怪了，要发火也是她父亲的事，怎么也轮不到你德克拉曼。

她正想说明事情真相，没想到身后就传来璐蔓丝声音，那声音像一股凉飕飕的风，让人打战，女红转过身，璐蔓丝那双蓝眼睛迎了上来，璐蔓丝一脸不高兴地说，我就知道是童大小姐，不会有别人这样让站长大人如此上心，都说你童大小姐是一个动乱分子，为什么还没被处死呀。

德克拉曼对女红说，对不起了，你回来就好，赶快去见你父亲吧，他都急坏了。说完，他拉着璐蔓丝就走，动作有些不满和粗暴。璐蔓丝也不示弱，边走边说，你对她好，你去跟她过吧，一个政治女辈，她有什么好？

璐蔓丝的声音，在夜色中扇动起愤怒的翅膀。

看着璐蔓丝的背影，女红叹了口气，她已经获知，就是这个洋女人告发了自己。那天，她和德克拉曼从城里散心回来时，被璐蔓丝看见后，向章鸿泰报了案。按理说，她不应该报案，她这样做的用意，女红自然知道，这是一场女人间的搏杀，说白了是争风吃醋，自古如此，东西方女人也不例外。想到这里，女红就笑了，笑得很开心，她从没回应过德克拉曼对自己的感情，更不会承认自己和德克拉曼有什么关系。

其实，酒席前，女红离开时，给父亲留下了纸条，因为事情来得突然，没来得及跟父亲说。当时鲁少贤接到劫持李经羲的任务后，就找女红和愣子商量，商量结果是由他带十个人从碧色站上车，在火车途经姑保寨一带时捕获李经羲。几个小时后，愣子接到姑保寨站报告，说火车经过时没停，车上发生枪击事件，刺客被俘。

都以为鲁少贤被俘，愣子急忙找到女红，说了此事，女红和愣子等人到愣子家商量营救鲁少贤，但一直没有好办法。正在焦头烂额时，鲁少贤出现了，一场虚惊结束。

女红到"从来"饭店，酒席已经散了，她扶着父亲回到大通公司，听女儿说因为急事离开，童政员说，老爸没怪你，是为你担心啊，这个世道兵荒马乱，怕你又有什么闪失，你已经出过不少事了，不能再发生什么了，我说啊，红红，你老大不小了，是不是应该认真考虑一下自己的婚事了。

女红笑笑，回到了自己房间。

那一晚，就如父亲所说，她真是认认真真考虑了自己的婚事，二十六岁了，应该嫁人了。一想到嫁人，她眼前就晃着两个男人的影子，一个鲁少贤，一个德克拉曼。她心里很清楚，这两人追了她多年，而现在德克拉曼已经结婚，似乎是不能考虑的，但她转念又想，为什么不能考虑，结婚又咋了，既然可以结婚就可以离婚，她深信，只要她的态度和情感向这个洋人倾斜，这个洋人就会倒向她这一边。而她眼前出现得更多的还是鲁少贤，这个精干、目光敏锐，有政治头脑的大少爷，是个干大事的人，自己竟然和这样的人成了同志，还和他一起闹革命，差点儿把自己的命都革了，算是缘分吧，想到这里，她笑了，真是不可思议，因为她认为自己和政治无关，那么是什么原因促使自己跟着他玩命呢，难道是他吸引了自己，难道是自己爱上了这个阔家少爷？

想到这里，她又摇摇头，自己只是一片白云，在这个世界上来无影去无踪，和什么少爷、什么洋人都无关系。就此，父亲和她谈起过刚来碧色寨不久的巴尔和西西莎白，两人和女红岁数差不多，人家夫妇不也是满世界跑吗，但人家是成双成对。

"你看人家巴尔、莎白夫妇"，这句话成了童政员的口头禅。

女红心想，我倒要会会，是什么样的人让父亲如此称赞。

那天，女红来到寨子北口，看到一群黑不溜秋的孩子围着一块敞园，不时水花一样溅起笑声。她走近才看清一男一女两个洋人打球，她并不知道他们打的什么球，中间有张大网隔断，就像中国人的乒乓球拦网，但球很大，难道他们打的是大乒乓球？

两个洋人只穿了短衣短裤，像在表演，动作夸张而奔放，并且自豪。

这是网球。女红身后突然窜出这句话。她转身一看是菲娅，菲娅说，如果你没见过，那这就应该是云南第一个网球场了，如果云南有，你在昆明上学时就应该看到过，你是见过世面的蒙自人。

这两个洋猴子哪儿来的，怎么我没见过？

什么洋猴子？你说话礼貌一点，那可是摄影家巴尔和作家西西莎白，用时髦话说，他们都是玩艺术的，代表着西方最时尚最鲜活的思想，就像你也代表着蒙自最时尚最鲜活的生活一样，对了，我应该跟你们介绍一下。

菲娅向网球场上招了一下手，巴尔和西西莎白就停下了，他们走过来，看到女红不觉得眼前一亮，感叹道，这远东的西南一角，不仅有这样的美女，还穿得白里透洁，像一朵潇洒的白云。

这是摄影家巴尔，这是作家西西莎白，这是东方美女童女红。菲娅这样介绍了他们，西西莎白夸张地耸耸肩，用她那疙疙瘩瘩的中国话说，不用介绍了，"美女"两个字已经写在了她脸上和身段上，我真是没看到过这样美丽的女孩子。

莎白用法式拥抱和女红相拥，然后要女红打两局，女红有些为难，莎白不相信她没打过，按她的逻辑，这样漂亮的女子不应该不会打网球。

看到女红真不会打，莎白说，看来，我真要收学徒了。

女红虽没打过网球，但学得很快，虽说没有西西莎白打得好，但她那矫健的白色身影在球场上晃动，像一朵飞舞的白云，让一旁的菲娅和巴尔看得赏心悦目，巴尔赞不绝口，不时按下相机快门。

打完网球，女红和菲娅应邀来到莎白夫妇的"夜巴黎"酒吧，很快，德克拉曼和璐蔓丝也应邀来了。西西莎白亲自下厨，做了她最拿手的巴黎披萨饼。

这次见到女红，璐蔓丝没有表露不满，但也没有打招呼，她找了一个角落座下，面色沉郁，不言不语，而德克拉曼不得不应付场面，面带笑容，却有些谨慎，当和女红说话时，也显出些生分和客气，让女红很不习惯。

德克拉曼说的是工作上的事，他告诉女红，越南保安队已经解散，新成立了碧色寨车站警卫队，他决定由愣子做警卫队长，负责碧色寨车站和沿线的安全和警事。他之所以说起这事，是因为女红托他帮忙，帮愣子派个差事，而他也认可愣子的为人和能力，就对愣子委以重任。虽然说的是工作上的事，但一旁的璐蔓丝仍然一脸不高兴。

当端上巴黎披萨饼，几个人就围到桌子四周，莎白得意地挥起刀叉，叫大家不要客气。用惯筷子的女红，毕竟没有几位洋人熟练，德克拉曼就叉起一块最好的披萨饼放到女红盘里，这一幕让璐蔓丝拉下了脸，但她还是忍住了。而后来，德克拉曼舀汤不慎溅到女红白色休闲装上，他掏出手帕帮女红擦拭，两人因此有了亲近的动作，一旁的璐蔓丝终于忍不住，将自己碗里的汤泼向女红面前，女红被溅了一身。璐蔓丝站起身，说了一句"别以为自己漂亮就不知差耻"，然后扬长而去。

事情僵了局，大家都尴尬，特别是德克拉曼，这次他无法再帮女红擦拭，因为女红胸前全是汤渍，女红对众人笑了笑，说，对不起，衣服弄成这样，我得先走一步，回去收拾一下。

菲娅陪女红离开了"夜巴黎"。莎白安慰女红说，童大小姐别往心里去，欢迎你以后常来。女红谢过了莎白夫妇。看着女红的背影，巴尔没有收回目光，莎白拍了他一下，说，我就理解为你在审美吧，没事的，你还可以拍下来。

谢谢娘子。巴尔用了中国方式回应莎白，但说得疙疙瘩瘩。

当天下午，站台上执勤的德克拉曼和愣子，看到换了衣服的女红，在菲娅的陪同下，上了南下的一〇一火车，愣子问她俩去哪儿，菲娅说，我陪女红到海防散散心。

一声汽笛长鸣之后，火车咣当咣当地动了起来。没想到，西西莎白就追了过来，边跑边叫，火车停一停，火车停一停。

愣子赶紧拦住她，边说边用手比画，危险。

莎白对愣子说，我也想和她们一起去啊。

愣子说，火车已开走，只有以后了。

莎白快快地站在站台上，望着伸向远方的铁轨发呆。

火车离去不到两个小时，愣子报告德克拉曼，一〇一客车在芷村脱轨。这个消息像炸弹，德克拉曼从凳子上弹起来，走出站长室，向指挥长汇报后，带着愣子等人，搭乘货车赶往事发地。一路上，德克拉曼和愣子心情沉重，很少讲话。事发地正处深山峡谷，脱轨列车从一个转弯处离轨，留下的痕迹，让人感到是一支利箭射向旷野，所过之处揭去了植被和地皮，最后车头刺进灌木丛中。车厢两旁尸体遍野，哭声嘶鸣，抢险人员陆续赶到。德克拉曼和愣子，一边指挥救援，一边查找女红和菲娅。一小时过去，他们没有找到两人的任何迹象，由此，德克拉曼做了最坏的判断，女红和菲娅可能压在车厢下。愣子也这样认为，他俩赶紧组织附近村民翻转倒置的车厢。

消息很快传开，给正沉浸在火车带来新奇的人们，当头一棒。巫师莫里黑得知此事后，走村串户，他说他已经收到神灵信息，此次事故是因为冒犯神灵，是神灵对建筑滇越铁路的惩罚，人们相信他的说法，不然火车怎么会跑出铁轨呢。事发第三天，德克拉曼站长刚回碧色寨，几个失去亲人的村民就找他要人，站长室外面哭声不断，有人揪着德克拉曼衣服不放。莫里黑趁热打铁，到站台做祭祀道场，说要为死难的亡灵超度，驱赶钢铁邪魔。他脸上涂了红墨水和墨汁，赤裸的上身也不例外，头上绑着一只公鸡，公鸡扯起嗓子吼叫，翅膀不停扑腾，莫里黑在铁轨中间来回穿梭，口吐火龙，手中提着绳子拴着的洋瓷碗，碗里燃着火，他飞速甩动火碗，火竟然也没熄，并且在旋转的风中越发闪亮。

巴尔兴奋地按下快门，嚓嚓的声音直响，他从未见过这样的阵势。

几个铁警赶来，对村民劝说无效，就堵着村民，保护德克拉曼脱离了危险，德克拉曼去了指挥部汇报情况。而莫里黑在铁路中间越发起劲，他举起双手，招魂纳神，正和神仙会晤，凡人不敢靠近，他走到童政员面前画圈画圆，口中念念有词，童政员叹了一口气，摇摇头说，如果你能让我女儿起死回生，我给你当牛做马啊。

童政员声音哽咽，无望地摇摇头，被管家扶着离去。

就在莫里黑呼风唤雨时，就像从天而降，女红和菲娅真就出现在了人群中，不远处站着鲁少贤。这让所有在场的人傻了眼，真是神了，是巫师法术起了作用，一定是的。人们欢呼起来，把莫里黑举过头顶，场面顿时疯狂起来，菲娅拉着女红撒腿就跑，当场的洋人，从没见过这种阵势。

这时，站台上汽笛长鸣，这是火车进站的信号，一声哨响，几个背枪的铁警上来驱逐莫里黑。而站台上，德克拉曼正在组织仪仗队。很快一列火车进站，法国警察和铁警们维持秩序，十个人的仪仗队开始敲锣打鼓，列队欢迎，无论客车还是货车进站，每次都如此，这是作为滇越铁路上的特等站必不可少的礼仪，就像一个大户人家迎来送往的派头。

是火车带着钢铁势不可当的力量，驱散了一场有关神灵的热闹。

最后，鲁少贤跟着女红回到大通公司，菲娅来到站长室，向德克拉曼报告了事情经过。原来当菲娅陪女红上了一〇一列客车后，女红突然改变主意，拉着菲娅从另一道门下了火车，跳上路边的一辆马车，去了红河边的蛮耗码头。那一分钟，女红不想热闹，不想和人亲近，只想独处，虽然菲娅跟着她，她也无视菲娅的存在。

听说滇越铁路通车后，蛮耗码头就衰落了，如今一片荒凉景象，这很符合女红那时的心境，她想去感受一种野渡无人舟自横的感觉。

她们俩坐在码头上，昔日繁忙景象和眼前落寞氛围的反差，让她俩恍若隔世，她们感叹地说起十多年前一起坐船逆流而上，穿过热闹的码头，坐鲁少贤的马车回蒙自的情景。说到这里，菲娅的脸上浮起一层狡黠的表情，说，一个少爷对一个少女好，这不是无缘无故的，这么多年过去，你们之间就没发生过什么？女红说那有什么呀，我当时才十三岁。女红一边说一边捡起一块石片丢入河中，石片在水面漂荡，溅起水花。见她这一举动，菲娅哈哈大笑，说，你不说，我也知道了，吞吞吐吐的，就像你丢入水中的水漂。

哼。女红捡起一块石片再次丢入河中。

正说着，河滩上就走来一个人，渐渐走近时，她俩同时站起，还是那句话，中国人说不得，说曹操，曹操到，那人竟然是鲁少贤。两人惊奇地看着他。

别这样看我，事情很简单，我到碧色寨找你，就看到你俩上了火车，当我上车找你们时，你们又下了火车，很快火车启动，我跑到最后一节车厢才跳下来，没见到你们，我问了一个马车夫，他告诉我大小姐和一个洋姐坐马车去了蛮耗方向，我叫马车夫搭我追赶，他说他正等装货呢，我等了半个钟头才等到一辆马车，但怎么也追不上你们。

听了鲁少贤的话，女红笑起来，说，追啥呢，我们又不是跑到河边寻短见。

这倒不会，就凭你童大小姐的性格，就是全世界的人寻短见，你也不会，但我不得不考虑你们的安全，这蛮耗码头不比从前了，荒凉得瘆人，即使遇不到坏人，也会撞见鬼。

当时夕阳西下，远处有一座山峰金光闪闪，鲁少贤说，那是金山，传说山里藏着黄金，可人们总也找不到黄金藏到哪里。

是传说还是事实？

我也说不清，人们都这样说，从碧色寨看角度更好，我听我父亲说，历史上曾有洋人来探寻过，可是都无果而终。

真像一个童话，女红呀，你就是那个寻宝的东方公主，别人没找到，你一定能找到，谁叫你是公主呢。菲娅对女红说，几个人的说话声，在夜色里泛着神秘。

那一晚，他们借宿在码头的渡船上，船老大七十多岁的样子，一脸赤红，银发飘动，一副饱经风霜的模样，一看就知道是一个老红河。

那是如今蛮耗码头唯一的渡船，也是那时码头唯一飘着炊烟的地方，不远处才是蛮耗村。看到黄昏中寂静的蛮耗码头，鲁少贤感叹道，真是今不如昔啊！

没想到，船上已经有一个三十多岁的洋人，在荒芜的红河岸边，怎么会有一个独行的洋人？会不会是个法国人？菲娅试着用法语和他对话，对方果然是法国人，称自己是探险家，准备徒步考察红河源头。

菲娅也作了自我介绍，还介绍了女红和鲁少贤。女红一向对探险家有神秘感，就用中国话和探险家交流，想不到探险家会说一口流利的中国话。

那一晚，他们享受了船老大的红河鱼，船老大拿出自家酿的苞谷酒，几个人边喝酒边谈古论今，而女红心里却一直惦记着金山的事，当她问起时，想不到船老大抹了一下嘴，一脸的恍惚，就像是回忆久远的往事，他说，每次提起金山都有说不完的话题，金山是名不虚传，虽然不一定是遍地黄金，而是富饶的金矿，是那种还没冶炼，就能看到闪烁的金矿，金矿就在山中的某个地方，但至今没人找到，据说要找到黄金，必须找到一个北回归线穿过的村庄，那里有一张地图，地图上标有黄金地。

一说到北回归线穿过的村庄，探险家就立起耳朵，听得很仔细，并打听北回归线穿过的村庄在哪里。鲁少贤说，这一带北回归线穿过的村庄只有碧色寨。

原名叫壁虱寨，"碧色寨"还是我取的名呢。菲娅自豪地插话。

听了船老大的话，探险家问起那张地图的情况，船老大摇摇头，抹了一把胡子，叹了口气，说，你们别问我那张地图，那可是血腥之物，听老辈人讲，为了获取这张图，很多人丢了命。三十年前，一个西方传教士也因为这张图而丧命。

事情在船老大的讲述中，越来越引起探险家的兴趣，探险家眼中，不经意地闪过一丝疑虑和光亮，一个洋老咪平白无故的兴趣，让人质疑。他问船老大图现在在哪儿？船老大仍然摇摇头：我哪知道，不知道为好呀，我宁愿不发财，也要保住这条老命，还是不说那张图吧。船老大端起酒碗，要大家喝酒。

那一晚，女红和菲娅睡在里舱，鲁少贤和探险家睡在外舱，几个人在船上摇摇晃晃地睡了一宿，也在船上各自想着各自的心事。

第二天，探险家和他们告别，继续他红河之源的考察之旅。看到探险家孤独的背影，女红心生敬佩之情，她不理解一个洋人，为何独自一人到中国来探险。

第 四 章

当时中国政局动荡，大处分南北两派，南孙北袁，小处各地军阀画地为牢，纠纷和冲突不断。袁世凯在北京做着皇帝梦，而南方却正在酝酿反袁讨袁。蔡锷刚开始还认同革命党人，再加上他的搭档好友唐继尧，是同盟会成员，因此云南同盟会一直在争取包括蔡锷在内的各级官员。所以，那天鲁少贤找到女红，商量策反章鸿泰。他俩坐在"夜巴黎"靠窗的桌前，西西莎白给他们送来加奶咖啡和一盘白果。

让女红感到意外的是，她从窗口看到一个身穿黑风衣、头戴礼帽的洋人在哥胪宾馆门前，那是一个熟悉的黑色身影，一时又想不起是谁，女红想一探究竟，她走出门外，而那个黑影却不见了，那以后，一个黑色背影总是在女红脑海里晃荡。

没想到的是，女红他们商量策反章鸿泰的第二天，章鸿泰却倒台了，准确说，是被蔡锷在蒙自的手下赶下了台。得知这一消息，女红竟然拥抱了鲁少贤，然后丢下鲁少贤，跑回家中，把这一消息告诉了父亲。得知姓章的落马，童政员也舒了一口长气，脸上那些平日淤积的烦恼荡然无存。

人们感觉到一个真正的民国时代已经到来。

为了迎接新时代的来临，从没有帮父亲管过公司的女红，突然心血来潮，召开大通公司全体员工大会，想说说自己的新思想，向员工们灌输新生活理念，要男员工们通通剪掉长辫子，一个不留，她把此事告诉了鲁少贤，鲁少贤准备配合她，她叫大成通知所有员工午饭时集中。

那天，正好童政员不在，员工们从没开大会的经历，以为有什么重要事要说，就都端着饭碗来到院坝里，但人们没见到童老板，而是看到大小姐站在院坝中央，旁边站着鲁少爷，大小姐手里拿着剪刀，人们不知大小姐干什么用，二贵盯着光鲜妩媚的大小姐，扒下一口饭，含混不清地说，嗯，好看，漂亮，今后是不是大小姐当家了？

人们议论纷纷。

看着灰头土脸、衣服不整的员工，女红开始说话，她从西方讲到中国，再从全国新气象讲到碧色寨火车带来的新文明，最后落到剪辫子的事上，一听说剪辫子，全场哗然，都纷纷逃离。女红拉下脸，大声吼道，谁走扣谁的工钱。

员工们僵住了。

女红把大成拉到身边，亲自剪了大成的辫子，鲁少贤带头鼓掌，然后给大家发剪刀。刚剪了几个，场上就被一阵女人的哭声镇住，二贵媳妇一边哭一边骂二贵，身后跟着两个男人，两个男人抓住二贵，说，你媳妇不知道你把她输给我们了。

看到几人纠缠在一起，女红弄不清发生了什么事。女红叫两个男人住手，两个男人说，大小姐，你是不知道啊，二贵在赌馆把他女人输给我们了，他女人却不肯，赌馆里的规矩，大家都知道，大小姐，你帮我们评评理，我们今天带不走二贵媳妇，不就坏了赌馆规矩了吗？

弄清事情真相，女红怒斥那两男人无耻，两男人也不示弱，二贵想跑，却被两男人抓住，一时全场大乱，鲁少贤吼叫，也不起作用，他怕女红受到冲击，所以站在女红前面挡住抓扯的员工。

很快，大成带着愣子等十多个铁警赶来，是愣子向天空开了枪，才镇住了场面。所有员工在惊魂未定中，又听了一遍童大小姐的新思想，那些新思想像身边掠过的风，怎么也进不了员工们的脑子。说了不算完，女红要愣子的铁警帮忙剪员工的辫子。

童老板不也是长辫子吗，要剪也要童老板带头。有人叫喊着。

好的，我带头剪，女红正被员工将住时，没想到人群中就传来父亲的声音，那一刻，她感动得热泪盈眶，不顾当着众人，上去抱着父亲亲了一口，然后亲手把童政员的长辫子剪了。童老爷标志性的长辫子没了，让人们感到别扭，有人质疑，剪了辫子的童老爷还是童老爷吗？

当时大通公司员工赌博成风，一些员工领了工资就上赌馆，有的输得一身精光。女红找到舍易盈，要他停了赌馆，到大通公司做事。舍易盈说，不止我一家开赌馆，停了我的无用，再说了，我还要赚钱养家糊口呢。

没有说服舍易盈，但女红并没有放松对员工的管理，她叫来铜匠，在大通公司院子里立了一只大铜盆，并刻上"金盆洗手，永不再赌"几个字，进出门的人都能看到，以此警示员工。立盆仪式那天，女红通知公司中层以上人员参加，并把几个员工中的豪赌叫来，盆中放入水，水中漂着一层薄薄的油。几个赌徒站在盆旁，女红要他们一起净手，当赌徒们一起将手放入水中时，都同时惊叫起来，他们从盆中扬起的手，不断地甩动，想把手上的水甩掉。二贵从水中提起来的手，很快就红了，嘴里哎呀哎呀地叫着。女红哈哈大笑起来，说，对不起大家了，我盆里的水是沸水，因为水面漂了油，所以看不到水蒸气，没别的意思，就是想让你们几个赌徒印象深一点，这就是金盆洗手。赌即祸，赌即灾，赌就意味着倾家荡产，请大家记住我今天的话。

听了大小姐的话，二贵和几个赌徒都没作声。

女红正说着，莎白就来告诉她，菲娅患了重病，身上结紫痂，不疼不痛，大脑昏沉。女红宣布结束金盆洗手仪式，跟着莎白到了医院。德克拉曼也在，他对璐蔓丝说，菲娅工程师是滇越铁路的功臣，无论如何要治好她的病。璐蔓丝点点头，但一摊手，耸了一下肩，说，菲娅的病很怪，我尽了最大的努力，也没有效果。

璐蔓丝医生，那你说怎么办？女红问道。

璐蔓丝说，蒙自也无法治好这种怪病，最好送菲娅到昆明治疗，昆明医疗设备好一些，可以做一些必要的检查。

听璐蔓丝这样说，女红想到了巫医，她想让莫里黑试试。看了一眼昏迷的菲娅，女红忙着进了寨子，想不到遇到了巴目，巴目已经长成了大小伙子了，箭眉大眼，一张方型脸透出刚毅的神情。他已经毕业，在昆明待了一段时间，刚回来。

女红关心地说，男人应该到外面闯世界，你回来想继续当你的王子？

巴目说，姐，我回来一段时间，看看情况，再回昆明。

他带着她来到莫里黑家。莫里黑没计较平时和洋老咪的过节，答应帮菲娅看病，但必须把病人抬到家中来。女红问他啥意思？他说在洋人房子里治不好病。

女红不明白地摇摇头，巴目说，巫医讲究环境氛围气场，就听巫师的吧。

女红和巴目来到医院，把情况跟德克拉曼说了，一旁的璐蔓丝轻蔑地笑了一声，说，真是异端邪说，蒙自医院都治不好的病，一个装神弄鬼的疯子能治好？还是赶紧送昆明吧！

女红说，菲娅已经很虚弱，经不起长途颠簸，还是找巫师试试吧。

璐蔓丝说，我是医生，我说了算。

两人的目光集中到德克拉曼身上，这让他很为难，他并不相信巫师能治好菲娅的病，但巫师家近，试试再去昆明也无妨，更重要的是，他不想违女红意愿。所以，他走近璐蔓丝说了几句。听了他的话，璐蔓丝说，如果你们硬要试，菲娅出了问题，与我这个医生无关。

知道璐蔓丝让了步，德克拉曼对女红说，那就试试吧。

德克拉曼叫来一个铁警，背起菲娅，几个人跟在后面。莫里黑家在寨子西边，要途经一条水沟，水沟是碧色寨连接长桥海的水道，沟上架着独木桥，璐蔓丝不敢过，女红伸手扶她，她躲开女红伸来的手，身子一摇晃就掉到了沟里，德克拉曼和女红用尽力气，也没拉她上来，最后是巴目帮忙，才把她拉上来。来到莫里黑家，莫里黑的女儿赛桂花，用清水帮璐蔓丝洗去了身上的稀泥。

桂花已经成了大姑娘，出落得亭亭玉立，眉目传情，一条长辫子一直垂到腰臀，言谈举止，面带羞涩，显得极有分寸和涵养。

莫里黑家有个不大的院子，德克拉曼站在院子里，看着堂屋门头上的一面镜子和宝剑，还有两扇门上分别贴着的红纸，纸上画满了弯弯曲曲的线，像一堆蜷缩的蚯蚓。他像要从中发现什么秘密，凑近了门面。见他这般模样，巴目告诉他，这是门符章，是驱邪赶鬼用的。

鬼？哪儿来的鬼？德克拉曼转身向四周看了看。他没看到鬼，倒是里面的莫里黑吓着他了。莫里黑身穿宽大的白色长服，头上扎着一条黑色条巾，长巾上画着图，图上只有两块颜色，一白一黑。他无视人们的到来，而是认真地运着气，然后手在空中抓挠，最后收拢双手，出了一口粗气，就像终于回到了人间。

莫里黑脸上有了人间的表情，他一副治病救人的架势，最先摸了一下菲娅的手腕，再看了下菲娅的舌头，然后在菲娅脸上扇耳光，掐血脉，按穴位，并拿出很多细针，扎进菲娅身体，这一幕跟审讯室里的酷刑没有两样，在德克拉曼看来是不人道的行径，他和璐蔓丝都认为是莫里黑报复西方人，德克拉曼顿时愤怒，他叫铁警制止巫师的野蛮行为，巴目跟他解释也无用，正当要抓走莫里黑时，地巴拉土司来了，他进门拦住德克拉曼，跟他介绍了莫里黑的巫医，说得很神奇，说得德克拉曼睁大眼睛，不敢置信。虽说南溪山谷传染病时，莫里黑的巫药救过很多人的命，但看到他刚才所为，就迷惑不解。

听了土司的介绍，德克拉曼的情绪渐渐缓和下来，他叫璐蔓丝别急，让巫师进行下去。他问这问那，莫里黑没答话。怕影响莫里黑治病，土司引开了德克拉曼，来到院子看那张风水图。

那天，莫里黑实际上是用气为菲娅舒通经络，德克拉曼他们临走时，莫里黑搭上楼梯，爬上墙头横梁下拿出六包药，吩咐早晚各一次，女红接过药，拍了拍药包上的灰，皱着眉头看着药，心中也质疑这药的疗效。第二天傍晚，几人又带菲娅到莫里黑家治疗，三天过去，菲娅的病情竟然有了好转，这让德克拉曼不可思议，更让璐蔓丝医生自惭形秽。

六七天后，菲娅的病彻底痊愈。那天，菲娅买了一些礼物，约上女红和璐蔓丝到莫里黑家答谢，因为女红，璐蔓丝本不想参与，但想了解中国的巫医巫术，就跟着菲娅她们进了碧色寨。

刚走到独木桥，三人就听到莫里黑家方向传来戏腔戏调，戏调婉转轻柔，在房前屋后缭绕，三人停下脚步，辨别着戏调的来源，就像寻找天籁之音，侧耳静听的女红说，今天遇到仙女了。当她们走到莫里黑家门口时，停住了脚步，悄悄朝院子里探视，结果发现桂花一边舞剑一边唱戏。三人没惊动她，直到巴目来找桂花，见到三人在院外，就跟里面的桂花说来客人了，桂花这才知道她们三人的到来。桂花很高兴，把他们引进屋，菲娅把礼物交给莫里黑，而莫里黑却脸无表情，菲娅又拿出两瓶东西送桂花，一瓶是美颜水，一瓶是美丽膏。桂花高兴地收下这些礼物。

　　女红问桂花怎么京戏唱得那么好，还没等桂花说，巴目就抢先说是桂花从小喜欢唱，无师自通。而桂花却一脸认真地纠正巴目的说法，轻言细语地说，不是的，是我最近进了蒙自京戏院，正在学戏呢。哦，原来是这样，女红说桂花的说话声也极有戏腔戏韵，曼妙撩人，并且举手投足间有了招式，菲娅和璐蔓丝对中国戏剧本身就很好奇，两人睁大眼睛听桂花说戏。

　　让几人不明白的是，一说到桂花学戏，巴目就一脸不高兴，借故有事走了。在当时的当地人看来，唱戏有失体统，并不是一件光彩的事，都蔑视唱戏人，称唱戏人为戏子。那天巴目来，就是来劝桂花退出戏院，而桂花却把学戏的事告诉了女红她们，他觉得没面子，就借故走了。

　　几个人的来访，并没有让莫里黑热情起来，在莫里黑看来，帮人治病是医德使然，这跟交往是两回事，再加上莫里黑没有完全化解对洋人的成见，所以冷落场面是必然的，但当璐蔓丝提出学医术的事时，事态有了回暖。虽然莫里黑讲起巫医，眼里仍然是冷漠的，甚至让人感到有一些傲气，女红对此有所了解，像莫里黑这样的人，是不可能和洋人真正融到一起的，所以他的讲解不是介绍，而是炫耀东方巫医。

　　讲巫医离不开中医，因为巫医术的根本离不开中医，所以，莫里黑不但讲了巫医术中治病的土办法，还讲了中医和针灸，璐蔓丝和菲娅听得惊头愕耳，真是惊世骇俗，世上竟然会有这样的医术？如果莫里黑没有治好菲娅的病，两个洋老咪一定不会相信这样的医术，就连女红也感到神奇，看到几个女子向自己投来惊赞的目光，莫里黑有些得意。

当璐蔓丝问到巫医的理论时，莫里黑拿出了巫医术经，璐蔓丝激动得伸手去接，但莫里黑缩回了手，一边翻给三个人看，一边说，这个你们看不懂的。莫里黑这个态度，想要借出这本医书是不可能的，璐蔓丝还是想试试，提出了借书要求，莫里黑不借是三人意料中的事，但三人没想到他不借的理由是那样充分，他说，这是我们老祖宗留下的，是多少代人的智慧，是无价之宝，就是本村本寨本民族的人也不借，如果我借给你们，我就成了卖国贼，你们开口向我借合适吗，说了你们洋老咪不要生气，你们洋人侵略了我们的土地，占有了我们的土地，还想侵略我们的文化和医术？你们请回吧。

莫里黑的这种态度，菲娅和璐蔓丝已经习惯，所以没计较，倒是女红想解释，菲娅会意地摇了摇手，表示理解。桂花送走三人，就去了巴目家。

璐蔓丝一直没和女红说话，只跟菲娅说了一声再见，就去了站长室。女红和菲娅本想约西西莎白打网球，刚走到"夜巴黎"，女红又看到了那个身穿黑风衣、头戴礼帽的男子，让女红想不到的是，他竟然是蛮耗相遇的探险家。怎么会是他呢，这是女红第二次看到他了。两人上前和探险家招呼，女红问，你不是徒步红河源探险吗？探险家说，我身体突然不适，就来碧色寨休整了，这里的风光很迷人啊，来了就不想走了。

原来是这样。

莎白听到女红的说话声，就出来了，她约女红和菲娅打网球，几人离开时，女红对探险家说要一起打球吗？

不了，不了，不了，谢谢。探险家表情动作很夸张，并且有些急促地回应。

女红打球水平提高很快，竟然胜了莎白一局，正打得尽兴时，布斯特来了，他来邀请女红她们到他城里南湖边的哥胪士洋行做客，女红没理他。过了一会儿，布斯特又说，我知道你为何不理我。女红没好气地说，知道就好。布斯特说，我向你和中国劳工道歉还不行吗？

道歉就完了？那可是成百上千的生命，他们到了阴间也不会放过你的。女红终于说话，说得恶狠狠地。

正因为如此，我才请你去约翰牧师教堂见证我忏悔。

教堂？

是的，按我们西方人的习惯，忏悔要去教堂的。

依我看，你应该去南溪河谷和四岔河谷忏悔，冤死的劳工们在那里等着你。

说完，女红就再没理会布斯特。

看女红不理自己，布斯特对菲娅和莎白说，晚上我请你们三人吃饭，请你俩一定叫上童大小姐，地点就在我的哥胪士饭店。

菲娅和莎白很为难，不知说啥好，布斯特快快地走了，边走边说，一言为定。

那晚，女红和菲娅、莎白并没去哥胪士饭店，而是应德克拉曼之邀去了"从来"餐馆，乔斯特、卡洛和巴尔都在，他们弄不清德克拉曼请客的理由，璐蔓丝脸上一扫平时见到女红时的不满，心平气和地招呼大家。见到女红，乔斯特叫了一声姐，就坐到了女红旁边，都二十五岁的大小伙子了，一见到女红，就显出乖相。更让女红没想到的是，德克拉曼竟然把璐蔓丝安排坐到女红一侧，并在开场白中，有意提到女红和璐蔓丝坐到一起是中西合璧。吃饭过程中，女红才意识到，那天的饭，是德克拉曼有意和解她和璐蔓丝的关系，并告诉大家一个秘密，在说出那个秘密之前，笑容过早地爬上了他的脸，他说璐蔓丝有喜了。

听他这一说，莎白要璐蔓丝站起来看看，璐蔓丝真就站了起来，结果璐蔓丝的体形真是不同了。随后，恭喜，祝贺声荡漾开来。

卡洛经常去铁路沿线检修，刚回碧色寨不久，他坐在菲娅旁边，跟菲娅讲着铁路沿线的奇闻和奇遇，而菲娅只听，少话。乔斯特一直帮女红夹菜，还为女红挡酒，莎白说乔斯特是女红的"贴身管家"，真是嫉妒。当大家又转到璐蔓丝怀孕的话题上时，女红对乔斯特悄声说，该找个女朋友了，碧色寨也有可选择的西洋姑娘。

乔斯特笑了笑，说，告诉姐一个秘密，我想找个中国姑娘。

好呀，弟，我支持，这事姐帮你。

听到两人的说话内容，璐蔓丝对乔斯特说，你该不是看上你姐了吧，不对，我向女红美女道歉，我的意思是，乔斯特，你别以你姐为标准，如果这样，你是永远找不到的，因为这世上没有第二个女人有你姐漂亮。

女红没想到璐蔓丝会说这样的话，大概是她想和自己拉近关系吧，所以，女红也不示弱，对乔斯特说，弟呀，你也别找璐蔓丝医生这样的西洋美女，因为，像璐蔓丝这样的美女，同样举世无双。

就此打住，你们这是互相吹捧。德克拉曼哈哈大笑起来。那晚气氛很好，但女红发现巴尔好像有心事，可能是那次见到他和探险家在一起的神情，让女红想得多了一点。不久，巴尔就出门了，半小时后，巴尔回来了，也许是他上厕所吧，女红这样想。

饭后，几个人来到站长室，璐蔓丝给大家泡了茶，因为暂时没有进站车，德克拉曼也很轻松，加上喝了酒，心情好，他把他当初到远东来的目的告诉了大家，这真是一个秘密，只有璐蔓丝知道，但璐蔓丝竟然忘了。

说着，德克拉曼就开始翻找东西，找了半天没找到，璐蔓丝问他找什么，他说出了那块手帕上的秘密，他告诉大家，手帕是和自己爷爷的事相关联的，来远东十多年，现在铁路建好了，车站各种工作已经走上了正轨，是到他弄清爷爷事情真相的时候了。

结果他怎么也找不到那块手帕，他记得就放在办公桌抽屉里，并上了锁。没找到手帕，他酒意全无，因为于他来说，手帕实在是太重要了。

看到德克拉曼着急的样子，大家也跟着急起来，巴尔说，别急，再找找。说着，巴尔就帮他找起来，但始终没有找到。

德克拉曼确认，是有人偷走了手帕，会是什么人呢？一般人是不会对一块手帕感兴趣的，这让他想起他小时候，他看到过的穿黑色风衣、头戴礼帽的黑衣人，因为黑衣人问过手帕的事，于是，他有了预感。他叫来愣子，要他集中铁警，把所有戴礼帽穿黑衣的西方人抓起来。

女红他们各自散了，但刚走出门，女红就见到了鲁少贤，鲁少贤把她拉到一旁，说，我今晚执行任务，请你配合我。

她跟着鲁少贤来到夜巴黎酒吧。莎白和巴尔也先一步回来，巴尔已经上楼，莎白接待了女红两人，她知道女红爱喝加奶咖啡，就为两人上了两杯。女红顺口问，巴尔呢？莎白说，刚上楼，我叫他下来陪你们。

但莎白怎么也没叫应巴尔，莎白感到奇怪，明明是上了楼，怎么不见了呢？

鲁少贤一直盯着窗外站台，因为一辆南下的客车马上到站，所以站台上聚集了很多人。窗外下面站着两个男子，让女红觉得不舒服，她要换个位置吧，鲁少贤说，这里视线好，我们的目标是站台。

女红问，你的任务，就是守在这里？鲁少贤点点头说，你的任务就是陪我坐在这里。

莎白端起邻桌上的杯子，将里面的清水往外泼，结果泼到窗外的两个男子身上，那两男人竟然没作声，莎白赶紧赔礼道歉。

客车进站时，一个黑影走向站台，鲁少贤对窗下的两个人示意了一下，窗下的男人就跟了过去，女红注意到了这个细节，她问你们到底要干什么。鲁少贤只是笑了笑。女红看到两个男子的腰间别着家伙，其中一个正往腰间摸枪时，枪声就响了，她感到纳闷儿，鲁少贤也觉得不对劲，站了起来，只见站台上大乱，人们生怕挨枪子，四处奔跑，像爆炸时四处弥漫的烟火。

鲁少贤跑出酒吧，女红跟了出去，就在这时，她看到跑过来的巴尔和鲁少贤擦肩而过，鲁少贤转身盯着巴尔背影，并伸手掏枪，女红看到他的枪在夜色中晃了一下，很快鲁少贤又把枪藏到身上。他示意刚才窗下的一个男子跟在巴尔身后，自己赶到了站台上。站台上已经躺倒了一个人，那人头戴礼帽，身穿黑色风衣，一些胆大的人围上去看，女红也跟了上去，让她没想到的是，倒下的人竟然是那个法国探险家。

很快，站台上来了很多警察，分散了人群，愣子带着铁警也赶来维持秩序。进站火车放汽加水，站台上雾气弥漫，雾气中人影晃动。

没想到，警察竟然从死去的探险家身上，搜出了德克拉曼丢失的手帕，警察们没从手帕上看出任何名堂，而丢弃一边，旁边的德克拉曼赶紧拾起手帕，装入自己内衣口袋，他不想把事情复杂化，没把手帕的事说出来。手帕失而复得，他自然高兴，而让他奇怪的是，手帕怎么会在那个探险家身上？

碧色寨枪杀案，一枪击碎了碧色寨的宁静，人们口口相传，都说死者是一个小偷。而事情并没有那么简单。女红从鲁少贤那里获知，探险家是清政府缉拿的要犯，但探险家具体犯了什么案，鲁少贤也不知道，他只是得到革命党的命令，在碧色寨捕获探险家，却没想到，探险家被警方击毙。

听到鲁少贤的介绍，女红自然想到了很多。探险家没去红河源，而是来到碧色寨，这些都是鲁少贤知道的，而鲁少贤不知道的是，探险家和巴尔的关系，按女红的推测，探险家来碧色寨是专程找巴尔的，更蹊跷的是，那晚德克拉曼请客的饭间，巴尔离去半小时，德克拉曼手帕被盗，后来回到夜巴黎酒吧，莎白说巴尔在楼上，却又没有找到他，而就在巴尔不在酒吧的时候发生了枪击事件，这一连串的事并非偶然，里面一定有必然的因果关系。

想到这里，女红想要弄清事情真相，童女红就是童女红，她并没有把自己的想法告诉鲁少贤。

第五章

　　中国军阀混乱之际，云南总军督蔡锷一直在寻找机会控制黔蜀，为中华共和出力。机会终于来到，他趁贵州混乱之际，派唐继尧出兵贵州镇乱，唐继尧镇乱成功后成为贵州总督，为滇系军阀所控制。不但如此，蔡锷极想发展地方经济，壮大自己的势力，所以，当他收到蒙自、个旧绅商李光翰、张钊胈、杨延桂、童政员等四十八人联名上书修建个（个旧）碧（碧色寨）石（石屏）铁路的报告时，他很快批复，积极支持。法国政府也想控制个碧石铁路，由法国公使向中国国民政府外交部提议，争夺个碧石铁路的筑路权，国民政府外交部征询云南总军督蔡锷意见，蔡锷深知法国人的险恶用心，他咨复政府外交部，以"主权在民"为由，断然拒绝法国政府的提议。为此，蔡锷和法国人多次周旋，最终保住了个碧石铁路的筑路权。他具体指导了筹措资金办法，并批示："据呈已悉，临、蒙、个、屏等处铁路关系本极重大，该绅商等倡议筹款修筑，足见关心桑梓，注意交通深切，嘉尚所诘。继续抽收锡炭股并添收砂股以供路需，各节均准照办。在路车未成前，不准轻易停止，仰即遵照。"又复批令："此路利害，路权于矿权相同，既归滇人自修，商款商办，主权在民，滇政府不能主持，放应咨复。"

　　有蔡锷的支持，滇南士绅商客加快了个碧石铁路的建设步伐。个碧石铁路股份有限公司在蒙自成立，曾任蔡锷政府内务司司长和在唐继尧时期任过财政厅长的陈鹤亭任总经理，经他在官、士绅与铁路股东间周旋，已集得股本一千七百多万元，并开办了个碧石铁路银行，下设蒙自、昆明、香港、临安（建水）分行，发行纸币，个碧石铁路由此正式开工。开工之初，公司聘请法籍希腊人尼复礼士为总工程师，被童政员阻止，他说，以示国人自强不息精神，个碧石铁路的设计和修筑，不得任何外国人参与。

股东们纷纷响应童政员的意见。

当时的国内工程师，都不敢应承工程设计之事，最后，仍聘了法人尼复礼士为总工程师。因为资金问题，陈鹤亭派员到越南海防考察寸轨铁路后，个碧石铁路轨道定为六十厘米宽，故称寸轨铁路。按尼复礼士原来的设计，个碧石铁路从北经过雨铺绕开蒙自，但童政员考虑到离蒙自城太远，对蒙自商贸发展不利，就约同蒙自商家周柏斋等绅士，向陈鹤亭力争铁路过蒙自，增加十公里，增加费用四十万元，由童政员和周柏斋负责收缴。

为了掌控个碧石铁路，童政员派出二贵参加筑路，并任工地主任，而女红却对二贵不满，因为他是大通公司唯一留辫子的人。如果重用二贵，必须要他剪掉辫子。消息传出，二贵如惊弓之鸟，看到女红，老远就躲了，但较真的女红，硬是叫来愣子，按住二贵，把他辫子剪了，她拿着二贵的辫子，很有成就感，因为这是大通公司职工中，最后一个被剪掉辫子的员工。女红把此事告诉鲁少贤时，笑得直不起腰。鲁少贤听后，故意吓唬女红，说，你把别人的长辫子剪了，我也要把你的辫子剪了，不然，这不公平。

女红跟原来不一样，已经留了辫子，所以听到鲁少贤这样说，她凑近他，说，你剪吧，我就不相信你有这胆量。鲁少贤说，你别激我，我胆量有余，只是不忍心而已，要是换了别人，我马上动手。

听鲁少贤这样说，女红知道他想表达什么，就想把事情绕开，看了一眼远处，结果这一眼看见了不远处拍照的巴尔，她敏感地想到了她请愣子调查巴尔的事，但什么也没调查出来，德克拉曼请客那晚上，巴尔离开的半小时，是去了厕所，有二贵做证，他们在厕所里遇到，莎白也说他那几天闹肚子，连那晚他们夫妻回到夜巴黎酒吧，莎白以为他在楼上，叫他下楼陪女红他们，他也是去了厕所，后来站台上响起枪声，他离开站台，更是没有一点疑问，因为他一直和愣子在一起，而愣子是女红最信得过的人。事情虽然这样，但她还是没有完全消除对巴尔的怀疑。她把此事告诉鲁少贤，鲁少贤听后，大笑起来，说，你真装得住，这样的事也不告诉我。我先不说巴尔有没有问题，我要告诉你的是，你这样做是违背组织原则的。

听鲁少贤这样说，她就不高兴，啥组织了，啥原则了，这跟我有什么关系？她在心里嘀咕道。

那时，他们俩正走在铁轨上，看到远处铁轨上一个孤独的背影，女红知道那是保罗·菲娅，菲娅最近常常一个人，也不说话，心事重重的样子，女红想要陪她，就跟鲁少贤告别，鲁少贤看时间差不多了，就回了蒙自城。

女红追上菲娅，说，你这是去哪儿？想卡洛了吧？

菲娅没转身，而是望着远方说，真想走下去，走到滇越铁路的尽头，然后把沿途所闻写信告诉保罗·波登。

听她这样说，女红知道了她的心事，就问起保罗·波登的情况，她告诉女红，最近老师身体一直不好，老咳嗽。女红说，都六十多岁的人了，这很正常，对了，你们最近通信，他向你表达过什么没有？菲娅摇摇头说，虽然老师对我很好，但从没对我表达过什么，是我单相思啊。

那就赶紧住手吧，把方向转到卡洛身上，你们也不小了，得抓紧，人家璐蔓丝已经当妈妈了，生了一个儿子，我们去看看怎么样？菲娅说，我已经看过了，小家伙很可爱，取名叫雨莱，我觉得这个名还可以再考虑一下，不如你给他取个中文名字，我陪你去。

她俩买了礼物，一起来到德克拉曼家，璐蔓丝躺在床上，旁边睡着只有十多天的雨莱，见到女红，璐蔓丝没了原来的敌意，高兴得要爬起来，女红叫她躺下，德克拉曼给两人倒了茶水。

菲娅抱起小雨莱说，真可爱。

女红顺水推舟地对菲娅说，女人呀，还是要有家有孩子才算是完整的女人，人家卡洛都等你这么多年了，你得抓紧时间，到时也生个可爱儿子。

你还是管管你自己的事吧。没想到女红话声刚落，就被菲娅顶了回去，语气里带着不快的情绪，说完，菲娅独自走了，女红想追上去，被德克拉曼挡住了，没事的，由她去好了。

那次菲娅真生气了，女红想等她气消了再解释，应该没什么大不了的。那晚，女红回到大通公司，发现院子里缺少了什么，后来才意识到是金盆不见了，她问父亲，童政员也说不知道，她叫来大成问情况，大成摇摇头，说，是不是没固定好，被风吹走了。

童政员走近固定金盆的石台，仔细看了之后说，金盆是人撬走的，估计是被财迷心窍的人撬走了，那只铜盆也值一些钱的。

看到女儿难过，童政员说，红红，没事的，我们再立一个，公司大门由专人护守，就不会被人偷走了。

没想到第二天，布斯特提着一个包，理直气壮地来到公司找女红，女红不想见他，就叫大成打发他走。而他却跟大成说，告诉你们大小姐，她今天不见我会后悔的。

我能有什么后悔的？女红走出大楼，对布斯特说。一见到女红，布斯特脸上就堆了笑，说，我说嘛，大小姐不见我会后悔的。说着，布斯特就往里走，女红叫大成拦住他，说，说吧，我会有什么事后悔？布斯特说，把我挡在门外，不礼貌吧，不让我进门，我还不说呢。

听到外面的动静，童政员出来对女红说，他有什么事，让他进屋说吧。

童政员把布斯特让进了办公室，几个人跟在后面。进到屋里，布斯特把提着的包放到桌上，说，你们先看看是什么东西吧。结果一打开，几人都没想到竟然是那只被偷走的金盆。布斯特对女红说，完璧归赵，算是我为大小姐帮了一次忙。

怎么回事，女红和父亲对视了一眼，布斯特哼哼笑了一声，说，想知道是谁偷走了金盆吧？告诉你们，是二贵，本来我答应过二贵不说出去，我也是个守信的人，但我也应该为大小姐着想，所以我买下了这只金盆，看我非买不可，二贵敲了我一竹杠，不过，没事，为了大小姐，出再多的钱，我也愿意。

女红不想听他说下去，说，说吧，多少钱。

没想到，布斯特说，无价。说完，放下盆，他大笑着走了。知道是二贵偷走了盆，童政员叫人去抓二贵，而那时二贵刚好要离开碧色寨，去个碧石铁路上任工地主任。童政员派人追回了他，并免去他工地主任的职务。

二贵求饶说，是家里揭不开锅，自己又要马上离开家上工地，所以就打了个鬼主意，偷走了金盆。童政员说，你的钱都输光了，家里人吃不饱穿不暖，你还是人吗，还让你当工地主任，你又偷又赌，你辜负了我，你这个扶不上墙的稀泥巴。

童政员免去了二贵工地主任职务。二贵又干起了挑夫的行当。

那段时间，同盟会活动频繁，女红很忙，鲁少贤又恢复了《觉报》，任主编，继续宣传新民主主义思想，介绍新思想、新生活，女红笔耕不辍，成了《觉报》主笔。而那天，鲁少贤找到女红，说，最近云南对同盟会和革命党的态度摇摆不定，亲袁派重出江湖，遏制同盟会和革命党人，所以，同盟会工作和《觉报》转入地下。

虽然《觉报》没有停，但期数减少，在很多地方，警察追赶报童，只有在碧色寨，因为愣子的关系，报童们可以顺利将《觉报》卖出去。

时局的摇摆不定，让女红悲观起来，也让她对新民主主义革命的胜利产生了怀疑。在她无所事事的时候，父亲童政员时时提醒她的婚事，弄得她心情烦躁，她对父亲说，你要我嫁人，我明天就给你带个男人回来。

这显然是句气话，但她真来到蒙自城，约鲁少贤看京戏，这是她第一次主动和鲁少贤约会，鲁少贤很感动。鲁少贤一身藏青色西装，白衬衣，天蓝色领带，而女红仍然是她那身标志性白色西装，两人一进场，引来众人目光。

童大小姐晚上好。

童小姐来了？

红红，昨天我还和你老爹一起吃饭呢，你可是越来越漂亮了。

白云飘然而至，让我眼前一亮，并有净目洁心之感，久违了，女红。

　　各种赞誉和招呼，让女红频频点头回应，也让一旁的鲁少贤风光无限，心情如万里晴空。正当他春风得意时，一只手突然拍在他肩头，让他愉快的心情打了一个顿号，原来是旧好文少爷，文少爷也和女红熟络，所以他一脸黠笑地对女红说，童大小姐呀，你这是一枝鲜花插在牛粪上哟。

　　文少爷说后，拍了一下鲁少贤肩膀后离去。女红哼了一声，唇缝间挤出两个字，痞子。

　　鲁少贤说，文少爷开惯了玩笑，你不必认真，不过他说的也没错，我在你面前真是自惭形秽啊。

　　那你真是一堆牛屎巴了？

　　就算是吧。

　　哈哈。

　　那晚的剧目是《霸王别姬》，想不到女主角竟然是赛桂花，这让女红很激动，但随着剧情的进展，女红很快忘掉了扮演者，沉浸在项羽和虞姬的爱情故事里，眼里渐渐湿润了。鲁少贤掏出手帕为她擦眼泪，并抓住她的手轻轻搓揉，安抚她，爱意绵绵，她没有反对。

　　演出结束后，女红到前厅买了鲜花，走到后台，鲁少贤跟在后面。当时，蒙自帮头郭大头也来到后台，他从随从手中接过一束鲜花递给桂花，并邀请桂花到他家唱堂会。那时已晚，桂花不知如何应对，她旁边的班头也不知如何是好，正在为难之际，女红走到桂花面前，并把花递到桂花手中，转身对郭大头说，帮主大人好呀，对不起了，我已经请过桂花小姐了，我请她到碧色寨唱戏，现在就跟我走，你知道的，碧色寨刚建好电影院，那院子可比蒙自这个戏院强多了，郭帮主也一起光临哈。

　　郭大头是蒙自有名的恶霸，家有二十多名家丁，整天无恶不作，没人敢惹他，虽然童政员在蒙自也是响当当的人物，但和一个恶魔比起来，任何人都得让郭大头几分，俗话说强龙压不过地头蛇，当初连章鸿泰也不敢随便处置他。所以，郭大头并不吃女红这一套，说，原来是童大小姐呀，失敬失敬，你这丫头，好久不见，越发水灵了，你这么漂亮，按理说我应该依着你，谁叫我怜香惜玉呢，但是呀，今天这事，你就别管了，我定了的事是不便更改的，给我一个面子好不好。

听了郭大头的话，鲁少贤说，郭帮主，你也是一方豪杰，做事得按常理，这深更半夜，叫桂花姑娘到你家唱戏不妥吧？

郭大头瞪了鲁少贤一眼，说，你凑啥热闹，童大小姐说话，我得斟酌一下，你鲁少爷嘛，我虽然想敬你一尺，但你得先敬我一丈啊，桂花姑娘，我们启程吧。

鲁少贤走上前挡住郭大头的去路，两人硬着劲，郭大头招了一下手，两个随从走上前，郭大头说，兄弟们，这鲁少爷不识抬举，你们让他长长见识。

郭大头话声一落，两个随从正要动手，就听到台口传来一声爽朗的笑声。郭大头转头一看，怔了一下，然后迎上去，双手握拳，朱团长驾到，有何吩咐。

来人正是蒙自驻军少校团长朱德，朱德对郭大头说，事情我在台口都听到了，郭帮主是一方名侠，如果你硬要人家姑娘深夜到你家唱堂会，那我只有陪同桂花姑娘前往了。

一见是朱德团长，郭大头说，岂敢岂敢，是我郭某做得不妥，还请朱团长指教明鉴，请多包涵，郭某告辞了。

朱德说，郭帮主的态度，让我欣慰啊，你自便，但我应提醒你，今后这样的事，你得三思啊，不然，你会为难我的。

那是，那是。郭大头退了两步，转身带着随从灰溜溜地走了。

郭大头走后，鲁少贤才上前握着朱德的手，说，玉阶兄好呀，听说你来蒙自驻军，一直想拜访您，也没个正当的理由，没想到我们在这里见面，谢谢您的解围相助，逢凶化吉，不然，今晚我定是凶多吉少啊。

朱德说，不必客气，上次火车上相遇后，我们已经是朋友了，朋友间相助是不要理由的，今后多走动，我们的人生目标是一致的，一定有共同的话题。刚才的事，我绕不过去呀，即使你不在场，我也会干涉的，我一个军人，见到欺行霸市的恶人，不能不管，只是这个郭大头不好惹，我们目前还不能对他怎么样，先礼后罚是必要的。

鲁少贤说，朱团长真是盖世英名，蒙自有您这样的团长罩着，是蒙自人民的福分呀。对了，应该介绍一下，这是童女红小姐，是蒙自城绅商童政员的千金，是我辈同人。

朱德握住女红的手，说，幸会，你们都是民国精英，国家栋梁，你们对文明思想的传播和努力，我早有所闻，我们择时再晤，今晚时候不早了，桂花姑娘也该回了，就此别过。

朱团长走后，桂花很感激女红和鲁少爷相救，她一脸苦相地说，最近，像郭大头这样的邀请很多，我不知怎么应对才好。女红说，没有邪意的邀请应该去的，如果遇到郭大头这样的人，你要小心，不能随便答应，有事找我，找鲁少爷都行。

桂花点点头。女红说，对了，到碧色寨唱戏的事，得当真，我跟德克拉曼站长说说。

说到到碧色寨唱戏，桂花面带难色，女红说，你放心好了，这不是无偿演出。

不是这事，红姐，你不知道，不仅巴目王子，还有我父亲，都一直反对我唱戏，再说了，乡亲们也认为唱戏不是什么光彩的事。

世人是有这样的观念，所以我们才要革命，我们应该拿出勇气推动文明，唱戏是好事呀，是文化和艺术，是很体面的事，巴目王子是读书之人，他会改变观念的，我跟他说说。对了，你和巴目王子的事定了吗？

没呢，是他不喜欢我吧，我也不太清楚。

那你喜欢他吗？

桂花点了点头，说，我脑子里尽是他的影子。

我去问问他，看是怎么回事。碧色寨唱戏的事，你们得准备一下。

说到这里，女红转身对班头说了此事，班头高兴地应了。

回到碧色寨，女红找到巴目，问了他和桂花的事，他说，不是我不喜欢桂花，是我心里晃荡着两个女孩子。

另一个是轩颜？你的同学？

巴目点点头，说，所以，我很纠结。

虽说女红没谈过恋爱，但她知道感情这事勉强不得，她理解巴目。

你巴目这个态度，还管得了人家唱戏？女红开导巴目，并把邀请桂花唱戏的事告诉了德克拉曼，德克拉曼很高兴，自然就答应了，并和戏班子商量了酬金和剧目。德克拉曼是西方人，知道杨贵妃是中国古代美人，他以一个西方男人的心理，想看看舞台上的中国美人是个什么样子，所以就点了《贵妃醉酒》。

谈完演出的事，女红说还有第二桩事。德克拉曼知道她要说啥，就说走吧，我刚好现在没事，我让你坐坐我四个轮子的轿车。说着，他俩上了雪铁龙轿车，这是滇越铁路公司配给碧色寨车站的，最近女红都在跟德克拉曼学开车。车一动起来，女红就兴奋，德克拉曼对她说，你订的跑车会更好，一月之内就会运到碧色寨。

听德克拉曼这样说，女红竟然手离方向盘，举臂高叫，我有车喽，我有车喽。她这一举动，让德克拉曼惊慌失措，他赶紧帮她握住方向盘，并垮下脸说，开车很危险，需要严谨和一丝不苟的态度。女红接受了他的批评，那天，女红在碧色寨去蒙自的路上开了两个来回。

在新建电影院上演京戏的消息，在碧色寨迅速传开。铁路职工每人发一张票，洋人职工及家属全免票，其余的卖票，来得最多的是外国人，包括西洋人、东洋人、南洋人、越南人，来碧色寨做生意的，旅游的，探险的都有，也有少量的搬运工和碧色寨村民，整个电影院座无虚席。

德克拉曼利用这次演出机会，搞了一个简短的电影院落成仪式，请指挥长讲话，自己主持，趁指挥长和德克拉曼站长讲话时，女红到化妆间看望桂花，桂花心事重重地对她说，她怕碧色寨人看到，更怕自己父亲看到。女红开导她说，没事的，京戏是中国的传统文化，喜欢京戏的碧色寨人，才会买票看，他们会为你感到自豪的，你的父亲也会为你自豪，你是碧色寨飞出的一只金凤凰，乡亲们高兴还来不及呢，不会看不起你的，你要自信。

桂花点点头。

那晚，莫里黑没去看戏，而巴目却去了，他被桂花的表演吸引住了，他惊奇地发现，原来桂花是那样的美，美得美轮美奂，他都不敢相信台上的杨贵妃，竟然是他熟悉的桂花。

戏台上亭台楼阁，燕子呢喃，蝴蝶翩翩，牡丹盛开，贵妃华服丽装，醉态迷人，一招一式，眉目传神，直抵观众内心，让台下的洋人们唏嘘赞叹，他们张扬而夸张的表达，让场内的气氛热情而饱满，巴尔闪动着他的相机，布斯特时不时站起来叫好，乔斯特虽没有站起来，但他眼里流溢出赞叹，同为女性，菲娅和莎白全都被东方美征服，德克拉曼对旁边的璐蔓丝说，绝了，真是绝了，这才是真正的东方之美。而璐蔓丝却说，如果我们有女儿，也让她唱中国戏。

那真是美的传奇和神话。莎白望着台上的贵妃无限感慨。

卡洛把一束鲜花递给菲娅，意思是要她送到台上去，菲娅小声说，这里不是法国，上台献花会影响表演。旁边的女红对卡洛说，静静地观看才是对演员的尊重。受到卡洛的启发，洋人们都到前厅买了花，准备演出结束时献花。

最后一声锣鼓结束时，桂花正要退场，布斯特迈着他的长腿第一个跳上台，为桂花献了花，并向桂花发出到他哥庐士酒吧唱戏的邀请，紧跟着的是日本"樱花谷"老板井太郎。一堆洋人站在台上不走，轮着和桂花合影，连指挥长也走到桂花面前，以西方最绅士的动作，请求和桂花留影，那时的巴尔不停按下快门，成了最忙的人。轮到乔斯特走到桂花面前时，巴尔相机里没胶卷了，让二十五岁的乔斯特急得哭出声来。女红对他说，别急，以后还有机会，我答应你，我一定让桂花小姐穿上贵妃服和你合影，对吧，桂花。

女红说这话时，望着桂花，桂花点点头，看了一眼面前这个会哭的洋老咪，她心里觉得好笑，一个比巴目高出一个头的洋人竟然会哭。

所有这一切，全部收进巴目眼里，他一直站在远处的门边，默默地看着，直到人们退去，他才走到桂花面前，一看到他，桂花眼泪哗地就出来了，她一把抱住了他。

在碧色寨唱戏的成功，让桂花声名大噪，这更让郭大头和一些有钱人对桂花垂涎三尺，隔三岔五找桂花唱堂会，无奈中，桂花回碧色寨，向女红求救。虽然女红安慰了桂花，但她心里清楚，能一次救桂花，却不能每次都能救桂花，毕竟她不可能天天跟在桂花身后，再说了，她的能量也是有限的，她觉得唯一有效的办法就是让桂花尽快结婚。她找巴目说了这个意思。没想到巴目却有苦衷。

还是你那个女同学？

巴目点点头说，是的，我们约好到日本留学，她过几天就要来碧色寨了，不过，我会保护桂花的。

保护桂花？难道你还能斗过郭大头？女红心里嘀咕道，一般人保护不了桂花，女红想到了朱德团长。她把桂花的事跟鲁少贤说了，他们两人准备请朱德团长吃饭，并请德克拉曼、菲娅、莎白和愣子作陪，因为布斯特在碧色寨，乔斯特在城里，刚好可以避开布斯特，所以，女红把地点定在南湖边布斯特兄弟的哥胪士饭店。

那天，德克拉曼把雪铁龙的车钥匙交给女红，由女红开车，几个人来到了哥胪士饭店。一见到女红，乔斯特高兴地接连叫姐。女红告诉他今天来的是贵客，要他用最好的服务招待。乔斯特双手理了一下头发，说，姐，只要您来了，我就用最高礼仪招待。

嘴别这么甜，快去门口迎候贵宾，你称对方朱团长就行。女红吩咐乔斯特。

一旁的愣子说，我也在门口迎候吧。

鲁少贤说，不是你，是我们都应该到门口迎候。

见鲁少爷站在门口，德克拉曼几个法国人也都站到了门口，女红说，真是隆重，过头了吧？鲁少贤说，这样也好，在我看来，朱团长是个值得尊敬的人。正说着，朱德带着一个副官就到了。一见到鲁少贤和女红，他老远就伸出手，一口爽朗的笑声，和众人握手，并在鲁少贤招呼下落座，女红向众人一一作了介绍。

没想到，见到几个法国人，朱德团长情绪很高，他是个开明爽朗的人，德克拉曼第一杯酒就敬朱团长，说，滇越铁路能通畅，和朱团长剿匪保平安分不开，所以第一杯酒应该敬朱团长。

朱德团长说，不必言谢，剿匪是我的职责。

朱团长话锋一转，就向德克拉曼了解了法国议会制度和典章制度，他认为法国的制度和典章合理而科学，值得中国学习。

西西莎白还把自己的一本小说送给了朱团长。朱团长接过书，如获至宝，高兴地说，这个礼物很珍贵，我一定好好拜读，从中能了解到你们法国国情，我可是个法国迷啊。

听朱团长这样说，莎白和他就有了共同语言，他和她聊起了法国著名思想启蒙家伏尔泰，莎白欣喜地告诉他，说自己也喜欢伏尔泰，《穆罕默德》戏剧是她百读不厌的书。朱德兴味盎然地问，你有伏尔泰的《穆罕默德》？莎白说，是呀，就放到我枕边，是我每天都要翻翻的书，如果朱团长也喜欢，我借你看。

德克拉曼对莎白说，大作家，你就别小气了，不言借，你应该送给朱团长才是。

朱团长说，我领情了，站长，我不能夺人之爱呀，能从莎白小姐手中借来拜读，已经是我的福分了。

莎白想了想，说，没事的，我已经决定送给您了。

谈话间，乔斯特不断给朱团长倒酒，本来约朱团长吃饭，是想说桂花的事，但那种气氛里，女红竟然把桂花的事忘得一干二净。

朱团长说好过两天请大家吃饭，却没想到，第三天，他就带着部队开往大围山一带剿匪，匪患不除，滇越铁路沿线就不得安宁，但要全部彻底消除匪患谈何容易，那个时期，整个大西南土匪猖獗，特别是滇南一带，土匪靠铁路吃饭，有时狼烟四起，朱德团长所部忙东忙西，为民除匪。

当年滇南土匪嚣张，为了对付众多而分散的土匪，朱德经常采取秘密神速的夜间行动，声东击西，忽南忽北，化整为零，化零为整，打得赢就打，打不赢就走，与后来红军"敌进我退，敌驻我扰，敌疲我打，敌退我追"的十六字游击战术同出一辙。

第六章

　　一九一五年十二月二十日的到来，给碧色寨车站带来惊险的一幕。

　　十二月中旬，时任云南总督的唐继尧收到一份秘密电文，他看后皱起眉头，他知道，云南虽然是自己掌权，但时局复杂，政府内各派各系，人员混杂，特别是全省各地的地方政府并没有共和，所以，他叫来胞弟唐继禹商量电文里的事。商量的结果，由唐继禹当即率两个精干警卫连和一个宪兵队赶赴河口，并带几个随行到了越南河内拜见法国驻越南总督杜梅，请求法军法警帮忙，法总督答应了他的请求。

　　到底是什么电文让唐继尧如此兴师动众？这一切，都预示着将有一件重大的历史事件发生，并且，碧色寨车站成了理所当然的事发地。

　　其实，早在十六日时，碧色寨报童就抱着《觉报》在车站及周边惊呼：快看啦，梁启超讨伐洪宪皇帝的檄文《异哉，所谓国体问题者》。

　　这篇文章在全国掀起的波澜还没退去，十九日，碧色寨报童又扬起报纸高呼：特大新闻，蔡锷将军电告全国，号召全国军队和民众讨伐洪宪皇帝袁世凯。

　　人们争先恐后地抢购报纸，虽说法国人对中国内政迟钝一些，但正在教雨莱走路的璐蔓丝还是买了一张，她正读着，布斯特就过来了，说，你对这样的新闻还有兴趣呀，这么多年来，这样的新闻司空见惯，别理它。我给雨莱买了一件礼物。说着，布斯特就把一个万花筒递给雨莱，璐蔓丝抢过万花筒还给布斯特，说，这个，我们有。

　　正说着，一声哨响，一群宪兵就追过来，夺走了报童手中的报纸，并抢走人们手中的报纸，璐蔓丝的报纸被抢走，布斯特又夺回，几个宪兵和布斯特扭打起来，认识布斯特的宪兵队长赶来解了围。

那一天，所发生的一切都有些异常，平时都是铁警管理车站，而那天却出现宪兵队的人，并且再也没离开，愣子的铁警成了摆设。

很快，愣子找到女红，他们穿过宪兵岗哨，进了雕楼。鲁少贤已经在里面，他们三人开了一个简短的会，鲁少贤说了眼下的情况和任务后，匆忙离去，都走了几步远，又回头对女红和愣子说，记住，注意安全。

鲁少贤走后，女红就到了德克拉曼的站长室，她进去时，看了一眼背后，确认没有盯梢，她才自作主张关上站长室的门，她向德克拉曼了解了情况后，很快出来。

她和鲁少贤目标太大，在同盟会里，只有愣子较为隐蔽，他们的分工是由她获取情报，然后交由愣子转给鲁少贤，结果她一出门，就被盯上了，她只有回到大通公司。童政员对她说，外面有点乱，叫她少出去。她嗯了一声，就上了楼。她从窗帘背后看到盯梢一直没离去，她还看到远处的愣子，愣子没有靠近她，她知道，只要愣子和她联络，马上两人就会落入宪兵魔爪。看得出，愣子很着急，他还等着她的情报呢，她心急如焚。

当一个卖香烟的男人出现后，她心领神会了，那是同盟会成员，她写了一张字条夹在钱里，然后出门买烟，她将夹着钱的纸条递给了卖烟男人，买了荔枝牌香烟后，抽出一支点着了火，并走到那个盯梢面前说，先生，抽吗？那盯梢人显出尴尬状，女红骂了一句粗话离去。

卖香烟的男人隐入人群，赶到蒙自，将纸条交给鲁少贤，鲁少贤打开纸条，上面的字显现出来：二十日早六点三十客人来访，邻居备宴数十桌迎之，并集千余名乡亲迎候，另有数十名乡下大汉将伺机行大礼。

鲁少贤读完纸条，然后烧毁，并向上级发报。

那天傍晚，也就是十九日傍晚，女红发现天空出现了少有的火烧天，晚霞像火焰，瑰丽而神秘，让滇南的碧色寨大地透亮明洁，没有风，太阳落山了，这是大地的回光返照，笼罩着车站上熙熙攘攘的人群，没人意识到天象和往日有什么异同，而在女红眼里，天空的绮丽景象，暗示着即将发生什么。她想从德克拉曼那里获取最新情况，所以大胆地走向站长室，因为没人怀疑一个法国站长会是同盟会成员。

那时，很多士兵正在向碧色寨聚集，女红希望从中看到朱团长的队伍，但她知道这些队伍和朱团长的队伍不是一回事。当时，德克拉曼的房门紧闭，女红敲了门，有人把门开一条缝说，德克拉曼站长正在召开会议。

这个时候应该开会的，女红心里这样想。那时的天空，再没了任何色彩，而是锅底一样盖了下来，人们的面目开始模糊，人们的影子开始显得有一些鬼鬼祟祟，就像上帝放牧的幽灵。她不知不觉走到樱花谷门口附近，这是她平日里最不愿意经过的地方，虽然里面都是日本女人，并且男人和女人间的那种交易，已让更多的人理解和接受，但作为一个主体意识很强的女性，她仍然会感到不舒服，她认为这样的事有损女性尊严。老板井太郎候在门口，已经有男人鱼贯而入。她想尽快离开，而就在她转身时，她看到卡洛走了进去，这让她怎么也没想到，她无法想象这样一个男人竟然是追求菲娅的法国工程师。但那晚上的事很蹊跷，就像怎么也逃不出一座魔屋一样，她越是想远离那种地方，就越是逃不出来，因为她离开樱花谷后，又一头跌入了布斯特的哥胪士酒店，布斯特也在经营皮肉生意，据说远比樱花谷开放，里面全是他从欧洲弄来的洋女人，个个放荡不羁。遇到这两个地方，让女红像吞下了毛毛虫一样恶心。

她又来到站长室，会议已结束，德克拉曼告诉她，一个重要人物将抵达本站，那些宪兵和军队是来警戒的，所以他这两天很忙，蒙自关道尹周沆要他们增加仪仗队人数，用鲜花翠柏布置站台，并置欢迎横布标语。

因为检查准备工作，德克拉曼很快出了门，女红跟了出来，只见车站上到处是调集的兵警。见到德克拉曼时，一身警服的愣子行了一个军礼，并报告说，我正要向站长报告，蒙自关道尹周沆吩咐，铁警负责外围警戒，站台沿线全由蒙自宪兵负责，两座炮楼也换成了宪兵队的人，但至今不见驻军朱团长的部队。

愣子说完，看了一眼女红，女红心里明白，这是愣子说给她听的，因为德克拉曼早就知道布防情况。但事情并没有那么简单，女红看到车站上晃动着一些村民打扮的陌生人，她心里清楚，这就是德克拉曼告诉她的所谓的乡下代表，也就是她纸条上说的行大礼的乡下大汉，这些人才是最危险的人。

二十日天还没亮，尹周沆就率地方官员和绅士们出现在站台上。站台一侧已放好几十张宴桌，是宴请客人用的餐桌，仪仗队的人们已经陆续赶到，铁路两侧布满了宪兵和警察，炮楼上已架好几挺机关枪，周围山上和寨子里布置了岗哨。

所有的安排都暗藏玄机，而这一切都是为蔡锷将军准备的。

为什么蔡锷会受到如此"待遇"，事情得从头说起。最初，蔡锷和自己老师梁启超一直扶袁，可谓鞍前马后，尽心尽力，希望袁世凯能一心共和，而袁世凯对蔡锷却一直不放心，其原因只有一条，那就是蔡锷有政治理想，能力过人，在军中极有威望和号召力，这样的人是不能重用和轻视的，所以，袁世凯把他从云南调回北京任陆军编译处副总裁、全国经界局督办、政治会议委员、参政院参政等职，虽说这些职级都很高，但却是明升暗降，让他没了实权。当蔡锷发现袁世凯有复辟帝制的想法后，他就有了背离之心。梁启超也公开反对袁世凯，发表讨袁书，为了麻痹袁世凯，蔡锷装出和老师梁启超分裂的样子，整天沉迷酒色，和京城名妓小凤仙混在一起，但最终还是引起袁世凯的怀疑。袁世凯想拿到证据后，处死蔡锷，所以以查防为由，袁世凯派蔡锷到石家庄巡查，趁蔡锷不在家，袁世凯搜查了蔡锷住宅。

袁世凯此举彻底惹怒了蔡锷，但蔡锷并没有撕破脸皮，而是借请假到天津治病，同老师梁启超密谋云南起义之事，两人分析了全国情况，认为云南有蔡锷的影响，有军事基础，袁世凯对云南的渗透少于其他地方，是起义的最佳地。

事后，蔡锷没有回北京，而是带着小凤仙转道日本，再经上海、香港，从海上到越南海防。这一举动惹怒了袁世凯，袁世凯利用各种方式和手段，一路追杀，而蔡锷也一路避让，险象环生。在他到越南之前，向云南总督唐继尧发报求援，并说明了他回滇的意图，要唐继尧做好一切讨袁准备。为了蔡锷的安全，唐继尧派弟唐继禹到越南河内请法军法警保证蔡锷在越南的安全，法驻越总督全力配合。所以蔡锷到海防后，法警封锁了码头，并派出几辆车，接走蔡锷。蔡锷和小凤仙坐倒数第二辆车，在行车过程中，几块木料拦在路上，警察们知道情况不妙，还没弄清情况，路边树林中就有人开枪射击，所有车没能幸免，小凤仙以死相救，挡在蔡锷前面，她左臂被子弹擦了皮，一个法方警察被击中身亡，蔡锷对此深表不安。

法警没有停留，而是坐火车，连夜把蔡锷送至河口，唐继禹在河口和法警交接，率两个警卫连和一个宪兵队在河口上了蔡锷专列。列车是当年最好的客车，在中部设有软席硬卧，那是专门为蔡将军准备的。但为了安全，蔡锷没有坐软卧，而是避开众人视线，潜入机车后的棚车厢。专列比时刻表提前一小时发车，沿途车站要口派有部队把守。

为了掩人耳目，小凤仙没有和蔡锷在一起，而是和一位军官在软席五号，软席两边分别是唐继禹、副官王印源和警卫连长，门外有多个流动岗哨，二十四小时不间断，不准任何人接近软席。

专列咣当咣当地行进在滇越铁路上，逢山钻洞，逢水过桥，像平时的火车一样，没出现任何异常。路经老范寨时，已是深夜，流动哨换防，几个新换上的士兵精神饱满，在狭窄的过道上来回走动，其中一个士兵走到软席五号时都会放慢脚步，另一个士兵不解地看着他，他说走到将军门前放慢步子为好，这样响动更小一些。另一个士兵点了点头。

正说着，就见小凤仙从五号软席出来，去了厕所，很快又回来，就在小凤仙开门时，那个放慢脚步的士兵正走到门处，他朝里面看了一眼，门很快被小凤仙关上，放慢脚步的士兵问，是不是到老范寨了，被问的士兵说，应该差不多了。

可能真的到了老范寨，火车慢了下来，因为老范寨有个大坡。那个放慢脚步的士兵，突然闯进五号软卧车厢，一声枪响，小凤仙旁边的军官被击中身亡。当其他士兵进入五号软席时，开枪士兵已经打开车窗，跳下了车，只听到车窗外的一声惨叫，随风而逝。

隔壁的唐继禹、王印源和两位连长，第一时间出了软席，他们出来的第一动作都一样，双手握着手枪，食指扣在扳机上，唐继禹一个箭步进了五号软席，当时已经有两个流动哨先于他进去，一个哨兵报告说，开枪者已经从窗口跳了出去，估计已经死亡。唐继禹问吓得直哆嗦的小凤仙情况是否属实，小凤仙点点头，指着窗口，说刺客已经跳出去。

唐继禹马上调查刺客身份，此人是河北人，入伍一年，唐继禹估计是保袁派安插进警卫连的特务，真是虚惊一场，只是扮演蔡锷的士兵，死得太冤，望着身边的死者，小凤仙忙问将军没事吧？唐继禹没回答她，等士兵们将死者抬出去后，唐继禹小声告诉她，将军没事，你放心。从她的语气里能感受到由衷的担心和牵挂，看着面前这个风尘女子，唐继禹有些肃然起敬。

唐继禹知道自己目标太大，所以没去见蔡锷，而是叫一名副连长以巡查情况为由，到最后的棚车厢和蔡锷通气。他要蔡锷格外小心，脱下自己的将军服，换上普通士兵的服装，蔡锷按唐继禹的要求做了，换上了副连长带去的士兵服装。

快到碧色寨时，天就快亮了，唐继禹向蔡锷建议不停碧色寨车站，蔡锷犹豫了一下，考虑到当地官员在车站迎候，不停不妥，日后不好做人，共和大业还要仰仗这些地方官绅，不管这些人心里打什么算盘，我们都要争取的。唐继禹说也行，车站上有我们的内线，朱德团部也正在从剿匪地赶往碧色寨，我们见机行事，如果有危险，您就不必下车。

天已渐亮，碧色寨车站已从夜色中浮现出来，候车室外墙上的法式三面钟时针正指着六点二十三分，蒙自关道尹周沆率众官员虽然等了半小时，但仍以饱满的"热情"等候蔡锷专列的到来。六点三十分，当专列出现时，整个站台就像来了电，突然热闹起来，欢呼声此起彼伏，仪仗队奏起了欢迎曲，许多人挥着旗子和鲜花。尹周沆等人从椅子上站起来，他吩咐餐馆即刻上菜，一时间，负责餐宴的人们忙开了。那几十名农民装束的大汉也忙开了，不断往前挤，女红把这一切看在心里。

女红一直站在德克拉曼身边，不远处是愣子，愣子警帽上的徽须换成了红色，和所有警员的黄须不同。当专列停下时，女红向愣子点了一下头，愣子走到了主车厢开门处。车上的军警下车把站台上的宪兵赶到二线，随车军警紧贴车体设下警戒线。

德克拉曼随尹周沆到开启的车门前，女红隐蔽到人群中，见到车上下来的军官王印源，愣子迎上去，并把警帽取下晃了晃，王印源看了他一眼，愣子向王印源摇了摇头，这一切都在不经意中进行。王印源皱了一下眉头，看了一下四周后，对尹周沆等人说，关道大人和各位政要，实在对不起，蔡将军连夜赶路，身体不适，他让我代他向各位一并致谢。

听了王印源的话，尹周沆说，我们已经等候多时了，想当面向蔡将军表达敬意。

王印源没有答应，那几十名"农民代表"吵闹起来，强行上车，并有几个"农民代表"挡在车头，根据得到的情报，王印源知道那些"农民代表"就是亲袁特别行动队，他知道他们的厉害，如果让他们上车，后果不堪设想。王印源拔出枪向空中连开几枪，并发出指令，所有随车军警举枪逼视，地方宪兵也举起枪，双方对峙，箭在弦上，一触即发，站台上气氛突然紧张起来。尹周沆一脸狡黠，暗度陈仓，对王印源说，误会了误会了，那些农民代表不懂规矩，我即刻驱逐他们，请你放心，我保证蔡将军下车后的安全，设宴招待蔡将军，也是我们蒙自各界人士的一片好心啊，请蔡将军务必赏光才是。

王印源对尹周沆说，谢谢你们的好意，叫你的宪兵队和挡车的人马立即闪开，我再请蔡将军下车和大家见面不迟。见尹周沆笑而抗对，王印源用枪抵着尹周沆的脑门儿，尹周沆这才向四周挥了挥手，并叫堵车的"农民"让道，那些"农民"刚让开，王印源发出开车指令，蔡锷专列像一匹脱缰的野马，向阿迷（开远）方向疾驶而去，车后腾起一股浓烟。

看着奔驰而去的列车，尹周沆并未死心，他知道专列一定会在阿迷（开远）停靠检修加水加炭，这是惯例，不然列车无法到达昆明。他纠集他的特别行动队，并对其训话，他说，誓死保卫袁总统，不惜一切代价惩办叛党，听我的口令，出发。

尹周沆带着特别行动队，请铁路指挥部支持，给他们派了米其林车，这是刚到位的内燃载客动车，有卫生间、洗漱间、餐饮加工间和西餐厅，可载客四十多人，时速可达一百公里，是当时滇越铁路上的豪华专用车，由指挥部调用。

尹周沆赶到阿迷（开远），和阿迷知县张一鲲共谋暗杀计划，他们仍以宴请蔡锷为由，骗蔡锷离开专列，然后动手。但专列军警在王印源指挥下，把所有地方人员拒于车站之外，唐继禹派王印源到宴请酒楼和张知县周旋，而尹周沆在暗中指挥。王印源和张知县周旋，为专列检修和加水加炭赢得了时间，为确保蔡锷将军安全，当夜专列就向昆明进发，于二十二日平安抵达昆明。

蔡锷到达云南府昆明后，马不停蹄赶到唐继尧家中共商讨袁大计，商量后，决定由蔡锷任护国军第一军总司令，决定二十五日向全国宣布云南独立，紧锣密鼓地秘密调遣部队，组织护国军，讨伐袁世凯，发动护国起义。

云南护国军打响了讨袁第一枪，全国各地纷纷响应，一场全国性的北伐战争开始。

当时的蒙自城，两军对峙，朱德和尹周沆虽没有正面开战，但战事一触即发。朱德团长得到密信，要他当晚带上他最信赖的人到蒙自城外小庙。晚上，他按密信到了指定地点，让朱德没想到的是，等在小庙的竟然是鲁少贤和童女红小姐。鲁少贤握住朱德团长的手说，唐继尧总督是我们同盟会的人，他和你们联系不上，就给我们发了报，时间紧急，尹周沆这个老贼，控制了你部，我们无法和你取得联系，只有请您出来了。

鲁少贤拿出蔡锷、唐继尧的密电，上面写道：我们拟于十二月二十五日在昆明举行护国讨袁起义，令你部配合行动，同时在蒙自起义，后向昆聚集。

收到密令后，几人商量行动方案，朱德请女红通过德克拉曼，无论如何调配专列，在蒙自起义成功后赶往昆明，女红赶回碧色寨找德克拉曼协调车辆，鲁少贤在蒙自城组织群众配合起义，朱德动用内线，策反师部保袁官兵，并加紧起义准备。十二月二十五日黎明，朱德率部队向师部发起进攻，在蒙自打响了滇南护国讨袁第一枪，把帝制军官一一活捉，帝制部队纷纷投诚。通过女红的关系，德克拉曼调配了几辆列车，朱德率部乘火车专列，浩浩荡荡从滇越铁路开往云南府昆明，投入到讨袁护国的战斗中。

出发前，朱德团长握着女红和鲁少贤的手说，感谢你们，你们帮了大忙啊，我们第一次见面，我就说过，我们是一家人，我们会成为朋友的，因为我们的目标是一致的。

第 七 章

　　密杀蔡锷事件和朱德起义过去后，碧色寨又恢复了平日的运输秩序，在那股钢铁的气息和蒸汽机的雾气中，人头攒动，上下货物的吆喝声此起彼伏，外加个碧石寸轨铁路车站的修筑，碧色寨一片繁忙。

　　个碧石寸轨铁路因经费问题，几经周折，让陈鹤亭伤透了脑筋，他找到童政员，商量个碧石铁路的资金问题。他提出由个旧铁路银行发行兑换券两百万元，童政员同意他的方案。没想到，兑换券通行于个碧石铁路与滇越铁路沿线各地，所以，不久，兑换券就增值到一千万元。很快，在陈鹤亭和童政员的努力下，个碧石铁路公司在个旧铁路银行的基础上，成立了个碧石铁路银行，昆明、蒙自、建水、香港设分行，这样，资金问题得到了初步解决，但也没有彻底解决资金问题，个碧石铁路仍在磕磕绊绊的状态中艰难前行。

　　因为个碧石铁路的事，童政员忙得不可开交，他准备让女儿多参与公司的事。那天，他为女红买的红色跑车从法国运来，看到女红高兴的样子，他向女儿提出要她帮着经营大通公司的事，女红欣然答应，她准备动员巴目到公司工作，助她一臂之力。

　　那天，女红刚要去找巴目，一个马车夫就带来鲁少贤的口信，叫她速往城里。她第一次开着自己的红色跑车到了城里。鲁少贤看着她的车，眼睛都直了。女红说我是不是张扬了一点，这会不会对工作不利？鲁少贤说，这倒不至于，相反，会掩人耳目。

　　掩人耳目？什么意思？

　　你想想，你这辆车一定是蒙自的第一辆私车，并且是红色的跑车，我估计不仅滇南，整个云南，你都是第一个会开车的女子，像你这样的大小姐，哪还有心思革命呀，革命都是穷光蛋的事，历来如此，所以，你这是掩人耳目，混淆是非。

哈哈，怎么啥事到你嘴里都是理。

那天真有大事，按上级指示，鲁少贤主持国民革命党滇南特委成立大会，鲁少贤被选为特委专员，女红成为支委，特委成立后，鲁少贤请九个支委吃饭。那天大家高兴，喝酒是免不了的，个个一副革命成功了的样子，鲁少贤提醒说，放开喝酒可以，但孙总统说了，革命尚未成功，同志仍须努力。

女红也喝了不少酒，鲁少贤叫她少喝一点，她说你舍不得，酒钱我付。鲁少贤只得由她去了。饭后，几个人东倒西歪地出了饭店，鲁少贤扶着女红回家。

回到鲁公馆，鲁少贤把女红扶到自己床上，然后关上门，从抽屉里找出一个盒子，从里面取出一只金戒指，帮女红戴在右手食指上，女红不知他在干什么，说了一句你不要烦我。鲁少贤说，我已经给你戴上结婚戒指了，我正式向你求婚。说着，鲁少贤像很多求婚者一样，单膝跪在女红面前，说，红，答应嫁给我吧，我给你一生的幸福和快乐生活。

醉意中的女红，听了鲁少贤的话，大笑起来，并侧头看着他下跪的样子，说，可怜的男人啊，你给我站起来。

鲁少贤有些惶意，也有些期待地问，你同意了？女红用脚蹭他脸，他像得到鼓励，站起身，她拉着他的手，笑了，笑得很开心，他从她手中得到某种信息，他开始犹豫了一下，但很快，他向她压了下去，她不停地扭动身子，想撑起身子，又起不来，最后，她动累了，就没动静了。

酒精在鲁少贤体内发酵，像红河奔涌，他趁着酒兴，竟然脱光了她的衣服，他第一次见到她成熟的身体，他一阵激动，把自己也脱得精光，不顾一切地，向她压下去，再压下去，他眼前没有别的，整个世界都没有别的，只有一张白里透红的脸上，荡着红霞，很快那双清晰的眉头可爱地皱起，脸形开始扭曲，像在忍受世上最痛苦的折磨，霞在飞，红在涌动，他努力地前行，并像个淘气的孩子，进入了一个神话中的迷宫，让他东奔西跑，她掐了他的背一下，她终于发出了歇斯底里的叫唤，那是她体内深处发出来的声音。

当红河水风平浪静的时候，他像一个被风浪拍在沙滩上的水手，没了一点动静，而她始终不敢睁开眼睛，她怕看到一个她熟悉的世界，直到她感觉到他穿上衣服离去，她才大着胆子睁开眼，而她第一眼看到的却是他。他站在她面前，像一个做错事的孩子，拿着一块还冒着热气的毛巾，然后帮她擦身子。

女红知道发生了什么，翻身下床就要走，鲁少贤拉住她，说，你酒还没醒呢，不能开车。

听了鲁少贤的话，女红摇了摇头，感觉到是有一些迷糊，所以重新倒在床上。当酒醒时，已是深夜，她起身要走，鲁少贤知道拦不住她，就送她到车前，她一直没回头，直到坐上车，她才回头看了他一眼。他发现那天女红开车行动迟缓，像劳累过度，而谁也不知道，她身心却是从未有过的放松，她不知道为何有这种感觉，但她知道这种感觉出现在她和鲁少贤发生的那件事后，难道自己身心放松和那件事有关？

女红的红色跑车，像一道划过的风景，行驶在蒙自到碧色寨的原野上。

第二天早晨，她才发现自己手指上戴着一只戒指，她并不知道是怎样戴上去的，但她知道一定是鲁少贤给她的订婚礼物，这个戒指不能随便戴，必须还给鲁少贤，她急忙下楼，在院坝里遇到了巴目，巴目说，姐，你脸色不太好。女红笑了，好像是不想让别人看出脸色不好，她笑了，问，你的轩颜同学来了吗？

来过了，又回去了。

好呀，什么时候去日本留学？

她不喜欢那个岛国，不去了，再说吧。

不去了就好，我正要找你呢，来大通公司吧，姐给你一个职位。

女红开了口，巴目是不会拒绝的，况且这是好事。

她想给巴目一个副总经理的职位，而父亲童政员却不同意，所以，巴目做了大通公司劳工总监理。

那天，女红并没有去找鲁少贤，倒是第二天，鲁少贤找来了，并给她带来一些好吃的东西，她把那只戒指递给他，当然，她并不想让鲁少贤不高兴，所以她说，你什么时候给我戴上的，我一点儿不知道，这么重要的事，我都没亲眼看到，你是想给我留下人生遗憾呀，这次不算，以后找时间再说吧。

女红这样说，自然是个理由，但鲁少贤心里清楚，订婚的事，她心里还在摇摆不定，所以他把吃的东西交给她，就转身走了，女红没有留他，他有些失望。

望着他的背影，她想起了桂花和巴目的事。

赛桂花经常回碧色寨，同样给巴目带好吃的，而巴目却像一块焐不化的冰，每次桂花都伤心而去，为报复巴目，她答应到碧色寨哥胪士酒吧唱戏，酬金不薄，唱完后，布斯特留她吃夜宵，她也答应了，她带信给巴目，谎称有人在哥胪酒吧等巴目，巴目真的赶到酒吧，没看到等他的人，却看到桂花陪布斯特吃夜宵，巴目一时火怒，桂花开心地笑了，说，王子驾到，有失远迎。

巴目没有理会桂花，扭头就走。布斯特对着巴目背影大笑，对桂花说，真是可怜的王子，他像只什么来着？对了，他像你们中国人说的，像只落汤鸡。

布斯特不停地对桂花劝酒，桂花发疯一样猛喝，没人知道她心中的烦闷，这是借酒浇愁。而后，她喝得人事不省，布斯特把她弄到房间，正要侵犯时，弟弟乔斯特赶来了。乔斯特像匹激怒的公牛，上去就给布斯特一拳，布斯特被打蒙了，自己弟弟怎么会打自己呢。乔斯特扶着醉态的桂花出了酒吧，把桂花送到她家中，那时莫里黑还在念叨巫文，见到女儿也没理会。

布斯特并没死心，竟然跑到蒙自城找桂花。那天，他找到桂花戏班子时，正碰上郭大头纠缠桂花，要桂花给他做小老婆，不然，他将踏平戏班子。见此情况，布斯特用他那双长臂大手抓住郭大头衣领，虽然郭大头在蒙自城蛮横霸道，但见了洋人，特别是见了有势力的洋人，他还是不敢对抗的，所以，他对布斯特骂了几句蒙自人才能听懂的脏话出气，然后怏怏地离去。

郭大头离开后，布斯特对桂花显出了凶相，直到戏班子的人赶来，班主一看是个洋老咪，就对布斯特说，你要桂花姑娘唱戏呀，这好办，约个时间，到时桂花一定前往。布斯特被班主封了口，并看到戏班子人多，就跟桂花定了唱戏时间，然后离去。

桂花知道此事没个完，就找到女红帮助，女红知道后，叫桂花别怕，布斯特好办，问题是郭大头不是省油的灯，朱德团长在时，他不敢怎么的，现在朱德团长离开蒙自，郭大头绝不会放过桂花。

女红对桂花说，现在唯一的办法就是你赶快嫁人。

桂花不解地问，嫁巴目王子？

女红说，如果巴目同意固然好，但我今天要告诉你一个实情，巴目王子心中有了别的女人。

桂花说，你说的是他那个女同学？

女红点点头，说，不急，这世界上不缺男人，我给你介绍一个洋人怎么样？

桂花不解地问，洋人？女红点点头，说出了乔斯特的名字，并说她可以保证乔斯特是个不错的小伙子。

桂花说，我也觉得乔斯特是个好人，但他是洋人，一闻到他身上的气味，我就不习惯。

女红笑了，说，气味不是什么大事，天天在一起就习惯了，如果你能跟他在一起，郭大头就不敢欺负你了，郭大头怕洋人，我现在就把乔斯特叫来，你们先接触一下。

桂花没吱声，女红理解为默认。

没想到，当女红跟乔斯特说此事时，乔斯特说，姐，不瞒你说，我早就有这个心思了，就不知桂花姑娘是否喜欢我，如果这事能成，姐，你可是我的大恩人呀。

乔斯特迫不及待地和桂花见了面，并带着桂花见了布斯特，说，哥，这是我女朋友，你应该祝福我。

听了弟弟的话，布斯特愣住了，然后把乔斯特拉在一边，说，你真要找个中国老婆呀，你别忘了我们是法籍希腊人。

我定了，哥，今后不许你欺负桂花姑娘了。

布斯特叹了一口气，他虽知道要扭转弟弟的情感是很难，但他还是秋风黑脸地阻止弟弟，而乔斯特并没有因布斯特的阻止而动摇。

接触一段时间后，从不接触洋人的桂花，对单纯善良的乔斯特产生了好感。那天，乔斯特要桂花给他唱戏，桂花不从，说，你是看上我的人？还是看上我的戏？乔斯特眨了一下眼睛，说，我都看上了。

桂花故作伤心地说，你看上的是戏，那我走了。

乔斯特拉住桂花，在她嘴上吻了一口，说，我要把你吞到肚里，然后再去爱你的戏，我爱的是你的戏，别人的戏我都不爱，所以，亲爱的桂花小姐，你应该专门为你的先生唱一段，就那天晚上的《贵妃醉酒》好吗？

桂花说，尊敬的乔斯特先生，我的戏是要卖钱的，可不能随便唱。

乔斯特说，这好办呀，我给你拉小提琴，你给我唱戏，就行了，你可要知道，我的小提琴也是值钱的，我是靠拉小提琴才来到远东的。

乔斯特主动拿出小提琴，潇洒地用弓在琴弦上划了两下，琴发出浑厚鸣亮的声音，他为桂花拉了一曲中国的《春江花月夜》，从没听过小提琴的桂花，被乔斯特的琴声迷住了，她不敢置信，世界上竟然有这样好听的声音。

那天晚上，乔斯特没跟桂花事先约好，就到城里看桂花的《贵妃醉酒》。乔斯特是个艺术气质很浓的人，看完后，他在座位上没马上起来，而是沉浸在戏的韵调和剧情里。是看到观众散去，他才起身朝后台走去，他想给桂花一个惊喜。但当他走近后台时，却听到了桂花的喊叫，乱哄哄的，他辨不清发生了什么，跑了过去。那时，郭大头正抱住桂花不放，并扬言说，谁拦我，我下了谁的手，今晚我不弄走桂花，我誓不为人。

一旁的班主阻挡也没用。

乔斯特走上前，一拳打过去，郭大头摸了一下自己被打的额头，说，什么洋毛贼，敢打老子？乔斯特又是一拳，平时都是打别人，好长时间没被人打过了，郭大头火气一上来，叫随从上，两个随从抓住乔斯特就打，一时间，整个后台翻箱倒柜，人影晃动，郭大头边打边骂乔斯特说，你凭什么打我，你是小婊子什么人？一旁的班主对郭大头说，这个洋人是桂花的未婚夫。郭大头愣着眼睛，说，什么未婚夫，我就不信，洋老咪会找个戏子做老婆，打，今晚，老子豁出去了，洋人咋了，洋人老子也敢惹。

看到桂花以死保护乔斯特的样子，又想到班主说的，郭大头心里开始打鼓，他相信班主不敢在他面前乱说，意识到这一点，他叫两个随从住手，而这时，乔斯特脑门儿已经出了血。郭大头埋怨随从下手重了，说着就带着随从跑了。

看到乔斯特被打伤，桂花心疼地安慰他，并找来酒精和白药，帮乔斯特消毒上药。乔斯特笑笑说，没事的，如果那恶霸还来，我还敢打他！

虽说伤了乔斯特，但自那次以后，桂花真的就清净了，没人再敢欺负她。

莫里黑听到女儿和乔斯特的事，开始不相信，他问过桂花，桂花没搭理。当看到女儿和乔斯特走在一起后，他就信了，也气昏了，他不能容忍一个洋老咪做自己的女婿，也无法想象，一个金发蓝眼、高鼻卷发的高大洋人叫自己岳父，那不是撞见鬼了吗？

女儿不是和巴目王子好的吗，这王子都睡着了？

莫里黑找到巴目，要巴目娶了自己女儿，巴目有苦难言，本来他也不愿意桂花和乔斯特在一起，所以莫里黑提出这事时，他心情复杂，摇摆不定，总也定夺不下，但他知道眼下必须终止桂花和乔斯特的来往，不然就真晚了。所以他警告了桂花，要她不能再和洋老咪来往，而桂花却说，你不准我和乔斯特来往，那你娶我吧。

巴目说，好呀，我明天就娶你。

桂花说，你娶我？晚了。

巴目说的，显然是句情绪中的话，他的观点是，可以跟洋老咪交朋友，却不能通婚。他一直想把桂花介绍给愣子，但现在愣子已成家，不管怎么说，不能让桂花嫁给洋人，所以巴目就找到乔斯特，要他放手桂花，而乔斯特却已坠入情网而不能自拔，他也不相信桂花会抛弃他，他想找桂花问个明白，却怎么也找不到桂花，接连几天都这样，难道桂花躲了，难道她真的要和自己分手？

桂花不知去向，乔斯特理解为她准备和自己分手，所以陷入了痛苦之中。布斯特对此大做文章，趁机开导弟弟，阻止他和桂花好，而乔斯特不想听任何人的阻劝，天天蒙头大睡，那天，看弟弟情绪平稳一点后，布斯特又劝说弟弟，说，一个连巴目都看不上的女戏子，你竟然要娶她做太太？

听了布斯特的话，乔斯特再也不能忍受，抓起一只水杯向哥哥砸去，两兄弟的关系有了裂痕。

其实，桂花并不是躲避乔斯特，而是不想理会巴目，所以躲到了好友家中，一躲就是一周。她不是不想念乔斯特，而是想趁机考验一下他，因为她对洋人没有把握。

女红知道桂花下落后，劝她跟巴目和乔斯特说清楚，而她坚持不理巴目。

女红理解巴目，也看好这个彝族王子，她找巴目谈心后，才发现巴目是一个有远大理想的人，她尊重他的选择。

女红一心提巴目做副总经理，而童政员不同意，他认为提拔巴目为时太早，他经过一段时间的考察，也很看重巴目，巴目不仅有文化，还实诚，责任心强。最后，他提拔巴目为大通公司助办，相当于内当家，这个角色已经是公司高层职务了。

在碧色寨的转运公司中，能和大通公司较劲的，就是广东转运公司，童政员一直没把他们放在眼里，两年过去，这家公司渐渐兴旺起来，并有和大通公司旗鼓相当之势，巴目上任后，广东公司老板胡广和巴目亲密起来，经常约请吃饭。

女红提醒巴目和这些老广打交道多个心眼，巴目说，他们和我交朋友，无非就是想利用我和他们加强业务联系，互利互惠，这是好事，姐的提醒，我知道的，姐放心好了。

只要你清醒就好。女红正说着，感到心头就一阵不适，她背过巴目，跑到院子边上，呕吐起来，巴目过去拍着她的背，说，姐感冒了，我送你去医院。女红说没事的，很快就好，你去忙吧。说完，女红就回了睡房，躺在床上，心事重重的样子。

当大成敲开女红的门时，女红又想吐，大成说，老爷有事叫你，如果大小姐身体不舒服，你休息，我跟老爷说说。

女红漱了一下口，跟着大成到了办公室，巴目和副经理已经在了，听说是商量成立昆明分行的事，女红说，你们都商量一年了，这么简单的事，用不着折腾，派人去昆明办理不就完了吗？

童政员说，你说得轻巧，办分行总要选址吧，总要房子吧，总要选个合适的人去经营吧，目前最难的还是选不出合适的人。

听了父亲的话，女红脸上闪过一丝念想，说，我去。

听女儿这样说，童政员露出欣慰的神情，说，红红，你真是这样想的？女红反问道，你说呢？童政员知道女儿的性情，说一不二，但他脸上很快出现犹豫的表情，他知道女红未必能办好这件事。

看到童老爷子在犹豫，巴目说，大小姐去也合适的，给她派个助手。

这样也好。童政员对女红说，如果你硬要去的话，我派大成跟你去。

女红和父亲拉了钩。在女红的催促下，一月后，她带着大成去了昆明，出发前，童政员看着女儿的样子说，红红，你最近脸膛红润，气色很好，身子也好像丰润了一些，不像以前那么单薄了，在外面很辛苦，只要你身体好，爹爹就放心了。

女红回敬老头子说，你还把我当孩子呀，你修个碧石铁路期间，我不是也撑起公司的事了吗？员工还个个服我管，只有你老人家总把我当小孩。

听了女儿的话，童政员开怀大笑，连续说道，是，是，是，我闺女长大了。

不是长大了，是熟透了。女红没好气地说道。

听了女儿这话，童政员本想提一提她的婚事，但又怕她不高兴，就转身对大成说，分行的事是大事，照顾好大小姐也是大事，大成啊，你要多照顾大小姐，你们去吧。

女红去昆明的事，没告诉鲁少贤，鲁少贤知道此事后，对女红不满，对女红的思念也与日俱增，他准备找机会去昆明和女红见面。

自蔡锷、唐继尧掌管云南大权后，鲁少贤就成了蒙自政府的督办，并且有望成为蒙自总军督，所以很忙，他忙里偷闲，给女红写信，但没收到一封回信。他到大通公司问童老爷子，童老爷子说，分行的事是白手起家，红红可能是太忙，没顾上回信。

虽然童老爷子这样说，但鲁少贤心里想，再忙也不影响回信。他和童政员告别后，就去找德克拉曼公办。按理说，两人是情敌，但彼此心照不宣，不提女红半句话。两人商量了车站和辖区内铁路的联防问题，话至此，两人自然谈到几年前那个探险家黑衣人事件，德克拉曼责怪政府警察还没弄清情况时，就击毙了黑衣人。

鲁少贤感慨地说，那时我还不是政府的人，但也是奉组织之命追捕黑衣人的。

德克拉曼一直想弄清此事，就说，事情已经过去几年了，现在的政府也不是那时的政府，你已经是现在政府的人了，我能问一个问题吗？

鲁少贤说，当然，站长请便。

德克拉曼开门见山，问，当年你为何追捕黑衣人？

我真不知道，我当时只是执行命令。鲁少贤没有说下去，而是继续和站长商量联防的事，德克拉曼有些心不在焉，到碧色寨这么多年了，爷爷的事还没一个结果。

女红去昆明几个月后，碧色寨就有了电话。童政员想听听女儿的声音，但每次都是大成接电话，当童老爷问起女红时，电话那头的大成总是嗯嗯叽叽，每一次都说大小姐出去办事了。童政员不满意大成的说法，虽然他相信女儿没出事，但还是有些担心，他要大成告诉女红，要她回蒙自一段时间。

见女红迟迟不回蒙自，而电话那头又总是大成，童老爷急了，跟大成约定了下一次通话时间，要女红无论如何在场。但到了约定时间，女红仍然不在场，电话那头还是大成嗯嗯叽叽的声音，童老爷发火了，告诉大成，如果下次不是大小姐接电话，那他就亲自到昆明问个究竟。

这样一说，童政员终于听到了女儿的声音。电话里，女红解释了多次电话不在现场的种种原因，毕竟是自己闺女，老爷子原谅了她，但一板一拍地定了女红回蒙自的时间，而女红虽然答应父亲，却总是以种种理由拖延回碧色寨的时间。

昆明分行的事已经开始运营，一切正常，童政员向女儿下了最后通牒，要她赶紧回家。在父亲的再三催促下，女红终于回到碧色寨。

看到离开了十个月的女儿，童政员笑得合不拢嘴，他退了两步看女儿，叫女儿转动身子，说，我的宝贝疙瘩终于完好无损地回家了，你在昆明吃了啥，竟然长胖了，难道你在家时，我没给你吃饱吗？

女红笑着说，在家受父亲管制，心理受损，吃得再多也长不胖，不过我不喜欢胖，争取回家后回到原来的体形。女红并不是说说而已，的确吃得很少，不沾肥肉，连瘦肉也少食，尽吃些蔬菜，只吃半碗饭。

她给菲娅、德克拉曼和莎白都带了礼物。当女红出现在站长室时，德克拉曼高兴得又让座又上牛奶咖啡，并说了一句，真是三喜临门呀。女红不解地问何来的三喜？德克拉曼说，璐蔓丝很快生产是一喜，大小姐回来是一喜，母亲来到又是一喜。

听他这样说，女红重复了一遍，璐蔓丝生产？你母亲？德克拉曼说，是的，我第二个孩子就要出生了，也正因为这样，我母亲答应来帮助料理，明天中午就到了。女红知道，德克拉曼来中国后，就再没见过母亲，自然，母亲也没见过儿媳和孙子。这真是天大的喜事。女红说道。

德克拉曼说，是呀，所以我特地准备了晚宴，到时你一定要来。

女红自然答应了德克拉曼。

第二个孩子就要出生了，母亲也要来了，德克拉曼的高兴在情理之中，在德克拉曼的表情中，女红突然发现这个又高又帅的法国男人，脸上添了皱纹，也没以前精神了，她感叹真是时光飞逝啊。

璐蔓丝身怀有孕，不能和丈夫一同到站台迎候老人，而女红觉得迎接老人应该热闹一些，所以，第二天，她站在了德克拉曼旁边，德克拉曼很感激，他要雨莱叫女红阿姨，雨莱没叫，而是依偎在女红身上，女红牵着他的小手，这是一幅温暖的画面。

列车进站时，仪仗队奏响了音乐，一身制服的德克拉曼向列车行礼，当列车停毕，他们一起来到三号车厢门口，里面涌出各种肤色和模样的外国人，出门的人稀少下来时，一个服务员扶着一位银丝飘动的老夫人下来，德克拉曼上前扶住老人叫了一声母亲，老人愣了一下，德克拉曼意识到自己刚才说的是中国话，他赶紧改用法语又叫了一声母亲，但老人还是愣着，直到老人盯住德克拉曼的眼里浸出泪水，帮德克拉曼理了一下头发后，才紧紧搂住德克拉曼，德克拉曼眼里也浸出了泪水，他慢慢脱出母亲怀抱，帮母亲擦去眼泪，母亲眨了两下眼睛，又盯着他看，然后意味深长地摇了摇头。德克拉曼知道母亲摇头的意思，是自己变了模样，他出来时不到二十岁，如今三十五岁了。

旁边的女红也忍不住有些动容，她把雨莱推上前，要他叫奶奶，老人这才看了一眼女红和雨莱，她在雨莱脸上吻了一口，用法语叫了一声宝贝，再看女红时，竟然像抚摸自己儿子一样，抚摸女红，脸上荡着笑意，口中念念有词，女红虽懂法语，也略知她的大概意思，但还是很难确认老人略带方言的法语，感到老人对她的态度有几分怪异。而听了母亲的念叨，德克拉曼才知道是母亲搞错了，她把女红当成了儿媳。

德克拉曼用法语向母亲解释，然后又向女红解释，女红对德克拉曼说，没关系的，是老人见儿媳心切，带着老人回家吧，璐蔓丝还在家等着呢。

女红一直扶着老人，但她没有进德克拉曼家门。

那天的晚宴，德克拉曼没有来，是璐蔓丝挺着大肚子来了，她对大家说了德克拉曼没来的原因，是母亲带来父亲去世的消息，德克拉曼接受不了这个事实，心情极度糟糕，他怕影响大家的心情，所以叫璐蔓丝代为致歉。大家理解德克拉曼的心情，愣子扶璐蔓丝落了座，璐蔓丝说，愣子，今天请你代劳招呼大家。愣子说那是当然的，站长不在，我这个警卫队长照顾大家是理所当然的。

因为心情所致，饭桌上大家都没兴致，最后是女红付了饭钱，璐蔓丝要拿钱给女红，女红说你身子不方便，就别折腾了。

饭后，莎白叫女红和菲娅去她那里喝咖啡，菲娅怎么也不去，女红叫她，她也不去，她说她还有事，莎白看着她的背影说，菲娅越来越孤僻了。女红说都是爱情折腾的结果。

在得不到老师保罗·波登的爱情后，菲娅接受了大家的劝说，开始接纳卡洛，卡洛也初衷未改，对菲娅仍然情重如山，在两人的情感直线上升时，菲娅知道了卡洛去"樱花谷"的事，她陷入了苦恼之中。

愣子把璐蔓丝送回了家。那时，德克拉曼正捧着母亲带来的一枚奖牌看，那是法国宗教协会奖给爷爷的，是法国宗教界对牧师的最高荣誉。看着那个奖牌，德克拉曼就像看到了身材高大、身穿长袍的大胡子爷爷。

没人知道德克拉曼心中的痛苦。他来中国时，向父亲保证过，一定要找到爷爷的下落，即使爷爷不在人世，也要弄清爷爷的情况，而现在还没等他找到爷爷，父亲就离开了人世，这让他深感内疚和不安。

愣子把璐蔓丝扶回家，安慰了一下站长，就离开了。

看到愣子过来，女红问了德克拉曼的情况，想叫上莎白一起去看看，莎白说，还是不去为好，任何安慰都没有作用，因为都不能让他父亲活过来，现在他需要安静。

女红没有坚持自己的意见，菲娅约她听戏，但见到愣子给他女儿买糖豆时，就改变了主意，要莎白陪自己去看看愣子女儿贞贞，她给贞贞买了万花筒和风车玩具，并跟着愣子去了愣子家。

　　原来愣子家境还算殷实，所以读了私塾，后来因他父母抽鸦片，败光了家底，即使愣子在车站做事，也不能让家境好起来，所以，看到愣子家贫穷潦倒的景象，女红心里不好受。她和愣子父母打了招呼，但两位老人没有反应，愣子父亲躺在角落里，他母亲坐在灶台口不说话，不知道是不是抽大烟的原因，他们一脸蜡黄，两个老人基本不干事，都是愣子媳妇操持家务，上有老，下有小，一个苦命的女人。

　　贞贞已经六岁，已到了读书年龄，女红问到贞贞读书的事，愣子摇摇头，说，贞贞还小。女红说，也不小了，我来教她，我做个私塾先生还是够格的，我比那些私塾先生学历高多了。

　　听女红这样说，愣子媳妇突然窜出话来，说，童大小姐哟，我们哪有钱为丫头请先生哦，再说了，丫头长大了都是别人的，学了也是白费工夫嘞。

　　听了愣子媳妇的话，女红心里堵得慌，她说，教贞贞认字算术是免费的。

　　愣子媳妇的话，让愣子没了体面，他赶紧制止了她，忙着对女红解释说，贱内没有文化，出话不当，让大小姐见笑了，小女识文断字事小，大小姐是干大事的人，时间和黄金一样贵，真不敢劳烦大小姐。

　　你刚才还说你媳妇说话不当，你这话也对不到哪里去，这样吧，我认贞贞做干女儿，我教干女儿识文算术总是可以的。女红说着，就把贞贞搂在怀里，贞贞竟然也和她亲近。

　　愣子说，大小姐出身名门望族，贞贞能给大小姐做干女儿，是贞贞的福分，我们想都不敢想啊。

　　女红说，愣子兄弟，你这样说就见外了，我们患难与共这么多年，我认贞贞做干女儿，是情分上的事，就这么简单。

　　旁边的莎白对女红说，让贞贞做干女儿，双方愿意就行，问题是贞贞叫你干妈有点别扭。女红说怎么就别扭了？

女红要贞贞叫自己一声干妈给莎白听，贞贞竟然也叫了，莎白听了后说，听上去还是别扭，也不妥，哪有没结婚的干妈？女红说，我都三十一岁了，咋就不能当干妈了？我这个干妈当定了，是吧？说着，女红帮贞贞理了一下头发。

　　就像真和愣子家有了关系，女红转着头看了看屋内，当看到愣子父母时，她问愣子，你父亲戒过大烟吗？愣子说戒过，就是戒不掉。愣子叹了口气，又接着说，寨子里抽大烟的人很多的，不抽就活不了，有人宁肯死，也不戒烟。

　　女红皱着眉头说，抽大烟的家庭环境对孩子的成长不利。

　　看到愣子无可奈何的样子，女红再没说下去，空气有些沉闷，莎白示意女红是不是应该走了，女红站起身，拍着贞贞的脸说，我这干妈不能白当。说着就从包里掏出几百元钞票给贞贞，看到这么多钱，愣子老婆秀秀一脸惶意，赶紧把钱返还给女红，女红没接，推让中，愣子接过钱，对女红说了一声谢谢。

第 八 章

这一天，随着夜色的降临，一种神秘气息笼罩着碧色寨，随着一辆客车在雾气中缓慢驶入，这种神秘气息更加深浓。车停毕，上面下来一个身穿黑衣、头戴黑礼帽的西方男子，这一穿戴，让人想起那个探险家。他的出场，给碧色寨带来一种不确定不安定的因素。

他东张西望，不知在寻找旅馆，还是初来乍到的新奇所至，当他看到候车室门头的北回归线标记时，目光陷了进去，脸上浮现出欣喜的笑意。

就像一种神秘的链接，黑衣人同样住进了哥庐士宾馆，当布斯特安排他住在东边的房间时，他提出住西南的房间，布斯特说东边房间宽敞一些，黑衣人说，西南边能看到桥长海，我这人就喜欢看到水，看不到水，心里就不滋润。

黑衣人的回答，让布斯特笑了笑。

你是一个作家？

不是。

那你一定是个艺术家。

也不是。

布斯特本想问他来干什么，但没问，这个年头，东走西窜的人，想法都是稀奇古怪的，一个人大老远从西方来到碧色寨，一定有他的目的，当然，也可能什么秘密都没有，只是走走看看，很多人不都这样吗，一些人还死在了路上。

黑衣人很古怪，向布斯特打听德克拉曼的情况。两天后，当黑衣人再次问到德克拉曼时，布斯特将此情况告诉了德克拉曼。

单就打听自己，德克拉曼并不会往心里去，但听到黑衣人问到北回归线时，他就觉得事情有些蹊跷，他第二天早上就来到哥胪士酒吧，布斯特带着他敲了黑衣人房门，但房里没动静，两分钟后，布斯特叫服务生开了房门，结果房内无人。

　　黑衣人没退房，就不会走远，德克拉曼要愣子查找，调查结果是黑衣人上了一辆南下的火车，德克拉曼估计他去越南海防，那是一辆普快车，速度慢，德克拉曼叫愣子带上一个铁警坐米其林动车追赶，预计到姑保寨就能追上，哥胪士宾馆一名见过黑衣人的店员随行。

　　追到姑保寨，愣子三人刚上普快车，车就开了。车上商人和游客居多，也有少量的沿途农民，背篓、箩筐扁担塞满车厢，里面多数装着蔬菜、水果和粮食，还有小猪、小狗和鸡之类的家禽家畜，满车厢飘着禽畜粪和各种物品混合的气味，游客和商人们极为不满，不时发生口角，也有商人和游人买农户的东西，成交的多数是水果，车上成了农贸市场。

　　愣子从第一节车厢查到最后一节，没找到黑衣人，却在最后一节车厢见到了菲娅，因任务在身，愣子没和她招呼，忙着从最后一节车厢反查回去。正查着，一个穿深色衣服的人跑上车顶，愣子问店员是不是那人，店员不能确定，愣子掏出枪跟了上去，这时车在下坡，只见那人双手紧握一个圆盘，紧张地磨动。看到这一幕，愣子就明白了，原来是个火车上的车轫员。滇越铁路上的火车没有风闸装置，下坡时只能靠车轫员关闸，愣子知道这是个危险的活儿，关紧了连接钩子就会拉断，关松了又起不到作用，不控制车速，就会脱轨、撞岩，甚至翻车。因为一个车轫员负责几节车厢，需要跑上跑下，有时车顶上都站不稳，就别说走路了，路况不好的地段，路如蛇形弯来扭去，一些车轫员被甩下万丈深渊，还有的因车进入隧道或桥梁，被撞伤撞死，所以，为了安全，为了争取时间，有时，车轫员会下到车厢内跑上跑下。

　　愣子上去和车轫员打招呼，并问是否见到过一个黑衣人，车轫员摇摇头，没说话，专注地看着车前方。

当下到车厢内，车突然停了，乘警告诉愣子，前方泥石流冲毁了铁轨，正在抢修。愣子叫乘警和跟来的警员分别在列车两边，注意上下旅客，不能让黑衣人溜走，叫店员继续在车上寻找，自己下了火车。

天下着小雨，车前方是块壑滩，但已看不出作为青山绿水的美丽风景，泥石俱下，整个沟壑像伤员皮开肉绽，翻出红色伤土，覆盖了路基和铁轨，工人们正在抢修。

路障清理得差不多时，山梁上几十个人影像蚁群从山上下来，走近了，才看到他们手中有枪，愣子意识到遇到土匪了，他叫来列车长和两个乘警，商量对策，列车长说，这是大土匪吴学显的地盘，他手下有两千之众，没人敢惹他。

愣子准备和土匪谈判，列车长说，别瞎费工夫了，那些土匪就靠抢劫为生，他们不会听你的。

列车长说的也有道理，车上共有三百多旅客，发动他们一起和土匪斗争，应该有战斗力的，因为他们也需要保护自己生命和物品的安全，想到这里，愣子对大家说，土匪手中有枪，几百人也很难对付他们，我们跟旅客们说好，佯装投降，不作任何抵抗，等土匪靠近，他们的枪就失去了优势，到那时一声令下夺枪，几百人对付几十人应该没问题。

大家都同意愣子的主意，工作人员分别跟旅客们说了对付土匪的计划，这时，土匪们已经围了上来，他们向空中开枪，一个大胡子匪首站在一块石头上对着列车发话，叫人们原地不动，如有抵抗，就吃枪子。

旅客按事先交代的，没有动，当土匪们靠近后，愣子一枪击中大胡子土匪，对旅客发布夺枪命令，一时间，山谷里乱成一团，叫声不断，人们在泥水里搏斗，因为大胡子被击毙，没人指挥，土匪大乱，有的土匪开了枪，几个旅客被击倒。当一个土匪举枪瞄准一个洋女人时，愣子突然意识到了什么，向那土匪猛扑过去，但土匪已经扣动枪机，愣子夺过枪，用枪柄砸向土匪脑袋，土匪惨叫一声就没声息了。愣子这才转身向洋女人奔去，不出所料，洋女人正是菲娅，还好，那一枪只擦了她的肩膀，伤了一点皮，愣子叫列车长找来卫生员，为菲娅包扎了伤口。菲娅告诉愣子，他们三人从姑保寨上的车，稽查沿线路况。

很快，剩余的土匪逃窜，列车长向路管报告了匪情，把几具尸体交给道班和修路工处理，留下两名乘警协助处理善后。把所有旅客集中到车上后，愣子叫列车长清点人数，乘务员清点后，很快告诉愣子，除死去的，人数没少。听到报告，说明黑衣人还在车上，愣子一颗心落了底。路通后，列车继续前行，激战后的旅客们全成了泥人，菲娅也不例外，愣子陪她坐下，告诉她他们在追捕一名黑衣人。说到黑衣人，菲娅神经质地向四周看了看，愣子瞪大眼睛问，你见到过？菲娅想了想，摇了摇头。

因为雨天，车上的人能感觉到车在打滑，旅客们坐不稳，一些人被甩倒在地，菲娅晕车，在窗口透气时，看到弯弯曲曲的铁路，突然想到人们常说的几句话："滇越铁路是蛇形的铁路，船形的火车，英雄的司机，不怕死的旅客。"这个形象的比喻，让身处危难中的菲娅笑了笑。

车速慢下来，愣子三人又开始查找黑衣人，结果仍然没有找到。愣子通过铁路通信，向德克拉曼站长报告了情况，既然目标失踪，德克拉曼叫他们撤回。

正说着，愣子就感觉到火车响声不对，并且在震动，最后倒向一边，愣子意识到发生了车祸，他紧紧抓住菲娅，头就撞到了车厢壁上，最后和菲娅摔到凳子下，愣子压在菲娅身上，紧紧抓住凳子脚，激烈振荡后，车体倒在铁轨外，愣子爬起来，扶着菲娅下了车，看她没啥大问题，愣子安慰了她两句，看到火车头已经砸烂，司机趴在驾驶室，副驾驶员身子动了动，摇了摇头，似乎是清醒了。

列车长即刻组织救护，还算好，虽说车头砸烂，前一节车厢散了架，第二节车厢扭断了车身，第三节以后车厢并无大碍，经查实，死亡两人，伤五十二人，其中重伤十二人。列车长说，像类似车体出轨的交通事故，时有发生，这次的情况算好的。愣子说，这个我知道，每次都有原因，这次是什么原因造成的？列车长说，肇事原因是土匪打劫时，死掉一个车轫员，换上一个人临时代替，因为缺乏经验，火车下坡时，没有得到有效控制。

事发两天后，愣子和菲娅等人回到碧色寨，愣子向德克拉曼汇报情况，谈完了列车事故，又开始说到黑衣人。德克拉曼分析说，黑衣人应该就在车上，他一定是换了衣服，化了装，要在几百人里找到他，等同大海捞针，我们查了他住过的房间，没有发现可疑的东西。

愣子问下一步怎么办，德克拉曼说，只能等他自己浮出水面了。说完，德克拉曼正要去看望菲娅，儿子雨莱跑来拉着他就跑，他不知发生了什么，雨莱一边跑一边说，妈妈生妹妹了。

听到这个消息，愣子追了上去，德克拉曼对他说，这种事男人帮不上忙，你去把女红叫来。女红赶到医院时，产房里传出婴儿的哭声。被雨莱说中，璐蔓丝生了一个女儿，德克拉曼的母亲正为孩子包裹，老人脸上露出了法国式的笑容，她一边忙一边对婴儿说，你哥哥说得准呀，他要一个妹妹，你妈妈就生了一个妹妹，这次好了，我孙儿孙女都有了，呵呵。

老人说的是法语，女红听懂了一些，女红走过去，接过孩子，说，像璐蔓丝医生，真像。

看到璐蔓丝顺利生产，德克拉曼放心了，他对女红说，对了，我已经给宝宝取了一个法名叫"德克露雯"，你帮取一个中文名字吧。

女红想了想说，就法国而言，中国是东方，德克露雯是在碧色寨出生的，就叫"东方碧"如何？

德克拉曼正在想着女红说的意思，女红又补充说，在中文里，碧是玉的修饰词，有晶莹剔透的美丽之意。

德克拉曼说，这是个好名字，璐蔓丝也会喜欢的，就这么定了。

看到襁褓中的东方碧，女红就像突然想起了什么，表情凝重起来。她很快回到家，向父亲要求去昆明，童政员说，也好，去了解一下分行的运营情况，五天后有一批货物到昆明，到时你跟着去吧。听父亲这样说，女红急了，说，我坐今天下午的客车去。

你忙什么呢？几天都等不得了？

女红没有回答父亲，而是回自己睡房收拾东西，下午两点五十分，她上了开往昆明的客车。但一周后，她就回来了，回到碧色寨的女红卧床不起，脸色发青，饮食也减少了，她的体重回到了原来的重量。童政员问她遇到什么烦心事了？她什么也不说，整天一个人发呆。鲁少贤来看她，她竟然发了火，对鲁少贤一顿臭骂。看到女儿这般模样，童政员发愁，女儿一定是遇到什么事了，他试图打开女儿的心结，而女儿却一字不说。

就连德克拉曼来看女红，也同样吃了闭门羹。德克拉曼闷闷不乐地回到站长室，乔斯特很快找来，他对德克拉曼说，站长，你要管管布斯特了，只有你和红姐才管得了他。德克拉曼看到头上包着绷带的乔斯特说，可是他不归我管呀，他又发什么疯了？

乔斯特说，他不准我和桂花姑娘好。

他是你哥，他这是关心你，作为西方人，他有他的想法，你应该理解。

可他昨晚侵犯了桂花姑娘。

什么意思？

乔斯特叹了口气，说，昨晚桂花姑娘来找我，我不在，布斯特却对桂花说我在里面办公室，就带桂花进了办公室，而我回到办公室，用钥匙怎么也打不开门，只听到里面有叫喊和挣扎的声音，我觉得有问题，却怎么也敲不开门，最后打开门时，一头散发、衣服不整的桂花扑到了我怀里。

说到这里，德克拉曼看了一眼乔斯特包着绷带的头说，后来你兄弟俩就打起来了？还打破了头？

嗯。乔斯特点点头说，他不是人，他是衣冠禽兽，你得管管他。

德克拉曼说，这事我是得管，如果他再敢欺负桂花姑娘，我可以抓他。

布斯特侵犯桂花的事，很快在碧色寨传开。莫里黑咽不下这口气，叫上几个村民，提着扁担和锄头，打上了哥胪士商行，宾馆、饭店等几个分行的员工，有的出来阻止，更多的是出来看热闹，因为他们大多是本地人，而当那些妖艳的欧洲女人出来时，引起了人们的注意，她们病态的脸上无一点血色，而嘴唇却红得像刚撕吃过生血肉，莫里黑提着扁担走到她们面前一声大叫，她们就像一堆五颜六色的残花败柳，稀里哗啦地退回到房内。

布斯特躲在里面不敢出来，最后，地巴拉土司站出来，对着哥胪士宾馆恶狠狠地说，我改时候再跟你们算账。

说完，地巴拉土司拉着莫里黑走了。

当天晚上，喝了酒的地巴拉土司提着一个布口袋，来到哥胪士宾馆，摇摇晃晃地进了逍遥宫。几个妖艳的西洋女见到他，以为他来闹事，惊叫起来，布斯特一见是他，就慌忙报了铁警，愣子带着两个铁警赶来，一见是土司，就为难了。地巴拉土司沉着脸对愣子说，这里没你的事，去吧。愣子扶着东倒西歪的土司说，您老没事吧？土司说，我能有什么事，我来看看这西洋人窑子是个什么样子。见土司不像犯事的样子，愣子带着两铁警走了。

地巴拉土司提着布口袋，走到布斯特面前，布斯特吓得后退两步，他在碧色寨不怕任何人，但唯有地巴拉土司，他不得不畏惧三分。土司用眼睛逼视着他，然后大笑起来，说，看你这个熊样，你给我走过来，看看这是什么。

土司摇晃了一下布口袋，说，这是钱，你给我看好了，老子有钱，今晚你站在旁边，看看老子怎样折腾你们洋婊子。

看到土司鼓鼓的钱袋子，布斯特哈哈笑起来，说，哦，原来土司大人是来找乐子的呀，欢迎欢迎啊，您就尽情地享受吧，我这些洋妞都是经过专业训练的，比您那些中国女人可有滋味多了，您好好开个洋荤，我为您把好门，不准任何人打扰您。

说完，布斯特用法语对几个洋女人说，今晚，你们好好给我服侍土司大人，不，是好好收拾这个土包子，全部一起上，把他吸干，让他进去就出不来，让他死在里面。

布斯特抢过土司手里的钱袋子，说，土司大人，这个嘛，还是我为你保管为好。

这时的地巴拉土司，已经被几个洋女人拉进了里间，一个叫梦露的妖艳女人已经脱光了衣服，其他几个很快扒下土司的衣服裤子，像刮一只羊。这时的土司少了话，他用中国式的肢体语言向欧洲女人发起冲锋。梦露一把将土司按倒，骑在他身上，用中国话说，你一个中国猪还想骑在老娘身上，看我怎么收拾你。

虽然土司已被欧洲女人的肉体软化，但一听到梦露骂自己是中国猪，他眼里突然射出火焰，气血冲顶，他翻身爬起来，用他那钳子一样有力的大手抓住梦露雪白而下垂的乳房，像一座山压向梦露，嘴里的话像子弹一样吐出来，洋妖，臭婊子，老子要干死你，干死你。土司用他那恶狠狠的枪横冲直撞，就像要扫遍欧洲大地，几个洋妞被他弄得直叫唤。整个屋子沸反盈天，鸡鸣狗叫，好像不是男女销魂，而是一场你死我活的中西方大战。

两个多小时后，正如布斯特所说，地巴拉土司像被抽干了的木乃伊，有气无力，没魂没脑地溜出了逍遥宫，下石坎时，脚一滑，差点跌倒。

都走到十多步远了，布斯特追上来，递给土司一个空布袋子说，怎么样，欧洲女人是不是比中国女人更有味道？欢迎土司大人明天再来哈，还你布袋子，你明天再来时还要用的，哈哈，慢走不送。

地巴拉土司反手给布斯特一巴掌，布斯特摸了一下脸，没出声，为了明天土司能再来，他必须忍受着。

土司回到寨子时，遇到莫里黑。莫里黑还是一脸不快，土司对他说，别黑着脸，老子给你报仇了。

说完，地巴拉土司摇摇晃晃地走了。

布斯特污辱桂花事件发生后，莫里黑下决定不准桂花和乔斯特往来，但这样的事谁也管不住，在城里管理哥胪士洋行的乔斯特，天天和桂花在一起。那晚，他去看桂花演出，郭大头也在，但郭大头再也没敢招惹桂花，桂花知道，这是乔斯特起了作用，所以她很依赖乔斯特。演出后，桂花跟乔斯特到哥庐士酒吧吃夜宵，店员们都知道桂花是未来的老板娘，所以对桂花尊重有加。

那晚，桂花没回戏班子，和乔斯特度过了一个夜晚。不久，人们发现桂花身子发生了变化，当桂花告诉乔斯特自己怀孕了时，他高兴地对员工们大声说，我要当父亲了。而桂花要做掉孩子，乔斯特坚持把孩子生下来，两人发生了分歧，没办法，乔斯特找了女红。那时的女红心情好了许多，不再整天闷闷不乐。

乔斯特到网球场找到女红。女红说，如果你执意要生孩子，那眼下你要做的就是娶了桂花，在中国，不能让一个未婚女孩生孩子，这个你应该知道。乔斯特说，我也想和桂花结婚的，但我哥不准，桂花父亲也不同意。

既然做不了主，你就按桂花说的，把孩子做掉。

乔斯特说，姐，你帮我跟我哥说说，他听你的。

女红笑着说，你哥是个恶魔，我不想和他说话，但为了桂花，我可以试试。

女红来到哥庐士宾馆，布斯特正和一个身穿黑风衣、头戴礼帽的洋人说话。他一见女红，就走近她小声说，你赶快通知愣子，他要抓的人出现了。女红以为他开玩笑，没理他，正要开口说乔斯特结婚的事时，布斯特焦急地说，你赶快去，我先稳住这人。

见布斯特不像开玩笑，女红找了愣子。愣子派人告诉德克拉曼，自己赶到宾馆。德克拉曼得到情报后，也赶往宾馆，他没想到这个黑衣人还会回来。如果有人在车站犯事，可以抓，抓了也必须马上交地方警局，但黑衣人没犯事，只能去看看。那时，黑衣人和布斯特正在谈房间的事，布斯特知道黑衣人要住西南屋，就故意安排他住北屋，以此拖时间。

赶到的德克拉曼没惊动黑衣人，只在一旁看看。愣子扮成服务员进出黑衣人房间，了解情况。他为什么一定要住西南屋，终于，愣子发现，黑衣人有一架望远镜，并且经常对着西南方向的群山，愣子往望远镜对着的山峰认真观察，那里除了连绵的群山，似乎没有别的。

愣子向德克拉曼站长报告了情况。

因为黑衣人，让女红想到了死去的探险家，所以，她驾着红跑车去蒙自找鲁少贤。国民党执政后，鲁少贤任国民党滇南主席，成了蒙自城最大的官，他曾经动员女红做省政府驻蒙自特派员，而女红却指着天上的白云说，我就是一朵云，干不了你们的事。

女红来到政府衙门，登了二十级石梯后，才来到大门前，大门两侧是石狮子，两名卫兵目不斜视，威严肃穆，其他人进入大门，卫兵都要盘查，并登记，而见到女红来时，两名卫兵向她敬了个礼，就让她进去了。见她到来，鲁少贤放下手上的事，关上门，把她揽在怀里，她挣开鲁少贤，说，别整天儿女情长的，我是来说正事的。

她没想到，当她说了黑衣人的事后，鲁少贤哈哈大笑，说，上次是乱世，现在我们当权了，时代不同了，我一级政府都不知道的事，你就不必操心了，我提醒你现在要做的事，就是安心做滇南第一夫人。

听了他的话，女红联想到了章鸿泰。

第九章

看到滇越铁路运输兴旺，法国滇越铁路当局借口法郎昂贵，提高滇越铁路运费，此举激起云南全体商人的愤怒和抗议，云南总商会决定停止滇越铁路发送货物，并成立"滇粤运道筹备处"，准备修建滇邕（南宁）大道，改用驮马运输，由陆路出口。

碧色寨所有货物转运公司停顿，货物堆积如山。大通公司的数百名搬运工没了收入，聚众闹事，驱逐法国人。德克拉曼头部被打伤，连哥庐士洋行和酒吧也被砸坏，这让愣子难以处理，一方是同胞同族的工人，一方是自己领工资吃饭的法管车站。最后，他不得不服从德克拉曼和指挥长的命令，按规矩办事，对闹事者和打砸者进行处罚。

因为工人闹事，西方人处境危急，再加上璐蔓丝父母要看看两个外孙，所以璐蔓丝带着俩孩子回巴黎休假，雨莱已经六岁，东方碧三岁，两个孩子还没回过法国，高兴得手舞足蹈。

德克拉曼是在母子三人走后第二天被工人打伤的，他并不知道是谁打伤了自己，经调查，愣子知道是二贵打伤了站长，但他没有上报给德克拉曼，不然，二贵肯定要蹲大牢。德克拉曼伤得不轻，女红经常去照顾他，他母亲看到女红，满心喜欢，这让女红想起老人错把她当儿媳的事，她喜欢这个法国老人，所以教老人说中文。

也就在那几天，保罗·菲娅得到了老师保罗·波登去世的消息，她悲痛万分，不跟任何人说话，卡洛来看她，她也不开门。对这个追求自己的男人，她已经彻底死心，最初听说卡洛去"樱花谷"，是在她不理他的情况下，她似乎没太在意这事，而在她决定接纳他，并已经和他相好后，他又去了"樱花谷"，让她不能接受，她不得不离开他。

两天后，菲娅失踪了，没有任何人知道她的下落，病床上的德克拉曼急忙爬起来，女红又扶他躺下，伤没好，不能乱动，他不得不听女红的。

派人找了两天，也没找到菲娅，再加上黑衣人的事还没搞清楚，让德克拉曼感到不安，如果菲娅出事，作为站长，他要负责任。

经过愣子的调查，黑衣人失踪几天的事，终于有了结果，但这个结果却让所有人费解。那天，黑衣人坐火车到芷村下的车，然后到芷村西面的山地游荡，拿着一把铁锤，这里看看，那里敲敲，并在本子上写写画画。愣子从他房间拿出笔记本，给德克拉曼看，上面都是地质结构和岩石层的记录，从这一点看，他像在做田野考察，而德克拉曼却不这样认为，他叫愣子继续观察黑衣人的动向。

德克拉曼痊愈后，和指挥长一起，找童政员商量恢复铁路运营的事，童政员嘴上很硬，说这事他做不了主，而心里却叫苦连天，滇粤运道工程很难运行，滇邕大道还没上马，就因经费而叫停，这让童政员等商家大伤脑筋，谁叫停货物运营，谁就应该负责货物能运出去拉进来，他主张恢复滇越铁路运营，却又不在德克拉曼和指挥长面前让步，而是暗中向云南总商会谈了自己的意见，云南总商会根据实情，恢复了滇越铁路的货物运营。

菲娅终于有了下落，她一人去了四岔河。听到这一消息，卡洛赶到四岔河，而菲娅成天守着人字桥发呆，沉浸在对保罗·波登的怀念中，卡洛知道她的心事，想尽办法开导她，她无视他的劝说，也不理会他，更没有回碧色寨的想法，她的表现让他彻底失望，他多年的努力，最终也没结出爱情之果，本来已经春暖花开，都因自己不检点，酿成苦果。卡洛无可奈何地回到碧色寨，半年后，和一个意大利女子结了婚。

守桥人家就在附近的五家寨，经常回家，四岔河谷常常只有菲娅一人。而菲娅像变了一个人似的，整天不说话，面色沉郁。望着人字桥发呆，是她最基本的神态，有时也拿着扳钳，独自一人从桥南走到桥北，再从桥北走到桥南，不停地走，认真检查每一颗螺丝钉，这里敲敲，那里打打，钢铁的声音在峡谷里发出脆响，不管打雷下雨，还是狂风吼叫，她都没有停止过，有时穿过桥两侧的隧道，每次进岩石嶙峋的隧道，都像进入虎口，隧道里的手电筒光，并不亮，如果害怕了，她就唱歌壮胆，她最爱唱的歌是《马赛曲》，还有中国的《苏武牧羊》，歌声在隧道里弯来绕去后，成了怪异的声音。

一个晚上，守桥人从家里回来，天空像一口大黑锅向四岔河盖下来，山峰像站在四周的怪物，而闪电不由分说，恶狠狠地撕裂天空这口大黑锅，并用弯曲的鞭子抽打山野，让山野的表情，忽明忽暗，面目狰狞，平时好端端的一块天，在那个晚上莫明其妙的疯狂。

刚到桥下，守桥人就看到一个长发飘飘的影子在桥上奔走，和闪电一起忽明忽暗，守桥人一阵惊恐，晃了一下头，努力让自己清醒过来，验证一下自己是否还在人间，河还是四岔河，桥也还是人字桥，可他就是不敢靠近。

闪电和风声雷声停止后，守桥人才从惊悚的状态中松弛下来，他真切地听到隧道里飘出来的奇怪歌声，哀怨悲凉，如泣如诉，但他一句也没听懂。他大起胆子叫喊着菲娅工程师的名字，但没有任何回应，只有幽灵一样飘荡的歌声。

附近的人们说，从那以后，那歌声从来没有停止过，从隧道中飘向四野和山谷，一直延续至今。

担心菲娅出问题，德克拉曼派人接回了菲娅。菲娅回到碧色寨后，性情更孤僻了，就连女红也很难接近她，有人说她患了抑郁症，而女红知道，这是她对保罗·波登的思念转化而成绝望所出现的心理症结。如果菲娅回国，情况或许会好一些。

两个多月后，璐蔓丝带着两个孩子回到了碧色寨。在璐蔓丝绘声绘色讲述巴黎及国内发展变化的情绪中，德克拉曼得到启发，想让她跟菲娅说说巴黎的情况，让菲娅产生回国的念头，而女红却认为菲娅是不愿回去的，菲娅已经把碧色寨当成自己的故乡了，让她付出了人生主要精力和心血的滇越铁路及人字桥，已成为她的情感依赖。

德克拉曼相信女红的话。

在璐蔓丝回国的两个多月中，女红对德克拉曼的照顾，以及她教他母亲学中国话付出的辛劳，都让德克拉曼感动，这激发了隐藏在他内心深处的情感，唤起了他对女红的爱恋，他这才意识到自己对女红的情感并没有减退，而是在内心发酵，像一坛老酒，越来越浓郁和强烈，就连母亲也偏爱女红。他记得她帮他换药时，他忍不住一把抱住她，当时女红一脸严肃地对他说，我不是你孩子的母亲，请放开手。

她虽然这样说，但他从她语气中感觉到了她对他的感情迹象。

回来后的璐蔓丝，感觉到了丈夫的细微变化。那晚上床后，璐蔓丝钻进他的怀抱，但并没有得到他的积极响应，相反，不经意间，他叹了口气，后来的事也成了应付，她对他的表现作了种种猜测。那天，布斯特来医院打针，走的时候，莫明其妙地留给璐蔓丝一句话，他对璐蔓丝说，你再不回来，丈夫就不是你的了。璐蔓丝从这话里明白了一切，也让她找到了德克拉曼变化的原因。

那天，德克拉曼应邀，到个旧参加个碧石铁路公司举办的个碧通车典礼，鲁少贤从昆明转道个旧，童政员带着女红搭了德克拉曼的公车。

通车仪式由童政员主持，鲁少贤和陈鹤亭讲了话。

因童政员留在个旧料理公司的事，鲁少贤也要在个旧视察，女红就跟德克拉曼先回碧色寨。一路上，德克拉曼对女红百般照顾，女红却保持着应有的距离。那天女红穿的是当时最时髦的高跟鞋，下车时，脚被崴了一下，德克拉曼赶紧扶着她，正好被璐蔓丝看见，引发了她久积于心的愤懑，她走到女红面前，对女红破口大骂，女红没有和她争吵，拂袖而去。璐蔓丝的无礼激怒了德克拉曼，他不能容忍这样的事，扇了璐蔓丝一巴掌，璐蔓丝一脸愤怒，对德克拉曼不依不饶，十天半月没有消停，两人婚姻出现了裂痕，再加上个碧铁路通车，德克拉曼忙于工作，更少时间回家吃饭，和璐蔓丝在一起的时间就更少了。

经过十年的修建，个旧到碧色寨的铁路通车，因为个碧铁路轨距六十厘米，而滇越铁路是一百厘米，两条铁路不能交融，所以货物需要在碧色寨转运，碧色寨车站也因此更繁忙了，以个旧大锡为主的货物在碧色寨堆积如山。火车运输的便捷，促进了个旧矿产业发展，大通公司更加繁忙，童政员忙得不知白天黑夜，累得病倒在床。

广帮商人乘虚而入，他们和巴目长时间的联络有了利用的机会。广帮商人卢晋先找巴目商量加盟大通公司，而那天巴目正在车站等候轩颜的到来，因为忙着结婚，巴目没有时间细谈此事。

不知出于什么考虑，巴目在桂花和乔斯特结婚后，决定和轩颜结婚。据说桂花结婚那天，莫里黑气得昏过去，几个小时后，他睁开眼睛，看到桂花和乔斯特站在面前。看到父亲醒来，桂花扯了一下乔斯特衣角，两人突然跪在莫里黑床前，桂花哭求父亲，莫里黑叹了一口气，虽然什么也没说，但桂花知道，是父亲妥协了，她和乔斯特算是真正走到了一起，他们一起参加了巴目的婚礼。

因为巴目在大通公司的地位，再加上地巴拉土司的影响，方圆邻里都来了，所以巴目的婚礼很热闹很气派，土司府到处红红朗朗，灯笼高挂，鞭炮齐鸣，碧色寨的婚事，一般都是巫师主持，而巴目的婚事改成女红主持。好不容易赶上大户人家的婚事，却把自己晾在了旁边，莫里黑很失落，本身他对巴目没娶桂花心存不满，看着堆满院落的礼品，心想如果新娘子是桂花，这些东西就会有一部分归到自己门下。

巴目没有想到，卢晋先出手大方，送了他一万大洋，他自然知道卢晋先的用意。看到堆积如山的礼品和大额礼金，让大户人家的大家闺秀轩颜也瞠目结舌，算是见了世面。

躺在床上时，轩颜说，看这阵势，你真要守在碧色寨接土司的班呀，我可当不了压寨夫人，你知道吗，俄国十月革命唤醒了中国人，北京的五四运动拉开了中国新民主主义革命的序幕，全国各地都在闹革命呢。

巴目说，我们现在就闹革命。

说着，巴目就把轩颜压在身下，在她身上使出了一个未来土司的蛮劲，很快，两人就大汗淋漓了。

结婚后的第八天，轩颜接到一份电报后，就回了昆明，没人知道她在忙啥，地巴拉土司不理解，而巴目却通情达理，轩颜是新女性，她有她的社会身份和生活空间。

轩颜离开后，巴目成天忙公司的事，他终于说服童政员，将大通公司的南方业务交由广帮商人卢晋先负责，童政员负责蒙自和北方货物，巴目不仅协助童政员，还负责调协卢晋先，而女红却是自由的，管与不管公司的事，全凭她心情。

自个碧铁路通车后，大屯海和长桥海的水运就终止了，个旧也从此结束了马驮牛拉大锡的历史，岸边只有两辆马车候在那里，长桥海突然冷落下来。那天，德克拉曼称有要事，约女红来到长桥海边，他神情凝重，望着寂静的水面。

有什么事，你就说吧。女红理了一下头发说。

她要和我离婚。德克拉曼说。

这和我有关系吗？

当然有，她一直怀疑我们的关系。

那是她的事。

我们结婚吧，我给你好日子。

鲁少贤也是这么说的，你在为难我，德克拉曼站长。

你一定要相信我。他抓住她的手说。

正说着，一只船靠岸，布斯特走下船，女红赶紧挣脱德克拉曼的手，但还是被布斯特看见了，他说他到湖对岸进了一船水果。说着，他拿出几个石榴给女红，女红没接，他坐着马车走了。二十多分钟后，璐蔓丝就来了，两人明白，一定是布斯特通风报信。这次，璐蔓丝没有叫骂，而是恶狠狠地盯着女红和德克拉曼，意思是要两人做出解释。女红心想身正不怕影子歪，转身走了，而璐蔓丝挡住她的去路，女红怎么也绕不过去，德克拉曼拉住璐蔓丝，璐蔓丝气愤地和德克拉曼抓扯，德克拉曼不小心弄伤了璐蔓丝，璐蔓丝不依不饶。女红没管他们，独自回到寨子。

这一次打闹，成为璐蔓丝彻底离开德克拉曼的理由，让德克拉曼想不到的是，她竟然和布斯特黏在了一起，说不清是不是她报复他，总之，她把俩孩子丢给了他，老母亲气得病倒在床，两个孩子整天叫着要妈妈。

雨莱已经上学，学校就在车站后侧的教堂里，是教会学校，约翰牧师兼任校长，中法文上课，女红是孩子们最喜欢的老师。但当雨莱知道妈妈是因为女红才离开家的事后，他就对女红充满了敌意，经常为难女红，也不好好上课。那一天上课前，女红把讲义放到桌上，出去找约翰牧师说雨莱的情况，约翰安慰女红好好上课，他家访站长和璐蔓丝医生。女红回到教室，翻开讲义，惊叫一声，脸色突变，引得雨莱哈哈地笑。原来讲议里夹着一只毛毛虫，一个男生帮她从讲义上弄走了毛毛虫，女红知道是雨莱干的，这样的事时有发生，她当时没问谁干的，而是下课后，找雨莱谈话，而雨莱一句话不说。

后来，雨莱在课堂上恶作剧的事，传到了德克拉曼耳朵里，他狠狠教训了儿子，不久，他和璐蔓丝商量后，把雨莱送回了巴黎姥姥家上学。

女红的事，让童政员不轻松，他对女儿说，你和德克拉曼站长的关系，总让人说三道四，三十七岁的人了，你真要跟老父亲过一辈子呀？你这个样子，我也过不好呀，我都这把岁数了，你还不让我省心。

父亲的最后一句话，触动了女红，她从父亲的语气神态里感到了父亲的衰老，她很难过，这一次，她终于答应父亲，她不能不答应父亲。她决定去找鲁少贤，却不知不觉地来到了德克拉曼家，她告诉德克拉曼她要结婚，他问她和谁，她说和德克拉曼站长。

听她这样说，德克拉曼先是愣了一下，然后试着拉住她的手，见女红并不排斥，他一把抱住她，嘴唇含住了他向往已久的两片丰润的花蕾上，她没有避让，两双脚挪到了床面前，两人急促的呼吸让空气黏稠而慌乱，不是老母亲带着东方碧回来，一场积蓄已久的灵与肉的交融在所难免。

女红慌乱整理衣服时，被老母亲看到了，她红着脸帮老母亲接过手中的菜，是三岁的东方碧打破了尴尬的场面，东方碧抓住她的手，要她讲狼外婆的故事，她就和东方碧到了后院。就如前世修来的缘，金眼碧发的东方碧特别喜欢她，那时院子里的两棵石榴已开花，花在绿色的树叶中安静地红着，并不华丽，却让人喜欢。

那天，莎白到大通公司找女红，见了女红，她左看右看，像发现了新大陆，突然说，你恋爱了？女红笑了笑说，奇怪呀，是我脸上写着吗？

我是过来人，这种事逃不出我的眼睛，我没说错吧，昨晚和鲁少爷在一起了？你是应该和他有个了结了，不然，别人总说你和站长的闲话，虽然我知道你和德克拉曼没关系，但别人都认为是你拆散了站长的家。

呵呵，别人怎么说，我管不着，我要告诉你的是，我准备和德克拉曼结婚。

什么？你真是疯了，那你就真成拆散人家家庭的人了，璐蔓丝的气还没全消啊，你别惹她，她目前还没和站长离婚。

哼哼，还没离婚？她都和布斯特睡到一张床上了。

我还是觉得你和鲁少爷合适。

真是说曹操曹操到，说着鲁少贤就来了，两人会心地笑了。鲁少贤一到，莎白向女红挤了一下眼睛，狡黠地笑了笑，就告辞了。鲁少贤要女红发展巴目加入国民党，而女红却说了自己和德克拉曼的事，话一出口，鲁少贤整个人崩溃了。

为什么？

你是第二个章鸿泰。

我怎么是章鸿泰呢，我们是同志呀，再说了，你已经是我的人了。

听鲁少贤这样说，女红破门而出，看着她的背影，鲁少贤摇了摇头。

鲁少贤很快卷入了政治旋涡中。那时的云南政坛，风云变幻，滇越铁路也因此遭受了战事，让人不得安宁。滇军军长顾品珍把唐继尧赶到广西，唐继尧组织反攻，但因兵力不足而失败。唐继尧因此重金收买滇南土匪吴学显、李绍宗、莫扑，一时兵力突聚，攻下蒙自，战事在滇越铁路沿线展开，在西耳站激战，滇越铁路停运。在土匪帮助下，唐继尧最终收复昆明，重掌云南大权。鲁少贤曾和顾品珍的部队作战时被俘，好在不久唐继尧收复云南而官复原职。

因为帮了唐继尧大忙，吴学显等匪首更加猖獗，不仅三天两头到铁路沿线打劫，还竟然绑架了女红。带走女红时，他在大通公司门上留下纸条：政员兄，老朋友了，今天没别的意思，就想找您借点钱，不多，二十万大洋，我等好消息，到时完璧归赵。

女红被绑架，让碧色寨大乱，童政员和鲁少贤商量营救，德克拉曼也找来愣子商量，而巴目却跟自己父亲土司说，发动四乡近邻踏平土匪窝。鲁少贤也想清剿土匪，但此事必须唐继尧同意，而吴学显刚帮过唐继尧的忙，唐继尧不可能同意清剿土匪，最后，鲁少贤和童政员商定只能先施软。所以，童政员找了舍易盈，请他找哥布帮忙，哥布至今成了吴学显的军师。舍易盈上了姑保岭。

三天后，舍易盈回来了，他告诉童政员，大小姐在山上好好的，经他说道，吴学显答应免二十万大洋，改留大小姐做压寨夫人。

听了舍易盈的话，童政员气得脸色发青，他答应还是给二十万大洋，要吴学显把女儿放了，可吴学显却说他要人不要钱。童政员没办法，鲁少贤上门安慰童老爷子，叫他不要急，再想想办法。

那天，德克拉曼怎么也没想到，他正要去找童政员商量营救女红的事，黑衣人却找来了。他一副要和德克拉曼好好谈谈的样子，而德克拉曼却心神不定，但一想到此人可能和爷爷的事有关，他就坐下来，想听听对方说些什么。

黑衣人说他是来寻找矿石的。德克拉曼问找到了吗？黑衣人说还没呢。接着黑衣人问了几个问题，那样子还想接着问，德克拉曼不想告诉他太多，黑衣人正要说什么，璐蔓丝就来了，她说想孩子了，回来看看。说着眼睛就湿了。看到站长家有事，黑衣人起身告辞。

　　德克拉曼没说话，倒是老母亲问这问那，璐蔓丝一直抱着东方碧，走的时候，东方碧拉着璐蔓丝不放，哭着喊妈咪。老母亲擦了一把眼泪说，看在孩子的份儿上，留下吧。而璐蔓丝没有留下，而是抱着东方碧出了门。

　　第二天，德克拉曼准备找黑衣人，结果愣子跑来报告说，黑衣人昨晚找了地巴拉土司，今早乘车南下了。听到这个消息，德克拉曼心里一怔，黑衣人千里迢迢来到碧色寨，还提到北回归线穿过的村庄，又找了地巴拉土司，并且行踪神秘，这一切举动，越来越靠近德克拉曼的推测，他的到来一定和爷爷有关。

　　听到黑衣人南下的消息，德克拉曼顾不上璐蔓丝的事，和愣子来到哥胪士宾馆，叫服务员打开黑衣人住过的房间。空荡荡的房间，没留下任何线索。因为璐蔓丝的事，德克拉曼不想见布斯特，他走出房间，刚走到楼梯口，就被愣子叫住，愣子递给他一张纸片，好像是专用发报纸，上面有"DGSE"字样，德克拉曼拿着纸片，仔细辨识，希望从上面发现一点蛛丝马迹。

　　黑衣人走了，却给德克拉曼留下了"DGSE"一串神秘字符。

　　德克拉曼收好纸片，单独一人去了地巴拉土司家。听说德克拉曼站长来访，里屋的地巴拉土司赶紧上床，谎称病了。而德克拉曼执意要见，土司没了办法。

　　打扰了，尊敬的地巴拉土司。

　　哦，尊敬的站长先生，找我有事吗？

　　是的，听说昨晚一个黑衣人访问了土司，是这样吗？

　　没有呀。

　　怎么没有呢？德克拉曼心里嘀咕道，他不想把事弄僵，所以看着地巴拉土司毫无表情的面孔，德克拉曼只有告辞，他边走边寻思，明明黑衣人来访，土司却说没有，这里面一定有隐情，他准备找个时间请土司喝酒，酒兴上来，土司没有不说的。

德克拉曼没有回家，直接找童政员商量救女红的事，见童政员一脸无奈，德克拉曼知道营救的事没有进展，吴学显油盐不进，事情陷入僵局。

而谁也没想到，一个多月后，女红奇迹般出现在碧色寨，她步伐矫健，神采奕奕，脸上透着开心的笑意，后面跟着鲁少贤。

童政员上前抱着女儿，真是你呀，红红，你可回来了，你受苦了。

女红说，老爹，我没事的，我在山上好着呢，他们天天陪我看最好的风景，吃最好的山珍野味，是神仙也羡慕的日子，要不是爹爹你担惊受怕，女儿还不回来了呢。

你在山上真就那么好？

真那么好，是鲁少爷绑架我回来的。

童政员这才看了鲁少贤一眼，鲁少贤笑着对童政员说，童老爷，我向你保证过，我会救出女红的，但你是知道的，要吴学显放人，谈何容易，虽然女红说得轻巧，就像是一次开心的出游，但实际上，是我通过唐总都督出面，吴学显才放了女红，不过还好，土匪没敢伤害女红。

童政员十分感激，留下鲁少贤吃饭。

女红的回来，让德克拉曼变得心情复杂，因为就在前一天，当璐蔓丝跟布斯特提出结婚时，布斯特却没同意，称她是德克拉曼夫人，他不敢得罪站长，璐蔓丝对此忍无可忍，但她没有央求布斯特，而是在心里狠狠骂了一句：流氓，恶魔。

璐蔓丝没有找德克拉曼，也没来家里看东方碧，整天不说话。那天，她独自一人走到长桥海边，并没有停下脚步，而是目光呆滞地走进水里，当水淹到她腰际时，追上来的德克拉曼，紧紧抱住了她。

毕竟是自己妻子，还是孩子们的母亲，璐蔓丝走到这一步，都是布斯特害的，他不能不管，就把璐蔓丝接到家中，生怕她又想不开，严加看守。

德克拉曼的做法，女红当然能理解，德克拉曼对女红说，等璐蔓丝缓过来后，再和她谈离婚的事，而女红皱了一下眉头，摇了摇头，目前的情况，让她预感到自己和德克拉曼不会有结果，她下决心去法国留学，对德克拉曼冷了下来，德克拉曼来找她，她也不见。

一段时间以来，东方碧没和璐蔓丝生活在一起，本身就是一种缺陷，对孩子是一种伤害，当看到孩子和璐蔓丝在一起时的高兴劲，德克拉曼没得到安慰，反而心情烦躁，情绪坏到了极点。当他得知女红生病，就提着女红最爱吃的奶饼看望，女红仍避而不见，吃了闭门羹，他也没死心，当再次来到大通公司门口时，大成递给他一封信说，大小姐回蒙自城了。

还没拆开信，德克拉曼就有了不祥的预感，他知道信里的内容，拆开后，果然是一封断交信。

当看到德克拉曼和璐蔓丝破镜重圆后，鲁少贤向女红发起冲锋，但事与愿违，再猛烈的进攻，也没能攻下女红这个堡垒。在大家看来，他们是最般配的一对，人们都不理解女红，都一大把岁数了，还少女一样，不知她要找什么样的男人。而鲁少贤却再也等不下去了，当他再次向她求婚遭到拒绝后，他一气之下，就和一个二十一岁的富家女子杜妽结了婚，很快有了孩子。

童政员自然不理解她，鲁少贤要模样有模样，还是滇南最大的官，救她帮她，对她有情有义，她却无动于衷，当问她鲁少贤哪样不好时，她终于说出了自己的看法，她说在她看来，鲁少贤就是第二个章鸿泰。

怎么会是章鸿秦呢，虽然同样是蒙自政要，但两人是完全不同的。在父亲的追问下，女红也对自己的说法产生了怀疑，她承认两人是有区别的。

第 十 章

在时光的流逝中，童政员渐渐老去，大通公司的事主要落到了巴目身上。但自从轩颜回到碧色寨后，巴目的心思就转向了其他方面，再没尽心做公司的事了。

那晚，轩颜和巴目说了一宿，终于说出了自己的身份，她已经是中共云南地下党委委员，负责联络知识分子和学运工作，她此次回碧色寨的任务，就是建立滇越铁路党组织。

那天，在教会学堂里，巴目和另外两个人举起拳头宣誓，加入了中国共产党，轩颜成了三人的介绍人。之后，轩颜和巴目来到蒙自附近的芷村，筹备中共云南省第一次代表大会。

虽然巴目不是党代会代表，但能为党代会做事，他很兴奋，也很自豪。党代会后，根据党中央指示，云南省委秘密开展滇越铁路的党建工作，建立了中共蒙自支部和滇越铁路支部，并在滇越铁路沿线秘密开展赤色工会工作。

作为特派员，轩颜成功组织了滇越铁路暴动。那天，三千多名工人包围了滇越铁路公司和指挥部，要求铁路当局为工人加薪，指挥长和总办迟迟不露面，工人们砸烂了滇越铁路指挥部的牌子，大成正要放火时，被巴目拦住。在工人们的强烈要求下，铁路公司总办巴杜和指挥长接见了大成等几个代表，经过协商，铁路当局同意了工人的请求，为铁路职工加薪，暴动取得胜利。

为了工作的长期性和隐蔽性，整个活动，轩颜和巴目都在幕后。暴动结束后，巴目被选为滇越铁路党支部负责人，而轩颜回昆明，继续负责学运工作。当时正是国共时局紧张时期，共产党人随时有被捕杀的危险。轩颜在一次组织学生上街游行时被捕，组织上指示巴目冷静，停止活动，隐藏为重。巴目多次要求组织营救轩颜，组织指示不能轻举妄动，等待时机。

不久，日本的魔爪伸入中国。一团黑影在中国大地上蔓延，让一直处于内乱的中国雪上加霜。巴目秘密召开支部会议，商量成立滇越铁道区抗日救国会，巴目任会长，舍易盈、宋大田任副会长，大成是委员，并在沿线车站成立分会。德克拉曼很支持抗日救国会的工作，给救国会提供了活动地点，但他没想到的是，抗日救国会的第一件事竟然是抵制日货，并号召所有商行焚烧现存日货。为了服众，巴目和童政员商量，烧毁大通公司储存日货，损失由巴目自己承担，童政员拍着巴目肩膀说，小子，真要这么干吗？巴目点点头。

那你就烧吧。童政员是个商人，即使由巴目负责赔偿，也不想看到货物被烧，所以回到城里回避。

还好，大通公司的日货不多，巴目一把火就烧了，而在大成带着救国会人员清剿几家日本商行的日货时，双方发生冲突，救国会人多势众，最后还是烧了日货。货物在碧色寨车站出事，站长理应负责，商家们向德克拉曼求救，德克拉曼也束手无策。那天得知快进站的货车装有日货，抗日救国会做好了烧毁的准备，这让德克拉曼像一头发怒的兽狮，他给愣子下了死命令，保证货物万无一失。这很为难愣子，自己发小巴目是救国会的领头人，他找巴目和谈，而当时箭已上弦，巴目反而做愣子的思想工作，要他加入抗日救国会的行动，愣子说，说到抗日，我盹儿都不打一个，提着枪就上前线，而我眼下是碧色寨车站的守护者，我得保证车站货物的安全。

一边是倔强的巴目，一边是站长横在脖子上的命令，愣子急得眼睛珠都快滚出来了，他不想和巴目直接冲突，想过暗中向鲁少贤求援，但他又不想发生流血事件，就在关键时刻，他突然想到一个人，这个人一定能阻止巴目，虽然这个人手无寸铁，但比鲁少贤的千军万马更有力量，这个人就是童家大小姐童女红。

愣子找了女红，女红知道愣子的难处，也知道阻止抵制日货不得人心，但愣子的事，不得不管，她情急之中，赶到现场时，货车已经进站，她把巴目叫到一边，说烧自己的日货可以，如果烧掉运输途中的日本货物，德克拉曼和愣子都有责任，为他们着想，不能给他们制造麻烦，我们找其他方式抗日吧。

果然，巴目听女红的。

他从人群中找到大成和宋大田，叫他们停止行动，但事态已经到了无法控制的局面，巴目的制止声被人们的群情激愤声淹没。

眼看货物就要被烧，愣子用枪对准了几个领头人，双方都不示弱。正在这时，女红扒开愣子的枪口，拉着愣子站到堆起的货物上，她叫愣子向空中开了一枪，人们被枪声惊住，都停止了忙乱，惊头愣耳地看着女红。女红一边理着风吹乱的头发，一边和言善语地说，师傅们，抗日的方式多种多样，如果有一天，国家需要我们，我童女红带着大家上战场，和小日本拼个你死我活，有种的举手。

人们纷纷举手。

女红又说，师傅们都是好样的，抵制日货，我也有责，这批货物交给我吧，抗日是我们每个人的事，大家先回去。

看着人们不肯离去，女红改变了初衷，从工人手中接过火把，正要点火时，鲁少贤的军队赶到，一时间，荷枪实弹的军队和手无寸铁的人群对峙，空气一下子就收缩了，让人们喘不过气来。

女红走到鲁少贤面前，说，把你的人马撤走。鲁少贤没动，女红大声吼起来，把你的人马撤走！

女红的声音惊乱了绷紧的空气，所有人都看着女红，回过神来的鲁少贤终于挥了挥手，对身旁的副官说，撤。

看到军队撤了，女红对人群说，师傅们，都撤了吧，把命留着，今后，我们还要上战场杀日本鬼子呢。

人群退下。

没有烧成日货，巴目召开会议，会议决定，由滇越铁路抗日救国会通电南京国民政府，要求政府对日宣战。

一九三六年十月，碧色寨至石屏铁路终于通车，这宣告历经三十六年论证、二十二年修建的个碧石寸轨铁路全线通车。个碧石铁路公司在石屏举行了隆重的通车典礼，特邀省主席龙云夫人顾映秋剪彩，顾映秋因病未到，改由其妹顾映芬代替，省府各厅派员参加，法国驻昆明领事前来祝贺，德克拉曼和鲁少贤应邀参加了典礼。

个碧石铁路通车，和滇越铁路在碧色寨交会，因两条铁路轨距不一样，两条铁路的货物必须在碧色寨车站转运，每天有几十次火车进出，货物堆积如山。两千多搬运工和挑夫在车站忙碌。更多外国人来到这里旅游、淘金和生活，也增加了更多的商行，其中美国三达美孚水火油公司、法国亚细亚水火油公司、新加坡水火油公司、德国德士古水火油公司等都在此设立转运站，有二十多个国家的人和国内近二十个省的人，到碧色寨居住和工作，碧色寨成了真正的东方不夜城，碧色寨火车站也因此成为滇越铁路上唯一的特等大站。

一九三七年七月七日，抗战全面爆发。日本控制了中国沿海，国际援华物资和国内抗日军火运输受阻，只有靠滇越铁路运输，进出国门及国内南下北上的旅客通过滇越铁路，更为快捷，滇越铁路成了中国的交通大动脉。

因华北沦陷，北京大学、清华大学和南开大学被迫南下，在长沙短暂停留后，迁入大西南昆明，合并成立西南联合大学，简称西南联大。当时，大多数师生从海上到越南海防，再乘火车从滇越铁路入滇。一路上，闻一多等教授的心情，并没有因为昆明四季如春的气候带来任何欣喜，而是心情沉重，不苟言笑。在火车上，为了排解心中的郁闷，面容清癯的闻一多放好自己那支著名烟斗，拿出好久没碰过的速写本，他画笔下很快出现情绪低落的师生和旅客，哲学教授冯友兰看到他的速写画，感叹地说，真是一幅流亡图啊！

冯教授话音刚落，中文系男生田仆带头唱起了《松花江上》，女生莫然跟着唱，很快，全车厢的人都加了进来，成了大合唱：

我的家在东北松花江上

那里有森林煤矿

还有那满山遍野的大豆高粱

我的家在东北松花江上

那里有我的同胞

还有那衰老的爹娘

九一八 九一八

从那个悲惨的时候

九一八 九一八

从那个悲惨的时候

脱离了我的家乡

抛弃那无尽的宝藏

流浪！流浪!

整日价在关内 流浪!

哪年 哪月

才能够回到我那可爱的故乡

哪年 哪月

才能够收回我那无尽的宝藏

风暴啊 风暴啊

什么时候

才能收回我家乡

　　一位漂亮女教师打着拍子，闻一多先生唱得泪流满面。

　　歌声结束后，整个车厢有短暂的沉默，有人在抽泣，有人在擦眼泪，列车在咣当咣当的声音中前行。

　　列车进入原始森林后，大家都往外看，被森林中的景色迷住了。正在这时，那位漂亮的女教师对大家说，请大家做好下车准备，我们下车的碧色寨车站快到了。

　　闻一多不解地望着漂亮教师，漂亮老师说，教授，情况是这样的，昆明校舍不足，联大领导决定，文、法、商学院暂时留在蒙自，校舍已经准备好。

听到这一宣布，车厢内一片哗然，很多学生都因留在蒙自而不满。男生田仆却因能留在蒙自而异常兴奋，莫然问他怎么这样高兴，他说，我是蒙自人。莫然说，吹吧，大家都知道你是昆明人，怎么又是蒙自人了，是不是走到法国，你就说自己是法国人了，呵呵。

田仆没有理会莫然，而是黯然神伤地沉默下来。漂亮女老师走近他，问他是不是有心事。田仆说，我真是蒙自人，我妈妈就在蒙自。

我相信你。漂亮老师说。旁边的莫然对田仆说，如是这样，等于我们西南联大的全体师生是在送你回家，请问你家在哪条街道，门牌号多少呀。

田仆说，我不知道。

看到田仆确有心事，漂亮老师阻止了莫然的追问。田仆长得虎虎生威，剑眉大眼，身材挺拔高大，是女生心中的白马王子。但这样一个帅小伙，总让人感到他的忧郁，为了避开同学们的追问，漂亮老师岔开话题说，蒙自这座边城，不但历史悠久，有文化，还有风景，有刚才大家看到的大围山原始森林，有世界上颜色最红的河流，还有好吃的过桥米线，城里有美丽的南湖，我们的校舍就在南湖边上。

老师，你别说了，我们嘴里都流口水了。莫然说。

田仆说，老师，你怎么知道得这么多？

听田仆这样问，漂亮女教师也像有了心事，她本想说自己是碧色寨人，但她皱了一下眉头没说，而是说，都是听说的，我还知道，就在我们马上就要下车的碧色寨，留下过很多传奇故事，其他不说，就说一九一五年十二月，蔡锷将军回滇举行讨袁起义，在这里遇上了惊险的一幕，这个事件大家都知道，碧色寨车站就是事发地。

一直在看书的文学教授朱自清，合上书本，说，我听说，为了躲避刺杀，蔡锷还和小凤仙在荒山野岭过了一夜呢。闻一多说，好像不是这样的吧？朱自清哈哈大笑起来，说，一多兄，不必纠结，我说的是听说，这是野史，这是野史，哈哈，同学们把它当耳边风，听了就丢。

田仆说，朱先生是作家，文学的想象也具有艺术的真实性嘛，朱先生说的，我权当成真的，你说是不是，闻先生，你是我最敬佩的诗人，你说我说得对吗？

闻一多点点头，说，朱先生都这样说了，谁还敢不信呢。

车厢内一片笑声。

而此时的漂亮女教师，看到车窗外的景色，沉默下来，她有些感慨，没有人知道，因为特殊的原因，她和家人失去联系多年。

车到碧色寨车站，看到法式建筑的黄墙红瓦，看到白色转角扶墙石和铺地花砖，师生们无不惊讶，就像到了遥远的法兰西，师生们边走边看，都在值班室门前的挂钟前停下，闻一多先生对同学们说，这是法式挂钟，为了不同方位的人都能看到，挂钟设计成三个面，不仅两侧的旅客能看到，里面值班的人也能看到，这样的钟北京没有，天津没有，长沙更没有，见世面了吧，这里的稀奇多了。

闻先生，那门头的图案是什么？

这个，我还真不知道。闻先生皱了一下眉头说，看到旁边的冯友兰，他对同学们说，冯教授知道，他是哲学家，没他不知道的，呵呵，你们请教他吧。

被推到学生面前的冯教授，尴尬地耸了一下肩，说，哲学只解决本质问题，这表面现象嘛，朱教授是知道的。

朱自清点了一下头，说，这个图案，我还真知道。同学们，我们立足的地方，是地理上的一个特殊位置，北回归线，因此，碧色寨成了北回归线穿过的村寨，那个门头的图案正是北回归线标志。

朱先生的话音刚落，引来了同学们的议论。

朱先生真是博学。

多么富有诗意的地方呀！

怪不得碧色寨这样神秘。

北回归线，我们来啦！

那时已是黄昏，车站的黄墙红瓦透出神秘洁净而透明的光感，旁边是神秘的寨子和长桥海，师生们被湖光山色吸引了，看到美景，那些不愿到蒙自的学生，不满情绪得到释放。闻一多先生走在前面说，同学们，蒙自城还有更大的惊喜啊，咱们走吧。

田仆转过身，和站台上指挥下货的巴目撞了个满怀。田仆因为道歉，就自然生出一些话题来，他问巴目怎么去蒙自。巴目指了一下不远处的马客栈，又说等一小时坐寸轨也行。田仆说了声谢谢，都走出几步了，他又回过头来，说，我是昆明人，西南联大文学院的学生，你是蒙自人吧。

巴目点点头，看着眼前这个穿着时髦学生装，头戴学生帽的浓眉大眼、英俊的小伙子，巴目猜想着他问自己是不是蒙自人的用意。

果然，田仆有用意，他说，我跟你打听一个人……

田仆话刚出口，就听闻先生哎呀了一声，看到先生身子扭了一下，他赶紧上去扶住闻先生，闻先生说，没事的，路不平，崴了一下。

女红走过来，看着田仆的背影，问巴目，那学生倒是很精神的，你们就像认识一样，刚才说啥呢。巴目说，没说啥，姐，你要去哪儿？

菲娅病了，我去看看。女红说着就走了。

师生们走到马客栈，漂亮女老师问，大家是等一小时后的寸轨火车，还是坐小马车？

大家异口同声，说，让火车滚一边去吧，坐了几天已经受够了，我们要坐马车。陈岱孙教授对漂亮女老师说，就坐马车吧。

师生们都上了马车。在黄昏的晚照中，马锅头的吆喝声和马铃声在空旷的滇南原野上回响，让那个黄昏一下子驶进了静谧的诗意，师生们都沉浸在滇南和平、宁静和美好的意境里。

漂亮老师上了最后一辆马车，巴目追了上去，漂亮女老师先是愣了一下，很快又面无表情，巴目眨了一下眼，自言自语地说，难道是我看走了眼？不会有错，是她。巴目再次确认漂亮女老师就是自己妻子轩颜后，追着马车，一边跑，一边喊，轩颜，轩颜。

看到巴目的样子，路边的东方碧问他，叔叔，你怎么了？

巴目说，没什么，孩子。

东方碧说，听说他们都是西南联大的，你可以去那里找他们呀。

你怎么知道他们是西南联大的？

刚才问来的。

巴目已和轩颜失去联系多年，他曾经到昆明找过，也去过娘家，都没有找到，他不敢把轩颜的事告诉她的父母。他以为她在那次组织学运后被捕被杀，他曾经问过组织，组织上回答他三个字：不知道。但组织上要他想开一点，难说轩颜还活着。

他已经相信轩颜不在人世，不然怎么会不跟家里联系呢？

他当晚追到了南湖边的哥胪士商行，这里是西南联大师生们下榻的地方。因为战乱，蒙自城被日军轰炸，布斯特跑到越南躲避，乔斯特就守在碧色寨，一边经营生意，一边和桂花过日子。所以，哥胪士洋行闲置在南湖边，被政府接管，安排给西南联大教授和学生住宿。

那时，蒙自的法国领事馆、海关已迁至昆明，法国银行、哥胪士洋行已暂停，西南联大文法商学院就选择了这块地方，海关作了教室，领事馆和银行作了教工宿舍，哥胪士洋行二楼住教师，一楼住学生。教授和学生们一踏进哥胪士洋行，心情就突然安稳下来，教授们放下行李，松了一下筋骨和身子。闻一多出了一口长息，一年多的颠沛流离生活终于结束，中国最著名的学府在蒙自南湖边安顿下来，至此，中国历史上最大的一次文化教育的流亡和迁徙，在中国滇南小城蒙自停下了脚步。

巴目在人群中寻找轩颜，逢人就问，但没人认识轩颜。就在他准备打道回碧色寨时，他看到一个女教师正在安排女生住宿，他相信她就是自己妻子轩颜，他走上去，叫了她的名字，而那个女子看了他一眼，对他摇了摇头，那女子正是漂亮女教师。巴目确认她就是轩颜，但看到轩颜向他摇头后，似乎明白了什么，回身走了。

东方碧回到家，对德克拉曼说，爸，你知道西南联大吗？

我当然知道，那是中国最著名的三所学校合并而成的大学。

刚才我看到他们了，他们去了城里，爸，我能去西南联大上学吗？

听东方碧这一说，德克拉曼才认真打量了女儿，是呀，女儿都二十岁了，应该上大学了。他摸着东方碧的头说，上大学需要考试，女儿，从现在开始准备，争取几个月后考上西南联大，你想学什么专业？东方碧想了想，说，我喜欢中国文学，都读了很多作家诗人的作品了，我喜欢朱自清先生的散文和闻一多先生的诗歌，爸，刚才我看到这两位作家了，他们是联大的先生，是我问一个女生，女生指着不远处的两个中年人告诉我的。

女儿，你真的看到他们了？德克拉曼眼里闪过一片欣喜，东方碧点点头。

第十一章

第二天，巴目又去找轩颜，又没找到。他回到碧色寨，正巧碰到愣子找他喝酒，他也想找人倾诉，而愣子是他最合适的倾诉对像，所以瞌睡来了遇到枕头，就跟着愣子去了。几杯酒下肚，巴目就说起了轩颜的事。不说则已，说起轩颜，愣子说讨个媳妇却不知跑哪儿去了，这样的媳妇要来干什么？巴目瞪大眼睛盯着愣子，说，不许你这样说她，她有她的工作。愣子拍了一下桌子说，她能有什么工作？

不说她有什么工作，说我的工作吧。

你？我就不相信你除了大通公司督办，还能有啥工作。

巴目说，你别管我什么工作，我一直想介绍你参加共产党，你参加不？

这样一来，巴目自然暴露了自己共产党员的身份。

愣子没有回答巴目的问题，而是反问你是共产党？

巴目说，废话。

你就不怕我告你？

怕你告，我就不说自己是共产党了，再说了，现在是国共合作，斗争目标是小日本。

愣子没有完全答应巴目，而是对巴目说，你先争取女红大小姐吧，如果她参加共产党，我就参加共产党。

两人都知道，要女红退掉国民党有可能性，要她参加共产党是不可能的，她生性没有参与政治的兴趣，已经入了国民党，还要给自己穿上另一件政治袈裟？这不是女红的性格。

你知道我不能说服红姐加入共产党，你就拿她堵我。

那你就说服你阿爸加入共产党吧，你阿爸加入我就加入，呵呵。

你这不是有意气我吗？巴目再没理愣子，打着嗝儿回了家。让巴目没想到的是，他回到家中，打开卧室，就发现卧室里有人洗澡，并且是个女人，他吓住了，怎么会有女人在自己卧室洗澡？他问了一声谁？里面哈哈地笑了，然后，里面说，除了你老婆还会有谁？

你是轩颜？

掀开帘子，巴目愣住了，轩颜光着身子正从浴盆里站起来，红润的脸上挂着水珠，幽幽地看着他，他二话不说，抱起她放到床上，轩颜骂了他一句，野豹子。要他放下自己，而他没有，三两下扒光自己衣服，一切都水到渠成，一切都在情理之中，巴目用尽了他彝人的体魄和野性，两人的汗水交融在一起，事后，轩颜脱胎换骨一样躺在巴目胸脯上，眼里闪动着亮光，巴目点上一支烟，吐出第一口烟雾后，说，说吧，都到哪儿去了。

轩颜哼了一声，说，审问我吗？巴目说就算是吧。轩颜起身喝了一口水，说了起来。原来，几年前，轩颜到昆明搞学运暴露，就被组织秘密调往天津，打入国民党政要部门多年，为了安全，组织上不许她跟家里联系。这让她度日如年，她不是在生活，而是在煎熬，望着大雁南飞北还，她的忍耐到了极限。后来在一次执行任务中暴露，她撤出天津，到北京大学工作，很快北平沦陷，就随学校南下，几经辗转，最后来到蒙自。

就这么简单？

就这么简单。

你潜伏进国民党内部期间，不和我联系，我能理解，你到北大工作后，怎么就没给家里一封信呢？

轩颜说，我写了，写过几次，都没收到回应，是战争把一切都搞乱了。

说到这里，巴目叹了口气，说，我们都不容易，还好，你平安回来了。他边说边伸手抱住轩颜，轩颜理了一下发丝，说，我得回学校了，我的身份已经被怀疑，教导处新来了一个协教员，组织上告诉我，她是军统的人，我经常被她监视，眼下虽说国共合作，但谁都知道，国共不是一家人，我得注意，这次我是甩掉她后，偷着跑出来的，我忙着回来，还有一个目的，那就是，你把我回到蒙自的事告诉组织。

巴目点点头，他开着公司的车，把轩颜送回了西南联大。为了安全，轩颜没让巴目直接送回学校，在大街上就下了车。巴目开着车跟在她身后，直到她进了学校大门，而她一直没回头。巴目回转时，顺道去了童政员家，他买了几袋小红枣和臭参，拜见童老爷，不能空手去。

彭氏正为童老爷熬药，而实际上，虽说童老爷年事已高，但主要是心病，他天天为女儿的婚事操心。两天前，当得知章鸿泰死去的消息后，彭氏感慨地说，连当年想娶女红的人都死了，而女红至今还没嫁人，老姑娘还独守空房，免不了别人的闲话。听了彭氏的话，童老爷一脸不高兴，把一碗补汤泼到地上。

见巴目来了，童政员知道要说公司的事，就叫彭氏退下。中日开战以来，巴目忙于抗战的事，童政员经常回城里休养，大通公司的业务，实际上落到了卢晋先身上。巴目讲了最近公司的情况，童政员说，广东人比我们会做生意，业务上放手给他们做也行，卢晋先是有个野心的商人，要多加防范，财务权绝不能放到他们手里。

巴目点点头说，童老爷，依我看，趁早把公司交到大小姐手里为好。

童政员说，原来我也这样想，而她一直想出国留学，虽说抗战爆发后，她没再提这事，但也没心思做生意。

大敌当前，谁还有心思做生意。女红从楼上下来，边走边说。

父亲没让你做生意，只是希望你早日成家。

女红说，此事就此打住，您老人家好好养着，我跟巴目回碧色寨了。说着，女红就往外走，巴目问还有什么吩咐，童老爷摇摇手，巴目起身和童老爷告辞。

回到碧色寨，巴目说有事要跟女红商量，就一起回到大通公司。

在女红住房里，巴目试探性地问起她对共产党的看法，女红说，我不了解共产党，但眼下，共产党跟国民党合作抗日，能抗日的就是好样的。

看到女红这个态度，巴目又试探性地说，姐，有人介绍我加入共产党，你帮我参谋一下，能加入吗？女红说，任何党派都是有信仰的，只要你认同这个信仰就可以参加。巴目说，听说共产党以劳苦大众的翻身解放为己任，要让人民过上幸福美满的生活，实现人人平等，这样的党，你愿意加入吗？

我目前还不具备这样的胸怀，我也没有能力去解放人民大众，因为我自己都还没有得到解放，就谈不上去解放别人，我一个小女子，只想让自己过上自由的生活。女红这样说时，拢了一下自己的头发。

姐不参加，我也不参加了。巴目起身说道。

看到女红这个态度，巴目没有亮出自己共产党员的身份，他走出公司，看到宋大田和井太郎从"从来"饭店出来，两人搂脖子搭肩膀，走路歪歪斜斜，没个正形，一看，就知道他们喝多了。井太郎拉着宋大田进了樱花谷，几个日本女人拥上来，像一群簇拥的蝴蝶，井太郎跟几个女人讲了什么之后，几个女人就推着宋大田进了里屋。

男人逛窑子，巴目可以接受，但最近宋大田和日本人搅和在一起，让巴目不满，他曾提醒宋大田说，你是抗日救国会的副会长，却跟日本人打得火热，你就不怕别人骂你是汉奸？宋师傅不但没听，反而和井太郎越走越近。巴目想进樱花谷把宋大田拉出来，刚走到门口，就被井太郎堵住，要给他安排女人，巴目只有退出樱花谷。

地巴拉土司见巴目回来，问，儿呀，轩颜又到哪儿去了？

轩颜失去联系这几年，巴目一直对父亲说她工作忙，没透露她的情况，听父亲这样问，巴目就找了个理由敷衍父亲，土司也没多问，而是自言自语地说，你说这轩颜这么多年没回来，突然冒出来，又急着出去了。

地巴拉土司摇摇头。

第二天早上，巴目看到堆在站台上的军用物资没有转运，他问卢晋先，卢晋先推卸责任说，军用物资不归他管。巴目怒火中烧，把卢晋先骂了一顿，然后指挥搬运工把军用物资装上车。

军用物资发出去一个小时后，货车就被日军飞机轰炸，以后的几次军用货车都遭到同样的轰炸，这引起国民政府和国军的怀疑，鲁少贤认为事情出在碧色寨车站，就派人查处。愣子被怀疑，因为他是火车班次和货物运输的知情人。愣子对此很苦闷，晚上就找了巴目诉苦，他俩是在被监视的情况下喝酒的，他们没管盯梢的人，都喝到十点了，两人还没走的意思。

从窗口望出去，外面夜色朦胧，灯光闪烁，人影晃动，突然一个熟悉的身影进入巴目眼帘，他骂了一句，这个宋大田天天往樱花谷跑，一个骚种。

井太郎迎候宋大田的瞬间，让巴目突然产生了联想，他把自己的想法告诉了愣子，愣子看了看樱花谷，拍了一下自己大腿，说，宋大田在车站上负责货运和检修，他也是最熟悉货运情况的人，他和井太郎黏和在一起，并没有那么简单，愣子早就怀疑上了井太郎。

愣子对巴目说，你先回吧，我今晚就提审姓宋的，我有办法让他开口。

巴目说，那我先回了，有好消息告诉我。

巴目走后，愣子叫来一个铁警，两人等着宋大田出来。深夜两点过，宋大田才出现，这次不是日本女人送他出来，而是井太郎。两人在樱花谷门口分手，宋大田还没回到家，就被愣子带走了。

铁警审讯室，虽说没有刑具，但宋大田坐到凳子上时，心理上就垮了，一个穷苦出身的人，没有任何被审和反审的经验，他只认一个理，既然愣子抓了他，愣子就知道了一切，不过，他转念又想，自己也没干啥，只是和井太郎来往多一些。

愣子说，我们掌握了井太郎的情况，也掌握了你的情况，是你自己说，还是我帮你说？

宋大田说，我也没干啥，只是和井太郎喝喝酒，有时和日本娘们亲热一下。

愣子说，你和井太郎喝酒总要说话吧。

说到这里，愣子大声吼道，告诉我，你对井太郎说了些什么？

没花多少工夫，愣子就从宋大田口中得知，每次喝酒，井太郎都向他打听货物情况，自然也包括军用物资运载情况。

就这样，正被蒙自警局怀疑、并被监视的愣子，轻而易举地破了案，证明了自己的清白。井太郎的确是日本间谍，虽然他一直没招供，但从他床下发现了谍报机，人证物证俱在，他和妓女中的两个日本间谍关进了蒙自监狱。樱花谷因此被解散，妓女们跑到法国人的妓院另起炉灶。

虽然军用物资的运输得到了保证，但日军飞机经常在滇越铁路沿线侦察。小龙潭铁路大桥、白寨铁路大桥和白寨隧道等被轰炸，滇越铁路指挥部组织抢修。

不仅铁路沿线，蒙自城也时时遭到空袭，西南联大的师生们，没想到千里迢迢来到蒙自，也没躲过小日本的轰炸，住在哥胪士洋行的教授和学生们常常跑警报，搞得人心惶惶，只有住在二楼的闻一多先生按兵不动，为了著书写作，他平时也不下楼。一次，陈岱孙先生对他说，闻先生，你躲在屋子不晒阳光，身上会长霉的，何不妨下楼走走。从此，闻一多先生的屋子，就被人们称为"何妨一下楼"。

这一天，"何妨一下楼"迎来了三位客人：乔斯特带着女红和东方碧拜见闻先生，说乔斯特是客人也不准确，因为乔斯特才是哥胪士商行的真正主人。闻一多先生和乔斯特见过面，也知道他是哥胪士商行的老板，所以，闻先生客气地说，乔斯特先生您好，您能把自己的商行拿出来给我们用，帮了我们的大忙啊，非常感谢，我们是真正的朋友。

乔斯特说，应该的，中国是我的第二故乡，战乱时期，我们应该相互支持，这不，我们不也来麻烦先生了吗，对了，应该介绍一下，这是蒙自商贾童政员的女儿童大小姐。

乔斯特介绍了女红后，女红才有了说话的机会，她跟闻先生说了东方碧的情况，说她是闻先生的崇拜者，想请闻先生收作学生。一个

东方血线 | 275

漂亮法籍女孩也要学中国文学，并且是碧色寨站长的女儿，闻一多自然满口应承，让东方碧先参加旁听，然后再辅导她参加入学考试。

谢过闻先生后，女红和乔斯特离去，闻先生带东方碧找到轩颜办理相关手续，一见轩颜，东方碧说，我们好像在哪里见过，轩颜说，也许吧，我们都到蒙自快一个月了。

轩颜知道东方碧是德克拉曼的女儿，她生怕她认出自己，还好，她对她的印象是模糊的。

那天是闻一多先生的课，同学们都提前到了教室，田仆坐在最后，他没想到，闻一多先生出现时，身后跟着一个金发碧眼的西方女孩，教室里出现了短暂的喧哗，闻一多两手示意同学们安静，向大家介绍了西方女孩，这就是东方碧第一次上课的情景。

下课后，轩颜找到莫然，告诉她东方碧住她上铺，要她多照顾东方碧，莫然高兴地拉住东方碧的手，要轩颜老师放心。

晚自习时，同学们讨论闻先生的《红烛》，东方碧没有过这样的经历，她在一旁认真做笔记，田仆的发言引起了她的注意，他说《红烛》是闻先生早期的作品，情感充沛，直抒胸臆，同样是表达对国家命运的关注和对祖国的真挚情感，《死水》更为深沉、内敛，在艺术上更加成熟，为当下诗歌创作树立了标杆，这是闻先生从美国留学回来后的作品。

田仆没想到，讨论结束后，东方碧跟自己借阅《死水》，他看了眼前这个金发碧眼的漂亮女孩，心想，你一个洋老咪也能读懂《死水》？就说《死水》很难理解，你还是先读其他作品吧。

田仆的态度让莫然很不高兴，说，人家一个女孩子，并且是法国漂亮女孩子，你就不能满足一下吗，看完会还你的。田仆对莫然说，你不知道，这本诗集我请闻先生签过字的，我怕借给别人弄丢了。

田仆以为东方碧听不懂他们的谈话，没想到，一旁的东方碧用地道的中国话说，我保证不丢失，十天后完璧归赵。

呵呵，还懂得完璧归赵，这让田仆没想到，所以，他掏出《死水》给了东方碧，对莫然说，没你的事，是我主动借给东方碧的。

十天后，东方碧还《死水》给田仆，田仆说，你可以多看一段时间的。东方碧举起一个本子，微笑着说，不用了，我有了。

你有了？

是的。东方碧把那个本子递给了田仆，田仆看到了一本东方碧抄写的《死水》，他没想到她的中国字写得那么好，娟秀，明洁，像东方碧本人。田仆想了一下，扬起东方碧的本子说，这个本子送给我了，你把书留下，可以吗？

东方碧露出她那口洁白的牙齿，微笑着点点头，说，我怕我有写错的地方。田仆说也许会有错，因为错误是难免的，但这比没错更真实，我喜欢真实。

你说得很有意思。东方碧睁着她那双大眼睛，皱着眉头，略有所思地说。

闻先生的诗文，再加上你的书写，就成了一本特殊的诗集，远比印刷品更有价值和意义。田仆边说边如获至宝地将手抄本放到书包里。正要上课时，突然响起空袭警报，校园里随即响起哨子声，同学们惊叫起来，莫然拉着东方碧就跑，但不知往哪里跑，还好，是过路的日军飞机，没有丢下炸弹。东方碧一只鞋跑掉，被一个流氓一脚踢出几米远，东方碧一只脚跳过去捡拾，那流氓跑来又是一脚，田仆跑过去抓住流氓就是几拳，流氓不服，说我踢洋老咪的鞋子关你屁事，两人扭打起来。流氓瘦小，打不过田仆，仓皇而逃。

田仆也被打出了鼻血，东方碧掏出手帕帮他擦拭，莫然向田仆伸出大拇指说，好样的。轩颜赶来，也夸奖了田仆。

见田仆保护自己被打伤，东方碧过意不去，就请田仆吃饭，也请了莫然和轩颜老师。饭间，轩颜问了田仆找母亲的情况，田仆一脸茫然地摇摇头，说他从没见过自己母亲，恐怕是找不到了。

东方碧知道田仆的情况后，就经常陪他寻访。那天，他俩绕来绕去，就绕到了童家大院，东方碧说，这是我童阿姨家，她是蒙自城里有名的大小姐，认识的人多，你母亲的事，不妨跟她说说，或许她能帮上忙。

田仆点点头。

两人敲开了童家大院，家丁认识东方碧，就引他俩进了客厅。女红正好在家，见到东方碧，女红很高兴，问了她的学习情况。她把田仆找母亲的事说了，请女红帮忙，女红应下后，这才认真打量了田仆，说不清什么缘由，田仆让她满心喜欢。她给田仆提供了一个线索，听说东城郊一朱姓大户人家早年丢过子女，具体情况不知，可去问问。

一听说这事，田仆就急着要去看看，东方碧只有依他，两人告辞。女红没能留下他们吃饭，就对东方碧说，周日下午，如果你不回碧色寨就带田同学来家里吃饭，我叫厨娘给你们做臭豆腐、烤乳鸽和香炸粉蒸肉。

东方碧应下了，这是她最爱吃的。

两人到东城郊区，找到了那户人家，结果那户人家十六年前丢失的孩子是女孩，两人失望而归。看到田仆情绪低落，东方碧安慰他，要他不要灰心。

刚回到学校，他俩就被轩颜叫去排练反映抗战的街头剧，田仆饰演一老头，莫然演老奶，本来有饰演女儿的人选，而轩颜坚持要东方碧试试，按她的想法，此角色由洋人出演宣传效果更好，学生会依了她。果然，东方碧一上台，就妙趣横生，田仆和莫然有一个洋女儿本身就是亮点，只是剧情过于悲惨，东方碧饰演的女儿被日本兵抢走，为了救回女儿，饰演父亲的田仆倒在鬼子枪口下。

周日那天，他们到街头演了第一场，老百姓把场子围得水泄不通，演到父亲救女儿倒在枪口下时，竟然有人冲进场子打倒饰演日本兵的学生，被打的学生虽受了委屈，但没还手，维持秩序的同学赶紧拉开打演员的观众，这一幕并没有引人发笑，人们都沉浸在剧情里。

演出结束后，东方碧和田仆来到女红家，一见他俩，彭氏笑脸相迎，说她刚才看了他们演戏，她都淌眼泪了。童政员听说两人演了抗日剧，在饭桌上连声称赞，而田仆却说他们演得并不好，观众之所以感动，是因为大家同剧中同胞情感相连，憎恨日本鬼子。女红同意田仆的观点，说，你们这一演，让蒙自人明白了很多道理。

饭后，女红带着两人来到客厅，问起了田仆找母亲的事。

女红对田仆说，你母亲是大家闺秀，蒙自城的大户人家我都认识，按理说不难找，你把你的具体情况再跟我说说。

田仆说了自己的情况后，女红追问田仆多大了？田仆说刚满二十岁。

二十岁？听到这里，女红突然站了起来，盯着田仆不放，旁边的东方碧问童阿姨怎么了？女红急促地说，没什么，我是看到田同学脸上有个蚊虫，飞到他耳朵背后了。说着，她就绕到田仆身后，扒开田仆耳朵看了一眼。那一眼让女红怔住了，她有些失态地坐到凳子上。田仆发现了她的异常，问，您认识我母亲？

女红没有直接回答，而是问，你养父是不是叫吕恒义？

是呀。

那你养母就叫尚家芬了？

是的，是的，您认识他们？

让东方碧和田仆没想到的是，女红突然抱住田仆想说什么又没说，过了几秒钟，她才对田仆说，如果你刚才说的情况没错，那我一定能帮你找到你母亲。

第十二章

那天，交通员找来，交给巴目一份密件，是关于轩颜工作的回复，组织决定轩颜留在滇南组建地方武装。这个决定让巴目高兴，因为这样他和轩颜就可以在一起了。他要将这一决定尽快告诉轩颜，就忙着去了西南联大。他按两人事先的约定，在轩颜办公室窗外唱蒙自小调，可巴目口都唱干了，也不见轩颜的动静。一个小时后，他才看到轩颜带着田仆和东方碧从街上回来。

巴目和东方碧打了招呼，以此提示轩颜，自己来了，而轩颜却没理他，轩颜上了楼，两分钟后，她从窗口丢下一张纸片。

中午饭时，巴目按纸片上指定的地点来到小食店。轩颜随后也到了，她确认没有跟踪后，才进了小食店，她告诉巴目，街上没和他说话，是因为协教员一直跟踪她。

两人没有因一个特务而扫兴，当轩颜得知组织上让她到地方工作时，她高兴得搿了一下巴目的鼻子。

二十多天后，轩颜以家中父亲病重为由，离开了西南联大，回到碧色寨住了几天，就到了阿迷、建水一带组建地方武装，在地方组织的配合下，队伍组建顺利，最后她带着一百多人到蒙自以南的山区驻扎下来，而巴目仍然留在碧色寨。

碧色寨不仅是党组织的工作重点，也是军方警方注意的焦点，让鲁少贤大伤脑筋。井太郎入狱不久，警方又在碧色寨发现发报信号，再加上军火车屡遭轰炸，说明碧色寨又潜入了日本间谍，警方对碧色寨的所有日本人进行排查，并对所有旅店严加管理。

那天，愣子来到哥胪士宾馆，要乔斯特严格旅客登记，对来路不明的人要及时举报，如果被举报的人真是间谍，警方对举报人有重赏。乔斯特说，不给奖也会举报的。

愣子离开时，遇到了大半年不见的布斯特，他身边跟着一个女人，布斯特介绍说是他的越南妻子。布斯特和璐蔓丝分手后，就和一个意大利女子结婚，生了一子。两年后为躲避战乱，他的意大利妻子带着孩子回了意大利，布斯特到越南河内开了哥胪士分店。

愣子和布斯特没有多说话，倒是布斯特热情地把愣子介绍给他所谓的妻子，听说愣子是车站警长，那女人显露出一副有眼不识泰山的夸张表情，愣子对她微笑了一下，以示礼节，就离去了。

这次布斯特回碧色寨，没再对乔斯特的经营横加干涉，对桂花也十分尊重，称桂花为东方艺术表演家，桂花听他这样说，心里直打鼓，不知他葫芦里卖什么药。而实际上，因为战乱，桂花很少唱戏了，多数时候帮着乔斯特打理宾馆。

桂花已是三个孩子的妈妈，老大米兰是个漂亮的女儿，在蒙自城里的教会学校上学，已经是个十七岁的高中生了。老二米果十三岁，是个一头卷发的男孩，在碧色寨教会学校上学，老三米其只有六岁。

那天正是周日，米兰回到碧色寨，带着两个弟弟在山脚玩耍，那个季节，正是蜻蜓和蝴蝶飞舞的时候，姐弟三人追着一只漂亮蝴蝶，不知不觉就来到一处偏背的旧宅废墟。废墟四周荒凉，杂草丛生，墙脚长着火麻，火麻是一种阔叶草本植物，上面长着绒毛，人的皮肤一沾上，就会起红疹，奇痒无比，而一只蝴蝶在火麻间飞来飞去，让几个孩子无法下手，当那只被米兰称为黑玫瑰的蝴蝶，被米果撵到一块石头下面时，他欣喜若狂，忙着叫姐来抓。米兰赶来，和米果一起搬开那块石头，他们免不了碰到了火麻上，但几个孩子不管，而是专注地抓那只蝴蝶，他们搬开那块石头，没见到蝴蝶，而是见到一个铁匣子，上面有电线和许多零件。没抓到黑玫瑰，米兰拉着弟弟就走，而米果却坚持要带走那个铁匣子。

三个孩子回到哥胪士宾馆，正巧碰上愣子。看到米果背着铁匣子，愣子开始没觉得什么，走过后才觉得好奇，他凑近看了看，突然警觉起来，问米果哪儿来的，米果说捡来的。愣子问哪儿捡来的，米果指了指山脚方向。米兰嫌愣子啰唆，就进了屋，而愣子硬要米果带他去看捡到铁匣子的地方。

米果不情愿地带愣子去了废墟，愣子察看了那个墙角后，像发现了新大陆，要米果把铁匣子给他，米果不给，愣子想了想，拿出枪，笑着说，我给你枪玩，这可是真枪哈，你把铁匣子送我。

见到真枪，米果高兴坏了，就把铁匣子给了愣子，愣子下了子弹后，把枪给了米果。米果拿着空枪比画。愣子警惕地看了看四周，然后按米果的回忆，把铁匣子放到原处，他知道已经很难复原了，但他想尽量这样做，他不准米果他们再来这个地方，再三叮嘱他们不要对任何人说这件事。十三岁的米果莫明其妙地点点头。

愣子派一个警员换上便衣，佯装打草人，监视废墟。

按愣子的判断，这是一个发报机，他觉得事情重大，就向鲁少贤报告了。鲁少贤带着两个警察随即赶到碧色寨，二十四小时布防，控制废墟地段，守株待兔。

安排好这一切，鲁少贤就镇阵碧色寨。不能打草惊蛇，到碧色寨得有理由，所以，连挑水带洗菜，他去大通公司找了女红。

不管女红态度怎样冷淡，他再次向女红表达了自己的倾慕之情，他要女红答应他，他可以让她掌管他的家业，做真正的大房。听他这样说，女红觉得好笑，说，当初章鸿泰要我做姨太太，今天你也要我做二房，难道我就只有做小的命吗？

鲁少贤说，章鸿泰是你父亲的意愿，我不一样，我们是同党同志，我们相亲相爱，我们还有过……

女红知道他要说什么，就请他出了门。鲁少贤走后，女红就开着红跑车回到城里，她最近最关心的人就是田仆，不是帮他找母亲，而是用母爱去关心田仆。她确认田仆就是自己失散的儿子，没人知道她有儿子，鲁少贤不知道，连自己父亲也不知道，这是她一个人的秘密。

二十一年前，当发现自己怀孕后，女红没有告诉鲁少贤，更没有告诉父亲，而是以到昆明开办分公司为由，到昆明生下一个男孩，因为童政员急着要她回碧色寨，她就把出生四个月的孩子寄养到一个叫尚家芬的邻居家。尚家芬夫妇是滇东人，到昆明租房做一些日杂品生意，当时女红的房子和他们一个院子。当女红被父亲招回蒙自几个月后，她赶到昆明看望孩子，就再没找到尚家芬一家，她当时丢心失肝地痛，以后她也多次找过，仍没找到。

那天，看了田仆耳根后的胎记后，她才确认田仆就是自己儿子，儿子怎么叫田仆，她并不知道，事情过去这么多年，儿子都二十岁了，自己也到了认命之年。所幸的是，儿子不仅长得一表人才，还考上了当时的南开大学，现在成了一名西南联大的学生。

田仆的事，她不想告诉鲁少贤，但她不想再隐瞒父亲，所以，她大着胆子把事情的来龙去脉告诉了父亲，没想到，当童政员知道此事后，高兴得要马上见到外孙，见父亲这个态度，女红积压心中的余疑打消了，答应父亲下午叫田仆来家吃饭。

田仆和东方碧再次来到童家大院时，已经驼背的童老爷亲自到大门口迎接，他拉住田仆的手，忍不住叫了一声孙子，看田仆愣在那里，童老爷子对他说，你是我的外孙，我女儿童女红是你妈妈，你不知道吗？童老爷转头看了一眼女红，女红这才对父亲说，她还没有把事情真相告诉孩子呢。

女红对田仆说，孩子，对不起，有些事，我还没来得及告诉你。那天你问我为什么知道你养父养母的名字，那我现在就告诉你吧，二十年前，是我亲手把你寄养在他们家的，我就是你的亲生母亲。

听女红这一说，田仆和东方碧都睁大了眼睛，为了让田仆相信，女红对田仆说，孩子，如果我没记错，你不仅耳根后有胎记，肚子上也应该有块胎记。说着，田仆就转过身，卷起衣服看，女红和众人凑过去，发现田仆肚子上果然有块胎记。

田仆有些动容，眼里浸出了泪水，女红一把抱住他。

妈妈。二十岁的田仆扑到了女红怀里，女红哭着抚着田仆的头说，孩子，是妈妈不好，是妈妈弄丢了你，我当初没办法才寄养你的，我也一直在找你，请你原谅妈妈。

养母告诉过我你寄养我的原因，妈妈，我不怪你，我理解你当初的做法。

田仆安慰着女红。

哈哈，突然跑出个外孙来，这是好事呀，管家，放炮鸣鼓，以示庆贺。一旁的彭氏阴不阴阳不阳地说道。

好呢，我这就去办。管家刚要离去，被女红叫住了，说，管家，这事不宜声张，告诉厨娘，做几个好菜就行。

看管家愣在那里，童老爷对管家说，就听大小姐的。

饭桌上，女红自己吃的少，不停地给田仆夹菜，看着他一嘴一口地吃下肚，她自然也时不时给东方碧夹菜，童老爷也不停地叫田仆吃这样吃那样，一家人乐得合不拢嘴，只有彭氏感到自己多余。

那天离开的时候，女红开着红跑车，带田仆和东方碧兜风，离开时，田仆对女红说，妈妈，今天我们母子团圆，和姥爷团圆，是一喜，还有一喜要告诉妈妈。

田仆一边说一边指着不远处的东方碧，小声对女红说，如果妈妈同意，我争取她来做你未来的儿媳。

哈哈，真是天大的喜事啊，其实妈妈已经看出来了，真好，碧碧是我看着长大的，碧碧即使不是我儿媳，也一定是我女儿。女红笑着看了东方碧一眼。

几步外的东方碧，似乎听到了母子俩的说话声，脸上浮起红晕。

四个月后，东方碧考上了西南联大中文系，成为一名正式学生，德克拉曼一家都高兴，连一直郁闷的璐蔓丝脸上也绽出了笑意。

不久，西南联大文法商学院搬迁到了昆明，东方碧和田仆离开了家人。走的头一天，田仆被女红叫回家中吃晚饭，女红看了一眼他背后，问，碧碧呢？

找妈呀，人家也有爸爸妈妈，明天就要去昆明了，你也不让她回一趟家呀？

是，是，是，我都差点儿忘了，以为碧碧只有我这个妈呢，哈哈哈。

饭桌上，女红说了很多诸如要注意这样要注意那样的话，特别要他多关心照顾东方碧，还有就是，要田仆回到昆明后，代她向他的养父养母问好。说到这里，女红回自己房里取出一摞钱递给田仆，说，这是给你养父养母的，另外，你花钱不要省，妈妈有的是钱。

说到这里，童政员哈哈笑起来，对田仆说，你妈说她有钱，她是有钱，但她的钱都是姥爷的，她整天只会游手好闲，大把花钱。

我不是有个能赚钱的爹爹吗？用不着我挣钱，再说了，死不带去，生不带来，挣那么多钱干啥？

是呀，我是快入土的人了，今后谁来养你呀？童政员表情复杂地说。

老爹爹，这个不用你操心，我还有儿子，儿子会养我，是不是，儿子？

说到这里，童政员问田仆今后想干什么。田仆想了想说，还没想好呢。

童政员说，姥爷给你想好了，姥爷给你指条光明大道，大学毕业就来接姥爷的班，童家这么大的产业要有人继承，又不能指望你妈，你来把担子担起来。

老爹爹呀，说到哪儿去了，你孙子可是要干大事业的，他要真来接你班，那可是大材小用了。

妈妈别这么说，姥爷要是真把大通公司交给我，我还管不好呢。

儿子，不说这个了，安心读书，西南联大毕业后，我送你到法国留学，到时妈妈陪你。

正说得热闹，墙上的时钟就响了几下，田仆一看都晚上八点了，就要女红帮他一个忙，女红拿起桌上的筷子打了一下田仆，说，帮什么忙，用词不当，还学中文的呢，妈就是你一个儿子，专门侍候你的，说，有啥事。

该去碧色寨接碧碧了。

这个呀，脚不是长在你身上吗？女红知道儿子想叫她开车接碧碧，就故意说话急他。

妈咪有漂亮的跑车，还用儿子走路吗，再说了，我走路能把碧碧背回城吗？田仆第一次在女红面前耍娇。

那还等什么？走，儿子，接儿媳妇去。

母子两人上了红跑车。

第十三章

一九四〇年一月十二日中午一点过三分，碧色寨车站落下第一颗炸弹，一声巨响，打破了这座东方小巴黎的平静。

当时，德克拉曼的母亲正在去约翰教堂的路上，只听到空中传来刺耳的轰鸣，一颗炸弹落在米轨车站和寸轨车站之间，一声巨响之后，正在夜巴黎酒吧谈事的巴目和舍易盈跑过去，看到地上出现一个大坑，四周倒下了七八个人，他们扶起德克拉曼的母亲，叫了两声不见应答。当德克拉曼和璐蔓丝赶到时，老母亲已经断了气，璐蔓丝哭开了，德克拉曼掉下了眼泪，巴目和舍易盈扶他站起来。

在昆明西南联大上学的东方碧，被一个电话叫回了碧色寨，田仆陪着她一起回来。东方碧看到躺在棺材里的奶奶哭成了泪人。

下葬仪式由约翰牧师主持，愣子扶着德克拉曼，莎白扶着璐蔓丝，田仆扶着东方碧，女红扶着从城里赶来的父亲，乔斯特、桂花，包括地巴拉土司等都来了，按中国习俗，卡洛放了鞭炮，巴尔自然用他的相机记录了这个过程。

布斯特先于他人来到墓地，和十多个村民已经挖好了墓坑，老人下葬后，鲁少贤才赶到，他握着德克拉曼的手说，是我没有保护好你们，我有责任，节哀吧。

听了鲁少贤的话，田仆指着鲁少贤问东方碧，这人是谁呀？东方碧说，此人是蒙自最大的官。田仆说，怪不得他说他有责任呢。

参加葬礼的人陆续返回，鲁少贤盯着女红身边的田仆看了又看，然后对女红小声说，事情我都知道了，我是来认儿子的，希望你不要剥夺我做父亲的权利。

女红没有说话，田仆走过去，对女红说，妈妈，我们走吧。

女红点点头，正要走时，鲁少贤拉住田仆说，孩子，我是你亲生父亲。

听了鲁少贤的话，田仆掉头用询问的目光看着女红，女红对田仆点了点头，并叹了口气。

得到女红的确认，鲁少贤有了自信，他对田仆说，儿子，不是我不关心你，你的出生，我并不知情，希望你不要埋怨我，当然喽，这也不能怪你妈妈，事情都过去了，现在好了，我们团圆了。

正说着，璐蔓丝就走上来对女红说，我们已经知道你就是田仆的妈妈，东方碧和田仆的事，我们是不同意的。

看璐蔓丝和女红说话，都走了十多米远的德克拉曼又走回来，他知道璐蔓丝会对女红说啥，就对璐蔓丝说，孩子们的事，由他们自己决定，你不要横加干涉。

说完，德克拉曼对女红说了一声抱歉，就拉着璐蔓丝走了。

东方碧向女红走来，叫了一声童阿姨，女红抱住东方碧说，好闺女，你母亲为难你了。

东方碧说，阿姨，你放心，我爸爸会说服妈妈的。东方碧说完，就拉住了田仆的手，田仆没有跟她介绍鲁少贤，而是对女红说，妈妈，我们回吧。

鲁少贤跟在后面。

废墟那里终于出现情况。当时，一束电筒光从车站的灯火中剥离出来，在墨一样的荒野里游弋。两个蹲守的警员没敢打开任何光亮，用手探路，匍匐前行，他们分辨不出前面的人是男是女。到了废墟，前面的灯光钉子一样钉了下来，两个警员走近，才看清那人嘴含电筒，已经取出那个铁匣子，打开电钮，扯出天线，现场响起敲击声，两个警员确认对方在发报后，才扑上去捕住了对方，只听那人惊叫一声，警员才发现对方是女人。

此人正是布斯特的所谓越南老婆，经鲁少贤亲自审讯，她并不是越南人，而是日本派来的间谍，她瞄准在河内的布斯特，到哥庐士酒吧喝酒，认识了布斯特，同居两个月后，她提出到碧色寨旅游，布斯特依了她。

布斯特知道自己的女人是日本间谍后，悔恨不已，主动跑去向鲁少贤认错，并一再说明他不知情，更没有参与任何间谍活动。

日本女间谍已将当天一辆军火车的情况发报告诉了日军。鲁少贤提前结束了审讯，焦急地看了看表，这辆军火车马上到站，他把情况告诉了德克拉曼。德克拉曼告诉他军火车将在碧色寨停二十分钟，鲁少贤说能不能少停十分钟，德克拉曼说大通公司要上一批货物。两人正在商量办法时，军火车已经进站，愣子已按吩咐戒严站台。巴目指挥工人上货，鲁少贤在旁催促，大成清点货物，十分钟就装好了货，鲁少贤叫德克拉曼立即发车。

一声汽笛后，军火车箭一样射了出去，不幸的是，几架南方飞来的日机咬了上去，不久，就传来轰炸声。巴目向四周看了看，没发现大成，旁边一个搬运工说，大成还没来得及下车，车就开了，估计还在车上。二十分钟后，德克拉曼就收到军火车被炸的消息，两个小时后，大成的尸体被抬到了大通公司。愣子和舍易盈很快赶到，连布斯特也来了。愣子说，大成命苦啊，三十多年前来找他爹，结果他爹被人整死，现在自己也被炸死了。

听了愣子的话，旁边的布斯特突然向大成的尸体下跪，连说是他害了大成爹，是他对不起大成。

开始愣子怀疑布斯特举动的诚意，但看到他动容的表情，愣子确信他是真心忏悔。舍易盈对布斯特说，你应该向大成磕三个头，不然他在阴间也不饶过你。

让大家没想到的是，布斯特不仅向大成磕了头，还为大成买了一口上等的棺材。德克拉曼拍着布斯特肩膀说，这样做就对了，你的改变让我感到欣慰。

在碧色寨，日本间谍无孔不入，导致滇越铁路很多桥梁隧道被炸，中国军队加强沿线守护。山区铁路掩蔽在山体沟壑中，不易发现，而铁轨坦露的平坝，是日军轰炸的主要目标，所以，容易被发现的路段，派有重兵护守。有树林的地方，部队就掩蔽在林中，没有树的地方，士兵们就身插树枝作掩护，在山头架设机关枪和小钢炮。但因缺乏射击飞机的经验和武器杀伤力不够，士兵们非但没有击中敌机，相反暴露目标，被日机扫射，仅在阿迷的保卫战中，铁路沿线全是倒下的士兵，鲜血染红了铁轨。

为了躲避战火，很多西方人纷纷离开碧色寨，卡洛也带着他的意大利妻子和两个孩子回了法国。而莎白夫妇却相反，他们把酒吧交给别人经营，他们俩沿铁路采访，莎白用笔，巴尔用他的镜头，记录日本法西斯侵略中国的罪行。

战火烧到眼皮底下，舍易盈坐不住了，他卖了赌场，跟着巴目去了蒙自以南的山区。巴目走后，大通公司就完全交由广帮商人经营了。

巴目是给游击队送补给来的，他和舍易盈带着一队骡马刚到四岔河抗日游击队驻地，就遇到日本侦察机在四岔河山谷盘旋，并用直升机投下几名日本侦察员，几个日本侦察员像几只猴子挂在树上，巴目和舍易盈带着村民围了上去，活捉了几个日本侦察员。很快，轩颜带着游击队员赶到，巴目指着几个日本鬼子，对轩颜说，这是送给你的见面礼。

轩颜说，别自夸，明明是我们赶到一起抓到的，你却把功劳往自己身上捞。

舍易盈知道两口子在打口水仗，就说，都一样，都一样。

看着巴目拉来的粮食，轩颜高兴地对巴目说，这才是你的见面礼。

来到游击队驻地，轩颜召开了会议，商量扩充队伍和武器弹药问题，她要舍易盈上姑保岭策反哥布，争取哥布率部参加抗日队伍是巴目和轩颜谋划已久的事，这次终于说服了舍易盈。最后，轩颜说，小日本又是侦察机，又是跳伞侦察员，说明他们惦记我们的人字桥啊，我们下一步的主要任务就是保卫人字桥。

第二天，巴目要进村招兵纳马，舍易盈拍了一下他的肩膀说，兄弟，你不和兄弟媳妇多暖和几个晚上？说完，舍易盈哈哈哈地大笑起来。

巴目说，都到什么时候了，你还开玩笑。

什么时候？我只知道什么时候，咱都是人。

人字桥被日军盯上的事，在滇越铁路沿线传开，听到这一消息后，保罗·菲娅心神不定，她跟德克拉曼说了自己的想法后，再次单身一人去了四岔河谷，她要亲自守护人字桥。

菲娅在守桥人隔壁的房间安顿下来，房间里有她原来住的床，她换上自己带来的干净被面和垫单，检查了粮食和食品，再看到房外地里的蔬菜，心里踏实而安然。她要换守桥人回家休息。

守桥人知道她和人字桥的感情，就对她说，菲娅工程师，没事的，人在山谷中都很难找到人字桥，就别说天上小日本的飞机了，再说了，附近还有我们的队伍呢。

菲娅会意地笑了，说，你安心休假吧，这里有我。

守桥人守成了一身的阴魂野气，连他的表情也没了人间烟火，让菲娅感到怪异，他走路的样子缓慢笨拙，像一个野人，一个孤独的背影在山谷中慢慢消失。

守桥人回到家中就病了，长时间在潮湿的峡谷生活，让他患上了风湿而不能走动，所以，菲娅在四岔河谷长时间留了下来，每天背着工具箱上桥，仍然用钣钳在这里敲敲，那里看看，刮风下雨就到两岸的隧道里躲避。黑得没有任何图像的洞中，让她有进入时间隧道的奇异感觉，一下子就和人世间阻隔了。她心生恐惧，像以前一样，她唱歌给自己壮胆，她把《马赛曲》和《苏武牧羊》唱了一遍又一遍，歌声在洞中回荡，时间久了，她就不怕了，所以她的歌声慢慢悠扬起来，驻扎在附近的游击队员们说，他们不仅听到了歌声，还看到一个长发飘飘的女人身影。

那年冬天，姑保岭下了雪，而山脚下的四岔河谷虽然没有雪，但经常飘着雨丝，河水深幽，人字桥映在里面纹丝不动，菲娅围着她的红色围巾，戴着斗笠，望着她心中的保罗·波登桥，唱了她最近看过的一场电影《古塔奇案》里的插曲《秋水伊人》，她喜欢这首歌的旋律和歌词，所以，同样，游击队的队员说，他们曾在四岔河听到过这样的歌声：

> 望穿秋水
> 不见伊人的倩影
> 更残漏尽
> 孤雁两三声
> 往日的温情
> 只换得眼前的凄情
> 梦魂何处寄
> 空有泪满襟
>
> 几时归来呀伊人哟
> 几时你会穿过那边的丛林
> 那亭亭的塔影
> 点点的鸦阵
> 依旧是当年的情景
> 只有你的女儿呀
> 已长得活泼天真
> 只有你留下的女儿哟
> 来安慰我这破碎的心
> ……

终于有一天，几架日本飞机向四岔河谷丢下了炸弹，爆炸声在山谷中回荡，驻扎在附近的中共游击队，在轩颜的带领下很快赶过来。所幸的是人字桥安然无恙，但人们没有发现菲娅，只看到人字桥的钢架上挂着一块红色，赶来的守桥人告诉轩颜，那是菲娅的围巾。

这一事件让滇南一带民众口口相传，最后演绎成一个动人的传说，都认为人字桥是保罗·菲娅所设计，故称为女儿桥，还说菲娅并没有死，一直守护着自己的桥，还叫过往行人不要怕，有人说在两侧隧道中经常听到她祝福过往车辆和行人的歌声。

没有找到菲娅，轩颜决定率部驻扎在人字桥下，为了隐蔽，他们在林中搭建了住棚。

通过舍易盈的努力，说服了自己的表哥哥布，哥布带领百余人离开了吴学显，投奔了轩颜，这样，中共滇南游击队扩充到三百多人，轩颜任司令兼政委，哥布任副司令，舍易盈任参谋长。

很快，国军派重兵护守人字桥，在人字桥四周山头架设高射机枪和小钢炮，轩颜的游击队被迫撤出。国军目标太大，引来更多敌机，狂轰滥炸，人字桥危在旦夕。整条滇越铁路千疮百孔，天天都在修复中。

考虑到自身利益，也屈服于日本的压力，法国政府禁止中国利用滇越铁路运送军用物资，这不仅遭到中国政府的反对，还引起中国民众的愤怒，昆明、蒙自、河口等沿线，多次发生学生民众游行，抗议声讨法国政府。

不久，日军入侵越南，并顺着滇越铁路，向中国河口推进，人们意识到，只要顺着滇越铁路，日军就能轻而易举地北上，一时间，蒙自朝不保夕！昆明危在旦夕！重庆告急！大西南告急！中华民族到了最紧要的关头！云南由抗战大后方，变为抗日前线。

日本从南方逼近，蒋介石急成热锅上的蚂蚁，即刻召开了防务会议。蒋介石命令驻扎在江西的战功卓越、让日军闻风丧胆的滇六十军回滇守河口，国民政府军事委员会总参谋长何应钦，命令云南省主席龙云出兵河口，无条件把日军阻击在境外，所以，鲁少贤受命调集蒙自和滇南的所有部队，向河口开拔。

鲁少贤队伍出发前，女红找到他，要求和部队一起到前方参战。鲁少贤没有答应，理由很简单，也很充分，打仗是男人的事，而女红的理由也很充分，全民抗战，全民皆兵。鲁少贤紧了一下眉头，凑近她小声说，你不要忘了，你还是一位母亲。

女红急中生智，说，你不让我参加，我就参加共产党的军队。

这一激将法，真急了鲁少贤，他对共产党恨之入骨，所以，他同意了女红的请求。

在国家民族危难之际，中共方面积极迎战，云南党组织决定，轩颜领导的游击队更名为滇南抗日独立大队，轩颜任政委，巴目任司令，一直处于地下活动的中共滇南游击队，理直气壮地开赴抗日前线。

轩颜和巴目带领独立大队，从姑堡岭上了一辆南下的客货车。这辆火车前四节车厢载人，后四节载货，客货两满，独立大队的三百多人马只有坐到后四节车厢的货物上，货厢没有顶篷，轩颜命令队员们随时做好防空袭准备。果不其然，车到白寨一带，遇到了几架日军轰炸机，敌机咬死不放，炸弹不断在火车四周开花，舍易盈带领队员们架好机关枪和小钢炮还击，一架敌机被舍易盈击落，敌机疯狂地反扑过来，就在快要进入白寨隧道时，一颗炸弹在第二节车厢爆炸，火车带伤前行，车内一片喊叫声，当队员们到车厢抢救伤员时，看到车厢内血肉横飞，一片惨景。孩子们叫爹喊娘，一个母亲抱着死去的孩子哭得死去活来。第二节车厢已成火海，舍易盈指挥乘客转移到后面车厢，看到火势向后面车厢蔓延，他努力接近车门，准备从车门爬到车厢衔接处分离第二节车厢，而车门已被大火堵住，他怎么也出不去，所幸的是，他隐约看到一个人已经在分离第二节车厢。

火柱窜向第三节车厢，人们关上门堵住飞蹿的火龙，并向第四节车厢转移，但人已塞满，无法通行，而火势越来越猛，人们在火中呼救。不能再等，舍易盈冒着火势出了门，他跳到地上，又扒到第二、第三节车厢连接处上了车。那里正在分离车厢的人身上已经着了火，舍易盈帮他扑打身上的火，终于，那人分离了二、三节车厢，车头带着一、二节车厢继续前行，三节以后的车体慢慢停了下来，当那人转过头来时，舍易盈才看到他竟然是布斯特，布斯特向他笑了一下，就趴倒了，他赶紧扶起布斯特下了车。

刚下车，乔斯特迎了上来，看到舍易盈扶着布斯特，脸上身上已被烧伤，他没和舍易盈寒暄，即刻问明了情况，舍易盈伸出大拇指对他说，你哥是好样的，是他救了大家。

正说着，巴目就扶着桂花过来了，后面跟着米兰三姊弟，孩子们围着昏迷中的布斯特又哭又叫，看到他们一家老小，舍易盈说，兵荒马乱的，你们这家子是去哪里呀。乔斯特说，碧色寨没了人气，生意不好做，我们一家老小跟哥去河内经营哥庐士分店。

舍易盈问桂花，你爹同意你到越南呀？桂花说，跟他商量过，他说眼不见心不烦，你想想，如果我带着三个孩子整天在他身边，他会接受吗，再说了，孩子们也不喜欢他，而我总不能丢下孩子陪老人吧？嗐，没办法的事呀。

桂花叹了口气，眼泪就出来了，她再没说下去。

在他们说话时，乔斯特一直守在布斯特旁边，巴目找来乘医，帮布斯特简单处理了一下伤口，乘医说，经查实，已有两百多中外旅客伤亡，死的管不了了，没死的，必须马上得到救治。

巴目说，我已经问过你们列车长，他说碧色寨已经开出火车头，预计下午就到。

碧色寨开来火车头，挂上残留的车体，继续驶向河口方向。布斯特在河口得到了救治，第二天，才从昏迷中醒来。

那段时间，滇越铁路日夜不停地运送部队和军火，铁路畅通是河口阻击战成败的关键，整个滇越铁路沿线，随处可见布防的国军，还有当地百姓。已七十七岁高龄的地巴拉土司，带领四乡近邻，日夜守护在铁路沿线。一天下午，二十多架敌机从南边飞来，向芒村一带投下数不清的炸弹，芒村车站被炸毁。地巴拉土司第一个跑出来，卧在铁轨上，用身子遮住铁路，乡民也像土司一样扑向铁轨，除了机枪手和炮手，其他士兵也纷纷卧倒在铁轨上，一时间，铁道成了人道。

愤怒中的人们，不顾生死，没有考虑用身子遮挡铁轨是否起作用，只知道那时的铁路比自己的命更重要，结果，人体在日本鬼子的轰炸中四处飞溅，血流成河。一块弹片击中地巴拉土司的头部，他被运回碧色寨医治。

国军压境，不断向河口聚集，一场阻击日军、守护滇越铁路的战斗即将打响，因此，法国政府宣布封闭滇越铁路全线，国民政府在滇越铁路沿线设立了区线司令部，行使调度车辆指挥权。

巴目、轩颜领导的中共抗日独立大队，在河口坝河被国军拦下，命令他们就地驻防，轩颜、巴目和舍易盈因不能防守铁路要道而不满，舍易盈一拳打在桌上说，国军就安排到重要位置，我们共产党部队就该守旁门闲路？不行，我要找他们评评理。

轩颜说，老舍呀，别冲动，我们当然要找他们，但我们必须按规矩来。

随后，轩颜叫巴目先去问问情况，很快巴目回来说了情况。这里驻扎着国军一个团，团部就在前面院子里。轩颜带着几个人去了国军驻地，一个士兵引他们进了团部，士兵向背向他们的女军官报告，巴目问士兵，她就是你们的参谋长？士兵点点头。

参谋长竟然是女的，更让巴目、轩颜想不到的是，参谋长转过头来时，她竟然是童家大小姐童女红！

所有人都惊住了。

平时一身白装的女红，取而代之的是国军少校女军装，头上戴着船形军帽，飒爽英姿，英气逼人，她旁边竟然跟着西西莎白和巴尔夫妇。

原来你是共产党！女红吃惊地看着巴目。

巴目点点头，说，姐，想不到我们在这里、以这样的方式见面。

女红说，怪不得我动员你参加我党，你没兴趣，我就说嘛，你没那么简单。

巴目笑着说，姐，我试图动员你加入我党，你也同样不为所动。

巴目指着轩颜对女红说，姐，你弟媳轩颜是我们的政委。

女红和轩颜握手，轩颜说，红姐，你穿上军装可威风了，也更美了，我们都认不出来了。

在轩颜和女红说话时，巴目、舍易盈和莎白夫妇握手，女红介绍说莎白夫妇准备随军采访，用他们的笔和镜头记录中日阻击战，向世界报道中国人民不屈不挠的抗日精神。

几个人在院子里坐下来，当轩颜提出独立大队到河口大桥附近布防时，女红笑笑说，即使我有这个权力，也做不到，你们看看这铁路沿线已经布满了正规军，哪里还能插下立足之地，我奉前线指挥部之命，请你部就地驻守。听了女红的话，巴目和轩颜交流了几句，对女红说，也不难为姐了，我们听从安排，如果战斗打响，请给我们一定的作战自由。

女红说，我们当然尊重你们，不过，也不能乱了套。

正说着，几个军官模样的人走来，走在中间的是鲁少贤，他和轩颜、巴目一一握手，其中一个军官上前拉住巴目的手说，王子也出征了，哈哈哈。

这军官竟然是愣子，巴目给了他一拳，两个发小拥抱在一起，女红介绍说，愣子已被任命为护桥团副团长，正中的一线将领。舍易盈说，愣子这副团长职务都小了，他可是你们国民党老党员了，并且还是神枪手呢，派他驻防桥头才合适。

愣子突然问巴目，听说你们抗日独立大队乘坐的一〇二次火车在白寨被炸，死伤了二百多人，你们伤亡情况怎么样？巴目说，没事，我们都在后几节货厢里，对了，这次轰炸幸好有布斯特，没有他及时分离燃烧车厢，伤亡就更大了。

舍易盈说，当时，我都很难穿过大火去分离车厢，布斯特是在大火中分离车厢的，全身都烧伤了，过去的魔鬼成了真正的英雄，他还在河口治伤呢。

女红说，当时听了他的事迹，我和愣子、鲁少贤都不相信，经你们这样说，我们信了，我们应该去看看他。

巴目说，我们昨天才去看过，乔斯特、桂花一家在一起，很多记者采访布斯特，都说他是临危不惧的英雄。

女红说，怎么桂花一家也在？

巴目将他们去河内开店的事说了，听说桂花也在河口，女红就向鲁少贤请假去看望。而鲁少贤说，以后吧，现在听我命令，马上集合队伍。

女红知道战事告急，只得服从命令。她集合好队伍后，整理了一下军帽，昂首挺胸地走到队伍前，说，我部奉命守护河口大桥右侧地带，是整个阻击战的核心部分，是前线指挥部对我部的信任，我们身后是祖国和四万万同胞，为了国家和民族的安全，我们和大桥共存亡，现在请鲁长官训话。

鲁少贤一脸威严地走到队伍前，愣子和女红站在他两旁，他指着红河对岸说，兄弟们，河对岸，日军集结了至少四个师团的兵力，准备向我们发起进攻，正面两个师团，左右翼分别各一个师团，呈掎角之势，敌军压境，蒋委员长日夜不宁，他亲自部署在台儿庄战役中威震天下、名扬四方、让日军闻风丧胆的我六十军布防。我们要向蒋委员长宣誓，严阵以待，不辱使命，把倭寇堵在境外。

鲁少贤慷慨激昂的训话之后，战士们高呼口号：爱我中华，保家卫国，誓死保卫河口大桥，我在桥在，不许日寇前行一步。

口号声响彻红河两岸。一旁的巴尔不停地按着快门。

部队已经聚集，红河两岸两军对峙，日军像一群饿狼，随时准备扑向中国沃土。

第十四章

火车停运，搬运工们潮水一样退去，洋人们都已陆续回国，只留下德克拉曼等少量的洋人，热闹繁华的碧色寨，突然沉寂下来。

璐蔓丝催促德克拉曼尽快启程，赶回巴黎参加儿子雨莱的婚礼，而德克拉曼却迟迟不动身，整天心事重重，郁郁寡欢，璐蔓丝怀疑他是放不下女红，因为这一去，可能就再也不能见面了。

璐蔓丝只知其一，不知其二，三十九年过去，她早忘了德克拉曼来中国的目的，倒是一再提醒德克拉曼回国途中，不要忘了上西西里岛找他们三十九年前来时埋下的金属发卡，而德克拉曼却一直没有忘记爷爷的事，他很多次似乎接近了爷爷的谜团，但线索都被阻断，他知道，所有的线索都归集到地巴拉土司身上。几个黑衣人的多次出现和神秘消失，那个"DGSE"神秘字样，自己手中的手帕，北回归线地图，地巴拉几次的欲言又止等情形又浮现在他的脑海。第一个黑衣人出现到最后一个黑衣人出现，相距四十多年，三次出现的黑衣人并不是同一个人，而他们却有相同的穿着和目的，这一切都和"DGSE"有关，他曾经想通过法国政府调查此事，但他又怕这背后有什么不良背景，影响爷爷的形象和声名，所以，一年前，他秘密请了国内的私家侦探，查明了"DGSE"的情况。

原来，"DGSE"是一个法国的民间间谍组织，已有六十多年历史，此组织专门收集各国政治、军事和经济情报，然后高价卖给政府。此组织纪律严明，成效显著，他们的活动遍及世界各地。但这个结果，并没有扫除德克拉曼心中的疑惑，反而增加了他的烦恼。因为这个结果，只说明"DGSE"是一个间谍组织，并不说明这个组织跟爷爷有什么关联，他不想把爷爷和一个间谍组织联系起来，这里面有没有关联，正是他想知道的，所以，德克拉曼又请这家私人侦探继续调查，查一查这个组织五十多年前的档案，看里面是否有一个叫罗门的名字。

信函发出后，他又后悔起来，因为他不想收到一份证明自己爷爷和这个组织有关联的结果。

而实际上，一年过去，德克拉曼没有收到任何消息，这让他坐立不安，他每天都去邮局查询。邮局一向是繁忙的，每天都有来往频繁的邮件，如今邮局已消停下来，德克拉曼也对爷爷的调查没了信心。那天，他从邮局门前走过，邮局的一个老头对他摇摇头，说，站长啊，你到底在等待什么样的消息？都到什么时候了，邮局都快关门了，我们也该失业了，真是不可思议，过去忙都忙不过来，突然之间，就没事干了。

从老头子的话语里，德克拉曼听出了伤感，他没有言语，只向老头点了点头，笑了笑。

德克拉曼想在离开碧色寨之前弄清爷爷的事，他掏出那块手帕看了看，希望地巴拉土司告诉他一切，如果土司不说，就给土司下跪，他相信地巴拉土司终究会告诉他真相的，而问题是，地巴拉土司已带乡民去了铁路沿线守护铁路，那么长的铁路，到哪儿去找他啊，所以，他只能等他。

他不知不觉来到寨中那棵楠树下，这是他无数次探究过的树，因为这是全寨子唯一刻有"北回归线"几个字的地方，他万里迢迢来到远东，不就是这几个字的牵引吗？这几个字在他眼中，就是一个天大的秘密。那天，他下了最大的决心，用酬金请来几个村民撬开那块石头，他要弄清下面到底藏着什么秘密。而就在村民正要动手时，莫里黑气喘吁吁地赶来了。他已枯瘦如柴，脸色菜青，这个碧色寨神的化身，已经在这个世界上度过了七十九年的时光，这个一直不认乔斯特为女婿的中国巫师，已到了垂暮之年。

莫里黑的到来，让那块石头有了神的含义。

看到莫里黑，德克拉曼把笑意全堆到脸上。三十九年来，他突然第一次对这个中国巫师充满敬意。这不仅因为他救过璐蔓丝和无数中国劳工的命，还因为在碧色寨，他是最体现东方古老文化的人，他到哪里，哪里就有了一种特殊的气场，那时，三十九年来的恩怨和冲突，在德克拉曼心里荡然无存。

德克拉曼扶着莫里黑坐到石头上，他本想问些情况，但莫里黑什么也不说，他叹了口气，又背着手怏怏地走了。

走到寨口时，就遇到了头缠绷带的地巴拉土司，马车夫扶着他回土司府。见到地巴拉土司，德克拉曼心里一阵欣喜，就迎上去问了伤情，土司说，只让小日本的弹皮擦了一下，虽说疼一点，但没事的，站长大人。

德克拉曼说，伤口化脓了，我马上就叫璐蔓丝医生来。

土司说，不用麻烦站长大人了，莫里黑就能解决。

三天过去，弄得莫里黑满头大汗，气喘吁吁，而地巴拉土司的伤口并没有得到控制，伤口化脓，疼得土司日夜不宁，他只得让家人向德克拉曼站长求援，请站长夫人璐蔓丝医生帮忙治疗。

德克拉曼带着璐蔓丝来到土司府。看到土司溃烂的伤口，璐蔓丝皱了一下眉头，她赶紧帮土司消毒、上药，并给土司注射了稀有并昂贵的盘尼西林，十多天后，在璐蔓丝的医治下，地巴拉土司的伤口基本痊愈，土司感激不尽，为了表达谢意，地巴拉土司送了一块豹子皮和麂子干巴给德克拉曼，而德克拉曼想趁这次机会，弄清爷爷的事，就带着一块法国怀表和一面西洋镜回访了土司府。得到这样的礼物，地巴拉土司高兴得合不拢嘴，就搬出自家酿造，并存放了几年的苞谷酒招待德克拉曼站长。

当两人喝得渐入佳境后，德克拉曼就开始问起自己爷爷的事。

看德克拉曼一脸诚意，想到他很快就要离开碧色寨，并且可能再也不能回来了，地巴拉土司脸上恍惚起来，往事开始从沉睡的远方来到他的眼前，他开始讲述，很慢，像寨口的老黄牛拉动磨盘，悠悠缓缓地转动。

　　五十多年前，二十多岁的地巴拉还只是王子，他父亲希热土司经常一个人深入林中打猎。那天，希热土司的箭正瞄准一匹狼时，一个破衣烂衫、背着一个大包的怪物闯进他的伏击圈，狼大叫了一声，希热土司并没有吓着，反而被那个怪物吓着了。那怪物个子高得像棵行走的树，头上见不到肉，除了发毛就是胡须，眼睛和眉毛差不多连在了一起，眼里的瞳孔不是黑的，而是蓝色，高鼻凹眼，希热土司从没见过这样的怪物，连那只狼都惧怕地逃走了。他开始也想逃，但镇静之后，他举起了箭，那个怪物在他瞄准的视线里游走。正在这时，又一个怪物进了他的视线，他又瞄准了后来的怪物。正在这时，他听到一阵风刮过之后，一群狼向他扑来，他的第一支箭射向了领头狼，还好，希热土司的儿子，也就是地巴拉王子领着寨人赶到了，寨人拿着刀叉和棍棒，还有箭，一场生死搏斗就此展开。

　　地巴拉亲眼看到父亲被狼拖走，他追了上去，一只灰色大狼向他扑来，他举起大砍刀，但怎么也没有力量，他的手臂已经受伤，大砍刀掉在地上，就在狼张着血口再次向他扑来时，那个高个子蓝眼睛的怪物拾起地上的大砍刀，砍向了狼。

　　灰色大狼倒在了地巴拉王子身边，年轻的巫师莫里黑跑来扶住了王子，两人盯着高个子蓝眼睛的怪物，莫里黑凑近地巴拉耳根说，王子，那不是怪物，是西洋人，我从西洋书中看到过这样的人。

　　地巴拉若有所思地点点头，他相信这个比自己年长两岁的巫师，他是寨子里见多识广的人。

　　狼群一去无踪，希热土司再也没了音信，地巴拉顺理成章地做了土司。为了答谢救命之恩，看到两个伤痕累累的洋人，地巴拉留下了他们。没想到，高个子蓝眼睛的西洋人会说中国话，他说他们是法国传教士，是来传递上帝福音的。看着一脸茫然的地巴拉，莫里黑巫师凑近他耳朵，很神秘地说起了传教士，并提醒他不能收留洋人，让小刀会知道会杀头的。

　　洋人救过自己的命，不能不管，地巴拉坚持要给洋人治伤。十多天后，两个传教士的伤基本痊愈，他们开始在寨子里走动。一天，高个子传教士来到寨中的楠树下，看到了石壁上"北回归线"几个字，他欣喜若狂地从衣服口袋里拿出一块手帕，对照楠树下的"北回归线"几个字辨识起来，然后一边看手帕上的地图，一边寻找角度往远处看，另外那个传教士好生奇怪，想弄清其中缘由，而高个子传教士什么也没说。

两个洋人并没想到，他们的行踪，一直被莫里黑跟踪。

当晚三更时分，矮个子传教士被一种嘀嘀嗒嗒的声音弄醒，他看到高个子传教士在灯下敲弄一个铁匣子，他好奇地问了高个子，高个子被他突然地发问吓了一跳，镇定下来后说，教会总部给配了发报器，他在向总部汇报情况。

接下来的两天，高个子传教士对地巴拉问这问那，而话题总是离不开金山银矿，当说到北回归线时，地巴拉说，这有什么稀奇的，地球被一根绳子拴着，不然地球就不稳当，拴地球的这根绳子，就是北回归线。

高个子传教士被地巴拉的说法逗乐了，笑过之后，他说，北回归线可没有拴着地球，而是拴着一座金山，尊敬的地巴拉土司，你知道这座金山在哪里吗？

听到这里，地巴拉拉下脸，警觉地摇摇头。高个子传教士拿出那块手帕，指着上面地图上的一个圆点说，这个圆点就是你们寨子里的北回归线，从这个圆点看出去，就能看到那座金山，从北回归线到金山，直线距离是五十千米，土司陛下，你把蕴藏金子的具体位置告诉我，我们一起开发，到时你就是滇南，不，是中国最富有的人了。

正说着，矮个子传教士一脸惊慌地跑来，很快，几个提着刀的蒙头大汉抓走了两个传教士，地巴拉看见那块手帕掉到地上，被矮个子传教士拾起。

地巴拉知道是小刀会干的，小刀会见洋人就杀，在云南边疆少数民族地区来的洋人少，小刀会不会放过两个传教士。

第二天，地巴拉土司就听说，高个子传教士被杀，而矮个子却跑了，小刀会派人四处搜查，也没有找到矮个子传教士。

听到这里，德克拉曼眼睛就湿润了，他知道高个子传教士就是自己的爷爷，他急于知道爷爷尸骨的下落，而地巴拉土司能告诉他的，只有摇头。

德克拉曼终于弄清爷爷的情况。而讲述完这一切，地巴拉土司拉着德克拉曼站长的手，说，我对不起你呀，没有保护好你爷爷。

这是地巴拉土司的心里话，他一直因没有保护好救命恩人而自责，对此，他深感内疚，也因为小刀会的原因，他一直不想告诉德克拉曼真相，而德克拉曼却拉着土司的手说，这不怪你。

讲过之后，得到德克拉曼的原谅之后，地巴拉土司叹了口气，心情好像轻松了许多。

离开地巴拉土司家后，德克拉曼一个人走进碧色寨的夜色，拐进了空旷的电影院。昔日热闹的电影院，如今空无一人，没人打扰他，他在第一排最中间的位子上坐了下来，继续想着爷爷的事。身材高大、一脸胡须、浓眉大眼的爷爷出现在他面前，看到爷爷慈祥仁爱的面孔，让他想起五岁时一家人去巴黎罗门教堂的情景，当人们介绍他们是罗门牧师的后代时，教堂里响起了热烈的掌声，他知道这是人们对爷爷的尊敬和爱戴所至，连教堂的名称也用了爷爷的名字，从那时起，爷爷的高大形象就深深印在了他脑海中。想到这里，他眼前一片明亮，他终于想出了结果，想出了答案。爷爷是不会和"DGSE"有关的，一个让世人尊敬和爱戴的牧师，怎么会和一个间谍组织有关呢？

他一身轻松地站起来，踏着月光回了家。

他老远就看到自己家窗前晃动着几个人影，会是什么人呢，他边走边想，进了家门，他才看到是女儿回来了，女儿旁边站着田仆。德克拉曼拥抱了女儿，东方碧拿出西南联大的毕业证，说，爸，我大学毕业了。

好呀，我女儿有出息呀，爸爸妈妈都不是大学生呢。

爸，旁边还有一个呢。听了东方碧的话，德克拉曼才拍了一下田仆的肩膀，田仆拿出一个香烟盒子给德克拉曼，德克拉曼说，当初你妈送我一个银饰烟嘴，现在你送我一个金属烟盒，真有意思。

看到璐蔓丝白了自己一眼，德克拉曼后悔不该说女红送他烟嘴的事。

当田仆把一块杭州丝绸送给璐蔓丝时，璐蔓丝的表情像冰冻过一样。为了缓和气氛，德克拉曼对田仆说，见到你姥爷了吗？田仆说，没呢，我还没来得及回去。德克拉曼拍着田仆的肩膀说，今晚月色尚好，清朗如昼，我们出去走走。

田仆点点头，跟了出去。

两人踏着月色走向长桥湖边。那时有两块夜空，一块在头顶上，一块在湖水中，所以让人满眼都是月华和星光。德克拉曼的话像夜色一样安静，田仆静静地听，偶有应和。其实那晚，德克拉曼只讲了一个意思，他说他很喜欢田仆，他也认可田仆和女儿东方碧的恋爱关系，但他们一家很快要回巴黎了，这是谁也改变不了的现实。当他问到田仆是否愿意跟他们一家到巴黎时，田仆没有犹豫，表明了自己愿意去巴黎的态度。

德克拉曼问田仆，你和你妈妈商量过吗，她同意吗？

田仆说商量过的，她很支持我随你们一家到巴黎，还要我在那里留学呢。

听了田仆的话，德克拉曼说，这就好办，我跟你璐蔓丝阿姨商量一下你们的事情。

两人回到家，田仆跟东方碧说了他和她父亲的谈话内容，她高兴地说，只要我爸同意，我们的事就没多大问题了，我妈最后会听我爸的。

心怀喜悦的两个年轻人在月光下长吻，那晚的月光仿佛是为见证他俩的感情终于要有归宿而准备的。

第二天，阳光像一群放飞的鸽子，在天地间飞翔，连空气也在绽放。田仆听说姥爷病了，他一早就从大通公司去了城里。德克拉曼一家三口准备到他母亲坟前烧香，他要把爷爷的事告诉母亲，他对东方碧说，爸今天有重要的话跟你奶奶说。

东方碧说，是告诉奶奶我们要回老家了吗？

德克拉曼摇摇头。

德克拉曼按中国人的习俗，准备了香油纸钱，带着一家人出了门。经过邮局时，邮局老头扬起一封信件，说，站长，我正要找你呢，喜事呀，您等了一年多的信函终于来喽，这可能是从法国寄来的最后一封信件了，这下好了，我们邮局到了寿终正寝的时候了，我们可以心安理得地关门喽。

老头把信函交给了德克拉曼，璐蔓丝以为是儿子寄来的信，而德克拉曼却心事重重地拆开了信函，看了信后，他脸上突然阴沉下来，就像那天的太阳突然被乌云遮住一样。东方碧问他怎么了，他一言不发。东方碧抢过信函一看，上面有一张表格和照片影印，另一张纸上写着一行字：我们费了很大的力，查到了 DGSE 六十四年前的档案，里面确有一个叫罗门的名字，表和照片附上，你自己看吧。

东方碧指着照片上的人问，一脸大胡子，什么人呀。德克拉曼本想说，这是爸的爷爷，你的老祖，但他什么也没说。璐蔓丝好奇地接过信函，看到罗门这个名字时，她对德克拉曼说，这不是你爷爷的名字吗？

爸爸的爷爷？东方碧一脸惊讶地看着父亲，而德克拉曼转身走了。

一切都清楚了，爷爷高大的牧师形象突然坍塌，一种神圣的光芒瞬间消失，德克拉曼难过地叹了口气。看着父亲的背影，东方碧追上去说，爸，不是要到奶奶坟上烧香吗？你不是有话对奶奶说吗？

璐蔓丝对女儿说，我们听你爸的，回家吧。

德克拉曼转身笑着说，我们回家收拾东西吧，离回国的日子越来越近了。

第十五章

那天，田仆回到童家大院，就闻到一股很浓的中药气味。童政员已卧病在床许多时日，田仆看到瘦如枯柴的姥爷，眼里忍不住湿润了，他凑近姥爷说，孙子来看您了。童政员动了动嘴，费力地挤出笑意，想说什么又说不出来。旁边的老管家小声对田仆说，得赶紧把你妈叫回来，你姥爷在等她呢。

田仆说，那就赶紧派人到河口叫妈回来吧。

管家点点头，就去差人找大小姐了。

当管家差去的人到阵地上找到女红时，河口阻击战已经打响，战事十万火急，差人对大小姐说了意思，而女红却没反应，女红走到哪里，差人就跟到哪里，女红火了，她把为日本鬼子准备的愤怒和仇恨全喷到了差人身上，你怎么还不走？差人说，大小姐，我等你回去呢。

回去？回哪儿去？女红指着前面说，你看到没有，前面就是小日本强盗，他们正推着大炮、开着坦克、端着机枪张牙舞爪地向我们扑来，你叫我回去，我能回哪里去，你给我滚，再让我看见，我一枪毙了你。

女红掏出枪抵到了差人脑门上，差人吓得一溜烟跑了。

望着差人的背影，父亲瘦弱的样子在她脑子里闪现了一下，也就是这一闪念，被一旁的指挥官察觉，不是她回过神来，而是他把她拍醒了，战场上不能有半点的走神和闪失，不能让儿女情长的东西来骚扰你，你现在只能瞄准前方，扣动你的枪机，消灭敌人。

正说着，旁边的愣子向她扑来，一声爆炸之后，愣子重重地压在了她身上，她怎么推也推不动，手上湿乎乎的，她这才看到自己手上全是血，一张血脸向她奇拉下来，旁边的战士拉开了愣子，她才站起来，战士说，好险，刚才是愣子团长用身子挡住你，不然，流血的就是你。

女红摇着愣子，而愣子没有一点反应，看着迎面上来的日军，她怒目圆睁，抢过战士手中的机关枪，一边扫射一边冲了上去，一个士兵紧跟其后，并不断地喊着，大小姐，我来了。看到女红完全暴露在日军视线里，不远处的鲁少贤一声令下，指挥士兵跟着女红和那个喊着"大小姐"的士兵冲了上去，战士们像发怒的群兽，又像数不清的子弹射向敌军，一直把敌军的先头部队逼回去几公里，在战士们赴汤蹈火的喊杀声里，突然响起了停止冲锋的号角。战士们不情愿地放慢了脚步，在退回来的路上，士兵们把路边的日军坦克烧了，押着俘虏回到了红河北岸。

鲁少贤一路找去，没有找到女红，倒是弄清了那个喊着"大小姐"冲上去的士兵，他不是国军士兵，而是中共抗日独立大队的参谋长舍易盈。他是换上死去的国军士兵的军服冲上去的，他的战友巴目和轩颜没能拉住他，在他跟着女红冲了十多米远后而中弹，他永远也不能再冲锋了，巴目和战友们抬着他的躯体离去时，国军士兵们让出路，为一行衣着不统一的共产党部队让路，举手向担架上那位再也不能起来的编外战士致敬，轩颜向国军士兵们致回敬礼。

最后，鲁少贤在一个角落里找到了女红，看到她脸上基本没了原色，全是泥土和烟火熏黑的痕迹，鲁少贤才突然明白刚才一直没找到她的原因，因为没人能认出她，鲁少贤是从她盯着他看的眼神里，才认出了她。

战后得知，总指挥部之所以发出停止冲锋的号角，原因有二：一是红河对岸就是越南的国土，在未经他国同意，在他国作战有悖国际公约；二是进到越南土地十公里处，就是日军的大本营，那里有日军的大部队布防，他们的军事力量足以抵挡任何一种来袭的力量。

这次作战，虽然打出了中国军队的威风，但仍让蒋介石放心不下，一河之隔，险之又险，得失在寸步之间。最后，他忍痛割爱，下令炸毁了河口中越铁路大桥和沿线部分桥隧，并拆除河口至碧色寨的铁轨。这一命令，让国人痛心，全国一片哀怨，也遭到了法国政府的干涉，但任何阻拦都无济于事，国民政府决心已下。

炸毁河口中越铁路大桥和拆除铁轨，有效地阻止了日军进攻。看到战事缓解下来，女红想到了病重的父亲，也想到了儿子田仆，鲁少贤理解她，以安排她护送伤员愣子回蒙自为名，让她回了蒙自。

女红回到家，父亲已经落气，她没有哭，倒是彭氏哭得死去活来。看到她一个人回来，管家问公子呢？她不明白地问，什么公子？管家这才说了田仆到河口前线找她的事。听管家这样说，女红急了，她指责管家不该让田仆到河口找她，管家说，当时老爷快不行了，不把你找回来不行呀，前次派去的人被你骂回来，这次只有公子去了，再说了，公子一定要找到你，他要跟东方碧姑娘一家回巴黎，这么大的事，他不能不找你商量呀。

田仆要去巴黎？女红意识到儿子这一去就等于去德克拉曼家里做上门女婿，就像要失去儿子一样，她叫管家马上派人把田仆找回来。

本来女红想等儿子回来再安葬父亲，但管家说过去数日，不能再等了。在管家的料理下，童政员的后事十分隆重，军、政、商界有头有脸的人都来了，出殡那天，蒙自城里可谓万人空巷，德克拉曼一家自然也在其中。

料理完童政员的后事，东方碧就留在童家大院陪女红，也希望早日等来田仆。那天，彭氏突然提出和女红分家产，女红并没有想到分家产，是彭氏自己原形毕露，所以她没积极回应，彭氏对她说，我知道你的心思，你不是还有一个野生儿子吗，你不会不争一份给他。

听了彭氏的话，女红气得整个人都快炸了，东方碧帮她顺气，女红一字一句地对彭氏说，如果你硬要分，一半属于我，半个子儿都不能少，另外管家也应该得到一份。

管家凭什么要得一份。彭氏理直气壮地叫开了。

管家劝开了女红，女红想等儿子回来就去碧色寨住，可几天过去，也没等来田仆，东方碧焦急地问会不会出什么事？女红说不会的，现在战事平息了，不会出什么事的。

那天，德克拉曼打来电话说他们第二天就要动身回巴黎，叫东方碧回家，女红这才和东方碧回到碧色寨。

女红开着她衰老的跑车，红色已不再鲜艳，并有很多擦痕，让人感到随时都有散架的可能，走到寨口时，刚好一队出殡的队伍穿过车道，后面飘飞着纸钱和灵物，女红问最后一个村民，村民告诉她是巫师归天。

莫里黑终于和神在一起了，也许他一生的努力就是为了这个时刻，女红感叹道。

女红和东方碧一下车，就看到德克拉曼一行人在站台上，竟然愣子也在，还有女红的老上级邓督办，邓督办已是七十多岁的老人，走路时双脚颤抖，说话也不利索。女红和邓督办招呼过后，就过去问愣子伤情，愣子说没事了，都可以拄着拐棍走路了。

德克拉曼对女红说，愣子没事的，我知道他，他们是来接管车站的，女红啊，你终于来了，我按法中协议，已将碧色寨车站交给愣子和邓督办了，真是身无责任一身轻松啊，一晃四十年就过去了，唉。

德克拉曼说话的语气，让女红感到这是一个饱经风霜的老人的感叹，女红不禁认真看了他一眼，她惊奇地发现他驼背了，头发也稀少了，怎么突然间就老了。

德克拉曼对女红说，田仆回来了吗，我们明天就要启程了。

一说到家务事，邓督办就离去了。

女红说，田仆还没回来，请你们再等两天吧，碧碧走了，他怎么办呀。

德克拉曼说，国民政府已经宣布与法国维希政府断绝邦交，我不能不马上离开，你真舍得田仆做我的上门女婿吗？

女红说，我当然不愿意，但田仆和碧碧的事不是婚姻，更不是谈恋爱，他们的事是命中注定，我没有办法阻止，如果我不让田仆跟你们走，那你能把碧碧留下吗？

这一问，像一个风平浪静中的水手，突然遇到了暗礁，让德克拉曼怔了一下，然后笑着说，这个问题，你不该问我，我的心情，你知道的，这样吧，既然你同意田仆跟我们走，我们就多等一天，后天，我们必须动身，不然就赶不上海防的马赛邮轮了，已经和他们联系好了。

结果，第二天晚上，仍不见田仆的踪影，女红预感到儿子出事了，她一夜无眠，第三天早上，她早早地来到德克拉曼家，院子里停了四辆马车，女红指着四辆马车问，坐那四辆车走？德克拉曼点点头说，要是铁轨没拆，我们两个多小时就到河口了，而现在只能坐马车到蛮耗，再乘船到河口，然后到越南老街坐火车到海防。

愣子的伤好了许多，他和二贵，还有几个铁警正帮着搬东西，女红进屋时和璐蔓丝碰了满怀，两人没说话，为了少些尴尬，东方碧陪着她来到马车面前，帮着清点东西，很快，东西就装满了三辆马车。

地巴拉土司为站长送行，身后跟着一群村民。土司已两鬓斑白，目光混浊，言语不清，一直被两个村民扶着。他走到德克拉曼面前，两人伸手相握。

你爷来时和你现在的岁数差不多，你跟你爷长得一模一样。

嗯，本来我也是基督教徒，却不是来传教，而是来这里和铁路纠缠了四十年。

有件事，我一直想跟你说，但因莫里黑的关系，我没说，你爷爷的尸骨，莫里黑知道。

你为何不早告诉我，现在巫师都去了另一个世界。

正因为如此，我才告诉你他知道你爷的尸骨，因为，你爷是他杀害的，那时他已经是小刀会的人了。

听了地巴拉土司的话，德克拉曼皱着眉头，咬紧嘴唇，沉默下来。如果莫里黑活着，他有可能为爷爷复仇，而事到如今，他只有沉默。

这事呀，也不能全怪巫师，他是代表大伙用巫术把你爷送上西天的。

你们就那么恨法国人吗？

不是恨法国人，是恨所有来侵略我们的外国人，能不恨吗？

可我爷是来传教的，是来拯救你们的。

据我所知，你爷并不完全是来传教的。

听地巴拉土司这样说，德克拉曼有点心虚，再没说下去。地巴拉土司转身指着远处的金山，说，其实，我们中国有数不清的金山，但那都是我们的山啊，西洋人来看看可以，如要搬走，我们不同意，不说这些了，我们是朋友，我今天是来为你一家送行的。

谢谢。德克拉曼握着地巴拉土司的手。

在他们俩说话时，东方碧一直看着寨口，她希望那里出现田仆的身影，但一直到愣子催说时间不早了，女红才抱住东方碧说，我会叫田仆来巴黎的，你好好等着他，他一定会来的，啊，孩子，你一定要等着他呀。

听了女红的话，东方碧哇的一下就抱着女红哭开了。旁边的璐蔓丝也掉下了眼泪，德克拉曼扶着她们上了马车，愣子说，这样下去，大家都难受，我们走吧。

说完，愣子就下车对女红说，大小姐，你放心吧，我和二贵会把站长一家安全送到越南海防上邮轮的，我们走了，过几天我们就回来了。

马锅头一鞭子下去，马车就跑出了十多米远，女红不停地晃着手臂，璐蔓丝突然回头对女红说，大小姐，你可以带田仆来巴黎，我们可以一起生活。

听了璐蔓丝的话，德克拉曼叫马车停下，马锅头费了很大的力才拉住马，德克拉曼盯着璐蔓丝问，你真是这样想的吗？璐蔓丝点点头，德克拉曼转身对女红大声说，大小姐，你听到了吗？

女红莫明其妙地摇了摇头，说不清她摇头的意思。愣子再次催促德克拉曼，站长，我们走吧，联系好的船正在蛮耗等着我们呢。

直到马车没了踪影，女红才回转身，地巴拉土司和乡亲们已相继离去。女红没有急着回大通公司，而是举目四野，哥胪士洋行和电影院、邮政局那些高大建筑已人去楼空，她收回目光，独自一人慢慢顺着铁轨走向站台。很长时间没通车，铁轨已经锈迹斑斑，路基旁钻出了绿色的草蔓，特别是车站墙角的草植快有人高了，西边的库房门窗破败，米其林动车，已失去了她昔日公主一般的鲜亮和美丽，被废弃在荒草中，废弃物随处可见，荒凉和破败的气息随着风影四处游荡。值班室门头的北回归线标志布满了蛛网，候车室门头的法式三面钟还挂在原处，只是上面的时针停止了转动，永远定格在傍晚七点过十二分，看到这个时间，女红的心被触动了一下，是啊，一切都结束了。

她望着远处，不知道自己该走向哪里。

没有风，没有声音，山野在她眼里凝固了一样，也就是在她要收回望着远处的目光时，南边寨口的路上出现一匹白马，在她眼睛里由小变大，直到马背上的人扬起手，朝她叫了一声妈，她才意识到是儿子回来了，马还没有停住，田仆就下了马，差点儿跌倒在地，被女红扶住。

女红说，儿啊，你到哪儿去了？咋才回来呀？

田仆没有忙着回答，而是问碧碧他们呢？

女红说，碧碧他们一家都走了。

田仆急切地问，他们走的哪条路？

女红指了指前面的路，说，他们到蛮耗坐船。

妈，我到河口没找到你，就找了父亲，他得知我要去巴黎，就控制了我，过后我再跟你慢慢细说，我得去追碧碧，我不能没有碧碧呀，妈，儿对不起您了，请受儿一拜。

田仆跪下给女红磕了头，然后翻身上马，一鞭子下去，马蹄嗒嗒的就远去了……

一年后，有人看到头发有些花白的女红，仍然一身白装，独自一人出现在越南海防的码头，她姣好的面容和身段，以及她透出的优雅气质，格外引人注目，但没人知道她去哪里，在繁忙嘈杂的码头，她就如一朵随风而行的白云，在人世间的天空飘荡。

尾 声

一九四五年八月十五日，日本天皇宣布日本无条件投降，为配合中国军队赴越南受降，同年，滇越铁路管理处奉国民政府之令，全线修复碧色寨至河口段铁轨；时任云南省主席、滇军总司令的卢汉将军率滇军沿滇越铁路到越南受降。一九四六年二月，国民政府外交部与法国政府驻华大使在重庆签订《中法新约》，文中规定废除光绪二十九年中法签订的《云南铁路章程》，从此，中国政府赎回了滇越铁路所有权。